阿毛中短篇小说选

女人像波浪

阿　毛◎著

长江出版传媒 ｜ 长江文艺出版社

阿 毛

大学哲学专业毕业。做过宣传干事、文学编辑，2003年转入专业创作。武汉市文联专业作家。2009—2010年度首都师范大学驻校诗人。主要作品有诗集《我的时光俪歌》《变奏》《阿毛诗选》（汉英对照）、散文集《影像的火车》《石头的激情》《苹果的法则》、中短篇小说集《杯上的苹果》、长篇小说《谁带我回家》《在爱中永生》等。作品入选多种文集、年鉴及读本。曾获多项诗歌奖。部分作品被翻译成多种文字。

目　录

杯上的苹果

湖北新锐文丛

阿毛 著

女孩西里的懵懂岁月

世界上没有像西里这样执着地仰望天空的女孩。

西里对一种梦境的执着守候感动了飞机场的管理人员。她终于被获准每个星期天在机场停机坪附近等候十六岁时在她梦中出现的那个人——一个身着白色飞行服风度翩翩的英俊男子。他在一个明媚的春天，带走了孤独的女孩西里……

这一梦境劫持了少女西里所有沉默的时刻与喧嚣的青春。西里把这一位梦中的男子叫作白鸟。白鸟是乘着飞机降临到西里的青春岁月里来的。他来临的姿势是一种飞翔的姿势，就像鸟儿。而降临到西里身边最终落到心灵深处的那只鸟是白色的，所以他理所当然地被西里称作白鸟。

1

被童年仰望的天空，除了小鸟就是飞机了。当轰轰的声音传来时，小孩子们无一例外地仰望着，直到那白色的小鸟似的东西消失在天边。而西里总是坚持到最后，直到飞机飞过后在天空留下的一道白色的云线也消散为止。西里想，如果能坐着飞机自由地飞翔，那该多好！

白岷好像看出了西里的心事：西里，我长大了去当飞行员，让你坐上我的飞机飞到天的那一边。

西里说：真的？你说话可要算数！

不骗你。现在让我来教你叠纸飞机。

白岷说完，就用白纸教西里叠飞机。西里与白岷童年头顶的天空，飞翔着大大小小的纸飞机。

— 3 —

那个年代的孩子们好像从小就知道男女有别。反正，小男孩不屑跟小女孩玩；而小丫头片子们也被迫不屑于跟小男孩们玩儿（即使想，但因担心男孩嫌弃、女伴们取笑而作罢）。而西里却不爱与艾艾等小女辈们玩，只爱与白岷玩。当其他的小小丫头们在一起跳绳、踢毽子、丢手巾时，西里却和白岷比纸飞机飞的高低。这时就有起哄的声音：

咳，咳……西里是白岷的小媳妇，白岷是西里的小丈夫！

西里收回仰望头顶飞翔的纸飞机的目光，发现她和白岷已被一群小女孩小男孩围成了两圈。西里的小脸蛋涨得通红。眼里涩涩的，鼻子酸酸的。眼看就要流泪了。

在小女孩的心中，小媳妇是上天对小女孩的一种惩罚。谁做小媳妇就意味着要承受无穷无尽的磨难。有当地一则民谣为证：

做牛，做马，不做人家小媳妇！

还有一个故事：一个年龄不满十二岁的小媳妇，成天起早摸黑地给公婆家干重活，还要服侍公公、婆婆与小丈夫。公婆的心非常狠，经常虐待小媳妇，后来竟用菜刀把小媳妇剁成肉块，用盐浸渍之后，放进腌菜坛里，再用稻草和上泥巴封住坛口。小媳妇就这样悲惨地死了。没过几天，腌菜坛里传出"苦啊，苦啊……"一阵阵揪心的叫声。公婆听出那是小媳妇的声音，以为报应到了，吓得茶饭不思，没几日就死了。公婆下殓的那一天，好奇的乡里人，打开坛口，想看个究竟。却只见从坛口飞出一只黄绒绒的小鸟，凄凄地叫了几声"苦啊，苦啊"，就飞走了。

每到夏天，水乡里到处都是"苦啊，苦啊"的叫声，乡里人称这种鸟叫"苦伢鸟"。说"苦伢鸟"是小媳妇冤魂变的。这故事是西里的奶奶讲给西里听的。

西里问：为什么公婆要杀死小媳妇呢？

奶奶说：因为公婆心狠。

西里又问：奶奶当过小媳妇吗？

奶奶说：奶奶嫁给你爷爷时，公婆早死了。

西里又问：那妈妈是不是小媳妇？

奶奶又说：现在是新中国。新中国已经没有小媳妇了。再说奶奶的心好。

西里又问道：那白岷的奶奶为什么总是打白岷的妈妈呢？

奶奶：那是因为白岷的妈妈好吃懒做。

哦……西里略有所悟。

奶奶和妈妈总是告诫西里：女儿家要勤快，不然做人家媳妇后会挨打的。

西里每每在家中想偷懒时，奶奶总是说：西里不勤快，我们把西里送给人家当小媳妇。

西里听到这里会"哇"的一声，大哭起来。

奶奶连忙说：小西里，我逗你玩呢。奶奶不是告诉你，现在不会有小媳妇了吗？

西里想：我永远不要做人家的媳妇。但西里只要听到"小媳妇"三个字心中就微微颤抖。

她隐隐感到"小媳妇"就像人们所说的死亡那样可怕，那样黑暗而寒冷。现在，她与白岷玩纸飞机时，听到"小媳妇"几个字，西里痛心极了，眼泪都要掉下来了。白岷倒是一副英雄气概的样子。他拉着西里的手，突围而去。

西里，别怕他们，有我呢！

西里仍然感到双腿发抖。

小男孩　小女孩

今天拉手一起玩

明天就会生小孩

身后又是一阵起哄。

西里鼓起劲，奋力地抽出白岷牵着的右手，飞快地跑回家中，扑在自己的小床上，痛哭起来。

奶奶走过来，慈爱地擦去西里的眼泪：西里，好孩子，怎么了？

西里哭着说：他们骂我是白岷的小媳妇。

奶奶告诉过你，不会再有小媳妇了。

过了一会，西里又像突然想起什么事似的大哭起来。

孩子，又是怎么了？

西里抽抽噎噎地说：我……我要死……死了。会像艾艾的妈妈一样生……生孩子……死的。西里说这话时，一脸的恐惧与神秘。

奶奶：傻丫头，谁说你要生孩子了？

西里说：他们说今天拉手一起玩，明天就会生小孩。

奶奶：只有长大了做了人家的媳妇，才会生小孩。

西里一下子破涕为笑了。

西里相信，奶奶说的话决不会错。

从此，西里不再怕人家说她是"小媳妇"，也不怕人家说她"会生孩子"。这一年西里五岁。她拒绝与白岷一起玩，也拒绝和小朋友们一起玩。她经常一个人飞纸飞机，一个人玩儿。累了的时候，她一个人坐在地上，双手支着下巴，眼望远方。

一次次地等待轰轰的巨响从高空传下来。西里仰望天空，并不总能看见飞机，她看到的更多的是白色的鸟儿。如果是晚上传来轰轰的响声，那么她仰望天空就只能看到飞机红色的小光点，在星空下闪闪烁烁地移向远方。

2

每年春节过后的夜晚，西里总是听到隔壁家的猫"喵喵"地叫个不停，乍一听像是婴孩的哭声，细听才发觉那叫声凄凉中略带绝望。

西里问奶奶：那猫为什么一到晚上总是叫个不停？

奶奶说：那是猫在叫春。

西里又问：什么是叫春？

奶奶说：那是母猫在呼唤公猫。

西里又问：母猫为什么要呼唤公猫呢？

奶奶说：母猫怕鬼，需要公猫陪伴。

奶奶的神情庄严而神秘，使西里觉得母猫需要公猫陪伴是很神圣的事。

西里十二岁那年的春夜，对母猫的叫声有一种深深的怜悯。母猫凄厉的叫唤声通过西里的耳朵直抵肺腑，西里感到心中有一种轻微的疼痛，还有一种痒——像猫足落在她的胸口那样轻轻的痒。疼痛与痒之外，还有一种莫名其妙的兴奋折磨着她，使她难以入睡。十多天过去了，母猫的叫春已声嘶力竭，最后降成一种低低的哀鸣与无可奈何的呻吟。西里心中的疼痛更重了。

不到半个月的时间，西里的身体发生了奇妙的变化。小乳房渐渐挺起来，乳头四周还有乳晕。胸部和双腿间的温度明显地高于身体其他部位，尤其是双腿间有时会有一种灼痛感。西里对自己的这些变化，感到茫然和不知所措。

不久后的一个暮春的午后，西里在油菜花丛中捉蝴蝶。她感到身下湿润润的一阵温热，同时闻到了一种淡淡的腥味。她心中突然涌起一种莫名其妙的紧张。她想回到自己的小房间后再察看。当她迈动步子时，感到双脚间擦得生疼。于是她隐在菜花丛中，松开长裤，再翻开短裤的裤裆。她发现短裤裆里有一块血迹。正在她纳闷时，她感到体内有一小股温热的东西朝下体的开口处涌出，她低头一看，是殷红的血。她害怕极了，一下子感到天昏地暗，仿佛就要死去一样。肚子里似乎有什么东西在游来游去。她突然想起有人对她讲过：蚂蟥钻进人肚里，会孕一肚子的小蚂蟥，它们会在肚子里游来游去地吸血，还会让人流血。她咬着牙不让自己哭出来，然后以最快的速度系好裤子，小步跑回家中。

奶奶，奶奶我流血了，有蚂蟥爬到我的肚子里了。西里哭着说。

怎么会有蚂蟥？奶奶问。

我前几天在小水沟里玩水了。一定有蚂蟥钻进我肚里了。

让我看看你哪里流血了？

西里使劲地用双手揉着肚子，好像真有蚂蟥在她的肚里吸她的血似的。

奶奶撩起西里的衬衣，她什么也没发现。西里指了指流血的地方，又害羞又恼怒地说：在这呢！

奶奶看了看西里指的地方，笑着说：傻孩子，你长大了！

西里懵懵懂懂地问：长大了？为什么要流血？

奶奶说：每个小女孩长大发育后，都会有这么一天。以后每个月的这几天都会这样。这叫"月信"。别害怕，孩子，从此以后你就会变成一个亭亭玉立的少女了。

经奶奶这么一说，西里顿时愁云消散，心中竟升起一种莫名的幸福感与自豪感。

你坐着别动，奶奶去给你买卫生带和卫生纸，然后换内裤。西里坐在凳子上，满怀少女的羞怯与拥有幸福似的秘密，等待着奶奶回来。

没多久，奶奶回来了。她教西里把卫生纸折成长方形的一沓，装入一条红色的卫生带上，然后要西里脱掉裤子，教西里把卫生带放在两腿间，再把卫生带后端的两根布绳沿腰部绕到脐下的卫生带前端的布扣里，系紧，然后再穿上内裤与长裤。

睡觉前，奶奶又教西里换了卫生纸。

一个女孩的每个月中都有几天时间要这样的。临睡前奶奶对西里说。

西里突然想起几周前，在艾艾家屋后玩的时候，看到艾艾家的厕所里有带血的卫生纸。她正想问艾艾，却见艾艾不声不响地用一根树枝把卫生纸捣进了粪坑里。西里今天才明白，那纸上的血原来是女孩的经血。

西里每个月来经时，都不好意思去小卖部买卫生纸。这件事全由奶奶揽下了。

西里的变化不只在身体方面，她比以前更加矜持与害羞了。西里走路时，脚步轻轻的，神情怯怯的，像一阵羞赧的风。

3

　　白岷与西里同年生，只是白岷大西里十个月。两家人相处很好。白岷的奶奶非常喜欢西里，想找媒婆到西里家说亲。因侧面打听西里的爸爸嫌白岷家成分不好，就没有正式提出此事。但有小道消息传到西里与白岷的耳朵里，使这两个本来比较坦然要好的孩子一下子心生隔膜。特别是西里一见到白岷就脸红。白岷开始倒是像什么事都不知道似的，仍然以一个大哥哥的身份照顾西里。同学中要有欺负西里的，白岷必然会挺身而出。这使同学们更加怀疑白岷与西里的关系非同一般，还很恶毒地散布一些流言蜚语。西里非常伤心。一次放学后，乘人不注意时，西里红着脸对白岷说，你别再关心我了，你的关心只会使我更孤立。白岷想了想，西里的话很有道理。于是，两人渐渐地隔膜了，在放学的路上都尽量避免撞车。西里后来还转了班，这样她与白岷同级却不同班了。这是小学三至五年级的事情。可后来他们竟然考入了同一所重点中学，而且还同班。两个人见面的机会似乎比以前更多了。尤其是周末，白岷回家必然要经过西里家门口。西里总是在窗口看见白岷，而白岷总是会在西里的窗口瞅上几眼。两个人好像揣着一个相同的秘密似的，都紧张得脸红，心跳也加快了。后来，一个星期天的下午，西里正在做作业，白岷来问西里，说自己忘了老师布置的家庭作业，要西里告诉他。西里把书翻开，写了家庭作业的页码与题号，交给白岷。白岷悄声说：西里，队里今晚放电影《天仙配》，你去看吗？西里还没说话，脸就红了。西里家离队部有两里路，不算近。晚上西里搀扶奶奶一起去看《天仙配》。在路上，西里发现前面有一个黑影，时走时停。奶奶不知道是谁，但西里知道。那晚西里看电影看得泪流满面的。回到家后，折腾了半夜都没有睡着，后来，她点了油灯，拿出稿纸，竟然写出了这样的几个字：

　　岷哥：我爱你。

写完这几个字，西里的脸羞得通红。好像这个秘密已经让人发现了似的。西里连忙把字条伸进油灯上烧了。

奶奶一觉醒来，发现西里还亮着油灯，便问：西里，你怎么还在看书啊？不早了，快睡吧。

好的，奶奶。西里赶紧熄了油灯，上床了。天将亮时，西里才迷迷糊糊地睡去。

初二时，班主任是一位比较严厉的老师，在班规中明确规定：男女生一律不同桌。西里因为成绩特别好，被老师安排在第三排最中间的位置。白岷的成绩也不错，但因为个高，被老师安排在第六排的中间。每每上课，西里总是感到背后有一双炽热的眼睛盯着自己。这种感觉使西里无法集中注意力去听课。两个月不到，西里的成绩直线下滑。老师见自己的尖子生成绩下滑，非常心焦。于是找西里谈，找西里的家人谈，想查出西里上课注意力无法集中的原因。西里当然不会说。

初二的暑假，班主任规定全班补习二十天。西里与白岷都属住校生。每天都有可能撞个正着，但众目睽睽之下，难以开口。补习时间还有最后五天。那一天，西里突然在自己的书包里发现了一架纸飞机，起初她以为又是王刚写的情书，准备再次撕成碎片了事。西里正准备处理纸条时，突然觉得这架纸飞机很不一般，纸飞机不但硬挺、小巧，而且精致。她心里一下子明白了：哦，是白岷的，只有他叠的纸飞机才这么可爱。西里小心地拆开纸飞机，发现里面写着这样几行字：

西里：

　　晚上十点钟下晚自习后，我在河边等你。

白岷

西里看见字条，心跳加速，双颊通红，手还微微地发抖。她慌忙把它恢复成原来的形状，放入最贴心的口袋。

好容易挨到下晚自习，西里匆匆忙忙地收拾好东西，回到宿舍。她正准备出去时，班上的其他女同学都回来了。

西里，你今天怎么这么早就回来了？看你的神情好像是要去约会似的。一个快嘴的女同学说。

你……你瞎说。西里好像给人发现了秘密似的，神情更加紧张了。

跟你开玩笑的，看你紧张的！

西里这才放下心来。但西里终究没能到河边去。她无法在同伴的注视下一个人去赴一个男孩的约会。西里躺在床上想，反正补习只有五天时间了，补习完后再找机会跟白岷解释吧。

可谁知一连几天西里都没有看到白岷，也没听人说起白岷。西里也不敢随便打听。补习的最后一天，同学们都要回家了，大家高兴得像出笼的鸟，只有西里郁郁寡欢。在回家的路上，西里与李晓玲同了一段路。李晓玲说：白岷转学了，你知道吗？西里一下子感到胸口猛地被人撞了一下，有一种闷气的疼，好一会她才缓过气来说：谁……谁说的？李晓玲说：我是偶然从英语老师那里得知的。

回到家后，西里听家里人说：白岷全家都搬回邻县了。那儿是他们家族的根。

从此不再有白岷的任何消息。西里常常想起白岷来，觉得白岷像是她偶尔见到的一处海市蜃楼。现在已失去了沙漠与大海这样的背景，让她如何再见到他呢？西里冥冥之中觉得白岷在某处等她，可她却永远都见不到他，抓不到他的手了。西里就这样在内心怀着一道隐秘的伤口，度过了她中学的另外四年时光。在这四年时间里，她恢复和保持了自己在班上的尖子生地位。当班上纷纷曝出某某早恋的新闻时，西里好像没听见似的没有一点兴趣。班上的男生知道西里是个冷面人，不容易被打动，所以也只得暗暗地败下阵来。同学中悄悄传言：西里是一个冷面美人。更有刻薄的话说，西里是一个没有芳心的人。

西里不理睬这些。只有西里知道自己的芳心在哪。

　　十六岁的夏天，西里做了一个奇怪的梦。她听见轰轰的巨响，震动了墙上的玻璃窗。她突然感到胸中一阵狂跳，双颊飞红，四肢被骤然变热的血流弄得有点紧张的疼痛——当然这种疼痛是轻微的带着快感的。她飞快地向响声传来的方向跑去。在她家的屋后，停了一架银色的飞机。一会儿后飞机上下来一位穿白色飞行服的英俊男子，微笑着走向西里，然后牵着她纤细的手，一起走进了那架飞机。

　　西里醒来后，努力根据梦中的情形，回忆那个穿白色飞行服的男子。她觉得那人似曾相识，后来这梦中的王子渐渐在她的想象中清晰起来，突然她发现梦中的那人很像白岷。

　　但是她无法知道白岷的任何消息。

　　两年后，西里考上了省城的一所重点大学。西里在家中清理行李时，在大衣柜里的大木箱中发现了一只小红木箱。西里为小红木箱那种古朴的红色所吸引，她好奇地打开箱子，发现里面有几十封粉红色的信笺。西里浏览了一下信面，不由得惊呆了。原来那些信是白岷从沈阳军区某部队写给自己的。

　　她把那些信拿回自己的小房间，一一看起来。

　　西里：

　　　　我们全家要搬到邻县伯父家去了，临走前想见你一面。可是那晚约你去河边，你没有去……

　　　　　　　　　　　　　　　　　　　　　　白岷

　　　　　　　　　　　　　　　　　　　X月X日

　　西里一一看下去：

西里：

　　……给你写了五封信都不见你回信。是你没有收到，还是你不愿意回信？……

　　等待你的好消息！

白岷
X 月 X 日

　　……一直到最后一封信：

西里：

　　你好！

　　你还记得我小时候对你说过，要开飞机带你到天边去！

　　也许你做梦都没有想到，我已经当上了飞行员，经常从你的天空经过。可我不知道你在哪啊。尽管如此，我还是不断地给你写信，心里想你总有一天会给我回音的。

　　我盼着你到我的身边来。

　　怕影响你学习，不便写更多的话。

　　就此搁笔！永远期待着你到来！

白岷
一九八四年 X 月 X 日

　　这是三十封信中的最后一封信。离西里考上大学整整有一年的时间。西里看着这些信，眼泪一个劲地往外流。她说不清自己是喜还是悲。当你盼望的事情迟迟才到你身边时，你的悲是大于喜的。西里现在流得更多的是伤心的泪。

　　女孩考上大学，这在八十年代中期偏僻的乡村，确实是家人倍感荣耀的事情。西里家大宴宾客。请了西里从小学到高中的所有老师。老师们能到的都到了。晚上送走客人后，已到了转钟的时间。全家人兴致未

— 13 —

尽地围着桌子跟西里谈心。西里回到自己的小房间，拿出那个小红木箱，当着众人的面说：这里面有三十封信是写给我的。你们为什么不告诉我？为什么要扣压我的信呢？大家面面相觑地沉默了好久，最后还是西里的爸爸发话了：孩子，你初二下学期的时候成绩直线下滑，我们和老师都很着急，但找不到原因。后来转学的白岷给你来信，我们都怕影响你的学习，所以商量好扣压你的信件。现在你已经知道了这件事。希望你不要怪我们，我们都是为了你好。你上了大学，仍然要以学习为重。你和白岷不是一个道上的人。你不能马虎。

西里不说一句话。心中一面怪老师与家人封锁了消息，一面设想如果当初白岷不转学，如果老师和父母没有封锁信件，我和白岷之间会怎样呢？西里无法设想。

西里想我现在终于可以无扰地给白岷写信了。这是西里第一次写情书，反反复复了多次，才满意。信的大意是：老师和家人怕影响自己的学习，私自扣压了他的来信。当然，西里在信中情意绵绵地表达了这几年来对白岷的思念与爱。

接下来的时光西里充满了期待。她想白岷收到信再回信，十五天的时间应该足够了。可是十五天过去了，她仍然没有收到白岷的信。又过了十多天，西里不得不到省城的那所重点大学报到了。安顿下来的第一天，西里就给白岷写信，二十天后，她的信被退回来了，信封贴着一张"查无此人"的字条。西里不明究竟，心中极不舒服。写信问家里人，家里来信说，现在没有收到白岷的信件。

西里每个星期天都到本市的一家军用飞机场去，希望能看到或听人说起白岷。但一直没有白岷的任何消息。

但是西里总是听见轰轰的巨响，震动了墙上的玻璃窗。她突然感到胸中一阵狂跳，双颊飞红，四肢被骤然变热的血流弄得有点紧张的疼痛——当然这种疼痛是轻微的带着快感的。她飞快地向响声传来的方向跑去。在她家的屋后，停了一架银色的飞机。飞机上下来一位穿白色飞行服的英俊男子，微笑着走向她，然后牵着她的纤细的手，一起走进了那架飞机。

当然这只是一场梦，但是这场梦带来的后果是少女西里总是仰着瘦弱而白皙的脖子双眼凝望天空。经过她头顶的天空的飞机——从她的视线中远去。她一直望着直到飞机飞过时在天空留下的白色的云线消失。仰望的岁月更增加了少女西里的多思多虑与梦牵魂系。

5

她上大学报到后的第一天，就一个人去了飞机场，在停机坪旁的几个小时内，她的目光送走了几架飞机也迎来了几架飞机，可任何一架飞机上都没有她爱过的王子。

这种失望并没有打消她守候的决心，她每个星期都到一次飞机场，一望就是一天。这种凝望与守候一直持续到她大学毕业后六年，也就是少女西里已经在这座城市仰望了十年的天空。十年的唯一收获就是梦想仍然没有实现。

西里除了工作上的需要，不与任何人交往。很多时候我们看见西里一个人独来独往。人们暗自议论西里一定有什么毛病，不然这么一个才貌双全的女孩怎么会一直独身呢？

关于西里，笔者还可以告诉你的是：西里与本人同年，属羊，今年二十九岁。身材高挑，皮肤白皙，留一头乌黑的长发。在西里过往之处，她美丽的姿色冷艳的气质会吸引很多人。在她仰望天空时，仰望她的异性，热切的双眼里充满了绝望。

西里在1992年至1996年这段时间内出版了两本诗集，另有一部关于一个少女仰望梦境不知所归的长篇小说《谁带我飞翔》也已付梓。

所有这些关于西里的秘密，是我在西里即将出版的长篇小说《谁带我飞翔》的字里行间发现的。因为我是西里这部长篇小说的责任编辑。

我跟西里一样无法知道白岷在哪。但有一点可以让读者放心的是：西里坚信白岷一定在她仰望的天空中飞翔。即使天空中没有飞机，西里仍然相信白岷会像她头顶的热爱蓝天的白鸟一样永远飞翔。

请把口红吃掉

1. 涂口红就是眠眠

爱涂口红的女士大概都这样：一手执镜，一手拿着唇线笔，嘴轻轻张开。用唇线笔仔细画好唇线后，再拿口红涂嘴唇。女士们通常最先涂的都是下嘴唇，等下嘴唇涂好之后，再涂上嘴唇，然后两唇轻轻一抿，再把唇线以内的口红涂匀，两片嘴唇就会变得明丽而饱满。如果把这一过程提纲挈领，就是上嘴唇与下嘴唇轻轻一抿，然后张开。如果把这一过程用声音表达，可以叫成 mian mian——上嘴唇和下嘴唇轻轻一抿，舌尖放在两齿之间，从口腔里发出 m，然后两唇突然分开念 ian。这个过程再重复一次，就是 mian mian，念成第二声，就是女主人公的芳名——眠眠。本文把眠眠同涂口红的动作如此紧密联系，是因为眠眠是一个离不开口红的人，或者说眠眠根本就是一支口红。

2. 无色唇膏

28 岁的眠眠使用口红的年龄整整有 20 年了。20 年里她所使用的口红数量和颜色在她这个年龄段几乎可以进入吉尼斯大全了。眠眠使用口红绝对不像女艺人一样是因为职业的需要，眠眠使用口红是因为嘴唇及心理的需要。确切地说，眠眠那双花瓣般柔美而精致的嘴唇一年四季都爱干裂、起皮，总是充满了渴意。8 岁之前，眠眠的手里总是备着妈妈为她买的无色唇膏（实际是防裂膏），只要嘴唇稍感不适，眠眠就拿出唇膏涂一涂，两片嘴唇立刻就湿润饱满起来，就像干燥的花瓣儿突遇滚动的露水。女孩儿眠眠在爸爸妈妈的叮嘱下小心翼翼用无色唇膏掩盖这与生俱来的不为外人知晓的秘密。8 岁毕竟不是一个使用口红的年龄。女孩眠眠知道特殊的嘴唇不能特殊，所以她一直只让无色的唇膏陪伴自己。好在妈妈是一个天生丽质且不爱化妆的女子，在任何场合素面朝天也依然美丽。这一天然优势使得妈妈的化妆柜上简单得只有洗发精和面霜、护手霜，即便是在化妆成为时尚的年代，妈妈的化妆柜仍然简单如初。眠眠除了使用无色唇膏外，没有任何理由使自己嘴唇的颜色变得丰富起来。

1980 年代初口红的色系仍然比较单一，主要是红色系列，诸如大红、朱红、玫瑰红、赭红等等都是绕着"红"这一颜色在转，即便最妖娆的粉色，也仍然是红色的家族。那时候口红的名与实还是一致的，口红就是红，不像现在这样口红还可以是口绿、口蓝、口黑、口紫等等无限丰富的颜色。那时候的眠眠，涂着无色唇膏的眠眠会经常在商场的化妆柜台前流连忘返，可任何一个服务员都只会问眠眠要什么牌子的面霜或洗发精，绝对不会问眠眠要什么颜色的口红。眠眠也只会咧开涂着无色唇膏的嘴唇轻轻一笑——我看一看，然后离去。谁会想到一个 8 岁的女孩儿以后对口红有着梦牵魂系爱恨不能的情怀呢？

3. 我爱口红

眠眠 8 岁的生日那天，正好是星期四，下午不上学，眠眠一个人偷偷地跑到她常常去的那家商场的化妆柜前，从衬衣口袋摸出她几个月来从嘴边节约下来的零用钱，小声地对服务员说：我要那。服务员拿出放在口红旁的儿童面霜递给眠眠。眠眠摇摇头说：是那！服务员指了指另外几种面霜说：是哪？是这，还是这？眠眠轻轻说：都不是，是那，口红！口红！服务员不解地看着眠眠。眠眠羞怯地说：我给妈妈买生日礼物。服务员说这小孩真懂事，会给妈妈送生日礼物了。……送给妈妈，最好买赭红色或者暗红色的口红。可眠眠还是买了几个月前她就盯上的那种可爱的玫瑰红。

服务员说玫瑰红适合皮肤白的人用。眠眠对服务员说：我妈的皮肤非常白，比我的还白！服务员抱歉地一笑，就递给眠眠那种玫瑰色的口红。眠眠付钱后，小心翼翼地揣着那支可爱的口红回了家，然后关在自己的房间里悄悄地涂。

几个月前眠眠曾经问过爱化妆的小姨怎么用口红。小姨神神秘秘地告诉眠眠说就像涂唇膏那么用。所以眠眠在涂口红时得心应手，很快镜子里那张亮丽的小嘴唇像一朵小小的玫瑰花随着眠眠嘴上快乐的节奏一开一合。眠眠高兴得心花怒放差点唱出歌来。要不是妈妈进出客厅与厨房的脚步声提醒眠眠，眠眠真的就放声高歌了！不好，爸爸也回来了，他在问妈妈：眠眠在哪里？眠眠慌慌张张地用餐巾纸擦掉唇上的口红，然后把放在桌上的口红藏进书桌抽屉里的一个小角落，心中怀着一份不能透露的喜悦等着过完生日后回到一个人的房间躲起来涂口红。

同学们结伴来到眠眠家为眠眠过生日。她们送眠眠一些既实用又好看的礼物，诸如：小女孩用的蝴蝶结、小手镯、文具盒等等，妈妈送给眠眠一本精美的日记本，爸爸送眠眠一本白雪公主的小画册。那天晚上眠眠高兴得要命，送走同学们后，眠眠一个人躲进自己的房间里在妈妈送给她的那本日记里记着一些真切而幸福的感受。诸如：我终于买了那支口红，它真漂亮。我的嘴唇涂口红比涂无色唇膏好看多了。可惜涂了口红只能一个人在房间里悄悄地看，不能让爸爸妈妈看见，更不能让同学们看见，要不然他们会骂我是小妖精的。……今晚过得真愉快。好朋友思思、静静、佩佩、嘟嘟都来参加了我的生日晚会，我高兴极了。整个晚上像吃了大白兔奶糖一样甜。一轮红月亮又大又圆，真是美极了……要是每天都这样该有多好啊！眠眠坐在桌前望着窗外的月亮天真地想。风儿轻轻地吹着眠眠细细的发辫，眠眠一直就那么坐在窗前想她那个年龄才能想到的事儿：妈妈送我一个日记本，爸爸为什么不送一支钢笔给我呢？8 岁的孩子大都是用铅笔和圆珠笔写字的，很少用钢笔。

我8岁生日最大的愿望是得到一支口红、一本日记本和一支精美的钢笔，而不是文具盒与小画册。当然，爸爸和妈妈做梦也没有想到我会在8岁的生日里为自己买一份秘密的礼物。我无数次想象口红涂在我唇上的样子。就像电影和电视上的那些外国女孩，涂着明媚的口红在户外跑来跑去——多么快乐的小天使。我现在终于有了一支口红，可惜我只能躲在房里，偷偷地涂口红，暗暗地欣赏镜中的自己——我的美人！就像爸爸在房间里经常对妈妈说的那样——真是肉麻！话一出口，眠眠就偷偷地笑自己不害臊。

眠眠，一个人自言自语地干吗？门外传来爸爸的声音。还没睡呀，爸爸可以进来吗？眠眠常对爸爸妈妈说：这是本小姐的闺房，没有本小姐的允许，你们不能进。所以爸爸妈妈每次要进来时，总要在门外喊，只有得到眠眠的允许后，他们才推门进来。当然，眠眠不在闺房的时候除外。眠眠以为爸爸又是叮嘱她早睡早起，于是就对着门外喊：我就睡觉了。眠眠一边说一边麻利地用手纸擦掉口红，然后把放在桌上的口红藏回原处。可以进来了！眠眠对着门外喊。

你擦过唇膏了？爸爸看着眠眠的上嘴唇与下嘴唇紧紧地抿着，就问她。眠眠点点头。眠眠，你看爸爸给你买什么礼物了。爸爸小声说，嘘，别让你妈妈听见，要不然她又会说我宠你了。爸爸一边说一边从上衣口袋里掏出一样东西揣在手心里让眠眠猜。能猜出在手心里的肯定不是钢笔，眠眠失望地摇摇头，表示猜不出。爸爸说：你肯定是猜不出的。瞧，你看，你喜欢的口红。

口红？爸爸，你怎么知道我喜欢口红？眠眠惊讶地问。

没想到吧？我和你妈都知道你喜欢口红。你忘了，每次到你小姨家，你总是盯着小姨梳妆镜前的口红，那样子就差鼓起勇气往自己的嘴上擦了。

眠眠怎么会忘记呢？一次眠眠趁人不备，拿起口红好奇地往自己的嘴上擦，被妈妈发现了，妈妈打了眠眠的手，还骂眠眠像个小妖精。那是妈妈平生对眠眠最凶的一次，眠眠为此委屈得一晚上都没有睡好觉。

她不明白妈妈为什么在口红这个问题上对她那么凶。爸爸以为眠眠耍小孩脾气跟妈妈过不去。他哪里知道是为涂口红的事，如果知道是因为口红的事，爸爸今天也不会送口红给眠眠了。

来，眠眠，擦给爸爸看看。眠眠接过爸爸递过来的口红，旋开塑料盖，轻轻地在唇上涂起来。

爸，你看好看吗？眠眠扬起头让爸爸看她的嘴唇。

噢，眠眠，你涂口红很好看！不过你现在还没到涂口红的年龄，所以你不要经常涂，只在周末和假期涂一涂，别让你的同学和老师看见了！你现在把它藏起来，要不然你妈妈看见了会没收的。

爸爸送给眠眠的是一支赭红色的口红，颜色一点都不亮，根本不适合眠眠这样的小女孩。但眠眠还是很高兴。她梦寐以求的东西一下子就有了两件，她怎么不高兴呢！

可是生活在慢慢地改变，从爸爸在眠眠 8 岁生日的那个晚上悄悄地送她第一支口红之后，一切都在改变……

4. 谁的唇印

眠眠当然是在无人的时候偷偷地涂口红，可妈妈还是知道了爸爸送眠眠口红的事。她埋怨爸爸支持眠眠小小年纪就臭美，这样下去，长大了怎么办？那还不成了妖精！

爸爸则不以为然：眠眠的学习成绩还是很好，她并没有因为涂口红而分心，何况她还只是在家里涂涂口红，公开场合仍是用唇膏。我看这样没有什么不好。

眠眠撒娇地说：妈，唇膏与口红不过是颜色上的差别罢了。反正我的嘴唇需要涂唇膏，涂有颜色的总比没颜色的要好。

是呀，眠眠说的很对。爸爸附和道。

都是你，把眠眠宠成这样了。妈妈凶巴巴地吼爸爸：你一天到晚跑销售，每个星期周末才回来一次。你不过问孩子的功课倒也罢了，偏偏在恶习上还宠着她。她以后变坏了，我看你怎么收拾！

不过是支口红，你想那么多干吗，至于吗？

什么至于不至于的，你别一副无所谓的口吻。现在不教育孩子，等她长大了变坏了，到时任凭你怎样教，她都改不过来了。

好了，好了。眠眠跟你妈说，我们投降了，行不行？

不行，真要投降就把口红交给我，要涂让我给她涂，一个星期只允许涂一次，你什么时候回家她什么时候涂口红。妈妈气咻咻地说。

要是我每天都回来呢？你是不是让她每天都涂口红？爸爸狡黠地说。

你哪个月每天回来过？

是的，我不能每天回来。可要是我永远不回来或是我死了呢？爸爸冷冷地说。

妈妈没想到爸爸说出这样的话，她更加恼怒了：如果是这样，眠眠就永远都不涂口红。这番对话使室内的空气骤然冷了起来，三个人的心都颤了一下。这次争吵成了爸爸妈妈生活中的一道阴影，只是小小的眠眠还不曾察觉。爸爸每个周末都回来，眠眠也每个周末都涂口红。眠眠照例会很高兴。妈妈似乎也很高兴（她高兴是因为爸爸回来了），只是这份高兴慢慢由期待变成了一份承诺的载体。三个人的内心都因此变得沉重起来。

但只要爸爸回家，眠眠总会扑到他的怀里撒撒娇，她经常不注意就把口红印在他的脸上和衣襟上了。妈妈在第二天给爸爸洗衣服没少责怪眠眠不懂事，弄脏了爸爸的衣服。这情形一直持续到眠眠13岁那年的初潮。因为身体的变化让眠眠对两性的距离有了一些敬畏与认识。眠眠发现自己在长大，而且每一天都显得漫长与寂寞。爸爸回家时，眠眠照例会涂口红，但她不再像以前那样扑到爸爸的怀里撒娇了。爸爸也似乎觉察到了眠眠的变化，他也只是拉着眠眠的手问寒问暖。

有一天，眠眠与爸爸在用早餐，听见正在卫生间洗衣服的妈妈说：这孩子都成大姑娘了，还在爸爸的衣服上印图章。妈妈，我没有啊，眠眠正欲反驳，突然觉得哪里不对。她抬眼看爸爸，爸爸正低头用餐，似乎根本没听见妈妈说什么。眠眠一个劲地在脑子里思索：昨天我根本就没碰过爸爸，他衣襟上哪来的唇印呢？接下来的几个星期，妈妈仍在爸爸回来的第二天洗衣时，唠叨眠眠把口红印在爸爸的衬衣上。妈妈她哪里知道这几个星期眠眠根本就没有涂过口红呢？眠眠突然感到事情的严重性了。这唇印就像一道伤口，成了眠眠心中的隐痛。

爸爸，你……你为什么背叛妈妈？一次眠眠趁妈妈出去买菜的时候对爸爸说。

爸爸惊讶地说：你说什么呀！什么背叛不背叛的，不许你胡说！

爸爸，你衣服上的口红不是我的。因为这几个星期我根本就没有擦口红。

爸爸惊愕地看着眠眠。过了好一会，他讨好般地对眠眠说：你还太小，你不懂大人之间的事。等你长大了，我再跟你讲。

可是，你不能欺骗妈妈。如果你再这样，我永远都不涂口红了。眠眠恨恨地说：你总是送口红给我，不是因为我喜欢口红，你是拿它给你作掩饰。

眠眠，你听爸爸说。

我不要听。你是一个大坏蛋。我永远不会再理你了。眠眠伤心地说。

5. 远离口红的日子

自从发现了爸爸的秘密后，眠眠的心都碎了。她把这几年集下来的十支口红一一排列在卧室的书桌上，看它们的颜色与形状。现在它们在眠眠眼里不再是纯洁的鲜花也不再是美丽的火焰，而是尖锐的刀子与深深的伤口。它们像一把把红色的刀子刺痛了眠眠的心，又像一道道伤口无语地流着红红的血。

眠眠心中恨死了爸爸，但当着妈妈的面又不便表露出来，所以她只好拿这几年收集起来的十支口红出气。她发明了一种对付爸爸的方法：她不用口红涂嘴唇，专用各色口红涂爸爸的上衣。当然这事她是趁妈妈出差爸爸在家的时候干。干完后，再把涂有口红的衣服拿给爸爸：这些脏东西你自己洗吧。爸爸脸都气白了，挥手就打了眠眠一个耳光。这一耳光打得她晕头转向，使她对爸爸的恨更加深了一层：你不仅欺骗妈妈，还打我。你真不是东西！这次，眠眠和爸爸闹得很厉害。后来眠眠将近有一年的时间不再理爸爸。

妈妈认为女儿处于长身体长心眼的岁月疏远爸爸是很自然的事。她哪里知道真正的原因呢。

虽然爸爸对眠眠表示过歉意，回家的次数比以前多多了，对妈妈的态度也比以前好多了，但眠眠从内心里仍然不能原谅爸爸。

口红离开了眠眠的生活，却成为她内心的伤口，这伤口经过一年一年时间的医治，仍然无法愈合。这无法痊愈的伤口甚至影响了眠眠的爱情。

人们相信爱情会始于一个眼神，可他们不会相信爱情会终于一支口红！但眠眠的爱情就终于一支口红。

17岁那年眠眠到广州上大学，在新生接待处认识了搞接待的李同，两人一见钟情，很快成为了校园里令人羡慕的情侣。可惜好景不长，在眠眠18岁生日那天李同送眠眠一支口红，并当着许多同学的面要跟眠眠涂上，并说：眠眠，来，涂了口红后在我脸上盖上你爱情的大红图章。这是幸福的甜蜜话语，恋爱中的女孩应该会愉快地接受，但是口红给眠眠的生活带来的特殊伤害，使当时的眠眠感觉比别人打了她耳光还难受。眠眠的脸气得发紫了，声音大得连她自己都觉得震耳：李同，你住手！李同显然被眠眠的喊声震呆了，他的手里拿着口红，两眼不解地看着眠眠，过了好久才问眠眠怎么回事。眠眠鄙夷地一笑，把他那只拿口红的手掌弯到他的唇下说：请你把口红吃掉！李同没有吃口红，他们的爱情因为这一口红事件而画上了句号。

6. 伤心火箭

不管眠眠怎样有意地远离口红，口红总是在她的视域里出现。各色各样的口红充满了城市的每一个角落。口红在女人们的唇上明媚着，在男人们的脸上、脖子上掠过。它如此频繁的出现从另一方面刺激了眠眠的神经。眠眠由过去远离口红加入了疯狂收集口红的行列。对眠眠来说，口红不仅仅是嘴唇的需要，也不仅仅是出于观感上的考虑，它在眠眠如今的生活中已经变成了对男人们感情的试剂。

目前放在眠眠化妆柜上的口红不下三十支，每一支口红代表一段故事，一个男人。也就是说在眠眠18岁至28岁这漫长的十年中，她先后认识了三十个异性（这些异性中有一多半是有妇之夫。她之所以接受有妇之夫的勾引，是因为他们比单身男性更让她产生复仇的快意），并跟他们每个人都有一段短暂的感情。眠眠对那些想跟她谈恋爱的异性说：送我一支口红吧，让我给你盖上爱情的大红图章。可笑的是，这些傻瓜愿意让眠眠盖章却不愿意吃掉口红。在眠眠看来，不愿吃掉口红的男人是不能托付终身的。这可是真理。因为眠眠的爸爸就是一个愿意接受图章而不吃口红的人，他现在和眠眠的妈妈相敬如宾，那个在他脖子上盖过图章的女人却痛苦地自杀了。

有一次，眠眠请好友思思和嘟嘟到舞厅去跳舞。思思和嘟嘟趁机劝眠眠从她的追随者中挑个人结婚。眠眠恨恨地说：我不相信那些鸟男人，他们在情人节那天连我的嘴唇都不敢吻，生怕我跟他盖上图章后让他老婆发现了。他们竟然厚颜无耻地对我说，离婚后再娶我，一派胡言！

后来，舞厅里有几个男人走过来对眠眠说，小姐请你跳舞行吗？

眠眠说，行，但有个条件。

什么条件？

眠眠站起来从坤包里掏出几支口红，对站在她面前的男人说：请把口红吃掉。

神经病：我们是寻找肉欲，不是寻找火箭。

所以，你们不配跟我跳舞！眠眠趾高气扬地走到一边坐下来。

眠眠自信地对思思和嘟嘟说：那愿意吃掉口红的人，在暗处的某个角落坐着，一言不发。虽然我现在不知道他在哪里，但是我会找到他。

到那时，我会走到他的面前，递上一支可爱的口红，并对他说，请把这支口红吃掉！他会深情地笑一笑说，好的，因为你就是一支口红！

我很愿意成为一支口红，而不是成为一支伤心的火箭！眠眠意味深长地说。

7. 眠眠吃口红

眠眠一手执镜，一手拿着唇线笔，嘴轻轻张开。她用唇线笔仔细画好唇线后，就拿口红涂唇了。她先涂下嘴唇，再涂上嘴唇，然后两唇轻轻一抿，只听她湿润的嘴愉快地发出 mian mian（眠眠）的声音，接着她伸出舌头舔了舔唇上的口红，然后用力一吮。口红染红了她的口腔，慢慢地随着她的口水咽进了肚里。

星星高高在上

A. 白色雏菊

天渐渐黑下来。

那盏白色雏菊在窗前抖瑟，孤独地燃着她那白色的火焰。

菊有一次从花店门口经过时，一阵扑鼻的香。她以为是火红的玫瑰。她一直喜爱玫瑰，偏爱她们的如火如荼与毫无保留地倾出生命的色彩。她对她们的偏爱多次出现在她的诗中、她的梦里。可她发现在这个落叶飘零的秋日早晨，夺目的却是这盏白色的雏菊、这束白色的火焰。玫瑰在她心中远去了，这盏白色的菊却一日一日地成为了她生命中唯一的昭示与舞蹈。

菊不知道这种转变为什么来得这么强烈，这么快。

她像着魔似的爱上了这个与自己同名的植物。每天都护理她。嗅着她淡淡的香，抚摸她嫩嫩的叶瓣。菊第一次发现这种冷冷的植物中有一种燃烧的欲望。这种无声的欲望强烈而冷，直逼人的心。那冷艳的火焰比玫瑰还高傲，灼痛人的心。菊被这种花深深地感动了。这种感动使她躁动不安。她兴奋又害羞，就像初恋，怀揣一些想要言说却又不能言说的秘密。她把那盏菊花抱在怀中，在穿衣镜前和她合影。她觉得那盏菊就是她。是她风中的背影，是那喀索斯和他水中的影子。这种感觉来得太莫名其妙。菊甚至开始认为自己是不是有些神经质。

李同摇了摇手中的画笔，示意菊按原来的姿势坐好。李同以前只画静物并不画女孩，只是在他爱上菊以后才开始。他认为菊美丽而又脆弱，而美丽脆弱的女孩必须捧在手心里爱。他要让菊为他所有并为人所知。就像安格尔的出浴女。就这样，他把菊从校园画到了校外，从省美术馆画到了中央美术馆。他把菊从一位女孩画成了一个女人。她从一个小有名气的诗人成为了一位画家的妻子。菊始终在一种被爱的环境中、被爱的感动中。菊从众多的追求者中选中李同，更多的是被李同的穷追不舍、忠贞不渝所感动。她不爱李同，却为李同的爱所感动，就像以前她不爱菊花却为菊花所感动一样。想到这，菊心中负疚而又沉重。

"我说，老婆。"李同轻轻摇着菊的脑袋说，"你又是哪根神经犯了病，怎么一下子又对菊花这么感兴趣，是因为你们同名的原因，还是有谁又给你送了菊花？"

菊扳开李同的双手，把膝上的那盏菊放回到窗台上。菊又成了镜中古典的美人，又成了李同画中火红的玫瑰。

童年的家园里开满一丛一丛的菊花，白色的、黄色的、红色的、紫色的、粉色的、淡绿色的。园中以白色的居多。菊的母亲说，菊出生时，又瘦又小，脸色苍白，就像园中的白色菊花。菊的父亲正好从前园中移出一棵菊树，准备栽在台阶前，听到刚出生的女儿的哭声，跑回房里说，今年的秋天不错，菊花也开得早。就给孩子取名菊花吧！

菊就这样给取了名，起了一个毫不起眼的名。不知道那个年代这么被随意取名的女孩有多少，名叫菊花的女孩又有多少。菊只不过是众多菊花中的一朵。

好在父母没有让她在房中学绣花，到田里种菜。他们把她当男孩一样教育、培养（尽管她有一个哥哥），让她读书。菊花这种绝对女性的植物，只是有幸与她同名，却丝毫没有束缚她，让她像很多女孩一样温文尔雅与文静。她像个野小子似的漫山遍野地跑。爬树、捣蛋，几乎是为所欲为。还经常扯下大把大把的菊花抛入河中，任无情流水漂打。

菊同族的一位伯父不止一次吼菊："这哪有一点女孩的样子，一个十足的横小子。真是糟蹋了菊花这一名。"

菊至今还记得这位伯父话语中的狠与眼里的凶。每年清明扫墓与年三十上坟，她都不敢走近那位伯父占据的一点荒凉的坟。

关于菊花这一名，菊在日记本里有如下疑问：

我在母亲的腹中少待一个月，就是为了和这秋天的菊花一起开放吗？可恶的菊花，你为什么和我同时开在我家的园中？为什么有那么多的女孩把那些黄色或粉色的菊花戴在头上，仅仅是因为好看吗？而我偏偏不爱戴菊花，又仅仅是因为我这个菊花叫了菊花吗？为什么我们村的那个身材高挑的寡妇发间总戴着一朵白色的菊？她为什么不戴黄色或粉色的菊？她为什么总是对我说，菊花是一个怪异的可爱的女孩。说我是一个假小子，一个坏假小子？她为什么总爱在黄昏的河边对着那些白色的菊花自言自语？为什么她从不和别人说话，只对我一个人友好，一个人笑？为什么她每天都用菊花编成花环戴在我的脖子上？为什么我又偏偏喜爱她戴在我脖子上的那些菊花？

每当想起这位寡妇，我就觉得，她像是从三十年代的黑白电影中走出来的一个人，一个在杂草丛生的教堂前沉思的修女，一个发间戴着白色菊花的黑色幽灵。

日记在这里中断了。我漫步在秋天的校园，在记忆中搜寻那个在南方的一座城市里消失了的菊，在我们的生活中消失了的菊……

B. 通往高处的路

我现在坐在窗前吞云吐雾。

徐红说我以后肯定会抽烟。只不过我比她说的年限还早几年。我还差四年到而立。

我真想拨个长途电话问问她认为我抽烟的理由。她以前说不爱吃零食而爱写作的女人肯定要抽烟的。我抽烟，并不是因为我不吃零食，也不是写作的原因，而是因为有一天我在一家商店里看到绿色包装的摩尔着实可爱，我买了一包回来放在书桌上。摩尔从一种等待，一种诱惑变成了燃烧的火。前些天我以一天五支摩尔的速度抽着，这几天翻了三倍，昨天甚至又去买了五包回来作为替补。

我在黑暗中点燃摩尔，让它点燃黑夜，照耀黑夜中的我。

星星高高在上。星星点灯。我为谁点灯？

我再次翻开菊的日记：

茨维塔娅娃，这位自杀的苏联女诗人，一直像一颗明亮的星，在我头顶照耀。中国诗人中，仅从一九八九年三月二十六日的海子自杀到一九九三年十月八日顾城自杀的四年半中，就有 12 位诗人相继死去。在天上最新的星座中，有 12 颗新星照耀着诗人的头顶。我们活下来的人沉重得抬不起头。

我一直不爱抛头露面。前几天因为盛情难却，因为作为指导老师的一份责任与负疚，我到学生中做了一次讲座。效果出人意料的好。那晚我并不仅仅因为诗歌而感动，更为自己而感动。

新诗欲归何处是一个众说纷纭的话题。诗人的自杀是一个永久的谜。我不能从具体的死亡背后去谈论一个人的死，尤其是诗人的自杀。死的已经死了，活下来的仍然在执着，在追求。

是的，这不是一个可以把诗歌朗诵得让人掉泪的年代/但我仍要大声地朗诵/在广场/在十字路口/在公共汽车上/在菜市场/我大声地朗诵/我不是作为一个诗人在朗诵/我是作为一个朗诵者在朗诵/我要聋子也长上一对诗意的耳朵

我在一份诗报上看到诗人王寅的这首《朗诵》，我为他的执着感动。多年来，诗歌一直在重复流行歌曲的工作，而纯粹诗人们所要做的是克服这一切，站在诗歌的高度去写诗，但这种工作是越来越艰难，艰难得几乎让人难以承受。

我在冷风中支持。我要《敲碎岩石，让它成为星星》：

敲碎岩石，让它成为星星

成为黑夜里高悬的灯

在世界的边缘

我们是最后留下来的那群人

语言的光穿透诗歌

诗歌穿透我们的内心

岩石抵过天空，成为星星

这无边的夜

我们自己点燃自己

照耀自己

我们大彻大悟

诗歌的灯在高处闪烁

我们是黑雾中

永不偏离方向的一群

诗歌仍然不会让我们

无所不能，但我们

仍要翻手为云，覆手为雨

敲碎岩石，让它成为星星

敲碎自己，成为通往高处的路

　　这是菊留下来的最后一首诗，字迹娟秀潦草，没注明日期。诗末有几朵钢笔画成的菊花，若有若无，像星星一样遥远而寒冷。

　　去年到北京参加了中国新诗人笔会，一位诗人说："起风了，只有试着活下去一条路！"

　　我不是一位著名的诗人，也从来不敢以诗人自居，我甚至没有勇气对那些没有诗意的人去谈论诗歌。对于诗，我更愿意在心中守候与热爱。一位学生曾问过我，在艺术与死亡面前，我选择什么？这个尖锐的问题像把利刃，这些年来一直插在我的心上。哈姆雷特说过："是生存还是死亡，这是一个值得考虑的问题。"我什么也不能考虑，我极力避免崩溃。死亡像一个冰冷的黑洞，遥远而可怕，我选择生。

我一帆风顺地活下来，并写作抽烟，进行着慢性自杀。

又一支摩尔在我手中燃尽，我眼里噙满泪水。我感到有什么东西在我体内消失。我的手渐渐冷下来，面孔冰冷，毫无血色。

我翻回到前面的几页，菊这样写道：

火车在音乐中远去，我含着泪水送走了我一生中最爱的男人。在秋夜的冷风中，在都市的霓虹灯下，我漫无目的地走着。我多么希望前面就是万丈深渊，让我毫无知觉地走下去。

谁做我倾听的耳朵，我做谁歌唱的嗓子？琴为谁而碎？

送走林峰，我捂着被子哭起来。李同拥着我的双肩不知所措地安慰我，问我哭什么。我哭什么呢？我躺在丈夫的怀中想念另外一个远去的男人。那个没有对爱情承诺的男人，那个并不为我了解的男人。我毫无理由地无望地爱着他。

李同为了举办个人画展，还在拼命地画画。我看到他眼里的疲劳。

我失魂落魄，一天一天地消瘦。

这几年来，我试图去爱那些爱我的人，但我做不到。是的，女人应当要求被爱的幸福，而不是爱情的痛苦。我选择了李同，但是被爱也这么痛苦。

我从来没有发现自己已经爱上了林峰，直到结婚前夕。红杏愈烧愈艳，简直要烧坍了婚姻的墙。

李同一天天瘦下来，脸色苍白。每次陪他看医生都是病因不详。我隔夜为李同熬一次银耳莲子汤。李同说，我的妻子既可人又有无尽的母爱。是的，我更多的是李同的母亲，而不是一个称职的妻子与情人。

C. 胸前的玫瑰与发间的菊

墙上那幅油画中的少妇直逼我的眼帘。那是李同画的《一个菊花的女人》。它的原型仍然是菊，胸前仍然是菊所热爱的玫瑰。与菊那一袭黑色的裙形成鲜明的对比。菊长长的乌发用红色的丝绸在脑后绾成一髻。画中的菊依然古典而美丽，红与黑仍然是李同的绘画语言。

菊认为它是李同最成功的一幅画。

我实在看不出有什么特别。今晚，我凝视着她，这个叫作菊花的女人。我看着那白皙的脸，纤细的双手，它们那淡淡的光，像一阵忧伤的音乐浸透我，我的心一阵一阵地冷。我仿佛看见菊的日记里所描绘的那个乡间的寡妇从画中走了出来：从三十年代的电影中走出来的一个人，一个杂草丛生的教堂前沉思的修女，一个发间戴着白色菊花的黑色幽灵。

我被自己的这种联想震惊了：我忽然发现菊的发间有一团白色的光，像是菊花，又像是一颗耀眼的星。比红色的玫瑰和纱巾还要炫目。

李同真是用心良苦。像是漫不经心地画上去的。实际上是多么强烈的存在。难怪菊那么喜爱这幅画！

有什么命定的东西，在被我们随意地安置！安置在它命定的地方。

胸前的玫瑰与发间的菊。

十七岁那年，我们的女主人公从一个小乡村考进了省城的一所大学读书。活泼的假小子一下子变成了一个文静内秀的大姑娘，灰姑娘变成忧伤的白雪公主。这是菊生命中的第一次转变。

父亲的亡故，使菊成了一个眉梢锁满忧伤的女孩！

她每天写日记，写诗，向自己倾诉。她拒绝同情，也拒绝爱情。尽管这样，菊身边的追求者却越来越多。可能是忧伤的女孩更可爱吧，何况菊这样一个才貌双全的女孩。

用李同的话说，她周身的光不容抗拒！

大二那年，一位朋友送给菊两张油画参观券。青年画家李同油画展在省美术馆举行。

菊一直喜爱李同的画。但李同的画她都是从报纸或美术杂志上看到的。这是一次欣赏原作的好机会。

菊叫了徐红一同去看了那次画展。

李同那天站在展厅门口，收集观众的意见。菊还以为那只是一个英俊的看门人，她并没留意。出展厅时，那人要菊留下观感，菊才知道他是自己崇拜的李同。菊什么也没有说，甚至没有写下自己的姓名，只留下这样一行纤秀的字：

我喜爱你画中的玫瑰。

画展回来后的当晚，菊花写了一首诗：《玫瑰的名字》。

她特别喜爱李同画中的玫瑰。她觉得她们娇艳欲滴，如梦如幻。

第二天李同跑遍了省城的大街小巷，好不容易从一家花店里买了九朵火红的玫瑰（前几年这座大城市里的花店并不多）。等他打听到菊的宿舍时，已经是晚上十点。他费尽口舌才说通了门卫，让他进了女生宿舍楼。

那晚菊十八岁，她们小组的同学在菊毫无准备的情况下，庆祝她的生日。那些追求菊的外班外系的男生都参加了这次庆祝会，并且都送来了一束束白色的、红色的、紫色的菊花。别的男孩都顾名送菊，而李同却送来玫瑰。李同这迟到的玫瑰显得格外娇艳美丽。

后来，徐红告诉菊：李同是一个很特别的男孩。

那次画展中李同向我打听你的名字来着。真有意思，他当时知道你叫菊花，却送来了玫瑰。菊花，你可要留意着点，他不是一个顾名思义的人，却是一个投其所好的人！

D. 山间的邂逅与尘世的重逢

徐红说得对，李同是一个投我所好的人。只要我喜欢的东西，他都喜欢。他经常买书送给我。教我画画。他从不问我爱不爱他，只是一心一意地爱我。有一次我对他说，李同，你怎么不问问我爱不爱你呢？李同说，你好像没有心思恋爱，但你很快就会爱上我的。李同那么自信，让我也没法怀疑自己了。李同性格坚毅，充满创造的激情。我对李同从一种朦朦胧胧的崇拜发展到一种难分难舍的依恋。

我一直想过一种独身生活。工作、写作之后蒙头大睡。我一直这样回答那些关心我的朋友，也一直这样在文章中宣扬。可面对李同，我那些想法烟消云散了。我就像山上的一棵小松，离不开大山的怀抱。李同对我布下爱情的天罗地网，我在劫难逃。六年马拉松式的爱情生活，我束手就擒。

单身生活就要结束了。别人都说，诗人结婚就写不出好诗来。我不仅要写好诗，还要做好一个家庭主妇。

可怕的事情发生了。

那次出差到 B 城碰到了我两年前在张家界邂逅的林峰。在那个风景秀丽的地方，邂逅林峰这样一位风度翩翩的男子，这一切好像是上苍的安排。可邂逅不过一天，我们就天南海北地踏上了各自的归程。所以我一直把这看成是一种美丽的缘，一个永恒的瞬间。但我确确实实地动摇了好长一段时间。我有一种说不清的感觉。幸福而又迷惘。总在渴望，总在等待。但我们天各一方。现在我们奇迹般地相聚了。在林峰的宿舍里，我满脸通红，不知所措。我们小心翼翼地避开感情这一话题，可后来还是回到了这一点。我看到林峰书桌上的两句话：

美丽是金
智慧是银

我问林峰，什么是钻石？
林峰说，情感。
一下子我不知道再说什么好。我急忙打岔，支支吾吾的，向林峰要影集看，问他这些年去过哪些地方。我还看了他的速写画册及水彩画。这是我的一大发现。我不知道他也画画而且很有天赋。

可能是园林专业的缘故吧。林峰的画只重山水园林，而没有注重人物，他说他以后要学会画人。他可以在繁华的街市画，也可以在无人的山水间画。他画画时忘记一切。但他并不刻意画画，也不刻意去做画家。

你结婚了吗？他问。

还没呢。我想独身。

为什么？

因为独身很美丽。

林峰看着我不说话。

你呢，你想找一个什么样的伴侣？

像你这样的。林峰说。

我自己也不知道自己是一个什么样的人。我举起林峰给我倒好的雪碧。来，我们喝完它。我们都不胜酒力。雪碧是一种可爱的妖精。我一直喜欢它。想不到林峰专门用雪碧来款待我，这也是一种巧合？

你爱吃苦瓜吗？夏天吃苦瓜解暑。

不，不爱吃。有一次我在学校食堂打回一个菜。我以为是榨菜肉丝，想不到是苦瓜肉丝。结果，打回来的饭菜全倒了，我没法下咽。那东西实在太苦。我绝对不敢吃第二次。

我今天偏偏烧苦瓜肉丝让你吃。你要学会吃苦。

那次晚餐，我苦得几乎要掉出眼泪。

我说，林峰，你饶了我吧。我第一次就对苦瓜有了偏见。我不可能这么快就调正我对它的口感。

那么，就下次吧。下次来，你要给我做苦瓜并吃给我看。

林峰啊，你真是一个专横的家伙！

我们有下一次吗？

这一切好像并不是爱情的承诺。可我们却分明爱着。

想想刚到 B 城时，在这个陌生而美丽的城市里来来往往的人群中，我只不过是一个匆匆的过客。我恨不能转身就飞回我居住的城。但是林峰的出现却改变了我的主意。要不是工作上的原因，我真想待在林峰的身边，直到天长地久。可我还是万般无奈地回了 H 城。

李同到车站去接了我。他说，你怎么像变了一个人似的。你不想我吗？我真是想死你了。没有你在身边，我简直什么事都干不成。

我真是这么重要吗？这简直太不幸了。

回到学校看到李同布置的新房。这个无可挑剔的男人，他这么爱我。我能说什么呢？母亲说，你这样一个娇气任性的女孩，有这么一个男人宠着你爱着你，是你的福气。你还挑什么，你还要什么？

是的，我还挑什么，还要什么？

林峰，上帝原来要这么安排，我怎样向你说明我自己！

为什么一定要错过多年以后，才明白自己最真的梦。

我对我渴望已久的一切不知所措，所以，我怀疑我的努力并不一定能感动上帝！

我失去了自由，甚至不配得到你的爱！

现在，朝思暮想，失魂落魄又如何！

B 城于我太过美丽，太过遥远，就像你于我！

我这样给林峰写了一封信。而林峰却并没有给我写信。

他打电话来说，你还好吗？你在忙什么，你在做什么？

我什么也不忙，什么也没做。

那么，你呢？林峰，你在做什么？

什么也没做？

你在做梦吧？

你说得很对。我在做梦。林峰说。

而我又何尝不是在做梦！

没过多久。林峰又打来一次电话。问我好不好，还说，他不清楚我信中的意思，所以不好写信来。

我说我也说不清楚。我准备考 B 城的研究生。

为什么？林峰问。你不是不喜欢那些形式主义，不是不喜欢那种紧迫的环境吗？

我不知道，我有一种强烈的愿望，就是考 B 城的研究生。我不能说是因为林峰在 B 城的原因。要想调往 B 城简直难于登天，我只能通过考研这一途径。

我说，林峰你呢？有没有想换一个工作环境？

我正在办调动。

到哪？我急切地问。是北海，还是上海？我曾听林峰说，他喜爱这两座城市。

他说，都不是。不留在 B 城，也不去 H 城。他说他曾想调到 H 城来，可他喜欢的那个单位同学太多，H 城又太大、太脏。

搞园林的人，是不是对环境特别挑剔？

他最后告诉我，他要去 S 城。

我的心像猛然遭到了电击一般。我做梦也没有想到，林峰要去 S 城。我缓了好一会，才说：那是南方最有魅力的城市，出去闯闯，会有好处的。

几个月后，林峰去 S 城时，路过 H 城。

我在一家餐厅里为他饯行。林峰问，你一切都好吗？

我说你指哪方面，是工作、生活，还是其他方面？

所有的一切！

我说，我刚刚结婚。我像做错了什么事似的，不敢正视林峰。

好久，林峰才说，我什么都想到了，就是没有想到你结婚。世界上又少了一个独身主义者，应该是一件高兴的事情。

林峰，你怎么想到要去 S 城？

为了糊口。

怎么会呢？

找那么一个好的地方去糊口，林峰你的口也太难糊了。

我东拉西扯地找话题。我跟他谈我的工作，谈前段时间的旅游。还谈了我不久将要给学生举办的一次讲座。

他说，我喜欢听你的声音，你的那种带着家乡口音的普通话。把你的讲座录下来，寄给我听听吧。

我说，就免了吧。H城永远是一个中转站，不是起点，也不是终点。我为这座城市感到悲哀，更为自己感到悲哀。

也许，我们以后永远没有再见的机会。也许这是最后的晚餐。林峰，我送你走吧？

H城的冬天太冷。别送了，你一个人，我不放心。

你别以为我会跟你走，我只是想送送你。

你怎么这么说呢？你要跟我走，我简直是求之不得呢！

林峰，你是随口说出，还是真是这样想？？我没有问林峰，我在心里问，这可能吗？

李同太爱我，我几乎是李同的一切。我不能伤害李同。我要学做李同的好妻子。

李同那段时间，在画一系列组画，其中有一幅就是《一个菊花的女人》。我发现头上的一团白光，那团白光像一颗明亮的星星，我喜欢它。

E. 我的痛苦不为你知

你看，你看，月亮的脸偷偷地在改变……

我在孟庭苇的歌声中完成我的小说的最后一章。

有人在开我的门。是菊。她说我这里是她诗歌的气氛，是她最后的避难所。两个月前，她从书桌上抢走我房间的钥匙去配了一把回来，抛下这句话就走了。现在却出现在我的面前。

我感到灾难就要临头了。她进门就说。

什么事这么严重？你知道我在赶出版社的一篇稿子，受了惊会误事的。

斯婧，我简直要崩溃了。真的，结婚一年多来，我无时不在痛苦。

你痛苦什么？李同那么爱你，那么疼你！你到底怎么回事？

不是李同，是我自己，我爱着一个人。我不能对李同说。在李同面前，我受着自责的煎熬。可远方的那个人时常出现在我的梦里，我的脑子里，我没有办法赶走他。我想离婚，可我不忍心，也不能。

菊向我讲述了她与林峰的一段经历。怪不得，这家伙结婚一年来，时不时地往我这儿跑。说要加入独身的行列。又说想远走他乡。我以为她在构思小说，没有想到她心里有事。

你打算怎么办？

我不知道。你给我想想办法吧！菊把我桌上的菊花茶一饮而尽。换一杯咖啡吧，这菊花茶好苦。菊说，我一遍遍地看《自杀的女诗人》《生活在别处》，企图找到什么办法，我不仅一无所获还更加迷惑。

菊，我能替你想什么办法呢？这可是只有上帝才能解决的难题呀。我在心里说。

前天我在省医院门口经过，看到李同从里面出来，脸色苍白，双手顶着胃部。我匆忙跑过去，扶着李同问怎么回事。

李同说，我早有预感，一直不敢面对。

医生说什么了？

我得了胃癌，最多只有半年的时间。

菊花知不知道？我问。

只有医生、我、你三个人知道。不要告诉菊花，她这段时间心绪不宁。说写诗歌越来越痛苦，可她却爱沉湎在那种痛苦中，根本不愿放弃。更糟的是好像有些诗歌之外的情绪在折磨她，我说不准是什么。但我觉得菊花仿佛离我越来越遥远。她好像有什么心事。她好像有什么话要对我说，可每次开口她都只是谈我的画、她的诗，要不就是提醒我小心胃，别让胃病又犯了。

我还有几幅画要画完，没有时间。你找机会跟菊花谈一谈。看到菊花痛苦的模样，我心里更痛。

可怜的李同！

菊花，我什么办法也没有。你不要离婚，也不要想远走他乡。你快回家，照顾好李同，他病得不轻。我夺下菊花手中的咖啡杯。

医生说李同是胃病。胃病只要注意饮食规律就没有问题。有你说的那么严重吗？菊一脸疑虑地看着我。

严不严重你去问医生或是李同，我什么也不知道。

我问过医生，也问过李同，他们都说是胃病。

等到菊花费尽心机地知道李同的病因时，李同生命的时钟只剩下最后一个月了。

菊花都快疯了。嘴里不停地说：李同再给我一次机会，我不是一个好妻子，给我一次机会让我弥补吧。

那时李同刚刚完成最后的一幅画：《白色雏菊》，红色窗帘旁的一束束雪白的菊花，一个黑衣的少妇倚在帘边，含情脉脉地看它……

F. 红舞鞋之舞

那天我去省医院看李同。菊花扑在我肩上泣不成声。护士给她打了镇静剂，好久她才睡着。

李同悄声对我说，帮我去买一双红舞鞋给菊花。她一直喜欢红色的舞鞋。她爱生命的律动。

替我照顾好她，并跟她说，我永远爱她。

李同死的那一天，菊花又昏倒了。她连李同的追悼会也没能去参加。她母亲从老家来，给她请了一个月的病假并陪着她。我三天两头到菊花那里去。菊花后来慢慢好起来。但没有再到单位上班。

等我出差半月回来时，菊花单位的人说，她去了南方的一座城市。

我立即想到了林峰。菊花是不是找林峰去了？她为什么不给我一个电话？

时间一天一天地过去了，一直都没有菊花的消息。

有一天，我在整理书桌时，发现我的手提包里有菊花的一首诗。名叫《落在胸口的玫瑰，成为伤口》：

我悄无一语，用沉默的光辉打动你

石头，再次将你击碎

你知道天空的秘密吗？

小鸟栖满我的长发

爱情要重新来临

你知道季节的落叶吗？

我们自始至终为爱而战

我们手里的剑越来越锋利

是谁歌唱着离去

我悄无一语，用沉默的火焰

燃尽你

什么是我们必须抗拒的灾难

我要卸去爱情的小石头

让它们沉入火焰的海底

我和你天涯海角，分分离离

我和你盘盘绕绕，难解难分

落在我眼里的雨，成为泪水

落在我胸口的玫瑰，成为伤口

我悄无一语

用沉默的光辉击败你

　　这首诗的完成时间是在菊花送走林峰不久。她把它夹在《生活在别处》这本小说里。

　　菊花一定是去了南方。

　　我向单位请了几天假，准备到南方去找菊花。收拾行李时，我在衣箱里发现了菊花留下来的这本日记。我有一种不祥的征兆。

— 41 —

尤其是看到这日记本里的菊花。

菊花这种不幸的植物，这种不幸的征兆！

菊花那么喜欢玫瑰，热爱生命，为什么偏偏是一种菊花的命运呢？

我到南方那座城市，找到林峰时，林峰满脸迷惑地看着一封被退回的信件。他近半年没有菊花的消息，最近的一封信也被退回。

菊花根本就没有找林峰。

菊花去了哪里？

后来我找到了也在南方工作的徐红。徐红说，一个多月前，菊花穿一袭黑色的连衣裙，脖子上围着一条白色的真丝围巾，脚穿一双红色的舞鞋。她满腹心事的样子。我留不住她，她只在我这儿待了一天就走了。说是要到什么房地产公司办事。还说那儿离海最近。

这么说菊花经过林峰房地产公司，但没有进去。

林峰泪流满面地打开他的办公桌。十天前的一个黄昏，他到海滨去写生，看到这双红舞鞋和白色的丝巾。一直没有游客来找。他把它带回来放在办公桌的抽屉里。

G. 生命中的一本书

在南方的那座城，我没能找到菊花。

我现在也没能找到她。

菊花，这个爱情的女人，这个热爱生命的女人，这个喜爱红色与黑色却被白色命运笼罩的女人，永远地消失了。

我把菊花的日记又翻到了她新婚的前几页。这是菊花为她的第一本诗集写的后记。她考虑再三，终究没有用进去。

我还年轻，充满激情与幻想的魅力，尤其是亚当把我诱入婚姻的囚笼，我比以前更加年轻，更富魅力。

甚至是不可抗拒。我知道来自异性的目光，但我拒绝诱惑，也从不言说。

我外表平静，我用内心生活。

因为这样，我是一切痛苦的承受者。

但我不怕受伤，并且坚信受伤的女人最美丽，也坚强无比。

我是水，然后是石头。

现在是然后，是沉默的羔羊，是冥顽不化的石头，被上帝随意
放置。

这是一部女性的宣言

同时是一部弱者的自传

你会在语言的密刀中受伤

却没法言说受伤的幸福

我在深渊里微笑

同时又高高在上

在菊花新婚的这几页日记上，每一页都有一串用钢笔画成的珍珠
项链。

有人说，珍珠项链是女人的眼泪串成的。

我重新打开菊的那本处女诗集，打开我们以前相拥共读的一本书。

不过，这次是我一个人。

我听见身后菊花轻轻的叹息。

没有人能回答我。

菊花是不是成了天上的星星？

星星高高在上，遥远而寒冷。

走前唤醒我

我看见我的美是病态的，
除了消失没有别的欲望。

     ——伊迪丝·索德格朗

A. 装满鲜花的车

一辆车从我身上轧过，我居然奇迹般地活下来了。

满车的鲜花芳香四溢。微笑。仿佛在祝贺这一奇迹。

我大难不死。我甚至没有一点疼痛的感觉。

只是装满鲜花的车挂走了我的衣裙，我白皙的身子暴露在阳光之下，像鲜花一样耀眼而瑟缩。

我是实实在在地活着，鲜花与车实实在在地经过了我。

这是在清晨。雾散去。阳光照下来。

我像风中的花一样飘浮，失去了分量。与尘埃一同飞起来。我的手提包里的名片像五彩花瓣一样飘出来。

马路上每一辆经过的车都带起一车大风，把那些轻盈的名片卷起来又摔下去，反反复复。

```
┌─────────────────────────────────────────┐
│                          ×× 文艺出版社    │
│                          小 说 组         │
│                                           │
│  周  郁  作家                             │
│              地址：中 国·北 京            │
│              电话：(010) ******** — **** │
│                   (宅) ******** — ****   │
│              邮编：100008                 │
└─────────────────────────────────────────┘
```

我只抓住了这张名片，它的背后用钢笔写有一行纤秀的字：

　　到天边去找我

我抬头看见天空红红的一片，霞光像红绸缎一样盖在我的身上。我脚步轻盈，在空中飘浮。

然后我醒来，浑身冷汗，血肉模糊。臂上的脓包流出的血水让我一阵呕吐。我从来没有这么脏过，臀下一大片殷红的血。这是每月一次的潮水提前到来。

而我的手紧紧攥着周郁前些天寄给我的这张名片。

B. 在借来的屋子里抽烟

我做梦都想到一家出版社或报社去工作。但命运却把我留在了这所大学。高考填志愿时，作为重点生受到教师的特别关照。他在最后一次审阅我的志愿时，拿起笔删去了我填的一所重点大学，改成了财经大学，并且说，你怎么都填的中文系、新闻系，换一所财经大学吧，填专业要联系形势，以后毕业好分配。

但我还是在老师改过来的专业后面填上了哲学专业（当时我很纳闷，财经大学还有哲学专业？后来我进了校，才知道，哲学专业是这所大学的尖子专业，有很多知名的学者与教授）。反正我不爱学经济，对会计、财税一概没有兴趣。中学时我就学过一点哲学，也许哲学比那些枯燥的数字有趣得多（那时候经济在我的眼里就是一串数字，我没有其他概念）。万万没有想到，我这么一改，就定了我的终身。好在这一专业正好合了我不太务实的性格。我所就读的这所大学的哲学专业八五级中只招四十一人，其中志愿报此专业的只有九人，我是这九个傻瓜中之一，但我是这九个傻瓜之中绝顶聪明的傻瓜。

我为自己选择的专业感到庆幸。我成绩优秀，表现出色，虽然我的马克思主义哲学学得并不好，但西方现代哲学却给我的诗歌创作带来了不竭的源泉。那时候校园里正风行尼采、叔本华、海德格尔，我站在流行的源头，俨然是一位诗人，在校园里大红大紫，其实哲学对于诗歌创作者来说，并没有多大的好处，尤其是像我这样喜欢现代派诗歌的女孩，更多的是一个灵性的头脑，而不是智慧的头脑。所以哲学只是给我引路，并没有在我的心中扎下根。

也许是命运的玩笑，毕业后我被留在哲学教研室教授哲学，给学生讲授哲学家们那些漏洞百出的哲学体系。我在课堂上用平静的口气讲课，在一间屋子里用激情洋溢与幻想生活、写作。英国小说家伍尔芙说过：一个女人，要想写作，必得有一间自己的屋子。而现实生活中，我没有一间自己的屋子用来思考、做梦。我现在写作的这个空间，是向一位出国留学的朋友邓林借来的。几年来，我在这间八平方米的房间里写下了几本诗集、几个短篇，还把这间小屋熏得乌烟瘴气。

我第一次进这屋子时，看见窗边墙壁上用毛笔写了四个大字：

节烟有益

看到这几个字，我就想这房间的主人一定是一个烟鬼，只有无可救药的人才给自己告诫、警醒，就像永远没法戒赌的赌徒，永远没法戒偷的小偷一样。我中学时就喜爱一些告诫、警句，常在自己的书桌、床头写上一些诸如"静""忍"之类的劝诫性的文字，实际上我比过去更加浮躁、更加没有忍性。即使我心如止水、忍性颇佳的时候，也绝不是这些劝诫的作用。我外出旅游，常常看到精美的工艺品上刻着"静思""思念""祝福""一帆风顺"等文字，我就要作呕。这些并不丑的字破坏了工艺的美，太雕琢、太刻意，让人难受，所以我的朋友从来都不会收到我这样的礼品。

"节烟有益"，有种此地无银三百两的味道。果然，我的这间屋子的主人在一次来信中告诉我，因为嗜烟，多次在禁烟的地方被罚。

我吞云吐雾，抽完最后一支烟，无事可干又无聊透顶，重新打开邓林写给我的信，透过它，我看到了往事的背影，周郁总在这个时候悲伤地向我走来。

C. 美人如花

我和周郁都是校文学社的骨干成员，不同的是我写诗，周郁写散文。周郁是一个身材高挑的美丽女孩，是有名的系花。我在梦想爱情的时候，周郁早已蹚过爱情的小河，与邓林（他那时是老师）恋爱了，并时不时地在校报上发表她的爱情宣言。

小鸟扇动爱情的翅膀在林间啁鸣

我的爱情诗除了我自己的一些梦想之外，大多为周郁而写。不知情的人以为我恋爱了，为爱情所伤，实际上我是为幻想而伤。

周郁是那种表面活泼而内心深怀忧郁的女孩。沉静时高贵而冷漠。

邓林说，周郁是那种太纯洁太美丽的女孩。纯洁得让人不忍心碰她；美丽得不真实，就像云雾中的一朵花，虚无缥缈。其实邓林并不太了解周郁。

我很少看到他们单独在一起。如今的校园里恋人们勾肩搭背，卿卿我我，旁若无人者多的是。我这位爱情的歌手在校园里每每避开他们像避瘟疫一样，仿佛是我在观众不欣赏的情况下卖弄，仿佛是我自己影响了校容。

我并不是一个禁欲主义者，也非独身主义，我也渴望自己的爱情轰轰烈烈，幸福无比。但我宁愿写出来，也不会在马路上当众接吻。我从来都是不善于外露的人，即使我幸福得让人羡慕。

周郁在这一点上与我绝对一致。她每次约会都要叫上我，惹得她的那位老师恋人一脸的不快。我从来都不想当电灯泡，每次都想法溜开，但总是给周郁拽回来，时间长了，邓林也习惯了。

大学校园里并没有明文禁止师生恋。周郁也并不担心将它公之于众。但为什么周郁一直让我充当两人世界里的"第三者"呢？这个问题像谜一样让我费解，直到后来的一个暑假我才解开。

我们俩被安排参加全校的暑期社会实践调查。出发前的一个星期，我们每天谈至深夜，第二天中午才起床。有一天我给 W 市的炎热燥醒了，破例起了个早，到菜市场买菜（假期里学校食堂的伙食难以下咽。我们偷偷用电炉做饭菜吃）。回来时刚过九点钟，我轻轻打开门，蹑手蹑脚地走进卧室（我们的女生宿舍是二居室，有卧室，客厅，还有卫生间，是高校一流的宿舍，曾上过电视）。我本想给熟睡的周郁一个惊喜，但我被眼前的情景惊呆了：

周郁一丝不挂地站在床前，双手正一上一下地抚弄那湿润润的一片，她的双膝顺着手的节奏一伸一屈，肩上的头发风暴般地甩动。后来她慢慢地滑到地上，整个人像一条蛇一样缠绕扭动，嘴里发出低低的呻吟声……

周郁白皙的皮肤上沾满了灰尘，乌发上的玫瑰无言地红着。

我简直不敢相信自己的眼睛，脑子里一片空白，我感到无地自容。周郁慢慢地停下来后，痛哭起来。

这是一个为青春为性折磨的女孩，不，一个女人，如果一个女孩意识到自己青春的肉体、性时，应该是在成熟为女人。周郁早已不是一个单纯的女孩了。我看见我心中的那个纯洁的女孩一下子在我的眼前变成了一个女人。

　　我的父母在我六岁时离异。我十二岁那年上初一，在学校住读。周末回家，看到母亲和一个男人赤身裸体地在床上起伏，连我进门的声音他们都没有听见。我看了半天，觉得很新奇，心里有些莫名的激动。我根本不知道那是怎么回事。等他们完后，我才问母亲，"你们在做什么？"

　　母亲红润的脸变得苍白，飞快地穿好衣服，向我走过来，挥手就是两耳光。

　　从此，我不再多说一句话。等我知道是怎么回事时，我已染上了手淫。但我的初潮来得特别晚。你知道吗？今天是我的生日，我的初潮刚干净。我心中好像有一团巨大的火焰要燃烧，我不能自已。这便是你看到的一切。

　　我扶起周郁，打开卫生间的水龙头，又提了两瓶开水，叫她去冲澡。我取下周郁头上的那朵玫瑰，然后用水冲净，放在周郁的枕上。

　　我的床铺正好在周郁的对面。周郁洗完澡，穿着一件白色的睡袍走过来，小声对我说，能不能让我看看你？我像打苍蝇似的把周郁推开，一声呵斥："走开，我再也不想见到你。"我愤怒地放下蚊帐，不再理周郁。

　　我发现身下有一股腥味的暖流，正在浸入腿部。这是受影响的经潮。住在一起的女人，经期会接近。这是长年住集体宿舍的经验，所以女人的房间必得用香水。否则，不仅自己可以闻到体内的气味，旁人也能闻到。

　　我们用香水粉饰、掩盖。

　　我透过蚊帐，看见周郁把那朵玫瑰放在她的森林旁，她在用鲜花庆祝她的初潮。

D. 不能原谅的介入

周郁渴望男人的抚摸，可她又在抵御男人的诱惑，尽全力抵御。她让我的介入，成了她抵御的工具。

周郁经常在走过凝望她的男孩之后，叹息地说："那小子很英俊，可惜不性感。"

周郁在不可救药地变化着。

她不管跟谁在一起，经常莫名其妙地发火，对邓林更甚。周郁完全像一头发情的小母兽，一会儿咬牙切齿，暴跳如雷，一会又好得让人肉麻。

邓林完全被周郁折腾糊涂了。他不知道往日那个温情的小女孩怎么变成了一头河东狮。

只有我清楚。

但我不能在女友的背后讲她致命的秘密。我始终守口如瓶。这个秘密让我沉重得像一块石头，我怕自己稍有不慎，嘴里迸出什么来。而周郁则成了一座火山，随时都有爆发的可能。

我竭力避免这一切。

"我对周郁完全失望了，"邓林说，"开始是她的温顺，让我没有激情；现在则是她的粗暴让我难以接受。"

我始终一言不发。我看着这段感情的开始，还有它的结局。

也许是我不可原谅的介入，我发现邓林早已爱上了我，而我对他除了崇拜之外，好像还有一些说不清楚的因素在内。但我拒绝邓林的爱情。

我们仨不再一起约会，不再一起看电影了。

周郁很快和同系的一位才子戴明恋上了，并且出双入对，在邓林的面前招摇而过。

邓林漠然地看着这一片陌生却毫不新奇的风景。

我说，周郁你真的爱他吗？

他懂得我，不像邓林那样高高在上，不可企及。

周郁，你不能把恋爱中的人作为医生，自己的心病得自己医治。

不要随意让人介入！

E. 谁是我的敌人

大学三年级时，周郁得了一种奇怪的病。因为长期服药的缘故，全身臃肿起来。虽然五官依然不失端正、漂亮，可追求者明显少起来。我一直不能原谅周郁与戴明的那段爱情。但周郁执迷不悟。

戴明是那种工于心计的男孩，凭着一套吹术，在大学一年级就入了党，仿佛特"马列"，特正统。这个来自南方一个小山村的男孩，很会打扮，也很会谈吐，一年之内就由一个乡巴佬变成了一位风流倜傥的才子，并赢得了周郁这个冷傲的小姐的爱情。用戴明的话说，找一个家在京城的女孩，是进京万无一失的打算。

周郁确实在发动她的家人，为戴明联系单位。但周郁四年级时，被诊为患有精神病。周郁的工作单位都成了问题，就别说周郁认定的这位未来的女婿了。

毕业前，周郁与戴明大打出手。周郁住进了精神病院，而戴明则因为情节恶劣，被分回到他们那个偏僻的小县城。

周郁毕业半年后，才联系到一家工厂并开始上班。

F. 我在他们之间，充当了一名杀手

一位伟人说过：世界上没有无缘无故的爱，也没有无缘无故的恨。

邓林爱上了我，而周郁却从此恨上了我。

邓林帮周郁托运完行李，然后和我一起去送周郁。

周郁拉着邓林的手说：谁是我们之间的杀手，但我是你们之间的阴影。

回来时，邓林说，周郁把你看成是我与她之间的杀手。

不，她知道我不会爱你，所以不存在这个问题，她是说她的病。

邓林不知道。他又怎么能知道周郁所受的伤害与折磨。

我又怎么能对他说呢！

因为病情的缘故，周郁断断续续地上了一年班。她的精神很不好。我很难收到她清醒时的信件。她寄来一大堆的信件，全是一个精神病人的癔语：

斯婧走在晴空之下头顶一片阴影；

我在世界的屋脊上写这封信，你到冰山来接我；

我在北戴河疗养，你到我父亲的坟墓旁来接我。

看到这些话，我除了焦急伤心之外，别无所能。我甚至不能给她写信。每次我给她写的信都被她退回来。她还在信壳上写道：

查无此人

想必此人已上天

请把信寄给天堂

你头上的阴影

X 年 X 月

最后收到周郁的那封信时，我看到的是文章开头的那张名片。

周郁早已没上班了。邓林也出了国。

G. 走前唤醒我

我看见一辆满载鲜花的车从我的梦境中驶过。我看见五彩花瓣在头上飘飞，我扬手抓住了一张：

```
                        天堂文艺出版社
                         小  说  组

周  郁  作家

                    地址：天堂的台阶
                    电话：（台阶） ∞ —∞
                         （宅）   №—6718
                    邮编：向上帝查询
```

我发现周郁的这张名片，有些变化。ＸＸ文艺出版社变成了天堂文艺出版社，地址由中国·北京变成了天堂的台阶，电话是从无穷到无穷，住宅电话是周郁那次初潮过后的生日。

只有背面的那行"到天边去找我"依然清晰。

两个月后，我收到周郁的妹妹周婷的来信，信内夹着一张小纸条：

斯婧：

　　走前唤醒我

周郁

周婷说她姐姐前一段时间病情稍有好转，但特别爱睡觉，一睡就是一两天，把门锁得死死的，根本不让家人进去，否则闹得天翻地覆。家人只好由着她。那天她闻到姐姐房间传来一股清香，还夹着药味。家人破门而入，看见姐姐穿着一件白色的睡袍静静地躺在床上，身上堆满了鲜花，两只手各攥着一张纸条，除了留给我的那张外，她给她的母亲也留了一张条：

　　母亲，为我戴上花环，把我放在鲜花的竹排上，我要漂洋过海。

你的郁

我又一次想起了大学时周郁每天晚上睡觉之前对我说的一句话："斯婧，走前唤醒我。我明天也要晨跑。"我泪流满面。

　　我跑到操场，看见一片殷红的天，仿佛一大块红色的石头就要砸下来。

　　明天就是 W 市的"禁鞭"日，很多人都想在这最后一天放一个够。一群早起的小孩吵着要放烟花。五彩的烟花，在红红的天空下显得那么脆弱、暗淡。

　　我到天边去找太阳，到树下去找阴影。

途中的花事

1

米兰不是一个自视过高、目空一切的女人。

她漂亮、温柔、富有而且多情，并且她有着很多人不曾有的傲人资本：在全国很多地方拥有一些读者、暧昧的追求者。但是在婚姻面前米兰仍然不自信，甚至有些自卑。她隐隐预感到像她这样条件优越而情绪偏激的女人不会有幸福的婚姻。只要一想到结婚，她就想到周围那些离婚、反目成仇、情杀的事。米兰想：婚姻不是保险箱，婚姻是赌场。从来就没有永远的赢家。我不想当赌徒。

而有能力有耐心拥有幸福婚姻生活的女性大多安于平凡。米兰总想不凡。这一点更加阻止她进入婚姻的围墙。

当轰轰烈烈的恋爱即将让米兰步入婚姻的红地毯时，米兰临阵脱逃了，像风一样消失了。把婚纱、玫瑰、美酒与新房留给了疑惑不解的新郎。

米兰带了几件简单的行李，几本书，还有一篇写到婚姻这一章的小说，开始她人生中的第一次蜜月，一个人的蜜月。

2

这是米兰第一次单独开车旅行。

当然，也是米兰第一次逃婚。没人向她逼婚，也没有人抢亲。这一行动发生了，没有一点逻辑。米兰本人都没有想到自己会在结婚前干出这等事来。这些天米兰一直在与家人一起准备婚礼的物什；和周峰也甜甜蜜蜜的，没什么异样。

但使米兰干出这等事来的原因很荒诞，也很简单，仅仅是一场梦。

米兰，你明天就是我娇娇的新娘了。今晚做个好梦吧！巫女！周峰在电话里对米兰甜甜蜜蜜地。

做个好梦吧，我的先生。米兰轻柔地说。

挂断电话后，米兰懒懒地躺在床上。不一会就迷迷糊糊地睡着了。

周峰的右臂挽着米兰的左臂走向新房，在进入新房的那一刻，米兰看见他们新婚的床上坐着一个赤身裸体的浪笑的女人。米兰想看清那个女人的面容，但那女人一溜烟地消失了。

米兰侧过头看左边的周峰，她发现周峰的左臂挽着那个赤裸的女人。

不，不，这不可能。米兰一声尖叫，浑身冷汗。原来是场梦。

被梦惊醒的米兰，后半夜再也没睡着。眼里湿润润的。一种想哭的感觉。

米兰特别相信梦与梦的暗示。做梦的经验教会了她这样。她很多发表或获奖的诗作都是在梦中完成的。父亲与外婆的死，也曾在她的梦中得到过预示。她总觉得她的命运里有一个先知或女巫以梦的形式给她以暗示。而她的梦无一例外地灵验。这使她越来越相信梦，也越来越依赖梦。所以周峰总是祝福她能做好梦，并亲昵地称米兰为"巫女"。

因此，新婚前一夜，这个不吉利的梦，让米兰黯然神伤。

这简直就是一场灾难的预兆。米兰愤愤地下了定论。

不行，我得避免这场灾难。米兰想。于是，米兰开始了逃跑。

3

起初，米兰并没有想走得太远，只是开车在城里兜兜风。美丽的米兰开着藏青色的小轿车，像一条人鱼在繁华的都市里穿来穿去。很多关卡她都顺利地通过了。在她违反交通规则，应该罚款时也没被罚款。

今天的警察先生真是可亲。米兰想。她送给他们柔情的笑，甚至飞吻。像舞台上那些热情洋溢的漂亮女歌手那样。

给这些长年站在太阳下、风雨中的警察叔叔们一点心尖上的跳跃吧！米兰这么想。放松而不放纵，这是米兰此行的尺度。

在忠于爱情与逃避婚姻之间。米兰摇摆、漂移，偶尔呼出一些小泡泡，让亲爱的人知道她的去踪。

米兰喜欢来点小诡计、小浪漫折磨人。周峰多次领教过。每次在周峰绝望得快要崩溃时，米兰就神不知鬼不觉地出现了。周峰恨死恨活地爱米兰。米兰喜欢这种感觉，这种被爱。

但这次不是恶作剧，也不是小诡计，更不是小浪漫。

这次米兰离他太远，他看不见。

周峰，这次你又该怎样恨我呢？米兰想。

都市已进黄昏。米兰在大街小巷里穿行了十多个小时，一点没有回去的意思。米兰漫无目的地开着车。她不知道投宿何处。当天黑下来时，她发现车已经驶到了市郊的一座小山下。米兰突然感到凉意彻骨，继而毛骨悚然。

米兰看到路边山坡上隐隐约约的一排排白色的墓碑。还有一星红光，一闪一闪的。米兰害怕极了。想调头回转，看到车后影影绰绰似鬼魂。她只得转过头，双目半睁半闭地睨着前面，小心翼翼朝前驶。

我竟然忘记了开车灯。要不要开车灯？米兰闭着眼睛想。

开车灯，人和鬼都会清楚地看见我。但是不开车灯，鬼不一样也看得见我吗？鬼在夜里无所不知，无所不见。米兰想到这里，下意识地按了按车灯的按钮，但是车灯却不亮。米兰慢慢地睁开双眼，她吓呆了：她发现墓碑丛中的那一星红光一上一下地闪动。米兰重又闭上眼睛，加足马力。但车却开不动了。米兰感到自己离死已经不远了。突然远处传来一阵鞭炮声。米兰想起了自己今晚本应该身着婚纱出现在自己的婚礼上。

可米兰逃离了婚礼，离开了天堂，驶离了都市，抛锚在一片墓地里。在一群鬼魂的围困之中，米兰仿佛看见了跃动的磷火。

米兰闭着双眼，手与脚轻轻地触动着车上的部件，企图重新发动。当一切努力均告失败之后，她绝望得手足无措。

米兰没想到自己离死亡是如此的近。在这样一个可怕的夜晚，米兰做着死者的邻居。

喂，你好！不远处一个声音。

很轻柔的一声问语，在这样的夜里，却像惊雷一样让人惧怕。

不知是人的声音还是鬼的声音。管他是人还是鬼。反正我已豁出来了。米兰想到这里，鼓足勇气睁开眼睛。她发现车窗外一个黑影，还有那星红火。原来是黑影手中的烟。

你去哪里？这样的一个夜晚，你这样的一个小女人？黑影说。

米兰吓得说不出一句话，好半天才吐出一句：你到底是人，还是……还是鬼？

那黑影摸了摸下巴说：鬼没有下巴，我比人还完美。

你到底是谁？米兰觉得这黑影有些面熟，于是鼓起勇气进一步问。

你一定在逃避什么？那黑影说。

你怎么知道？米兰放松了警惕。

有什么能使一个女人黑夜里出逃的呢？除了私奔或逃婚。你多像一场古典爱情里为情私奔的浪漫女子。

你好像无所不知。但对我来说，两者都不是。米兰说道。

我们大家都在逃跑的途中。出生是逃离阴曹地府；长大是逃离幼稚的童年；恋爱是逃离同性的世界；结婚是逃离实现不了的梦境。

那么，你现在是在逃离哪一段？

我在生与死之间逃离。我既不生也不死，我过着亦生亦死的生活。我长年在此，与死者为伍。你停留的这个地方是生与死的关口。经过此处的男人，将有另一种命运；而经过此处的女人，将有另一种生活。

米兰：你是魔鬼还是先知？是人还是鬼？

黑影：这并不重要，重要的是你要过的这一关。

车灯突然亮了。米兰看见黑影的脸在车窗旁一闪，消失了。黑暗吞噬了他。

车居然发动了，而车灯却再也不亮了。

米兰飞奔而出。不知道有没有人或鬼，成为她车下的冤魂。她顾不了那么多了。逃命要紧！

4

当车驶到一个小镇时，米灵停下来，找了一家旅馆住宿。这是一家冷冷清清的旅馆，她一个人住了一大间。

没有洗漱间，也没有电话。米灵没法与家人联系。想起那片坟地，她后怕不已。那是回家的必经之地。她绝对不敢走第二次。

想起上大学时，有一次过火车道，刚跃过铁轨一步，火车就呼啸而过。两旁等着过铁轨的人一阵惊叫。都说米灵胆大、命大。可米灵回想起来却一阵阵地后怕。大三在三峡实习时，从葛洲坝底部沿层层铁梯爬向最高顶。到最高顶时，往下一看，差点昏落到坝底。带班的记者说，几月前，有个女人在此处遭电击，血肉化作片片骨灰，飘散而下。一个活生生的人就那么转瞬即逝。

现在，米灵不能半途而废，只能继续前进了。

她不知道如何度过这个夜晚余下的时光。蜷缩在被子里，将近天亮才睡着。她醒来时，发现茶缸旁一束带露的玫瑰，花朵之间有张便条。

逃跑的滋味，我们都刻骨铭心。

这是他的笔迹。苏北，米灵的初恋情人。

三年了。他还活着？他此刻在哪？难道他也住在这家旅馆？米灵与周峰相恋后，就再也没有见到他，没有收到他的信。只听说他四年前结了婚，不到一年，就杀了他有外遇的妻子安然，再后来听说他因为杀妻被枪决。

　　在我面前，我不允许背叛，但你逃离了我的法网，你不会因此而幸福。

　　这是米灵收到的苏北的最后一封信。那是两年前一个夏日的黄昏。米灵一直惴惴不安。苏北是那种太过专制的人，像暴君一样专制，不让米灵与任何异性接触，甚至米灵的朋友他的同胞兄弟。

　　因为他近乎变态的专制，米灵才决计逃离他。

　　安然是米灵给他的诱饵。他安于享受。在他结婚不久，他才知道米灵是金蝉脱壳，设计逃跑。

　　但米灵并不是凶手：因为他们曾经相爱，至少在米灵准备逃离的那一段日子。但米灵总觉得自己对不住安然。如果苏北的婚姻里一定要死一个人，那么那个人就应该是米灵，而不应该是安然。米灵对安然有一种负罪的心理，这使米灵很长时间都没法原谅自己。现在想起来，仍然没法原谅。

　　一想到苏北很可能就在附近时，米灵就心惊肉跳。这里也不是安全之地。米灵办理离店手续时，问总台服务员：是否有一个名叫苏北的人在此投宿？

　　回答是：没有此人。

　　米灵猛然想起昨晚的那个黑影。

　　他就是苏北？那他到底是人还是鬼？

　　这已不重要了，逃离要紧。

　　在苏北的爱情账单上，米灵并无亏欠。这样想着，所以平安出逃。

　　米灵到一家汽车修理店，让修理师傅修修车。师傅查了两三个小时也没有发现什么毛病。那修车师傅说：没问题，一切正常。

　　可昨晚小车为什么那样反复无常？是因为米灵内心的恐惧，还是一种巧合？那场丑陋的梦究竟要暗示什么？米灵又有什么充足的理由一定要出逃？

就因为米灵任性，就因为米灵是一个自己不爱给自己下台阶的人，所以就只能迎难而上了！

米灵惯于这样，只是这一次更过，逃得毫无准备，逃得无影无踪。

周峰，你怎样？米灵不知道。

米灵只知道路在前方，在没有方向的远方。

只有疲惫才能让她打住。

不能说米灵不想周峰，而她一个人在逃跑的路上。

像森林中惧怕猎人的狼，小心翼翼地躲过猎人的视线。但到处都是陷阱，米灵不知道该向哪里逃窜？

5

车经过一所农场时，米兰闻到了一阵浓郁的芳香。虽然米兰关着玻璃窗，但她还是闻到了一阵熟悉的芳香浸过密封的车子进入她。这阵芳香有一种强烈的浸透性。

怎么好像是玫瑰的芳香！可玫瑰的香气漫不经心的，若有若无的，没有这么强烈啊！

这是什么花香呢?!

米兰并没有在农场附近看见什么花。但她通过直觉给这种芳香下了定义：玫瑰，这是玫瑰的芳香。多大的一片玫瑰园才能聚集起这样浓郁的芳香呢？

米兰循着玫瑰的芳香往前行驶，车向左拐了九个弯时，已经绕到了一个人迹罕至的大山脚下。她不得不停下车，向前步行。玫瑰的芳香越来越浓，越来越令人昏眩。在大约一千米处，米兰看到一大片玫瑰花园。火红的一片。米兰像到了一处失而复得的梦园。她惊喜地下了车，穿过丛丛荆棘，直奔那片花，然后弯下腰，贪婪地嗅着玫瑰的芳香。

玫瑰花瓣上还有晶莹的露珠。微风一吹，露珠在叶片上滚动，像多情女人的眼睛。

米兰，这个沐浴在玫瑰芳香中的女人，此时像城堡中花园里的公主，那种因境而生的高贵感洋溢在她的脸上。她忘记了途中的惊恐，只是沉浸在玫瑰的芳香中，像一位风中的仙子。

6

米兰第一眼看见这片花园时，只是觉得这片花园是天然长在这里的，因为花园三面靠山，向阳的一面面对一湾清清的河水。只有米兰停车的地方才有陆路（荆棘）到达这片花园。花园旁没有农庄，甚至没有狼狗。米兰借此判断这是一片野生的玫瑰。她从自己长期看电影的经验中判定：花园总是和拿大铁剪弯腰修枝的老头或提着洒水壶喷水的老妪联系在一起的；和一幢白色的房子、成群的鸡、一两只狼狗联系在一起的。花园里的花不会比野生的花开得绚丽、放肆与疯狂。

我热爱的玫瑰在我逃跑的路上，这是不是梦境？米兰自言自语着，眼里含着泪水。她突然被自己在逃跑的途中邂逅的这一大片玫瑰所感动，被自己的嘴里突然蹦出这么一句话所感动。她脑子里思索着一个问题：逃跑与玫瑰有什么关系？这一片玫瑰花与早晨在旅店的茶缸旁发现的那一束带露的玫瑰有什么关系？

嘿，你走进了我的花园！身后传来一个男人的声音。米兰惊恐地回过头，看见一位四十岁左右的英俊男子站在她的身后，用一种冷漠的表情看着她。这男人穿一件深蓝色的长衫，戴一顶有些破旧的黑色礼帽。乍一看像三四十年代的大学教授，儒雅而谦卑。米兰惊讶着，她无论如何也不能把这个穿着过时的男子与这片美丽的花园联系起来。如果他身后站着一位穿着那种竖领、胸口与宽袖绣有大朵红玫瑰花的月白色衣衫的文静女子，米兰才会觉得这男人与这片花园是和谐的。可他身后并没有女人！

你走进了我的花园！那男人盯着米兰，又低低地重复了一句，表情依然冷漠着。

米兰愣愣地站着。夏日的阳光越来越强烈，把浓郁的芳香蒸腾成一种熏醉的气息。米兰这个醉在芳香中的女人不知如何回答面前这个冷漠的男人。这男人的冷漠与芳香的热烈形成如此鲜明的反差。米兰想，鲜花与男人是永远背弃的。这花园不应该为男人所拥有。即使他事实上拥有一座花园，但他永远不配拥有花的芳香。也就是说，男人本质上是不可能拥有鲜花的。

"一朵花只有一个季节，随后的季节默默无声。"米兰想起自己的一句诗。

女人如鲜花，只能拥有短暂的季节（青春），就像玫瑰只能拥有夏天。而男人是想拥有整个时空的，这短暂的季节与女人只是他们灵感的发源地。他们只能把灵感转换成记忆，却永远没法真正拥有。因为没有人能拥有短暂的一切。米兰的思绪飘浮而怪诞，没有逻辑。

我这儿从来就没有人来过。那男人对沉思的米兰说。

使我不解的是，这座花园怎么会属于一个男人？她更应该属于一位心性高贵的女人。米兰迎着那男人的目光说道。

你是说我心性不高吗？那男人不悦地反问道。

不，我只是觉得鲜花应该属于女人。米兰略有所思。

米兰越想越远。她觉得一位英俊的男人背后不可能没有女人，就像美丽的女人背后不可能没有男人一样。

米兰突然顿悟了。鲜花即女人。每一朵鲜花都是一个女人。那么这位英俊的男人还要一个碍手碍脚的女人做什么呢？

他在夏日里体验玫瑰的热烈，而在其他季节体味红颜的短暂。米兰这样想着，突然觉得面前这位与花开花落为伴的男人，其实是一位诗性的男人。

米兰对面前这个陌生的男人未知的神秘有一种莫名的好奇。

一种久违的甜蜜感随着夏日气温的上升花香的浓郁开始在她的心里

发酵了。她通过逃亡之路，闯入了一条时空隧道，进入了她梦中的世纪。她觉得花园与这男人的出现必定是她对逃离婚姻的某种昭示。

是这玫瑰让我到这里来的。米兰在心里想。

7

这是一位餐花饮露的隐士吗？米兰不知不觉地跟着这个谜一样的男人走到一个葡萄藤掩护的小木屋前。那葡萄架上的绿葡萄、紫葡萄一串串饱含汁液地挂满了小木屋顶。

难怪她在进入这片花园时没有看见周围有房子。这刚刚一人高的小木屋被绿色的葡萄架掩盖得天衣无缝，远看就像一丛绿色的植物，谁会想到它是一间小木屋呢？

想吃葡萄，自己摘！那男人走进小木屋时，对跟在身后的米兰说。米兰想这男人是不是有一双后眼睛（长在后脑勺的眼睛）？不然他怎么知道我盯着小木屋上的葡萄口生津液呢？米兰转到小木屋后，她突然发现屋后有一片玫瑰明显地高于旁边的玫瑰，并且格外红。是属于血红的那一种，红焰逼人，让人产生一种昏眩感。米兰顺着花看到茎，看到叶，再看到生长花的土。她发现这片血红的玫瑰是长在一个土堆上。这片土堆形状像一座坟茔。

米兰在这越来越热的夏日，突然感到了一种越逼越紧的凉意。米兰几乎是惊窜地逃回到小木屋前。那男人坐在门前的葡萄荫下，对脸色苍白的米兰说：你已经私闯民宅了。我看你对玫瑰好像有一种特别的感情，所以原谅你的冒昧。但你不可以到处乱窜，小心触怒花神！

那男人依然是冷冷的表情。米兰的内心一阵阵发怵，然后阳光与鲜花、男人与小木屋都在她的眼里黑下去了……

8

米兰，你终于来看我了，来看我这一辈子都躺在玫瑰丛中的女子。

你看我腹中的孩子才五个月，还没有见到世界上的一缕阳光就被迫和我一起躺在玫瑰丛中。米兰，这一切都是你造成的！倚在玫瑰丛中的安然护着隆起的腹部，一脸狰狞地对米兰说。

不，这不可能。米兰一边后退，一边摇头。

你知道苏北始终爱你，你就应该阻止我和他结婚。你怎么可以为了逃离苏北，而献上你最好的女友呢？米兰，你让我和我的孩子做了你的替死鬼。安然挺着大肚伸出瘦削的双手向米兰逼过来。她的指甲迅速长成藤蔓缠向米兰袅娜的身子。一头零乱的头发也疯长成水草，在安然的肩后蜿蜒成无数黑色的手臂向米兰伸过来。

几年没见，安然怎么就变成了一个青面獠牙的索命鬼了？米兰一面冷笑，一面后退，最后跌倒在一个男人厚实的怀抱里……

米兰抬头一看，是苏北护着她。苏北一改往日冷峻的面容，温情脉脉地看着米兰。

安然，是我对不起你和你的孩子。你的一切不能要米兰偿还！苏北对复仇的安然说。

米兰，两条命啊，米兰！安然痛哭流涕，指甲和头发在她的哭声中迅速短下去，恢复了正常。但是她高挺的腹部一下子瘪下去了，有殷红的血在她的两腿间流下来，淌在地上，开成了一丛火红的玫瑰。

两条命啊，米兰！安然充满哀怨地说。

米兰想走过去，安慰哀伤的安然，可苏北却死死地抱着她，令她动弹不得。

米兰呼吸急促，四肢无力。

两条命啊，米兰！安然的声音寒彻心骨，令米兰浑身发抖。米兰挣扎了好久，才挣脱开苏北的怀抱。

她走向安然，却见安然迅速变成了一丛血红的玫瑰与她的孩子紧紧地依偎在一起。

9

米兰睁开眼时，发现自己躺在小木屋的一张床上。那男子正焦急地看着她。

现在还不是一天中最热的时候，你怎么像中暑似的昏过去了。那男子端着一碗水，递到米兰的面前。

米兰用怀疑的眼光看了那男子一眼，仿佛那男子端的是毒药而不是水。

米兰环视着这间小木屋。这是一间非常简陋的小木屋。一张破旧的书桌，书桌上有一本打开的书，书上放着一支擦得锃亮的铁箫。书桌旁有一把破旧的藤椅。藤椅因用得频繁，椅面的细篾都褪去金黄色而成为沧桑的白色了。

书桌旁立着一张细竹做成的书架。书架上放着几排发黄的书。大都是宗教书籍，以佛教书籍为最多。其次是地质勘探方面的书籍。

你刚刚昏倒过，别费神查寻我的秘密了。这一切与你无关。你休息一下离开这里吧！那男子漠然地说。

米兰有些委屈地迎着那男子的目光，无力地说，我并不是有意闯入你的领地的。说完，米兰就欠身起床，想就此离开这个冷漠的男子。却被那男人用眼神制止了。

那你是怎么到这里来的？

我是循着玫瑰花香来的。

从没有人闯入我的这片领地。你是第一个，但愿也是最后一个。那男子略有所思地说。米兰惊恐地看着这个男人。她以为这个男人会因为她的冒犯而对她施以惩罚。

你别害怕。我并没有恶意。我只是想知道这样一个偏僻得没有人烟的地方，你这个城里的小女子怎么会闯进来的。肯定不是孤身旅游迷了路。你一定是在逃离什么。那男子用探询的眼光看着米兰，不经意中露出一丝关切来。

米兰突然觉得这男子亲切起来，于是有一种倾诉的欲望了。

米兰向那男人讲了自己出逃的原因与心情。

我猜你闯入这偏僻山野里来的原因一定不简单。那男人听了米兰的叙述之后，心情沉重地说：难道死别还不够惨痛吗？为什么又要制造生离呢？

你不要逃离现实，应该珍视自己的幸福啊！那男子又语重心长地说。生命太短暂了，年轻人不要在怀疑中丢失幸福的时光。不要在惊喜地触到生命的肌肤时，已经没有力气举起双手。别制造这样的遗憾！

男人一副过来人的口气。

米兰好奇地听着，一头雾水。

男人看出米兰的不解与好奇。

也许我的一段经历可以让你面对现实。男人漫不经心地说，显然不忌讳交出他的秘密。

男人又说：既然你闯入了我的领地，我不会让你带着好奇心离开的。要不然，你一辈子都会为这种神秘的好奇心所折磨。越是神秘的事物越让人难以忘怀。如果我消除你对我的神秘感，你就会把你今天看到的一切都忘得干干净净。

米兰用渴盼的心情，等着那男人讲述他的经历。

10

我们的地质勘探队一共有六人，五男一女。被我们称为大哥的队长是一位彪形大汉。女队员是他的妻子，我们叫她大姐。艰险而枯燥的勘探生活，使我们这些长年与高山峻岭、河流险滩打交道的人特别粗犷而沉默。

我在大学四年级时，双亲在一场车祸中死去。我成了孤儿，再没有一个亲人了。我参加地质队后，队长和他的妻子把我当亲人看。我内心里也渐渐把地质队当成我的家了。这是我在地质队待了十五年的主要原因。

我是六人中最小的一名队员，很不习惯单调而枯燥的地质生活，所以在寂寞难耐的时刻，总爱唱唱歌、吹吹箫。队员们起初非常迷恋我的歌声与箫声。他们常常在我的歌声和箫声中泪流满面，特别是我们的大姐总是在泪流满面之后，又失声痛哭。我发现歌声与箫声更加重了队员们的思乡情结，于是知趣地停下来了，不再当着队员们唱歌、吹箫。孤独难耐时，一个人在山野间乱窜一阵，我想丢掉那附在我身上的孤独。但每一次我都适得其反，直到大姐亲切地唤我回去，我才感到人间还有一丝儿温暖在抚慰我。

我尤其爱看大姐的微笑。如果哪一天我看不到她矜持而温柔的微笑，我的心就会布满惆怅。我发现我越来越依恋大姐微笑的眼睛。这种依恋最后不可抑制地发展成为一种爱。当我明确这一点时，我带着一种负疚的心情仇恨自己日益漫延的爱情。我常常一个人跑得远远的，直到队员们飘荡在群山之间的呼声也嘶哑了，我才回到帐篷里，承受那难以入眠的夜。

我又开始了吹箫。那是一个月朗星稀的晚上，我一个人离帐篷远远的，坐在一块岩石上吹箫，眼泪流在箫上，更添了箫声的伤怀。孤独与痛苦使箫声时断时续。我无法再继续吹下去，失声痛哭起来。

这时一双温柔的手轻轻地抚弄我的头发，然后移到我流泪的眼前。我止住哭声，站起身，面对我爱着的大姐。她月光下的身影更显消瘦。我突然看见了她眼里含着盈盈的泪光。我的心突突地跳着，充满了期待……

我爱的女子为我擦去眼泪，然后紧紧地抱着我。她的心跳声像小鼓点一样密集。她温柔湿润的唇开始吻我，先是脸颊，然后是鼻梁，最后是嘴唇。我使出全身的力气抱紧我爱的这个女子，激情像突然刮起的山风。我们在那一块双人床那么大的岩石上躺下来，做了生命中最亲最美的深入……

明月高悬在我们的头顶。它第一次为我们的爱情做了见证。

男人说到这里就沉默了。这时他脸上的冷漠早已被一种深深的忧伤所代替。

11

我永远忘不了那晚的月光。那天晚上我是多么的幸福，可幸福之后却又是多么的绝望啊！男人低沉的声音充满了伤感的怀旧。

我们俩躺在岩石上看弯弯的月亮，风轻轻地吹动我们的衣衫和头发。大姐幽香的体味神秘而令人沉醉，就像我喜爱的玫瑰花香。我们在恍恍惚惚的甜蜜中，突然听到一阵巨响，接下来的响声惊天动地，不绝于耳。我们感到一股混杂药味和泥土的热流向我们这里浩浩荡荡而来。等我们从岩石上爬起来，跌跌撞撞地向我们的宿营地跑去时，一切都晚了。一股巨大的泥石流冲走了我们的帐篷。

大姐哭喊着队长的名字，拼命地奔向泥石流，我使出全身的力气拽住了她。

我不能让他一个人走，我应该和他一起去的！大姐哭喊着，拼命地撕扯被我钳制的双臂。我们身边的泥石飞溅，相当危险。我使出全身力气把大姐拽回安全地带。

我们声嘶力竭地呼喊着四个队员的名字，但只有群山的回应。

大约过了一个多小时，轰轰的泥石流才停止，但还时不时地传来一阵阵断裂声，触目惊心，直到黎明才彻底恢复寂静。但我们的耳朵里还残留着被震后的轰鸣声。

我们顺着泥石流流经的地带，寻找着四个队员的下落。我们找了四天，才发现几只断胳膊、断腿。尸体的其他部分可能是埋在泥石浆里或裹在泥流里冲进了峡底的河流。我们又沿着河流找了整整一个月，仍然一无所获。

大姐痛心疾首，变成了一个用自言自语赎罪的泪人。

怎么会这样？怎么会这样？她诘问苍天。

我心如刀绞。我痛苦的爱情安慰不了她。

我们搞地质的，是知道泥石流来临前的征兆的。可是那晚谁也没有发觉什么征兆。大家像往常一样，黄昏一吃完饭，天黑不久就进帐篷里休息了。

我因为有心事就一个人坐在月光下的岩石上吹箫，而大姐因为箫声走近我。

谁也没有想到，在我们最幸福的时刻，会发生泥石流。

12

我好不容易才劝说大姐离开泥石流的地带，沿着峡底河流走下来。整整用了三个月的时间我们才到这里。大姐说她太累了，想歇一段时间再走。于是我在这里搭起了一间小木屋。

一个黄昏，夕阳正红。我正准备做饭，突然听到屋后一阵呻吟声。我忙跑过去，发现地下一摊血。那摊血上有一个殷红的血团，像一朵落在红布上的玫瑰。我看到坐在血团旁边的大姐痛楚不堪，才明白她原来是流产了。

我想把大姐扶进小木屋里。可大姐推开我的双手，双腿向着血团跪下去，用瘦削的双手掘起黄土，然后将那个血团盖起来。我也跪下去，用双手掘土，很快堆起一个脸盆大的小土堆。血迹没有了，但我仍能闻到殷殷的血腥味。大姐瘦削的十指被坚硬的黄土划破了。有几处在流血。

大姐的身子太弱了。我有一种预感，认为她不能再过远离人群，尤其是远离医生的生活。我打算第二天一早就背着大姐寻找人群。整个晚上我都守在大姐的身边。她脸色苍白，双眼深陷，到后半夜时，已经气息微弱了。

我抱着大姐痛哭起来。她眼里噙着泪，努力抬起瘦削的手臂为我擦着泪水。她的声音低而吵哑：我恐怕离不开这个地方了，你把我和那个流掉的孩子葬在一起。

她用无限怜爱的眼神看着我。

我紧紧地抱着大姐渐渐凉下去的身子。

离开这片……死亡谷……回到人群中……过正常人的生活……这是三年前大姐留给我的最后一句话。

第二天我在那个埋葬孩子的土堆旁用树枝掘了一个大土坑，把大姐放进去，把那个沾满泥土的血团放在她的胸口。然后我又采了许多野花，在大姐的土坑旁围了一个花环。我坐在土堆旁看着花丛中苍白的大姐，直到饥饿的老鹰在我们的头顶盘旋。为了避免老鹰伤害大姐的身子，我开始了与老鹰的战斗。但是凶恶的老鹰一次次地俯冲下来，冲向美丽的大姐。我不得不用土埋葬了她。不到半个月的时间，这座坟上长了两束血红玫瑰，一大一小地依偎在风中……三年来，这玫瑰花繁衍成了现在这样的大花园。风把玫瑰花瓣吹到哪里，这血红的玫瑰就开放在哪里！

13

这么说，你在这里待了三年？米兰问那男人。

如果我的日记没有记错的话，到今天是整整三年的时间了。男人一脸伤悲，仍然陷在往事中。

没有想到走出这片峡谷吗？米兰轻轻地问。

有这片血红的玫瑰，我一辈子都不想离开这个地方了。

一个世界上的人，往往都是陷在不同的内心世界里。但无论生活在哪里，他们都会有相同的困惑——那就是命运的追逼。我想，顺应命运的人其实是最真实的人。现在，我守着这片玫瑰，像守着自己的家园，觉得既亲切又真实。

米兰听到这里，陷入了无言的沉思。

她知道这男人的内心有一个世界。她没有能力说服这个男人离开他的玫瑰园。

下午两点钟光景，米兰告别这个男人和他的玫瑰园，坐进了小车，颠簸了四个多小时，才回到大马路上。

14

听了男人的故事后，米兰已没有逃跑的心思了。在一个小镇的旅馆，她度过了她出逃后的第二个夜晚。第三天一早她就开着车，踏上了归途。

一路上，那阵玫瑰芳香依然缠绕着她。她有种头晕目眩的迷醉。为了避免在夜晚经过出逃时走过的墓区，她特意安排好行程，打算在中午过那片墓区。

虽然是晴朗的中午，但她在经过那片墓区时，仍然心有余悸。她装作若无其事的样子看了一眼墓区，发现墓区里添了一座新坟，几只大花圈显得格外触目惊心。更让米兰感到害怕的是，花圈下蹲着一个抽烟的男人。

那男人一脸茫然，对从面前经过的车没有一丝反应。

米兰不知道那晚她经过这片墓区时，与她对话的男人是谁。他到底是人还是鬼？是苏北的幽魂吗？当然这一切在她邂逅玫瑰园之后已不再重要了。

15

回到家后，全家人都质问米兰的行踪。米兰什么话也不说，走进新房，倒头便睡。

她知道自己现在的心情还不适合向周峰解释出逃的原因。

如果你不爱我，不愿意和我结婚，可以说出来，何必在婚礼前走掉呢？你抛开我很简单的，这样不言不语地跑出去几天，是什么意思？一直坐在新房里抽闷烟的周峰对躺在床上的米兰气恼地说。

米兰仍然不说话。

周峰走过去掀开米兰的被子，几乎是用哀求的语气说：米兰，你一定得说点什么！

米兰知道逃不过，于是心平气和地说：我逃离婚礼是因为对婚姻的恐惧。

我只要你回答我一句：你到底爱不爱我？

当然爱。我是为了更好地爱你才逃离婚礼的。

这是在哪里都讲不通的话。你在新婚的那天离开了，还说是为了更好地爱新郎。

周峰冷冷地一笑。

我做了一场可怕的梦。那场梦更增添了我对婚姻的惧怕。

又是梦！你是不是一辈子都要做一个被梦所摆布的女人呢？

不知道。米兰大喝一声，然后用被子捂住了头部。

迷迷糊糊中，她看到安然在一种浓郁的玫瑰芳香中向她走来……对她轻轻一笑，就消失了。

16

等周峰的怒气渐渐平息后，米兰前前后后地向他讲了她出逃的心态以及她在途中的所见所梦所感。

周峰听了米兰含泪的叙述，像哲人一般地陷入了沉思。

一个星期后，他们双双驱车沿着米兰出逃的路线走了一遍。两人还专门去寻了那处玫瑰园。

但米兰凭着记忆，来到玫瑰园时，却并不见玫瑰花园，只看到一个荒冢上开着一朵孤独的红玫瑰，在风中摇曳。

荒冢前并没有葡萄藤与小木屋，只有一页散失的日记，淤在坟前草丛里。米兰捡起来，掸掉上面的黄土，她看到纸上有一首诗：

玫瑰占据了我一生的时光

除了玫瑰，还是玫瑰

我不能爱别的事物

我固守的这片领地

是我真实的躯体

生长在我身上的花朵

是我一生的爱人

周峰看着一言不发的米兰说：米兰，我想你是在逃离婚礼的途中又陷入了可怕的梦境。你所叙述的不过是一场梦而已。

17

真的是梦吗？米兰不敢相信她一个星期前见到的那个男人和他的玫瑰园是一场梦。她站在荒冢前，感到生命中有些什么东西像玫瑰花一样随着夏天的过去而凋谢了，只剩下一片殷红的记忆。

我们走吧！米兰，这一切不过是一场梦而已。周峰略有所悟地对米兰说。但有一件事与你的梦有些吻合：我有一个搞地质勘探的表哥，安然有一个搞地质勘探的姐姐，他们在同一个地质队里，是一对夫妻。三年来一直杳无音信。

米兰一脸惊愕地看着周峰。

一个穿着睡衣的神秘女人

使我温柔的不是果实。

梅子，梨子和诺言都是易碎的东西，

新鲜时味美，但注定了要腐烂

我不会与你共用你那被装饰的杯子

把我自己还给我吧

这样我才能完整，

完整地离开这儿。

—— （加拿大）珀尔·舒克

A. 诗歌之外的日子

这一年我没有爱情，这一年我制造了许多爱情。

这一年我丰盈无比，又残败凋零。

这一年我沉重如铅，也轻盈如羽。

这一年是我从诗歌走向小说的时期。我以为我一辈子都不会爱小说，一辈子都不会去写小说，而现在我对小说的这种狂热，使我自己对以前在诗歌上的专一与偏执遗憾不已。

我一直都在逃避自己。我写诗是因为我在逃避，一直都把自己隐在诗歌的深处，悲伤与绝望。没有人懂得我悲伤与绝望的语言，而小说则让我轻松，让我舒展。我与我的主人公一起哭一起笑，一起幸福与绝望，我沉醉在我诗意的叙述里，开始我生命中的另一些日子。

这是些远离诗歌却仍被诗歌追逐的日子。我坚持自己的原则又被这些原则所缚伤。在这些日子里我越来越不可理喻，也越来越神秘。

我想，我是一个穿着睡衣的神秘女人。我在装饰一新的书房里读书、写作、听音乐、默默地怀旧。这样很美丽地活着，也很寂寞地活着，考虑爱情、婚姻、流放与死亡的问题。

B. 婚姻的城堡

爱情是游戏，婚姻更是游戏。既然我们都在玩游戏，就索性玩个痛快，玩个彻底。我们都是围墙里的人，婚姻如囚。我愿意把它装扮成花园式的囚房。我会穿婚纱，照结婚照。我会在婚姻的墙壁上挂上自己情窦初开时的照片。我这样精心经营自己的家，自己的牢房。

我会轰轰烈烈地完成自己，就像当初轰轰烈烈地爱。

可轰轰烈烈其实就像沉默一样可怕。这一切终究不过是一场毁灭，终会沉静下来，就像生命终会终止。

但我仍会用寂寞的微笑装饰婚姻的城堡。

有谁像我的先生那样让我觉得婚姻那种束缚的魅力？我几乎是怀着一种仇恨的心情护着自己婚姻的墙。尽管它像世界上千千万万的婚姻一样平淡无奇。我的婚姻死气沉沉，却坚强无比，像绝代佳人幽居的城堡。爱情的风吹不到它，只有思绪的风在心底。

是的，婚姻来了，爱情便远了。爱情如风，剩下的只是爱情的躯壳与婚姻的小道具。

C. 空心人

这是一段无诗无词无韵无画的日子。温馨的甜蜜与宁静一天天让我麻木。我在一种麻木的宁静中度日如年，对外界失去了感觉。我突然发现这是一个可怕的误区。于是，我便计划着逃跑。先是心灵，然后是肉体。

但我成了一个自己追逐自己的影子。我拒绝与任何人交谈，包括异性的诱惑。我既不想逃离婚姻，也不愿陷入爱情。我将内心逃到小说里，在小说里制造或梦想爱情。

我的内心始终怀着一种绝望的温柔。这种温柔是我的婚姻乃至我的生命存活的最后一线希望。

但现在我一日一日地远离了自己的内心，成为了一个空心人。

现在，我自己挽救自己的方法，便是在婚姻里制造或梦想爱情。

D. 被预谋的夜晚

佳人在悄悄踮起脚尖向城堡外观望。没有人看到我，除了我的使女。所以我尽可以穿着睡衣在城堡里奔走，看墙上的花与偶尔飞临的鸽子。

我的使女比我年轻，她像影子一样跟在我的身后，她也是城堡里的女人，青春的萌动在她的双乳间悄悄挺立。这是我在她偷穿了我的睡衣时发现的。

那晚我正在梦中的爱情里飞翔，突然感到头顶有股冷冷的光。我醒来，发现我的使女穿着我的白色睡衣，长发纷乱，双乳低垂，两臂张开正在我的面前飞舞。

这是一个被预谋的夜晚。

我感到怒不可遏的不是未遂的谋杀，而是使女穿了我那件新婚的白色睡衣。那件白色睡衣是我的童贞与最初的爱情，它使我在婚姻的城堡里灵动或飘浮，我在它柔软的香里，倾注过自己的激情与欲望。我穿上它娇艳无比，光芒四射。它曾是我婚姻幸福的秘密之一。而现在我的使女翻阅并玷污了我的秘密。我感到身心甚至生命的被人掠夺与占有。这一切不可饶恕。

第二天，我发疯般地洗着我那件被玷污了的白色睡衣，整整一天，我摆弄了十遍。

我的先生嘲笑我，说不必要对一件睡衣太过认真。

他在这一点上，永远不能理解我，就像他无法安慰我伤心绝望时的痛泣。

在这一点上，我能做的就是默默抚慰自己孤独而痛苦的灵魂。

都活在自己的原则里，在这一点上都一样不可理喻。

战争结束之后，我又在日常生活里轻松自如。我总是在战争的痛苦与日常生活的恶性循环里旋转。这根旋转的链条，把我和我的先生越缠越紧。越是挣扎越是痛苦，越是痛苦越是挣扎。

我是那么认真地玩着游戏，结果受伤的却是我自己。

我想，我是我自己的悲剧。就对待这件睡衣来说，我本可以不在意，做一个顺水人情。但是我偏偏把它看得非同一般，所以我自己也受到了自己非同一般的伤害。

一切都在改变。从我的使女偷穿我的白色睡衣的那天晚上开始。或许比这更早。

E. 我的使女未卜先知

我怀孕的那天晚上，改穿黑色睡袍（把白色睡衣挂在衣柜里）。我想保持苗条，而黑色的睡衣暂时能做到这一点。我同时用黑色的睡袍护着自己怀中的果实。没有人知道我这一秘密，除了我的先生。

但我的使女未卜先知。

她总能在第二天说出我前一天晚上的梦，包括我和先生的吵架以及一些梦中的爱情。

从此，我恨透了这个使女。我甚至怀疑她比我还要女巫。自从她在我身边的这些日子，她像一面镜子一样照着我，我被洞察得一无所余。这样下去，我一定会死去，像太阳烘烤影子后，然后进入黑夜，影子不复存在。

我正在成为这个被吞没的影子。

现在最重要的是如何砸碎这面镜子。

但在死亡的风暴到来之前，我到底能持续多久?!

F. 又一个预谋的夜晚

这么痛苦的时刻，我没能看到我的先生，他不在我的睡床上。

腹中的胎儿一天天成长，像愈来愈重的石头压在我的胸口。这种感觉让我觉得越来越沉重，仿佛在梦中飞翔时急速地下坠，就要砸向地面了。即将粉身碎骨时，我醒来。又一次发现我的使女穿着我的白色睡衣，长发纷飞，双乳低垂，两臂伸开，正在我的面前飞舞。

这又是一个被预谋的夜晚。

我翻身起床，像一头发怒的狮子，奔向我的使女。使女在我的追赶下跑到了楼下的客厅。我头晕目眩，一下子从走廊滚到了楼下的客厅。我醒来时，发现自己摔碎了怀中的果实，却并没有看见被我追赶的使女。

我看见从窗口飘出一缕白烟。

我先生正在窗口观望。

他说，烟是他前世的情人。

G. 谁在爱情中曾经比我更加幸福?

记不清这是谁的一句诗，但它深深地击中了我。我总是向往那神魂颠倒的爱情，那无人能比的爱情。

> 我的灵魂是天空浅蓝色的衣裳;
> 我把它留在海边的峭壁上
> 赤裸裸的，我走向你好像一个女人。
> 好像一个女人我坐在你桌上

饮下一杯酒，吸进了玫瑰的芳香。

你认为我很美，像你梦中见到的。

我忘掉了一切，忘掉了我的童年和家乡。

只知道你的爱俘虏了我。

你微笑着拿来一面镜子，让我看着自己。

我看见我的双肩是尘土做的，

又化为齑粉，

……

哦，把我紧搂在你的怀里，

我不再需要什么。

这是芬兰女诗人伊迪丝·索德格朗美丽而忧伤的《爱情》。

是的，有谁在爱情中曾经比我更加幸福？又有谁在婚姻里比我更加绝望？

我喜欢爱情，喜欢爱情的感觉。爱情中的女人是最幸福的女人，即使痛苦也觉得幸福。我是那种十分投入的女人，所以在爱情里我时常感觉特别幸福又特别痛苦。幸福时我觉得自己上了天堂，痛苦时又似乎到了世界的末日。我在这种极端的情绪里自毁又自救。

而婚姻却让我无所适从。那种让人亦生亦死的爱情的感觉一日一日远离，剩下的却是婚姻宁静而麻木的幸福。但是有谁能在婚姻中继续保持爱情的感觉？没有人能完全做到，我也不能例外。而毁掉婚姻只会让我们又进入另一个误区，身心的折磨一样让人难以承受。所以我为什么要去破坏婚姻的墙呢？何况我们都怀着爱情重临的希望。

所以我内心中总有些绝望的温柔。这种温柔是我的婚姻甚至生命存活的最后一线希望。

经历了婚姻之后，爱情会如何呢？是的，爱比不爱更寂寞。

我还会在婚姻的城堡里待下去的，还会再怀着爱情的果实，对日渐苍老的风景抒情。

伤花怒放

　　那天中午我硬是在妻子做的香辣火锅里加进在冰箱里冻了月余的半根筷子长的两条喜头鱼。妻子把她那两道黑黑的细眉毛拧成了额头朝上的"八"字，对我这一举动表示了她嫁给我以来最强烈的最丑陋的反感。你这个坏蛋，你破坏了我的美味佳肴。我今天忙碌了半天就为了这锅美味的火锅。妻子气急败坏地对我说。我继续用汤匙往鱼身上浇热汤。你糟蹋了它。妻子对我的不以为然又加重了一句。她那轻柔中略含委屈与严重的语气，使我想起我们的初夜（当然在婚前）桑雨的那句："你糟蹋了我！"我不禁重复了那个销魂的场合中那句销魂的台词："我爱死了你！"

　　我说这话没有一点虚情假意。我真是爱死了我的妻子，她连骂人都那么温情，那么富有诗意。每当这时候，我总是感慨，娶个会写诗的女人做妻子还真不赖。这只会使妻子的认真味儿辣味儿升级。而我不是对妻当歌，就是洗耳恭听。人生还有什么事儿比围着火锅听娇妻训话的事情更美的？我尽情享受这顿教诲。

　　严格地说，我妻子除了不善烹饪这一贤妻良母的当然条件之外，无论是在女人的天生丽质，还是在事业方面，都是一个佼佼者。这使我忽略了她在烹饪方面令人无法恭维的缺点。她的这一缺点也成就了我在她面前表现自己的机会（不过，这种机会越来越少。原因是我在家务事方面的表现欲日益降低，后来也清心寡欲到差不多同妻子一样成为了一个素食主义者）。妻子是一个娇媚可人的小家伙，是百里挑一的小美人。这个年代，没有丈夫敢在另一些美人面前夸自己的妻子美丽。而我是这世界上的第一个。世上只有妻子好。这是我的经验，也是我的口头禅。有漂亮的女文友不服气借用了一位青年作家的散文标题满含酸意地疑问："'爱我的女孩最美丽'吧?!"

她不爱我，我也会说她最美，何况她爱我。

我不相信你是一颗顽石，会闻不到野花香。女文友很扫兴，甚至还有些咬牙切齿。

这位我与妻子共同的文友叫桑桑。她竟然与我的娇妻桑雨同一个名。桑桑是我称呼娇妻的专利名，这个相貌姣好却人高马大的女人居然也叫桑桑，这是我内心不能容忍的一点。虽然我在诗坛小有名气的妻子桑雨并不在意桑桑与她同名，但是我在意。我在意她在我与桑雨做爱时的密集的敲门声；我在意她在我与妻子参加笔会时的左右跟随；我在意她故意给我的那些作家朋友故意的疑问——"哪个桑桑是你妻子？还是两个都是？"桑桑是我与桑雨婚姻生活中的挑战者之一，目前且是我们的一号挑战者。我越来越感到她对我的婚姻生活的威逼与挑衅。我聪明的可爱的妻子桑雨似乎从来没有看出这一点。她在最该聪明的时候却让人无法相信地糊涂了。

火锅进行得热气腾腾。但是那两条被冰冻过的喜头鱼却丝毫没有被融化的意思，仍然直挺挺地躺在热浪里。我用汤匙不断地给鱼加温，后来干脆用筷子按着鱼身。胳膊都按疼了，可鱼还是鱼。它的白眼还是白眼，黑皮还是黑皮。

这叫反抗。妻子在一旁幸灾乐祸地说。你把它冰冻了一个月，现在却要在几分钟把它煮熟，这可能吗？

有什么不可能的？难道它是鱼精不成？是鱼精我也不怕的。我一边用筷子按着鱼身，一边用"世界上究竟谁怕谁"的豪言壮语给自己打气！我们就这样开始了每天枯燥就餐时的有趣对话。看着这两条可怜的鱼，我的肚子都不饿了。妻子颇为同情地说。我也深深同情我的妻子对温柔鱼类的这一同情心。新婚那阵子，我出了一趟远差，回来后，妻子为了表示对我的盛情接驾，特地从菜市场买回两条活蹦活跳的喜头鱼。她把其中的一条鱼放在水盆里算是让它苟延几日性命，把另一条毫不留情地按至刀下。妻子边动作边说，你就快死了，我给你一个安乐死以减短你临终的痛苦。看来很多错误抉择都是因为错觉开始的。妻子刀下的那条鱼其实比水盆里的那条鱼还活蹦乱跳。妻子刚一下刀，那条鱼就蹦跳着滑到厨房的地板上，紧接着一个高跳动作，很有水平地落入了装着它同类的水盆，很显然是要我那被吓得瞪目结舌的妻子桑雨重新为它来一次生死抉择。那条鱼因刀伤，它的血慢慢地渗入清澈的水中。但这丝毫没有破坏它那美丽的游姿。相反，与它同居一盆的另一条鱼却奄奄一息，只能吞出珍珠般大小的微弱的小水泡。邓培，邓培，快来，这鱼又蹦回了水盆。看到我娇小的妻子一脸颓丧无助的样子，我风尘仆仆的倦意一下子就没有了，升起的是床上动作般温柔的怜香惜玉。你什么时候能在烹饪上显一显你的身手呢，我的老婆？我故意挑衅了一句。我永远不愿学会这么残忍的身手。现在你只需把鱼杀死就行了，煎鱼的任务留给我吧！

我们还是选择了那条受伤的鱼，而把那条奄奄一息的鱼留等下一次想腥味的时候。鱼被我杀死后，妻子小心翼翼地摆弄了半天，才见下锅。随着一阵油爆的声音，传来妻子的一声惊叫：哎呀，邓培，快来。这鱼怎么了？我跑到厨房一看，妻子用铁锅铲狠劲地按着那条剧烈抽动的鱼。妻子见我来，刚一松手，那条鱼就跳出锅外一尺多高的上空，然后重重地落在火辣的锅底，折腾得油星四溅。可怜的鱼又重复了几次刚才的上跳动作，不过跳的高度一次比一次低，最后不得不就范在火辣的锅底，经过妻子负罪般的加工加料，成为她献给我的第一顿美餐。餐桌上，妻子脸色煞白，语气颤巍巍的：邓培，这是不是一条鱼精？它死的时候连眼睛都不转动一下，真可怕！

傻瓜，鱼的眼睛本来就是不转动的。

可我还是觉得这条鱼有问题。妻子强行取下我手中的筷子：邓培，我们别吃了，会病的。

我不禁为我妻子可爱得近乎无知的天真笑出了眼泪：你真是一个小傻瓜。接下来的两天，妻子稀里糊涂地病了一场。她神情恍惚，梦中都说那条鱼真惨。她甚至把自己的病因归结为那条鱼对她的报应。我的妻子真是一条可爱的人鱼，她对鱼惺惺惜惜惺惺吧？自从领教了妻子不忍杀生的天性后，我就此让她远离了厨房里的杀生事件。这被我用筷子按在火锅里的两条鱼是桑桑那次在我家混饭吃时买来的四条鱼中的两条剩余伙伴。在热气腾腾的火锅里，它们仍然拒绝融化。这水中的温柔之物，在这里却是如此的冥顽不化。我愤愤地说。桑雨在一旁无助地看着这一切。

我不吃火锅了，我吃一点饭与咸菜。

好吧！饭后，我送你到一个地方去。

哪里？是不是去逛时装店？

我要送你到长春观，那里是素食者最好的归宿。

我还真想到长春观去住一段时间，算是体验体验别样的生活。如果我写小说我一定会去那种场合去体验生活的。妻子桑雨极为认真地说。

如果有条件（我说的条件是指长春观方面许可的话），桑雨真的会去的。桑雨在某些方面的认真，让人觉得她真是一个不同凡类的人物。好在桑雨是一个美丽温柔的小家伙，目前她只写诗，我暂时还没有发现她写小说的迹象。如果是桑桑，让她在长春观待一天都是妄想的事情。桑桑浮躁，好动，没有一点耐心。她的性格与桑雨正好形成了两极。

书房里的电话响了。桑雨去接了电话。你猜是谁要来？桑雨从书房里走出来对我说。不知道。我不假思索地回答道。你的小老婆伤化。桑雨有些嗔怒地说，仅仅只是有些嗔怒而已，表现的并不是愤怒。让桑雨并不愤怒的原因来自桑雨本人的优越与自信。桑雨温柔美丽，才华横溢。这是不拘小节、豪爽粗犷似男人的伤化永远比不上的。圈内人暗称桑桑为"伤化"，喻意是有伤风化。桑桑抽烟喝酒，给人的感觉是无所不为。虽然目前女烟民女酒民多的是，但此类女性给人的感觉却不是良家妇女或淑女。伤化在文学圈人缘还好的原因在于她作为一个女性的善良天性。她受人尊敬的原因是她还没有堕落到做青楼女子的地步。伤化属于那种家庭条件比较优越，却靠自身的聪明与智慧养活自己的女性，而不是靠肉体。如今判断标准变得越来越模糊的人们还没有理由拒绝她这样一个豪爽的朋友。她独身一人，往来无牵挂。在适当或不适当的场合打情骂俏，给已婚或未婚的男士一些暧昧的诱惑。但她骨子里对感情并不当真。一些愚蠢男人的痴情，对她来说，只不过是她后现代主义生活方式中的一点调料而已。再丑或再不是女人的女人也需要异性痴心的烘托。何况伤化是一个面貌尚好的文学圈中的女子。很多人都是她的朋友，但她还没有一个敌人。这是伤化最为成功的一点。我妻子桑雨这样赞赏道，跟很多人一样认为伤化是公关场合中最引人注目的公关小姐。她健谈，风趣，言语中充满智慧，甚至还含情脉脉，一点不像平素与我辈在一起时那样大刀阔斧，充满辛辣味。她跳迪斯科时，简直就是一条狂舞的蛇，浑身的每一个毛孔都充满了欲望。她只有在抽摩尔时，才能安静一阵子，如水月镜花一样朦胧与忧伤。我的妻子桑雨在嫉妒之中欣赏着伤化的多变，并很恶毒地送给伤化一个凋零味很浓的名字"伤花"。桑桑接受"伤花"这一称呼显然比"伤化"快得多。她说，我喜欢那种飘零与伤残的美。这个名字具有世纪末的情绪，符合我本人的性格，我喜欢。我们可以从桑桑很多发表的诗歌署名看到她的这一热爱。

一阵急促的敲门声。是伤花。桑雨脚步轻缓地移向门边。小姐，你能不能温柔一点啦。每次来都像敲鼓点一样，烦不烦啦！桑雨一边开门，一边说道。伤花很快地从门缝里挤进来。很迫切的样子。显然是因为冷的原因。

你真动人（冻人）！我坐在火锅旁，对在大雪天却只穿着黑色皮夹克与皮短裙的伤花招呼道。

你是岁末的最后一只动人（冻人）的黑蝴蝶。妻子桑雨画龙点睛地说。还是诗人不落俗套，一句美丽与独特的语言就概括了她的全部感受。伤花一边取下她红色的羊皮手套，一边坐向桑雨为她在火锅旁安排的椅子。

这么大的雪天，你从哪里来？桑雨问道。

不要追问独身女子的行踪！伤花很诡秘地说，拿起筷子就进攻火锅里的那两条鱼。

这火锅好像煮了很长一段时间，你们怎么还没有动手啊？

等着你大动干戈啊，我不忍心破坏它的形象。我故意调侃道，然后讨好地朝妻子桑雨会意地一笑。

这火锅真不错，只是鱼不是很新鲜。伤花有些遗憾地说。

不到十分钟，一条鱼就被伤花吃得只剩下白而细的刺了。另一条鱼我只吃了一半。伤花的筷子也过来帮忙了。

你像一只残酷的猫咪，连鱼头都不放过。桑雨看着伤花的馋样，感叹道。

吃鱼头聪明啦！是谁的手艺，是邓培做的吧？这火锅的辣味真他妈的够劲。

我看你这次是聪明过头了！桑雨不满地说。

怎么，我们天上的诗人也开始操心人间的烟火了！伤花回击道。

我认为桑雨这二十八年的人生经历的最主要杰作，是除了为我取了这个具有飘零美感的笔名之外，再就是这顿辣得够劲的火锅了。伤花在桑雨起身上厨房的当儿，悄声对我说，然后神秘地一笑。伤花的这一笑，是如此的神秘与突然，以至于我的内心没有防范地触动了一下，有一种疼痛的感觉。因为担心妻子神秘的第六感的扫描，也为掩饰我自己内心的莫名其妙的痛感所带来的尴尬，我不得不在妻子回来前对伤花很勉强地一笑，算是一种两全其美的迎合。桑雨从晚秋怀孕以来，就变得敏感、忧郁、畏寒，一入冬就非常夸张地罩上了她那件在衣柜里躺了两年的黑色中长羽绒服，她还在脖子上套一条白色的羊毛围巾。这样一个月前还娇小可人的桑雨变成了一只憨态可掬的企鹅。可伤花竟然还穿着黑色的羊毛袜，黑色的高筒皮靴长至膝盖，双脚很性感地交叉而坐。在热气腾腾的火锅旁边，确实是一种很撩人的风景。这与炎夏的京城街头头戴布帽，身穿紧而短的鸡心T恤与短得不能再短的牛仔短裤的"坏女孩"没什么区别。我在心里想，二者之间的暴露是同等的，只是季节不同而已。

我的企鹅早早地蜷缩在厚厚的棉被里看电视。伤花很优雅地坐在床边的皮椅上抽着摩尔。看来像以往一样旋风而来的伤花并没有像以往那样旋风而去的意思。

我们得给伤花准备睡觉的地方。这对只有二十个平方米却到处都堆满书籍的小两口的小居室来说，的确是一个问题。

不知什么时候，伤花已经与桑雨并排坐进被筒里了。

要不，这样吧？我与桑雨睡一个被筒，邓培你睡一个被筒。伤花喧宾夺主地安排了。我看见桑雨小嘴一噘，不太情愿地皱了皱眉。伤花对桑雨的这一反应视若未见。

要不，我睡一个被筒，你们小两口睡一个被筒。不过，邓培你得为我准备一只热水袋。伤花进一步建议道。我正等着我敏感的妻子发话。

看见你们小两口亲热地睡在一起，我会失眠的。前几天在阿君家，他们夫妻俩把我安置在一张小床上，我一夜都没有睡好，觉得自己又孤单又可怜，连个暖被窝的人都没有。

你身边的追求者并不少，别挑花了眼，还是早一点进入围城，享受人生的天伦之乐吧！桑雨说道。

我不能像你一样把爱情固定在一个人的身上。我只好不结婚，免得害人害己。所以许多的夜晚，我只能靠摩尔或安眠药来打发。伤花悲伤地说。

要不要吃安眠药？桑雨关切地问。

那东西杀白血球。这一段时间我正在戒。

那我来为你充当安眠药吧！桑雨很解人意地说，然后身子往双人床的中间挪了挪。

我到楼下的同事家去借宿一夜吧？我以商量的口气对桑雨说。

不，我肚子不舒服，晚上上卫生间我会怕的。桑雨晚上从来都是一个人上卫生间。看来她是存心不让我离开。我不得不抱了床被子，羊毛衫与运动裤都没脱，就躺进了被筒。我生平第一次与妻子同床异被，第一次与两个女人躺在一起。伤花的脂粉气盖过我妻子的体香，袅袅娜娜地越过我温存的妻子往我的鼻孔里钻。我的鼻子伤风般地耸动了几下，还真有些感冒了。我在冰冷的被窝里辗转不已。这次轮到我失眠了。妻子桑雨转身向我，用她的右手抚了抚我的脸，算是一种温存的安慰。后来，我干脆把被子的一小半盖在妻子的被子上，妻子越过中界点，似乎与我睡在一起。我轻手轻脚地动作着，想像以往一样让娇小的妻子躺在我的胸口上睡觉。但妻子温存地拒绝了我。我第一次知道什么叫咫尺天涯。午夜很深的时候，我模模糊糊地睡着了，感到有人狠劲地掐了一下我的手指；再后来又感到有人钻进了我的被窝。那是我熟悉的体香。我彻底醒过来了，抱着我温存的妻子，很清醒地躺着。不过半小时，我又闻到了薄荷味。我将脑袋伸出被子，我看见伤花，坐在右边的被筒里，身披桑雨的黑色羽绒，很有韵致地抽着摩尔，那景致使她像温室里的一朵黑色郁金香。我打了一个喷嚏。看来我是彻底感冒了。

怎么这么早就开始忧伤了？我一边从被筒里抽出右手扇动鼻翼前的烟雾，一边说。

我昨晚睡得很好，所以醒得早。

妻子闻声伸出她的小脑袋，像个猫咪一样地伸了伸懒腰，但很快就被烟雾逼回了被筒。我还想睡一会。她在被筒里说。

你们昨晚一定没有睡好吧？伤花明察秋毫似的说。

你说呢？桑雨在被筒里回击道。

使我感到奇怪的是，从怀孕以来变得尿频的妻子，一晚上都没上厕所。哦，我坚强而伟大的妻子！我正暗自在心中感叹，只见桑雨猛然从被筒中坐起，动作迅速地披好我的外套，穿上棉拖鞋就开门而去。随后我听见伤花的笑声。

你妻子昨天做梦都在找厕所。

那么你呢？

我梦中掐了你的手指。恕我冒昧：你昨晚怎么没陪你的妻子去上厕所？

她上过厕所？

就在你的手指被狠劲地掐了一下的时候。

哦，原来是窗外的一只母蜂。

我就不相信你是铜墙铁壁。邓培，咱们走着瞧吧！

妻子从厕所里回来后，又钻进了我的被窝。邓培，你起来下面条吧？我很快就起床了。

我来吧！我来给你们露一手。伤花灭掉手中的烟，然后起床了。

这大冬天，我们家没人愿意做饭。你愿意做真是太好了。我说。

你把我当煮饭的丫头了？伤花有些不满地说。

难道不是吗？至少今天在我们家。桑雨笑着说。

那我就住在你们家，给你们做饭了。

求之不得！桑雨很得意地说。显然，桑雨是一只胡须扎人的小猫咪！

这样伤花在我们家住了两天。她一个人买菜，一个人做饭，甚至拒绝我们打下手。我与妻子结婚两年来，第一次实实在在地享受了两日饭来张口的生活。伤花的烹饪技术在女流中堪属上乘。这是我这连鱼都杀不死的娇妻没法相比的。看来，漂亮的妻子还真不能当饭吃，可我却吃了两年。

这在婚姻生活中是一个错误吗？两天后，这只在大雪天在我们小家里避寒的黑蝴蝶飞走了。再次见到她是《晨风文学》杂志社在郊县文联举办的一次小说研讨会上。我与另外十四名中青年作家与评论家参加了这次研讨会。妻子桑雨因为与小说并不搭边，这次没有被邀请。而写诗的伤花却作为报社的记者参加进来。她总是一年跳一次槽，她在这方面充分显示了她的公关能力，同时也暴露了她的见异思迁。

怎么你又飞到报社了？你活动能力还很强的。在舞会上我问伤花。

你才认识我呀？伤花得意地说。

舞会中场时，放的是激烈的摇滚乐。作家们陆续上场，跃跃欲试。我发现人群中一道白色的光，在舞场的中间闪动。其他舞者都慢慢地退下阵来，只有紫光灯下这道白色的光应节而舞。人们都屏息静看。后来有人喝彩：伤花你跳得真棒。原来，伤花已脱去她的红色呢大衣，只穿着白色的紧身连衣羊毛裙，在热烈而仍有冷意的舞厅里狂舞。镭射片上放的是麦当娜的摇滚乐。而此时的伤花也成了摇滚乐中的一条狂舞的蛇。叫我们这些男作家惊座，叫另外几位女作家骇然。在舞会上，所有作家的作品都暂时被隐去了等级，隐去了光彩。而伤花动情至极，神情高不可攀。她简直是摇滚舞中最优秀的作品，闪着炫目的光。

摇滚乐之后，就是轻柔的FACE，灯光也由激光转向阴柔，并慢慢地暗下来。今晚放的是美丽的《梁祝》。作家们一向把FACE舞曲视为休息舞曲。大家坐在包厢里，或静默不语，或侃侃而谈，目光时不时地投向越来越暗的FACE舞场。只有这一场舞，陪舞的小姐们不被邀请，也不邀请人。我静坐在包厢听这永恒的爱情音乐。忽然，我听到坐在对面的伤花挑战似的对我说："邓培，你敢和我跳FACE吗？"

"有什么不敢的？难得这么有胆量有个性的小姐。邓培，你代表哥们，上！"坐在我身旁的作家郭子枫怂恿道。其他的人也开始起哄。看来不能让爱看热闹的人们不饱眼福。

我与伤花步入舞池时，灯光已全部熄灭。我像一个十足的绅士，很有分寸地与我的舞伴保持一定的距离。但是伤花却慢慢地向我靠过来，不一会她的脸就贴在我的脸上了。我想轻轻地推开伤花，但是我感到我的脸上有泪水。是伤花的泪水。这真是一个让人无法理解的女人。那么干练泼辣的女人，居然有这么温情的泪水。我没有推开伤花，是因为我不忍心伤了伤花的自尊，也不愿意退缩让伤花觉得我这个男人没有风度。

我爱你，从我五年前认识你时，就爱上了你。

我猛地移开我的脸，轻声对伤花说，你在开玩笑吧？你不像儿女情长的小女辈呀。再说你爱过谁呀？

就爱过你，只是你太高傲了，一直太高傲了。我没想到竟让桑雨打动了你这颗顽石。我嫉妒她。

不是玩笑吧？

当然不是玩笑。伤花愤愤地推开我，向包厢走去。我负罪似的尾随其后。而《梁祝》还在温柔地飘拂。

郭子枫见我们音乐没完就走回了包厢，不太识时务地说：邓培，你欺负伤花小姐了？可惜，灯光全黑了，我们看不见。

是我欺负了他！伤花轻声而严肃地说。

哥们，发挥你的想象去吧。我加了一句。

第二天，第三天，第四天，我发现伤花好像换了一个人。无论是参观、座谈、进餐，还是卡拉 OK、舞会，她像一个淑女一样与另外几位女作家坐在一起，不说话，不卡拉 OK、也不迪斯科，安静得像闲花静水。好像一切与她无关似的。她甚至不像以前那样与别人开玩笑。一向在笔会上活跃的伤花，在这次表现得如此安静，显然造成了另一种引人注目。人们很关照她。说伤花你唱一首歌吧？来跳一曲舞吧？

对不起，我感冒了。伤花婉言推辞。

最后一个晚上，是《晨风文学》杂志社与当地文联举办的联欢舞会。人们都尽情地跳舞、欢笑，算是为即将散场的筵席，制造一些温馨而又伤感的离别气氛。连从不跳舞的作家也被几位女文学青年拉下了舞池。伤花也恢复了以往的活跃形象。大概是"伤口"愈合了。

当《一路平安》响起时，我起身邀请刚刚从舞池回来的伤花：伤花，最后一曲，我请你跳！

我不想平安。伤花无情地拒绝了我。我发现伤花今晚不拒绝任何人的邀请，但是她却拒绝了我。我觉得自己第一次在一位女性面前遭到了惨败，而且是在我并不看重的伤花面前。这种感觉彻底击败了我。我心里有些不乐。不过没有显示出来。舞会完毕后，回到旅馆，几位哥们要到隔壁去打麻将，我拒绝参加。一个人躺在床上看电视，那是一曲伤感的 MTV，是林忆莲的《伤痕》：

　　　女人独有的天真
　　　和温柔的天分
　　　要留给自己最爱的人

　　一阵急促的敲门声。

门没锁，自己进来吧！我以为是郭子枫，没想到是伤花。

还没休息呀？我问伤花。

来跟你告别呀！听这么伤感的歌，你还没有从失败中恢复过来吗？

哪里？我平安得很。我回击道。

想跟你谈谈！

告别的事？

不，与这相反，是相爱。

什么意思？

梦幻中的男人需要一个入俗的妻子，让他生活在现实中；梦幻中的女人，需要一个入俗的丈夫，让她生活在真实里。而桑雨比梦幻中的你还梦幻，只会写诗。这样下去你们的婚姻生活不会太持久的。

也许你的话有道理，但并不适合我的婚姻。

你与桑雨一直在逃避这个问题。这一点你们在新婚的蜜月一完就意识到了，只是你们为唯美，都不愿意承认。桑雨那么依赖你，是因为你把她照顾得无微不至，让她有足够的时间与空间去做梦。而你呢，你又能做多长时间的梦呢？你的诗人妻子对你更多的是依恋而不是爱。而我爱你，一直爱你。我知道去改善生活，怎么为自己的爱人在辛苦的爬格子之后准备可口的饭菜，怎么为自己的爱人撑起保护伞，让他既避免现实的尘埃而又不失去幻想的翅膀。

我已经开始看到你的完美了。但是我还是不爱你。

可我爱你，这就够了。而且你妻子也爱上了另外一个人。

你胡说什么呀？我惊讶地说。

难道你不知道桑雨有首诗《我最爱的人在远方》？

你不要寻章摘句了。那只不过是首诗。

而诗歌是桑雨心灵的声音。你们写小说的人也许不屑于或看不懂诗，但是我能懂。我能读懂桑雨的每一首晦涩的诗。

你以为这是她外遇的证据吗？这是不可能的，她只爱我。我的妻子只爱我。

你的妻子爱上了别人。你在这里开研讨会，你的妻子却在别的地方与她的情人幽会呢！

你胡说八道。我愤怒地说。

诗人西岛亲口对我说过你妻子是他的情人。

听到西岛这两个字，我条件反射性地从床上一跃而起，愤怒地抓住伤花的手臂，报复般狂吻伤花的脸。伤花被我这突如其来的举动搞得不知所措。她只是小声温柔地说：邓培，你疯了吗？

诗人西岛暗恋我妻子，在圈子内已成为公开的秘密。这使我对并不让众人讨厌的西岛怀恨在心。而现在居然有人在我面前说西岛与我妻子幽会，这简直是一把无形的刀子插入了我的心脏！我像一个恼怒的暴君，想要杀死前来告密的人。不知趣的伤花就要成为伏罪的羔羊。我一个劲地撕扯着伤花的衣服。伤花并不反抗，待我进一步动作时，伤花猛地扬起手，迎面一个耳光，把我打蒙了。等我清醒过来时，已不见伤花的踪影。伤花的耳光使我们避免了一场可能的风雨之夜。

隔壁的麻将声此起彼伏。电视上午夜点歌台在没完没了地重复那首《伤痕》，世界上怎么会有那么多受伤的人？

我在想明天，明天该怎么办？我要看看明天桑雨怎样面对我。

第二天下午回到家后，我心里憋着气，等待桑雨的反应。我发现桑雨并不像以前我外出回家时那样温存、可爱，她表面平静而冷酷，这使我心中更窝火。我在寻找发火的机会。晚饭时，我甩掉桑雨递到我手中的筷子，恼怒地说：看看你做的饭，我就没食欲了。哪里像个妻子？我看你只适合做情人！

你患了什么病？桑雨先是一惊，随即委屈地暗自流泪。要是以往，妻子一有流泪的迹象，我就立刻把她抱在怀里，止住她的泪水或让她的泪水流在我的胸口。可我今天却像一颗顽石一样，无动于衷。妻子无助的哭声越来越大，后来甚至发展成为号啕，泪水像暴发的山洪，倾泻而下，俨然像一个在旷野中遭受不幸的村姑。我从来没有听到这样无助的没有节制的哭声。这样的哭声减轻了我内心的痛苦。让你在哭声中自己惩罚自己吧！我恨恨地说。我的话音刚落，妻子的哭声也戛然而止。只见她猛地站起来，平静地却是带着轻轻的抽泣声梳理她被痛苦弄得零乱的头发。然后她直直地放上被子，钻进去，一动不动地躺着，从河东狮又变回成安静的小猫咪了。妻子由暗自流泪到号啕大哭到戛然而止的过程，让我莫名其妙。我差不多忘记了自己愤怒的原因。等我又回忆起自己愤怒的根由时，我听到妻子在被筒里轻轻抽泣。

今晚我不想安慰你。我从衣柜中抱出另一床被子，然后直直地放在双人床的左边，再直直地躺进去。这两床彩色的缎面被像两副彩色的棺木，里面躺的却是痛苦的活人。这是世界上最痛苦的夜晚。忍受一晚都会让人疯狂，可我们却忍着性子持续了多日。一周后，妻子平静地对我说：咱们离了吧？

我一直以为这只是一场冷战，想不到她竟然提出离婚。

为什么？

不为什么。如果你能无视我绝望的哭声，而我又能忍受被你冷落的夜晚，那我们都可以经受离婚了。我做不了你的贤妻良母，也不想跟一个冷酷的人在一起。再说，有很多女子都在追求你。我不想耽误你。

可是你背叛了我！

那是你自己敏感。伤花说，她更适合你。

怎么轮到我没有道理了？能不能让我解释解释！

不需要解释。我们明天就去办离婚吧。如果孩子能继续度过她黑色的十个月，我会生下她。到时，如果你需要，我会把她给你；如你不需要，我会养活她。

我不想像桑雨要求的那样很快去离婚。我极力劝说她。好吧，我们相互给一个机会，拿出半个月的时间来相互感动吧。桑雨对我的劝说给予了这样的回答。

我们开始变得彬彬有礼，当晚我甚至与桑雨同被而睡。我激动得很，但桑雨像忍受牺牲似的没有激情。这使我的自尊受到了伤害。我的自尊让我失败了。我们没法深入。我们因此更没有希望了。受伤的是比性更宝贵的东西。后来，我们又分被而睡。我们的眼睛都望着黑夜中的天花板。我们都意识到离婚是必然的了。但我始终无法理解的是，这曾经温柔无比弱不禁风的小女人桑雨怎么会在离婚这一问题上坚强无比。难道愤怒真的能让人站立成一堵铁墙吗？半个月的感情试验期完毕后，我们到街道办事处办了离婚。桑雨把那一间二十平方米的小居室留给了我，她自己坐的士到她的姐姐家去了。临上车前，她递给我一封信，然后凄然一笑：告诉我，那晚，我上厕所时，你是不是吻了伤花？

当然没有！

可你至少在心灵上吻了她！桑雨说完，旋风般地钻进的士。出租车在我越来越模糊的视线中扬长而去。留下我在风中听街边反复播出的《伤痕》。

好半天我才记起桑雨塞给我的信。我急忙打开它，我发现里面有两张字条：

邓培：

　　我不知道怎么跟你说。也许我是那种太无用的女人，心灵上经受不起一点尘埃。我写诗，也是因为我太纯粹或者说太想纯粹。我知道这很不好，也曾试图改变自己，但是我无能为力。还记得你问我顾城为什么杀妻吗？你还问我，如果我是男的，会不会因为专情到专制而杀了你呢？顾城之所以杀妻，是因为他的妻子是他的灵魂，至少是他一半的灵魂。他想死，却不愿另一半灵魂游离于世，所以他杀死了他的妻子。我一直这样看这个问题，甚至在大学里的诗歌讲座中被问到这一问题时也这样回答。今天我仍然这样回答你。当我发现你无情的冷漠时（这种冷漠比杀掉我的性命还要让我绝望），我觉得我还没有成为你的灵魂，而你也没有成为我的灵魂。我们的相爱只是一种痴心或梦幻的错觉。其实这样也未尝不是一件好事。这样可以让我们通过离婚而避免相互毁灭。

　　　　　　　　　　　　　　　　　　　你并不理解的桑雨

桑桑猫咪：

你好！

知道你的先生今晚和谁在一起吗？

顺便告诉你，我那晚在你们家，你上厕所时，邓培吻了我。

爱你的伤花

（邮戳证明，这封信是伤花在郊县参加研讨会的第二天写给桑雨的。我现在明白那次回家后桑雨对我冷漠的原因了。伤花的这封信已经伤了她的心。）

桑雨呀，你是让人连心灵都不能有罪的灵魂？！

我叫了一辆"的士"，直奔报社，我想找到伤花的住处，找这个无耻的女人算账。但伤花并不在。

我一直在找伤花，但就是找不到她。一个月后，报社的人说她辞职了。两个月过去了，听人说，她做了一个大款的情人。

我把自己关在屋子里，像一只困兽，一个字也写不出来。几次到桑雨的姐姐家，都没有找到桑雨。半年后，我又一次到桑雨的姐姐家，她姐姐说她出国了。

怎么会？那孩子呢？

孩子她打掉了。

我在半年内失去了爱人，失去了孩子，甚至失去了伤花这个仇人。由一个有些潜力的作家变成了一个无所事事的闲人。

我整天与不再创作而改经商的郭子枫混在一起，抽烟，打麻将，日子一日一日地失去了方向与朝气。五毒我已沾上了四毒，就差嫖了。

一个周末，郭子枫说要到一座豪华的别墅去参加他的一个好朋友的生日PARTY，他极力邀请我参加。反正我无聊透顶也无事可干，所以我答应了。那是一场化装舞会。生日的女主人面戴白雪公主的面具，身穿白色蕾丝裙。人们都称她为世纪末小姐。郭子枫悄声对我说，这位女主人因为年龄的原因没能参加本市举办的城市小姐竞选大赛，她失望地自

— 96 —

称为世纪末小姐。

就在这位世纪末小姐开口招呼客人时，我听出了她的口音，是伤花。

我积压了半年多的怒气一下子找到了突破口，我猛地走向伤花，狠劲地掐着她的胳膊。伤花惊叫着：你疯了？

我操，你这个贱货！

请放尊重点，这是在我举办的晚会上。

你说，你对桑雨做了一些什么？

这是我与她之间的事情。别以为我爱你，我不爱任何人。我只想征服你。我原来以为你是高傲的王子，以为你与桑雨是王子与公主的结合。你们的失败已表明我已征服了你。看到你这个样子我真高兴。桑雨也会的。优秀的女人会为因为她而痛苦的男人而高兴的。

听到这个无耻的女人提到桑雨，这更加升级了我的愤怒，我猛地挥起手掌，揭掉伤花的面具，对着伤花甩下两个响亮的耳光。我还想再来两掌。旁边的人拉住了我的手。我看见伤花眼角流下的泪与她嘴角的血混合在一起。我真恨不得把她撕成碎片。郭子枫等人把我强行捺在一张沙发上坐下来。我看到一个娇小的女人怀里抱着一个婴儿走向我。

把你的妻子和孩子还给你。伤花的声音。

我定睛一看。站在我面前的桑雨，她消瘦多了。

请你原谅我，这一切只是一场误会与考验。

哼，只是一场误会与考验？好半天我才说出一句话。我的愤怒已盖过了我刚刚看到桑雨时的惊讶与喜悦。

你不是说，婚姻生活太平淡了，让你写不出小说吗？我与你的分手，不仅可以给你提供自由的时空，也可以增加你的素材。桑雨进一步说。

这简直是地狱的声音。

没有比这更让我愤怒的了。我猛然站起来，我真想把桑雨推倒在地，狠狠地揍她一顿。但当我看到桑雨怀中熟睡的孩子，我控制住了自己。

你们这些冷酷的女人！我冷漠地看了桑雨一眼，然后平静地走出门。哀莫大于心死。最深的愤怒只是平静与冷漠。

接下来的日子，我什么也不想。十天后，我中止了将近一年的创作。我不想在痛苦之后，再写小说，可小说却来找我了。这就是《伤花怒放》。我付出了多么痛苦的代价。想一想真是不值得，于是我生起小说的气来，一口气把《伤花怒放》的手稿扔在地上，然后踏上两只脚。我通过对小说手稿的践踏，内心得到了一种病态的安慰。等我的心情平静下来后，我才把手稿从地上捡起来，放回到写字桌上。

一个梅雨绵绵的黄昏，我打开电视机，又听到了那首《伤痕》。现在我已经会唱这首歌了。尽管我五音不全，但我相信我唱的这首歌能感动世界上的任何一颗顽石。

我第一次听到《伤痕》，是从妻子那里——我的热爱诗歌的妻子那里。当桑雨轻轻地唱给我听时，我颇为感动地说：为我写的诗吗？

不，是林忆莲的《伤痕》。现在的流行歌曲能表达人类所有的情感，有些甚至不逊色于诗歌，这是现在晦涩的诗歌不景气的原因之一。妻子桑雨感慨地说。

是呀，现在许多文学刊物的诗歌版面越来越少，有的东插一首，西插一首，零乱得很，再好的诗作也显不出分量。而小说一跃而成文学中的贵族。我说。

我写诗不为发表。也不看形势，只为自己的心灵。

我纤尘不染的妻子，在越来越冷寂的诗坛，执着得让人心疼。我不由得想到桑雨时常在我耳边吟诵的她那首《感动》中的几句诗：

> 在这物欲的世纪
> 我常常想感动别人
> 却总是被自己感动得泪流满面

现在这首诗只适合于我。无情的桑雨有什么资格作为这么温情的诗句的作者呢？我觉得这首诗应该是我写出来的。因为我一直用自己的无微不至爱着桑雨，一直用自己的方式爱着这个世界，用文字感动自己也感动别人。因此这样的诗句应该出自我的笔下。于是，我毫不客气地把它引入了我的小说中。同时我在这篇《伤花怒放》的小说中对《伤痕》中的句子也进行了篡改：

女人的残酷
与无情的天分
只留给她最爱的人

娇小的看似温柔的女人却也残酷，粗犷的看似残酷的女人却也温柔。你们都是多变的云与砸人的石头。我不再接受云做的泪水，也不会接受石头做成的花朵。我发誓。

我在小说的最后抒完了最后的情。

突然响起一阵轻柔的敲门声。这轻柔的敲门声使我内心蹿起一阵莫名的愤怒。我连忙抓起写字桌上的手稿，然后打开门，看也不看地把手稿朝敲门人的头上扔过去。

先生，今天还是雨天吗？

是桑雨，我睁开眼，看见桑雨抱着孩子站在门口。

明天不下雨！伤花远远地站在后面，加了一句。

旧爱如诗

因为眼泪而开始的叙述

我曾暗暗在心中发誓不再为爱情而哭泣，但痛苦却像盘踞在心中的一条巨蟒，时时咬噬我的心，让我因为内心的痛而生感叹而生悲悯。

我在看似幸福的婚姻中，你也是。那么我们莫名其妙的泪水为谁而流？我永远不能知道得更清楚。

但有一点是很明显的，那就是女人的眼泪大都是为爱者而流。

我不想从抒情到抒情。只想努力用一种平静得近乎无情的语态去描述我目睹过的那些枝繁叶茂却最终凋零成花瓣的爱情或片断的诗章。

我发现我不能如愿。

如果你想看这平静的婚姻背后并不平静的爱情故事，请进入我这一无法平静的叙述中。

无事可干的早晨适宜睡眠

总有人会打扰我们平淡的生活与无聊的时空。命运总在这方面显示出它的偶然与不可把握。

长长的双休日对于一位靠灵感写作而灵感迟迟不现的诗人来说，无疑是一种酷刑。无事可干的早晨适宜睡眠，就像雨天适宜怀旧一样。而淹没在睡眠中与沉溺于往事里都会让人产生一种无法摆脱的惰性，一次次地混淆白天与黑夜，过去与现在。诗人阿米依赖这种因为睡眠与怀旧而生的惰性打发没有灵感的日子。

床头柜上的电话响了起来。她的左手从毛毯里抽出来拿听筒，右手枕在头下，懒洋洋地"喂"了一声。

"阿米，都几点了，还没起床啊？"双休日的电话大多是周明打来的，只有他会在双休日早上拨通阿米家的电话。

"嗯。没事啊，起那么早干吗？"

"诗人都是这么懒惰吗？你要知道过度的睡眠是一种毫无意义的休息啊。"

"你不写诗了，就说起诗人的坏话来了。"阿米一边说，一边想，"他怎么会知道睡眠对于一位诗人的意义呢？只有睡眠才让我强烈地记起或遗忘自己的诗人身份。"

"今天我邀了几位好友到我家来玩。现在都在路上。你们快点啊，等你们吃午饭。"

"好吧。我正想找点事干。也许我会在曾经的诗歌爱好者身上找到灵感。"阿米边说，边对躺在身边的丈夫邓文点头，示意他接电话。

"我的老乡，你的诗友周明的电话吧？"邓文早就猜出是周明的电话了，看见阿米对他点头，他急不可耐地从阿米手中接过了听筒。

周明和邓文是老乡，并且是小学到中学时的同学。虽然他们就读于不同城市里不同的大学，最后却都分回省城工作。据周明自己说，他在大学就热爱诗歌，写过很多诗。

可阿米从未见他发表过诗，也许他所说的对诗歌的热爱，其实是限于对诗歌的欣赏，并不真的爱。也难怪，在诗歌早已不吃香的今天，还有多少人在谈诗呢？人们都热衷于赚钱与享受。物质欲望早已排到了第一位，精神是次要的。

除了作家，双休日还有几个爬格子的人呢？不写作的人，比写作的人生活得更好，更快乐。

阿米并不急于起床，躺在床上伸了伸懒腰，脑部顿时像一扇封闭已久却突然被打开的窗子，一下子清醒多了。她感到一阵带着清香的湿润空气飞进脑部。于是她从床上坐起来，做了一下深呼吸，然后又躺下来。

一向爱睡懒觉的邓文，是很愿意在双休日被周明的电话叫醒的。因为每次和周明那一帮人聚会时，除了谈赚钱之外，就是"码长城"。对在双休日爱玩麻将的邓文来说，周明的电话无疑是有相当的吸引力的。

"阿米，快起床。"

"肯定又是打麻将！"阿米懒洋洋地不想起床，气鼓鼓地说了一句。

"阿米，起来吧！周明他们等着我们去呢！"邓文一副讨好的面孔。他只有在向阿米"申请"打麻将时，话语最温柔，笑容最迷人！阿米是不愿意破坏邓文的兴致的，毕竟他不像别的男人那样整天坐在牌桌旁，邓文打麻将是看时间和对象的，而且他每次打麻将都会征得阿米同意的。

电话又响了，是周明在催。

"还没出发啊，要不要我搭的士来接你们呀？"

"不用了，我们一会儿就来了。"

邓文梳洗完后，就轻轻地把阿米拉起床。"快点，老婆！"

"你只有打麻将，才会这么积极！"阿米以冷言对邓文虚假的柔情。

"哎，今天可是有诗人聚会哟！"邓文一脸神秘，"说不定又会给你带来灵感的！"

"诗人聚会又怎么样？也许更没意思！"现在的诗人聚会都是同病相怜，自语自叹，除此之外，翻不出任何新意。阿米愿意到周明处的主要原因，是因为她喜欢在周明的复式公寓里翻翻书，看看影碟。她总在心里想，自己要是有像周明那样一套复式公寓不知道会写多少好作品。她甚至在邓文的面前流露出，这样的房子给不再有艺术爱好与追求的周明住简直是一种浪费。邓文对阿米不可一世的悲凉不置一词，心里却在想，如果我有一个像周明一样的好单位，也可以让你住这么奢华的房子啊！唉，待在大学里真是没前途。

现在，邓文和阿米婚后三年，虽然有两间房，人均住房面积也有十七平方米，但毕竟一间三楼，一间四楼，没有厨房和卫生间，不得不和所有的年轻老师一样，在走道上做饭，在公共厕所里如厕。

要分上一套两室一厅的房子肯定是下个世纪初的事了。本世纪毫无希望。

心高气傲的阿米一直渴望像伍尔芙说的那样"拥有一间自己的屋子"，并在文章中一再宣扬，希望能拥有一幢海边的别墅用来思考与写作。但这对热爱幻想与写作，却不爱做生意的阿米来说，永远只能是奢想。

"阿米，别总是待在家里想入非非的。出去走一走，看一看，会有收获的！"邓文一句话把阿米从遥想中拉回来！

阿米这才极不情愿地趿着拖鞋走向梳妆镜。这是阿米婚后早晨起床的第一序曲。镜中的女诗人双目浮肿，脸色泛青，像刚刚在睡眠中遭遇过一场苦难的爱情。阿米用手顺了顺零乱的长发，然后撩开窗帘，看了看天气，考虑今天的装扮。接下来的第二序曲就是漱口、洗脸，再化淡淡的妆。

不愿谈论诗歌的诗人聚会

双休日人们对玩牌真是着了迷。整个 W 市七百万人，至少有一百万人在打牌。一百万打牌的人中，至少有十万人打的到朋友家打牌。邓文属于这十万人之一。妻子阿米被迫充当了看客。

出租车在经过小东门、洪山体育馆、洪山宾馆后，在中北路行驶了两分钟，就拐进了徐东路，不到五分钟，就在一片豪华公寓边的马路上停下来。阿米和邓文下车后，经过大院铁门，直奔周明家。

这几幢复式公寓都是九层高，只有两个单元。每一个单元只住四家。一家占据两层楼。一层是停车场，小车并不多，而且基本上都是公车，再就是摩托车，更多的是各种牌子的自行车。看来大多人家还没有富裕到买小车的程度，即使有钱买小车，恐怕也养不起。所以复式公寓下的停车场是一种美好的希望与等待。阿米在扫了一眼停车场后，脸上涌起一股感伤。她距离这种希望更是遥遥无期呢！

一踏入周明家就是另外一个世界。周明请来的客人，喝茶的，抽烟的，又抽烟又喝茶的，搞得烟雾腾腾的，这么一套美丽的公寓，被男人们污染得像是黑窝一般。阿米一进门就对满室烟雾皱了皱眉头，她敏感得像是别人污染了她的家。

　　"这是邓文，我们的老乡。这是阿米，是位诗人。"周明在两人一进门换拖鞋的同时，向满室烟民茶民介绍道。

　　在这种场合中被人称为诗人，阿米觉得极不自在。要是在真正的诗人聚会时，阿米对这一称呼是一点也不脸红的，可在这些只崇尚物质的人群中被人称作诗人，在阿米看来绝不是一种恭维，或是体面的称呼。在这个年代的这些人眼里，诗人早已成了破损的不值钱的怪物，除了无病呻吟之外，已一无所长了。人们对诗人不是误解就是麻木不仁。阿米在这种现实中，对自己的诗人身份也日益敏感起来。

　　"哦，她就是阿米啊?"烟雾中有一位男士起身作惊讶状。

　　阿米看不清烟雾中那张惊讶的脸。她心里微微一抖，还有人为诗人的出现而惊讶啊！她知道这位惊讶的人口气里决不是一种嘲讽或是漠不关心的不解，而是一种暗藏很久的甚至是隐秘的赞赏。

　　"阿米，这是ＸＸ电台'文海'节目主持人晓风！"周明把那位惊讶的男士介绍给阿米。

　　那位男士竟是Ｗ市有名的电台文艺节目主持人晓风。阿米内心里突然涌起一种受宠若惊的感觉，继而又为自己有这种感觉而羞愧。烟雾中的阿米朝烟雾中的晓风微微一笑，并没有说出自己心中的那一句惊讶——"哦，你就是晓风啊！"

　　阿米坐到烟雾之外，尽量不为烟雾所染。

　　周明邓文那一帮人一碰面就说家乡话，阿米没有耐心听他们的叽叽咕咕，于是便走到宽敞的阳台上，看着那一盆盆沙土中长满刺的仙人掌发呆。这时的阿米是从烟雾中走出来的一株忧伤的花，孤零零地立在阳台上自成一景。

　　"阿米，你是想唱卡拉ＯＫ，还是想看影碟?"邓文不知什么时候也到了阳台。

"怎么，是不是你要走上战场了，就来安排我啊？"阿米挑起眉，很傲气地回了一句。

邓文嘴角轻轻的笑意，表明他已被阿米说中了。

"你去打牌吧，别管我！"阿米的眉头似乎堆满了全世界的烦恼。

"阿米随俗一点吧，不要远离众人，让人觉得你太诗人！"邓文好意地告诫着。

阿米一听，鼻子发酸。她哪里就刻意诗人呢？生来就是这样一种不入流的性格。即使在热闹的人群中，她也总是感到孤独的袭击。善感才让她成为诗人，不是诗人才让她善感。邓文怎么就不能懂得这一点呢？阿米不想在别人的阳台上与先生辩解，只好默默不说话，任凭格格不入的性子宰割自己。

"喂，邓文上来呀，就等你了！"是周明的声音。

"好了，我上去了。你既不唱卡拉OK，也不看影碟，那就看书吧？"邓文知道阿米每次出门，总会带一本书，一支笔，还有随感簿什么的。

楼上的麻将声响起时，楼下的烟也散尽了，阿米回到客厅，倚在皮沙发上，从自己的包里取出一本《里尔克诗集》看起来。这本《里尔克诗集》阿米不知看过多少遍了，可她每次看都激动不已。里尔克诗中的一些情绪吻合了阿米无言的忧伤，使阿米无言的忧伤得到了一种伤感的抚慰。

阿米想，热爱诗歌就是热爱忧伤与痛苦。

> 可是看啊，你的手已撕裂：
> 爱人，不是我咬的，不是我。
> 你的心房洞开，人们能够走入：
> 这本应该只是我的入口。

阿米第一次看到里尔克这句诗时就用铅笔画了线——那是往日被感

动的痕迹，想不到现在她仍被这几句诗感动得流泪。太美丽太忧伤的诗句了，阿米不忍再继续看下去，于是在泪眼蒙眬中陷入了沉思。

"阿米你出来玩，也在构思啊？"不知什么时候晓风已坐在阿米的旁边，一脸的惊讶与疑问。

"没有啊！"阿米像从梦中惊醒一样，猛然坐直身子。

"这是怎样的一位女子啊，一脸的伤感与怀旧情调。"晓风用疑问的眼睛盯着阿米，在心里想。阿米再格格不入，也还知道在嘈杂的友人家中，看诗集是不合时宜的事情。虽然在任何地方看诗，对阿米来说，都是一件极其自然的事，可在别人的眼里无疑会被看作是一种矫情。她不想让晓风也这样看待自己，于是慌忙把《里尔克的诗集》塞回提包里。

没想到弄巧成拙，晓风看出了阿米的慌张，"什么书？能给我翻翻吗？"

阿米看到晓风坚定的眼神与伸出的手，知道拒绝不可能，"你猜对了，我就给你看。"

"你的气质不像是看言情小说的样子，更不会是武打小说或黄书。那么，一定是诗集了，对吗？因为只有诗人才会让一位诗人泪眼蒙眬！"

阿米心中一惊，这男子的眼睛真厉害！

"怎么，你没有打牌？"阿米像记起了一桩急事似的问，并没有很快把书递给晓风。

"我不会打牌！"晓风很自豪，那口气似乎在表明，他在污秽的社会中一尘不染。

"你和周明他们的兴趣爱好很不一样吧？可你怎么会来周明这里的？"

"我们是大学同班同学啊，还是八十年代大学诗社里的骨干成员，而且是 X 大有名的校园诗人呢！"晓风很骄傲，眼里闪着自豪的光。看来他在校园里也与诗歌有很辉煌的一段缘呢！

"可周明早已不写诗了，你还在写吗？"阿米像找到了知音似的。

"哦，我写得不好，现在已拿不出手了。"晓风谦虚地一笑，那笑中带着一丝神秘，"阿米，你能以一个诗人的身份给我谈一谈当今的诗坛现状与诗歌流向吗?"

"哦,谈起来让人灰心。我没有兴致谈。"阿米淡淡地一笑,"你是一位文艺节目主持人,又热爱诗歌,应该对诗坛的现状与诗歌的流向有很清醒的认识,就不用我来叹息了。现在是诗歌的黑夜啊!"阿米说完,长长地叹了一口气。

"'在这诗歌的黑夜/我们要自己点燃自己/照耀自己/我们是黑夜中永不偏离方向的一群。'"晓风用极富磁性的声音朗诵着。

"晓风你朗诵的可是我的诗句啊?"阿米惊讶地问。

"是啊,我记得你的一些诗句。"晓风神秘地一笑。

"我不过是引以自慰罢了,想不到浪费了你的一点记忆区。"说完,阿米又陷入了沉思。

晓风想阿米一定是一个内心痛苦的女孩。因为只有内心痛苦的人才会被诗歌的黑夜感染。这个女人的一切表情都是那么自然,尤其是人群之中的孤独与痛苦是那样显而易见,却绝不是故作姿态。这使晓风在第一眼看见阿米时,就认为她生来就是一个承受诗歌的幸福与痛苦的灵魂。她一举一动所流露出来的高贵与悲剧气质体现了九十年代的诗歌没落的富贵与感伤。晓风第一眼就断定,阿米这样一个具有伤感与怀旧情调的女人是不可能不沉溺于痛苦之中,不可能像别的女人那样相夫教子,也不可能像长舌妇那样闲言碎语,更不会坐在嘈杂的牌桌旁玩牌的!

浸透在空气里的暧昧

阿米是一个表面上过分安静的女人。虽然忧伤很明显地写在她的脸上,但她从不说出来。晓风沉浸在她忧伤的气息里。他也感到了一种心尖的疼痛。一个男人过分地沉迷于一个女人忧伤的气质,只会使两个人之间的空气暧昧起来。

坐在沙发上的阿米,感到了越来越浓的紧张与尴尬的暧昧气氛在压迫着她的心。被晓风这样一个刚刚认识自己的人看透心事,对阿米来说是一件很尴尬的事，更让阿米感到紧张的是，晓风在迎合阿米的忧伤与孤独。阿米心想，如果自己继续沉默着忧伤，无疑是引诱晓风沉溺于不合时宜的情绪，这对一个与自己毫无关系的人来说，是一种不怀好意的误导与伤害。"我不能让这样一个还爱着诗歌的男人，无缘无故地沉浸在我的忧伤里。"阿米一面想，一面开始找轻松的话题。

"看影碟吗？周明的这套影碟机是从新加坡带回来的，效果很不错。"阿米的眼神并不看晓风，而是用不带情绪的语气示意晓风开影碟。

"哦，我看看有什么碟子。"晓风离开沙发，走向影碟柜，"嘿，这有一盘原版的《廊桥遗梦》，看过吗？"

"影碟没看过，小说几年前就看过了，但没留下什么印象！"阿米不咸不淡的表情。

"这部影片，很叫座的。一些电台和电视台还专门开办了'《廊桥遗梦》观后感'这样的节目。"

"很无聊的。"阿米继续不咸不淡。

"哦，你怎么会有这样的看法呢？"晓风又一次惊讶。这个女子是怎么了？别人感动得痛哭流涕的事，她却无动于衷；别人无动于衷的事情，她却黯然神伤。

"这部小说和影片之所以在美国得到强烈的反响，是因为两个人的偷情最终没有导致家庭的破坏；而在中国之所以受到人们的迷恋，是因为婚外恋的诱惑。因为开放的美国在家庭观念上这些年有回归传统的趋势。而在传统的中国家庭中，却有婚外恋的暗流在涌动。"阿米自言自语着，她的心事似乎飘浮到了一个无人的小岛上。

"哦……你真是一针见血。不过你看看影碟，也许会被感动的。"

小说《廊桥遗桥》前半部分过分地强调了人的本能与动物性，这一点不知在影片中处理得怎么样，但愿别太火爆，阿米心想。和一个刚认识不久的男人看影片上的甜蜜动作和性，同样是一个令人脸红的事情。那样空气中暧昧的气氛会演变成越来越明朗的内心呼唤。阿米仿佛遇见了慢慢向自己荡漾过来的眼神与暗示，她不能受那诱惑的驱使，走向那座内心的桥。

"你看吧，我到楼上去看他们打牌。"阿米起身，向晓风满含歉意地一笑。

"我看过了，还是你看吧！我上楼去了。"晓风又一次看透了阿米的心事。也难怪，《廊桥遗梦》在某个角度上来说是为婚外恋者准备的，就像情人节是为情人准备的一样。阿米怎么会和一个刚刚认识的男人看这种煽情的影碟呢？

晓风打开影碟，很知趣地上了楼。

阿米一个人静静地坐在沙发上，《廊桥遗梦》慢慢地向她展开。

阿米细细地看着，她这个脆弱的灵魂也没能被剧情所感动。只是在佛郎西斯卡坐在丈夫的车子里，含泪地看着金凯站在倾盆大雨中，阿米才鼻子发酸，眼里涌满了泪水。

佛郎西斯卡只需打开车门，就可以投入情人的怀抱。可她没有。她克制住内心汹涌的感情，看金凯的车慢慢地消失在雨雾中……

影碟中的这一幕，强烈地击中了阿米。阿米在疼痛中回到了一段记忆里。

在影碟前回忆一场旧爱

阿米大学刚毕业后不久，就出差到九江。办完事后，阿米一个人在九江客车站候车准备到庐山去玩。第一次出远门旅游，阿米心中真担心从什么灰暗的地方，钻出来一条彪形的蒙面大汉来。为了壮胆，阿米在胸口上戴了红颜色的校徽，用自己的教师身份，给自己壮胆。谁知在车站等了不到十分钟，就给从 B 市出差到九江的林峰发现了机关。

"小姐，你这么小，就当了大学老师？"林峰穿着一身牛仔服，背着牛仔包，风度翩翩地站在离阿米三米远的地方，问道。

阿米朝林峰羞涩地一笑。

"小姑娘一个人到庐山旅游呀，不害怕吗？"站在林峰身边的、两个年纪五十岁左右的老人问道。

"大白天的，会有什么事呢？"阿米小声地说，底气不足。

"如果你愿意，可以跟我们一起游庐山。"那两位老人关心地说。

阿米没有立即回答，心却暗暗地下定决心，和这三个人一起游庐山。原来这三个人是从不同城市里来九江开一个全国性的研讨会的，会后结伴游庐山。

阿米很放心地跟着两老一少。一路上，林峰对孤身旅游的阿米极为关照。

林峰谈吐儒雅，举止大方，一举手一投足都充满了男子汉的魅力。阿米心里爱慕极了。但是出于一个女孩的矜持与羞怯，阿米不敢表白这份爱慕。游完庐山后，两个人就各奔东西了。可阿米对林峰一直不能忘怀。很长一段时间阿米都没有从单相思里恢复过来。两人虽有书信往来，但是谈的都是与感情无关的事情。

两年后，阿米在无望中接受了邓文的爱情，并在一年后嫁给了他。

爱是痛苦的，那么被爱也许就是一种完全的幸福。新婚的阿米，确实经历了一种平静而又甜蜜的幸福。她以为平静的婚姻让她忘记了林峰。可是直到她在 W 市为调往 S 市工作的林峰饯行时，才发现自己原来还深深地爱着。

"阿米，你还好吗？"在一家招待所里，林峰问坐在对面的阿米。

"你指哪方面？"

"各方面！"

"我，我结婚了。"

阿米负疚似的看了林峰一眼，声音低得连她自己都快听不见了。

林峰的脸一下子变得灰暗极了，像刚刚经过了一场噩梦。

"我什么都想到了，就是没有想到你会结婚。"林峰顿了顿，继续说，"你应该知道，S 市比 B 市好调动，所以我准备在 S 市安定下来后，再把你调过去的！可是我没有想到……"

阿米听后，惊讶得一句话也说不出来，眼圈发红，眼泪在眼眶里打转。

"阿米,我不是一个喜欢承诺的人。但是我以为你看出了我对你的情感。在庐山风景区,当我邂逅你时,第一眼就爱上了你。"林峰轻轻地说。

"可是,林峰,爱情是需要承诺的。你怎么从来不向我表白呢?你每次写信,都是一副公事的口吻,根本就没有流露出一点儿女情长来。"阿米苦笑了一下,又恢复了沉默。

这是怎样深沉的一个男子呢?

"我一直以为你知道我对你的爱!"林峰幽幽地说。

"我一直以为我只不过是单相思。林峰你怎么能比一个写诗的女孩还要朦胧呢?"阿米说完这句话时,已泪流满面了。

送走林峰后,阿米失魂落魄地回到家中,躺在床上,眼泪悄悄地流着。她是无论如何也不能让邓文看到自己的眼泪的。这种不能发泄的痛苦又是怎样的一种痛苦呢?

到S市工作后的林峰像什么事也没有发生的一样,仍然给阿米写简短的信,可是阿米却不能再像以前那样平静地对待他的每一个字每一句话了。毕竟是她深爱的人写给她的一纸消息啊。可是怎样给林峰回信,却成了阿米的一大问题。她是不可能用一种公事公办的口吻给林峰写信的。每次想起林峰,她就沉浸在一种甜蜜的伤感中,有好多的爱语要倾诉,她怎么能做到无动于衷呢?可以有夫之妇的身份给林峰写情书,在阿米看来,无疑对林峰是一种亵渎。阿米不得不尽量克制自己的一腔柔情,不给林峰写信,或是干脆寄张并不代表私人感情的贺卡。

只有在阿米思念林峰到心疼,心疼到难以忍受时,阿米才不得不拨通林峰的电话,仅仅是想在电话里听听林峰的声音。

阿米的新婚彻底地打乱林峰的计划。不到两个月的时间,林峰就离开了人生地不熟的S市,回到了B市。三年过去了,林峰仍然独身一人,还没有一丝成家的迹象。

阿米仍然爱着林峰,却不知道自己应该以一种什么样的身份与林峰交往。她不仅认为自己以有夫之妇的身份与林峰交往对林峰是一种亵渎，而且认为与邓文离婚则是对深爱自己的邓文的一种打击。这样的阿米不能做林峰的妻子，也不能做情人，所以只能把对林峰的爱恋化作一种遥远的祝福了。

阿米对林峰所有的相思与爱恋都一日一日地退缩到隐秘的抽屉中的日记里了。

　　有一种痛苦的爱情，虽然不是因为死亡，却也使相遇成为不可能！

阿米在日记里这样写道。

阿米还在《玫瑰之问》这首诗里一再追问这场不能相遇的爱情。对于这场风中的问候，阿米只能在诗里自问自答——

　　谁不曾陶醉？/激情的泪水比月光还晶莹/……可我们没有相同的道路到达一个地方。

林峰又关注佛学的修习。阿米是别人的妻子啊，他怎么能让阿米离婚后再娶她呢？——这场绝望的爱情只是被两个人深深埋藏在记忆里。

阿米在心里有很清楚的原则——那就是除非邓文背叛她，她才可能去离婚。可邓文偏偏爱她。她又怎么忍心拆散一个家去重建另一个家呢？这样阿米一日一日地在婚姻的围墙里成为一个身心分离的人，成为一个靠昏睡或电视度日的麻木者。

在某种程度上来说，阿米的昏睡与麻木与这场无法实现的爱情有关，与这场难以割舍的旧爱有关。

邓文你知道吗？

"阿米，影碟都放完了。什么事想得那么入迷？"

阿米从沉思中回过神来。原来晓风早就关掉了影碟。

"怎么样？感人吗？"晓风小声地问。

"哼，还可以，雨中的那一幕比较感人。"阿米神色幽幽地说，显然还没有从回忆中走出来。

她不愿意让晓风品味她的感伤，趁晓风倒茶的当儿，她从包里拿出摩尔与打火机，走到阳台上抽起来。

谁知一会后，晓风追出来，"你抽烟？"

"有什么不对吗？"

"不，我在想你肯定不爱吃零食！"

"你怎么知道？"阿米挑起眉惊讶地问。

"因为只有不爱吃零食的女人，才爱抽烟！"

"谈不上爱，只不过是有抽烟的情绪罢了！"阿米漫不经心地说。

"阿米，你有点怪！"

"是吗？我倒觉得你有些怪。你看楼上的那些男人们，抽烟、喝酒、打牌样样都来。没想到世界上还有像你这么一尘不染的男人！天底下难找啊！"阿米语言中流露出敬佩。

"是吗？可很多都把不吃喝嫖赌的男人看作无用的男人呢！"晓风像是故意挑衅似的说。

"怎么会呢？"阿米漫不经心地说。

"林峰啊，你不仅一尘不染，而且纯洁得都快不食人间烟火了！"阿米在心里感叹着，又旁若无人地陷入了沉思。

晓风用眼神审视着阿米：一个沉思的女人，必定在内心里拥有另一个丰富的世界！

你就如此成为我永远消失的旧爱

"楼上的战况怎么样？"阿米见晓风用沉思的目光审视自己，便转移话题。

"不知道啊！他们在书房里打牌，我在那看书。"

"有什么好书没有？"

"倒是有几本旧诗集，也许你会感兴趣！"

"是吗？我想他这里有的书我家里一定有！"阿米说得很肯定。

"我想也是的，不过，你一定会有另外的收获！"

"什么收获？"

"灵感啊！"

灵感对阿米来说，比爱情的降临还要重要。可灵感是要靠具体的事物去激发的。于是，阿米上楼去找激发灵感的具体事物。晓风也尾随上楼。进入书房后，阿米对晓风做了一个鬼脸，示意他不要声张。

说是书房，其实只有一小书架的书。室内是一桌麻将人与一屋子的烟气。阿米细细地在那架书架上找了找，只发现一本《泰戈尔诗全集》及一本薄薄的台湾情诗选——《等你，在雨中》。阿米扬手赶了赶面前的烟气，皱着眉头说，"这两本书我在大学里就已读过的。"

"可有一本诗集扉页上的赠诗及插图，你没有看过吧？"晓风跟过来，用手指了指那本《等你，在雨中》，小声地对阿米说。

阿米从书架上抽出那本《等你，在雨中》，翻起来。她看到扉页上一段娟秀的笔迹：

> 可是看啊，你的手已撕裂：/爱人，不是我咬的，不是我。/你的心房洞开，人们能够走入：/这本应该只是我的入口。
>
> ——1990 年 8 月借赠故人

谁借里尔克忧伤的诗句赠给周明呢？一定是一个爱过周明的女子。

阿米继续向后翻。她发现每一首诗的后面都插有一幅诗意的黑白画，那些画中人物满含哀怨与忧思。阿米仿佛看到了一颗颗晶莹的泪珠在闪动。

"七对门前清！"是周明和牌的声音。这声音像一声惊雷一样扎进阿米的心。

阿米恢复神情后，走到周明的身后，拿出那本诗集，故意问："周明，这诗集里的插图真漂亮，谁画的?"

"是张眉!"周明的轻轻一笑也掩饰不住他的玩世不恭。

阿米走出烟气逼人的书房，回到楼下的沙发上，细细地看起这本诗集来。

阿米越看越激动，越看越爱那个用钢笔在诗的空白处画插图的女孩张眉。

"张眉与周明是怎么回事?"

"你不认识张眉吗? 周明把她带到好多同学家去过。是一个长得非常清秀的女孩!"

阿米想起几年前，周明到邓文这里来玩时，每次身边都带着不同的女孩。她哪里知道哪一个才是张眉呢。

"周明与他现在的妻子结婚时，张眉知道了曾割腕自杀。幸亏被人及时发现送往医院，才抢救过来。"

"张眉现在在哪?"阿米急切地问，语气中充满了怜爱。

"听说，她参加了援非医疗队，要在埃塞俄比亚工作几年。不知她回来了没有。"

阿米一听，怅然若失，又沉默不语了，只是静静地看诗，等诗集翻到最后一页，她看到张眉用钢笔引用的这本集子中的几句诗：

你的手在我掌中/微凉如小雨纷飞/如此经夏过秋成冬

你的泪渐与冷雨同步/纷纷流进我的诗句/且把日记洗得雪白/而你就如此成为我/永远消失的/旧爱

"能不能把你的第一本诗集送我一本?"晓风突然说。

"那是学生时代写的诗。很幼稚的。"阿米不好意思地笑了笑，"哦，周明有一本的。不知他怎么处置了。"

"他送给张眉了!"

"是吗？这样更好。我想张眉比他更有资格拥有那本诗集。"

"为什么？"

"因为周明是一个无情的男人。"

"不全是周明的错。周明是单传，他在县城的父母相当疼爱他，一直希望他找一个老乡结婚。他们对大城市的女孩有偏见，认为大城市里的女孩太高傲太自私，没有家乡县城的女孩善良温顺。"

"这能说明什么呢？周明本来就花心！"

"不能这么说，看男人花不花心，要看婚后的。周明现在对他的老婆不是很好吗？"

"谁知道呢？要不是他的老婆为他生了一个儿子，说不定早就离婚了！"

"阿米，别瞎说。"晓风突然正色道。

周明的妈与儿子从外面的院子里回来了。

"天宇，你回来了？你妈妈呢？"阿米逗天宇说话。

"妈妈在加班！"三岁的天宇一板一眼地说。

"都忙啊？只有我闲得都快生病了？"阿米低低地感叹了一句，又恢复了沉默。

旧爱被写成了一首诗

吃过午饭后，晓风因为晚上有节目，所以赶回电台去了。临走时，对阿米说："你那组《玫瑰之问》写得很美，我准备在今晚的'文海'节目中播出来。"

"千万别！"阿米追出门，又加了一句，"请你别播好不好？"

"《诗神》都发表了，我播一播都不行吗？"

"这年月读诗的人少且大都是一些伤感的人，而听电台的人多，而且都是幸福中的人。不要把无尽的哀怨传给更多的人！好不好？"

"你太专制了吧？"

"诗早已成了旧爱，而歌却成为新宠！为收听着想，你还是多放点流行歌曲吧！"

"阿米，你怪得让人心疼！"晓风的眼神幽幽地闪烁着，有些不舍地走了。

"晓风他在用一种诗歌的情怀怜悯一位诗人吗？"阿米想。

打麻将的人吃了饭后，继续打麻将，而阿米蜷缩在沙发上，写下了这样的几句：

爱情被写成一首诗，落入一部诗集中，插在落满灰尘的书架上。

阿米又在随感簿上写下了"旧爱如诗"四个字。她点燃了摩尔，在别人家的阳台上写起了这篇小说。她一边写，一边流泪，像一个写哭状书的娇弱女子。当打麻将的人到外面餐馆里去吃晚餐时，她还在写。邓文知道阿米是一个提起笔就不能停止的人，于是在吃完饭后，给她带回一盒饭，一碗水煮肉片。一向不怕辣的阿米，今晚给辣得泪流满面。

打麻将的人，饭后继续打麻将；而写作的人饭后继续写作，继续流泪。等到麻将散场时，阿米的《旧爱如诗》也写到了尾声。

阿米和邓文坐进的士时，已是晚上十一点了。司机的收音机里正放着'文海'节目的开始曲。

"是晓风的节目。"邓文说。

阿米不说话，静静地听着。

"听众朋友，'文海'节目又和大家见面了。今天四十分钟的节目，我将把一半的时间送给诗歌。首先我们一起来欣赏台湾著名诗人余光中的《等你，在雨中》，然后我们让听众打电话来点诗。"

"还可以点诗呀？"邓文不屑地笑着说。

阿米瞪了一眼邓文，并不说话。

"喂，您好。我想点一首台湾诗人侯吉谅的《旧爱》。"电台的电话接通后，一位小姐细细的声音传入了电台直播室。

—— 117 ——

"小姐，能问你这首诗送给谁吗?"晓风的职业习惯。

"送给过去!"那小姐的声音低沉而温柔，充满了无尽的怀旧。

"哦，这声音好熟悉啊?"邓文努力在记忆里搜索。

"难道是张眉?"阿米惊问。

"哦，对了，就是张眉!几年前她为周明的生日点歌时，我听到过她的声音。"

"周明是个什么东西嘛!配得上这么好的女孩对他好!"阿米愤愤地说。

"你怎么这么说话呢?"

"我就这样说话!如果他不是你的朋友，我是不会去他的家的!"阿米真的愤怒了。

"听众朋友，现在我就满足这位小姐的愿望，把这首《旧爱》送给那些走出过去、对过去说再见的朋友!"

在舒缓的音乐中，晓风的声音像一阵伤感的雨，抚慰着阿米的心。

翻开泛黄的日记/很快就找到你/那一页/正是梅雨季节/一把纸伞/小径蜿蜒地走来/长发唐衫的风情/黄昏，掌灯后/在桂花香里/你水光迷离的眼睛/是最美最近的星星//梅雨过后/我已习惯右手拿伞/为你挡住炙热的阳光/你的手在我掌中/微凉如小雨纷飞/如此经夏过秋成冬/你的泪渐与冷雨同步/纷纷流进我的诗句/且把日记洗得雪白/而你就如此成为我/永远消失的/旧爱

这首诗朗诵完时，车正好到了阿米的学校。

天不知什么时候飘起了雨。

下车后，阿米走在雨中。

她眼里的泪和雨水混在一起。

杯上的苹果

1

徐红一走进房间，就反手锁上房门，把保险箱搁在床头柜旁，然后半躺在床上。一双忧郁的眸子，盯着浅蓝色的天花板发呆。她一头乌黑发亮的长发，像一面黑色的绸缎铺在白色的枕上，充满了孤独无依的伤感。

她的眼睛无神地盯着天花板，可眼光却慢慢散淡开去，附在她飘游的思想里。

这是 W 市一个秋日的中午。徐红躺在床上，就一直保持这种倦慵的姿势。不知过了多久，她才在睡意的袭击下，脱掉皮鞋，把一直半吊在床沿上的腿挪到床上，开始迎接睡眠。但睡眠并没有掩盖她的孤独与伤感。在睡眠中，她的眉是微皱的，白皙的脸与她均匀的呼吸也带着一种哀怨。

不到半小时，徐红就给窗前叽叽喳喳的两只鸟吵醒了。她好不容易忘记了清醒时的痛苦，却给鸟拉回了现实。一大中午的，鸟也不午休，吵得徐红心烦死了。徐红躺在床上看着栖在窗台上呢呢喃喃的鸟想道——那两只鸟一定是重逢不久的情侣，有许多鸟话要倾诉，所以亲热得又是惊叫，又是相互啄嘴、梳理羽毛，就像两个不顾场合亲热的热恋者那样身无外界。要是心情好，徐红一定很专注地欣赏鸟们，可是鸟却偏偏选徐红午休的时候吵醒她，偏偏在徐红伤感的眼光里无休无止地表演亲热的动作。那心情不亚于一个寡居的女人看到热恋的情侣时那般凄凉与嫉妒。徐红一把抓起书桌上的宾馆服务指南簿，朝窗台上那两只鸟砸去。

"不知羞耻的家伙，给我滚！"徐红恨恨地骂着，脑海里浮现的却是两个狗男女做爱的镜头。

她感到血管鼓胀，胸闷气短。窗外飘进来一阵忧伤的歌使她鼓胀的哀怒慢慢地化作泪水，溢出眼眶，流在枕上。她的眼睛仍然盯着天花板。从窗外射进来一束光印在天花板上，像一柄闪闪发光的剑悬在她的头顶。

当鸟声与歌声都消失后，她又进入了睡眠，成为睡眠中的一朵花。她梦中的呓语像叹息那么轻——"一束落在脖子上的光，杀死了我！"

醒来后，她记不起自己做了什么梦，却清楚地记起自己在梦中说的这句话。她轻声地重复着这句话，思忖着它的寓意。在她身体的右边，果真有一束光从右肩延伸到脖子上。徐红低头一看，感觉真有一把明晃晃的剑搁在脖子上。

2

九十年代初，很多人都下海经商，卷进了经济狂潮中。白枫也经不住诱惑，停薪留职了，在 W 市办了一家石材贸易公司，专门经销他老家的大理石材。前几年大理石材在建筑和装饰行业特别走俏。白枫头脑灵活，又经营有方，不到两年的时间就赚了近五十万，第三年又与 B 市的同学联手，在 W 市创办了远方汽车出租公司 W 市分公司。白枫任分公司总经理。不到半年的时间，白枫买了一辆进口的小汽车、一套三室两厅的私房。徐红也由一个机关小职员的老婆变成了总经理的夫人。她每天看到丈夫早出晚归，还隔三岔五地在南北几个大城市之间飞来飞去。徐红心疼得很，恨不能变作一只小鸟，依在他身边照顾他。起初徐红还经常找机会，陪白枫出差，后来因怀了孩子，行动不便。孩子出生后，虽然请了保姆，但徐红却是无论如何不能抛下孩子，陪夫君走南闯北了。对丈夫的守候与对家的依恋，使徐红不能安心机关的工作。于是徐红辞职归家，做了家庭主妇。家成了她最敬业的工作单位了。除礼拜天，徐红每天早晨都早早地起床，准备好白枫的早餐，烫好白枫的衣裤。等白枫起床梳洗完毕后，陪白枫一起用早餐，然后站在阳台上目送白枫走进停在楼下的小车，直到白枫的小车消失在拐角处，徐红才收回依恋与牵挂的眼神。白天的很多时间徐红都花在儿子身上。保姆负责中餐和白枫不在家时的晚餐。如果白枫打电话回来吃晚餐，那么这顿晚餐必定是徐红亲手做。徐红喜欢做好晚饭等候丈夫回来的那种既心焦又甜蜜的滋味。白枫一进门，徐红必定高兴地迎上去，接过白枫递过来的公文包和外套，送进卧房后，徐红又转到卫生间用脸盆倒一点开水，再用凉水温一下，放好毛巾和香皂，充满柔情地唤白枫洗脸。有时还把热乎乎的毛巾直接递到白枫的手中。在白枫洗脸时，徐红从冰箱里取出一只苹果，用水果刀削好，放在茶几上的一个浅蓝色的高脚杯上搁着，等待洗完脸后的白枫享用。

晚饭开始后，保姆在小餐桌上给他们的儿子喂饭，白枫夫妻俩坐在大餐桌旁，一边用餐，一边亲热地交谈。如果儿子吵闹，徐红必定让保姆哄。白天的许多时间她都留给了儿子，现在她要把晚上的时间都给丈夫。小两口 OK 几曲，看看影碟，有情有调地灯红酒绿一番，才上床睡觉。

随着白枫生意业务的日益拓展，他越来越忙。他回家吃晚饭的次数越来越少，而且回来得越来越晚。每当这样的时候，徐红既无心唱歌，也无心看书，只是满腹心事地站在阳台上等待白枫的小车出现。当白枫的小车从拐角处出现时，徐红那颗牵挂的心，才放下来。白枫一打开车门，站在三楼自家阳台上的徐红就挥起手臂，轻轻地"喂"一声。等白枫也回应地挥动手臂，徐红才离开阳台，到洗澡间为白枫放好洗澡水。再打开门，迎接晚归的白枫。

"先生，你又回来得太晚了！"徐红轻轻的一句，并不带责备。

"还不是一些累人的应酬！"白枫满脸疲惫。

"我跟你放好了水，洗个热水澡。"徐红接过白枫的公文包和外套。

等白枫去洗澡时，徐红从冰箱里取出一只苹果，用水果刀削好，放在茶几上的一个浅蓝色的高脚杯上搁着。然后回到卧房，躺在床上，等着白枫。

"白枫，你的睡衣放在洗澡间的衣柜里。"徐红听见白枫已经洗完澡，忙说，"茶几上放着一只削好的苹果。"

"知道了，老婆！"白枫远远地应着。

没多久，白枫就走进房间，挨着徐红躺下来。徐红闻到了白枫身上散发出来的一阵酒气，她轻柔地抚着白枫的脸，"以后别喝太多的酒，晚上也别回得太晚，好不好？"

"以后晚上你别等着我回来了，你先睡吧。让你也熬夜，我于心不忍。"白枫无力地拍了拍徐红的肩。他实在太累了，不到两分钟就沉沉地睡着了。

徐红却一点睡意也没有，她借着柔和的壁灯，心疼地看着白枫疲惫的脸，好久也不能入睡。

日子对白枫来说，一天一天地过得飞快，而对居家的徐红来说，则是一天比一天漫长。尤其是白枫出差或半夜才归的日子里，徐红觉得一天实在是长得漫无边际了。她不知道怎么去打发没有白枫在身边的那些漫长的时日。

徐红二十六岁生日那天，也就是徐红与白枫结婚四周年的纪念日。她买好果品和生日蛋糕，然后打白枫的电话，让白枫无论如何今晚都要早一点回来吃饭。白枫在电话里答应了徐红，可是到了晚饭时，白枫却没有回来。徐红再次拨通白枫的电话。电话那端传来嘈杂的歌声与劝酒声。

"喂，白枫，我们一家老小都等着你回来吃晚饭，你却又在外面吃上了。"徐红有些气恼。

"要签合同，我走不开呀！你们吃吧，别等我，我要晚一点回来！"

徐红挂了电话，颓然地坐在沙发上。她一手放在膝盖上，一手托着下巴，俨然一个充满哀怨的妇人。

低柜上的电话响了好长时间，她才去接。

"喂，你好……哦，你还记得我呀，我当你忘了……你还记得我的生日啊，谢谢你的祝福。"是徐红在大学里最要好的女友张玲从 B 市打来的电话。女友张玲总是在徐红最寂寥的时刻拨通她的电话，这是徐红在痛苦中所感到的一丝温暖。

"你们是我们同班同学中最早富裕起来的人，我们都很羡慕你们那种男主外女主内的家庭生活。怎么样？你的主妇生涯过得很有情调吧？"张玲在电话那端轻轻地问。

"这……"徐红不知如何对好友说出自己的内心，缓了一会儿，才说，"整天待在家里，又谈何情调呢？"

"徐红，你到我这里来住一段时间吧？"张玲听出徐红语气里的一丝儿哀怨。

看来，主妇也不是女人最好的职业。她在心中感叹了一会，轻轻地对徐红说，"别整天守在家里，出来走走吧？"徐红听到这里，泪水突然涌上眼眶。

"答应我，一定来玩！"张玲在电话那端要徐红表态。

"好吧，过一段时间再说。我去之前会与你联系的。"徐红漫不经心地说着，那口气像是在提一项遥遥无期的承诺。

徐红想："自己能无牵无挂地离开家吗？"放下张玲的电话，徐红又恢复了哀怨的神情。

小阿姨已经为儿子喂过饭，梳洗完，哄儿子睡觉了。徐红依然静静地坐在沙发上，心孤独地游离着。

已是晚上十一点钟了，徐红并没有像以前那样到阳台上去守望白枫的小车，而是起身走进卧房，关上房门，躺在床上，伤心的泪水止不住地往下流。过了好久，徐红才听见门开门关的声音。她想是白枫回来了。

白枫在洗澡间马马虎虎地梳洗了一下，就推开房门，上床了。

徐红闭着眼睛假装睡着了。她多么希望白枫能像新婚前后的那些夜晚，吻吻她的面颊，抚摸着她的胴体入眠。可是此刻躺在自己身边的白枫却打起了鼾。

徐红一边流泪，一边伤心地想，"以前我们的每一个纪念日都是在一起度过的。可现在他连我们的结婚纪念日都忘了，回来竟连一句道歉的话都没有！家成了一张他打鼾的床了！"

徐红越想越伤心，于是起身，旋开壁灯，打开 CD，听起伤感的音乐来。

"徐红，睡吧。这么晚了，还听 CD 呀？"白枫显然是给 CD 吵醒了。他翻过身来，说道。

"晚什么呀，你刚刚下班啊！"徐红终于找到了突破口。

白枫睁开双眼，盯了徐红一眼，然后闭着眼睛不说话。徐红从白枫的眼神中看出了一丝不耐烦。徐红从没见白枫在她面前流露过这种不耐烦的眼神。她心伤不已，大声地说："白枫，你变了。"

白枫睁开眼，看了看徐红，仍然不说话。

"白枫，我求你，求你，别把家变成一张打鼾的床！"

"你胡说一些什么呀？"白枫懒洋洋地翻身起床，关上音响，抱起徐红，放在床上，然后靠着徐红躺下，把徐红的头放在自己的手臂上，"有什么话，我们明天再说，现在睡觉，好不好？"徐红顺从地偎向白枫的怀抱。她满腹的哀怨都给白枫这轻轻的一抱、温柔的一揽赶跑了。

"知道今天是什么日子吗？"徐红无限温柔地说，"今天是我们结婚四周年的纪念日呀。你怎么能忘了？"

"你怎么不提醒我一声呢？今天不也是你的生日吗？"

"今天晚上我不是打电话要你回来吃晚饭吗？"

"对不起，我不知道是这件事。明天晚上我在家里为你补过生日，好不好？"白枫说完，吻了吻徐红。

徐红用回吻回答了他。

3

第二天晚上七点钟，白枫右手握着一大束火红的玫瑰花，右腋下夹着公文包，左手提着一个高档的时装袋，满脸笑容地走进了家门。

蹒跚学步的儿子见白枫回来了，高兴地喊："爸爸，我要花！"

"儿子，别闹，这花是送给你妈的！"白枫说完，对厨房里的徐红说，"让小阿姨做饭吧。来看看我给你带回了什么。"

徐红听见白枫的声音，忙从厨房里出来。

"送给你的礼物！"白枫把花递到徐红的面前。徐红一副娇羞的神情，接过那束玫瑰。

"还有好礼物，走，我们到卧房里去！"白枫说完，就拉着徐红到卧房。徐红把花插进床头柜上的花瓶里。

"这花瓶里好久没有花了！"徐红轻轻地说，语气中飘着一丝儿遗憾。

"如果你愿意，从明天开始我让花店的小姐每天给你送花。"

"不用了，我只要你在这样的日子送一束花就可以芳香我一年了！"徐红深情地说。

"真是一个会说话的老婆。"说完，白枫抬起徐红的左手，把她的无名指上的一枚金戒指取下来，放在徐红的右手心里，"把它放好，等我们忆苦思甜的时候，你再戴上吧！"

徐红不解地望着白枫。

白枫从胸口掏出一只精美的首饰盒，"徐红，还记得四年前我们结婚的那天我给你戴金戒指时说的那一句话吗？我答应过给你买一只大钻戒的。看，这是我送给你的礼物。"白枫打开首饰盒，取出钻戒，抬起徐红的左手，把钻戒戴在徐红的无名指上。

徐红温柔地吻了吻白枫，"其实，我并不需要这么贵重的礼物，只希望你像以前那样，能每天晚上早点回家。"

"我会的。徐红，再来试试这价值四千元的名牌皮装！"

"哇，你去年送过我一件红色的皮大衣，今年怎么又买了一件啊？"

"这一件可是国际最新流行款式，绿色的，穿起来更富青春朝气！"徐红对着穿衣镜试起新衣来。这件绿色的皮大衣是娃娃领，下身是裙摆式样。白枫为徐红竖起娃娃领子。徐红轻轻地转了几圈。宽大的裙摆像一朵盛开的花。

"我的老婆，风姿绰约的，有时装模特的气质。"白枫一边赞叹，一边在心里想，"让她留在家里真是浪费了！"白枫虽然这样想，但他舍不得让徐红重新走入社会。他希望徐红做一株美丽的盆景，开放在自家的阳台上。徐红对家的依恋无意之中成就了白枫的大男子主义思想。

"好吧，你欣赏皮大衣，我把饭桌端到阳台上，像我们四年前的新婚那样，举办一次烛光晚宴！"

徐红脱下皮大衣，挂到衣柜里，正准备走出卧房，突然听到白枫放在床头柜上的公文包里的移动电话响了，忙转身走向床头柜，打开公文包，接通电话，"喂，你好！"

"你又是谁呀？"电话那端是一个女人，口气很不客气。

"你又是谁呢？"徐红高高的兴致给对方压下去，也没好气地回了一句。

"这电话的主人知道我是谁，你告诉他，我给他打过电话。"对方气冲冲地说，然后挂断了电话。

徐红听出这女人的口气，感觉对方与白枫有非同一般的关系。她心里一阵阵地疼。她愣愣地坐在床沿上，一动不动。电话里那女人的口气让她充满了怀疑。徐红心想，她到底是谁呢？如此傲慢！

"喂，徐红，来呀，烛光晚宴要开始了！"白枫在阳台上喊道。

徐红这才缓过神来。她连忙把移动电话放回白枫的公文包里，慢慢地走向阳台，无力地坐在桌旁，两眼满含疑问地看着正在点蜡烛的白枫，说道，"刚才我接过你的一个电话，是一个女人打来的。她说你知道她是谁！"

"哦……是我的一个客户吧？"白枫略有所思。

"我接的不是家里的电话，是你的移动电话。"徐红盯着白枫的眼睛。通常情况下，白枫在家里是不开移动电话的。他今天可能忘了。

"是的，我们的一个客户。"白枫把"我的"改成了"我们的"，漫不经心中有一丝慌乱。

这一切都被徐红看在眼里。

"移动电话要换电池了，效果不好。"说完，白枫走进卧房，关掉了移动电话后，又回到阳台上，"今晚天气不太好，没有月亮。"

"是的，没有四年前我们新婚的晚上见过的那一轮红月亮。"徐红低低地加了一句。

烛光晚宴上，白枫尽量找话题，可徐红没有一点儿说话的兴致。

这个夜晚，两个人过得都有些压抑和矜持。躺在床上的徐红，任凭白枫抚慰，但她的身子凉凉的，没有一丝激情。电话中那女人的冷冷口吻，冰冻了徐红对白枫激情的细胞。徐红的心也不知游离到了哪里，它不附在肉体上。她感到了一种越飘越远的危机。就像有一种不知来处的风窜到她与白枫之间。她想伸出手来，抓住白枫，可风把她的手指变成藤蔓缠在她自己的身子上，心却远得不知去处了。她感到自己再无法与白枫融为一体了。

在她看来，白枫的抚摸其实不过是对她敏感心灵的一种安慰或敷衍。那双手欺骗不了她。因为那双手不再像以前那样注满温情而是有一些勉强的温存。

"他是不是有别的女人？"徐红从来没有猜疑过白枫，自信白枫与自己是完完全全的一体，没有任何人能插进来。可今晚她却因为一个女人的电话而产生这样的想法。她想爱情其实太脆弱了。

徐红推开白枫的双手，流着泪说，"你的气息里有别的女人！"

她的语气相当肯定，好像她真的看到了别的女人被白枫的双手抚摸着。她不禁被自己这肯定的语气与这肯定的语气所带来的一系列联想吓呆了。

"你说什么？"白枫心中一惊，暗想，"徐红的直觉真是厉害！"那晚白枫极力想用温柔的抚慰赶走徐红的猜疑。但是他越是极尽温存地抚摸徐红，越觉得自己的抚摸中有些虚应的勉强。

他早就不知道他与徐红的初恋、热恋甚至新婚时的那种幸福而神秘的战栗到哪里去了。而白枫是多么留恋那时徐红眼神的触摸、迷人的笑靥以及两人肉体接触时那种无以名状的期待与上升的感觉。那种自自然然的亲和力，那种神魂颠倒的气息，已经随着婚姻生活日渐平静地远去了。而这一切只有在不常接触的情人那里找到。这就是婚姻的悲剧吗？白枫在心里感叹着。

白枫的内心里是爱徐红的，并且爱到一种自私：不愿她的魅力被别的男人欣赏甚至爱恋。他希望徐红只为自己开放。这是白枫让徐红留守家中的原因。因为只有徐红在家里，白枫才有完完全全拥有徐红的感觉。而徐红一走入社会，白枫就觉得她就像一朵飘移的娇艳的牡丹，稍不留意，就有被别的男人摘走弄坏的危险。

徐红当然不知道白枫的这些想法。她退居家中做主妇，只是为了全心全意地服侍丈夫与儿子。但她没有想到这样反而会与白枫的心灵距离越来越远。也没有想到从这晚开始，她不再有以往那种完完全全拥有白枫的感觉了。以后的每一个早晨，徐红都发现自己前一天夜晚为白枫削好放在杯上的苹果，原样搁在那儿，生了黄锈。

4

"明天我要到 B 市去，大约一个星期才能回来。"一个深夜，刚回到家的白枫，对睁着眼睛躺在床上的徐红说。

"到 B 市？正好，张玲要我到她那里去住一段时间，我们一起去吧？"

"可以呀，可是我的机票都订好了。你明天同我一起走恐怕来不及了吧？下次吧，下次我专门陪你出去开开心心地玩几天，行吗？"

"白枫，我一直怀念我们大学在一起的那些日子，怀念我们结婚后在机关单位上班的那段日子。虽然清贫，却没有这么多的操劳与分离。我想重新回到单位去上班。"

"你说什么呀，那点工资，还不够买一件时装的一只袖子。"其实，白枫并不在乎徐红赚不赚钱，他只是希望徐红守在家里。

"可那让我感到充实。"徐红轻轻地说。

"等我从 B 市回来以后再说吧。"白枫很不高兴。

两个人暗暗地僵持了一会，以徐红往白枫的怀中一靠作为和解信号。

白枫搂着徐红。两个人温存一番后，就进入了梦乡。

第二天晚上，徐红刚接完白枫从 B 市打来的电话，电话铃又响了起来。是上次徐红在移动电话里听到的那个女声。不过，这次气焰没有上次嚣张。

"喂，请问是白枫家吗？白枫在吗？"

"对不起，他不在！"徐红也比上次客气多了。

"我是白枫的一个客户！你能不能告诉我怎么与他联系？"

"他带着移动电话的！"徐红轻轻地说。

"他的移动电话没有信号。"

"哦，原来是这样！那就没有办法了。这样吧，一个星期后你再打来。"

"那谢谢你了。"对方的口气里充满失望。

白枫每次出差回家前都要往家里打电话的，这次一个星期过去了，仍没接到白枫的电话。徐红心想，白枫怎么还没回来呢？不会出事吧？又过了三天，白枫还没有回来。徐红非常担心，于是往白枫的公司里打电话，"喂，请问你们的总经理回来没有？"

那位一直暗恋白枫却一直得不到青睐的秘书小姐，对找白枫的小姐们一向没有好感。偏偏这几日有不少小姐打来的电话。嫉妒让她顾不得保密纪律，把总经理的秘密电话透露出去了。"您是他的客户吗？有急事请打 7654321。"秘书小姐想让那些围着总经理转的女士们相互吃醋。

还没有等徐红开口，秘书小姐就挂断了电话。

徐红拨通了 7654321，她听出又是移动电话里那女子的声音。一种不祥的预感笼罩了徐红。

徐红赶紧挂了电话，又拨通了电信局的一个熟人的电话，查出了 7654321 的住址。她发现那里是 W 市新建的最豪华的小区——花园小区。

电视上每天在做招卖广告。徐红看得很仔细，防盗门都没有来得及装上。徐红在一个黄昏坐出租车，来到花园小区。等天一黑下来，她便悄悄地潜入 6 号楼 6 单元 6 楼的那间屋子的门口，把耳朵贴在门板上偷听。不到五分钟，徐红便有了收获。

"白枫，别急于回家，往家里打一个电话，就说你有事还得在 B 市待几天。"又是那女人的声音。

"不行，我回 W 市都四天了，再不回家，我妻子会急病的。"是白枫的声音。

"我们难得有机会在一起。哎，男人除了事业就是家庭，情人算什么呢？做情人真是寂寞呀。你不能太冷落我，不能让我做一只削了皮的苹果，放在杯口上生锈。"那女人叹息着说。

徐红的预感不幸猜中了。她悄悄地走下楼，搭上出租车回家了。她的脑子里全是那女人与白枫亲热的镜头。她用手掌使劲地抵着太阳穴，恨不能把脑袋挤破。

而此刻与白枫在一起的女人也有一种被冷落的危机感。她知道有家的男人终究是一个身心分离的人。自己的全身心不可能换得白枫的全身心。她不过跟白枫的妻子一样，是只杯口上的苹果。

5

第二天下午，白枫离开那女人回到家中，发现徐红不在家，忙问小阿姨。小阿姨说，夫人下楼前，什么也没有说，她提着一个箱子，可能是出去购物去了吧。

到了晚上，徐红仍然没有回家。白枫急得拨通了 W 市所有朋友家的电话。但没有人知道徐红去了哪里。

而此时的徐红正在宾馆房间的书桌上写下了几行泪迹斑斑的文字：

女人赤裸的身体等的那片羽毛不知飘落在何处。女人，你在哪一天开始成为男人的装饰？我呼吸的空气已被污染。我病得厉害，不但咳嗽，而且呼吸短促。生命的质与量越来越像石子沉入水中。一种不被发现或不被重视的痛苦在水中无言地沉默，并且永远沉默下去。直到上帝福光的手臂偶尔掠过水中将它捞起。于是，生命重新鲜活起来，期待命运的待价而沽。可我放在杯上的那只削了皮的苹果已经生锈。它已经错过了被适时送入口中（命运的关口）的机会。

　　我已经做了一只生锈的苹果。害怕腐烂。

　　徐红看了看这段莫名其妙的文字，然后走出房间，下楼到夜晚的街上去散步。

　　在一片伤感的音乐飘拂的拐角处，徐红伸出自己的右手，让一个白须白发的算命先生为自己算命。

　　那位算命先生，在说了一番好话后，给出了一个忠告："你不能做一个太依恋男人、依恋家的女人，要有自己的生活！"

　　徐红看了看自己的手相，苦笑了一下，然后从钱包里拿出四倍于算命先生所要的价钱。当算命先生摸摸索索地给她找零钱时，徐红已消失在夜色中……

包厢里的两性

　　这桌宴席上只有米灵是一个热爱文字的女人，具体地说她是一位曾经写过诗，现在写点小说的女人。说得明确一点，她是一位女作家。这是她热爱的最本质的身份；但今晚她出现在这桌宴席上，不是因为她是一位女作家，而是因为她是这桌宴席上某位男士的女人，说得更具体一点她是坐在她左边的那位名叫邓培的男士的妻子。

　　某公司经理的女儿报考了 W 市的一所重点学校，分数刚好过了重点大学的分数线。但这并不是说经理的女儿一定能上她所报考的那所重点大学。为了有绝对的把握，经理就找关系。经理麾下有待提升的科长蒋干先生；这位蒋干先生在那所重点大学有一位坐办公室的同学陈能；这位陈能先生有一位在学校单身时的室友邓培；这位邓培先生有一位任系主任的老熟人。老熟人分管本系今年的招生工作。这些人都与经理女儿要上她所报考的那所重点大学有直接或间接的关系。但是，很显然地，这一因为某种愿望而临时组成的关系网，与米灵没有一点关系。她不是那个目的的一个促成因素。她是关系之外的人。那么她坐在这一桌以经理女儿要上她所报考的那所重点大学为目的的饭桌上，确实有些牵强附会。但是她心安，因为她是与这张临时的关系网有临时关系的邓培的妻子。她也理得，因为她带着自己隐秘的愿望——暂时逃避长期独自沉思所养成的自闭症，作为女人到一个男人们花天酒地的场所中去看两性游戏。同时作为可以照见一切的镜子去观照男人们的内心。

　　男人们对花天酒地的场所有着自己强烈的爱好与暧昧的欲望。长期在学校工作的邓培和陈能对饭局与娱乐场所更是津津乐道，谈起来就会感慨万千地腾起一股权力与金钱欲。

男同胞们，我本没有恶意。我只是想本着内心，用女性的口吻道出在男人中这种普遍存在的真实。

当米灵的先生在一个漫长的下午接到一个长长的电话，吵醒了仍然在午休的米灵时，她从先生唯唯诺诺的声音中感到了他掩饰不住的喜悦，她斜眼看到先生嘴角眉梢的笑意，证实米灵对先生声音的喜悦成分的把握是八九不离十的——这个电话一定是为某种目的在预约一次饭局或邀请参加混合铜臭与女人香水味的娱乐场所。

果然，邓培在放下电话后，对躺在床上的米灵说，今晚有一个饭局，饭后还要在包厢里 OK、跳舞。

其实，事情本身远没有这一句话这么简单。人人都知道饭局背后的真实目的与包厢里的含义。那是为男人们安排的饭局，为男人们设置的场所。有几个男人会拒绝呢？我的先生也不例外。甚至作为女人的我也不例外。再说，在一个漫长的暑假，在一些没有激情的午后，没有一场可口的饭局或一点游戏，那无聊的程度是可想而知的。人们常常需要自己渴望的或抵制的东西去刺激自己，给无聊的生活提点神。

我是去娱乐吗？当然不是，但我有自己明确而美丽的目的，那就是激发自己创作的灵感。米灵想。

今晚的饭局你去不去？邓培这种听任米灵自由选择的语气，实际上掩盖了邓培真实的内心。米灵知道，邓培的内心是不愿自己跟他同往的。男人们到那种场合大都怀有一种不可告人的隐秘欲望。并不是所有的男人都喜欢在娱乐场所里寻花问柳，但是他们还是不愿自己的妻子在身边的。他们要单独享受那种隐秘的欲望。哪怕他们在娱乐场所并不做女人们所怀疑的事情，但他们也会像久旱的土地遇到一阵细雨一样，感觉得到了一次短暂的滋润。

米灵睁开浮肿的双眼，不吭声，等待邓培表明态度。

邓培笑嘻嘻地说，你不去吧！这句话一出口，米灵就不高兴了。

你就希望我不去。你就希望在那种场合里膨胀欲望。害怕我看到你们男人的丑态吧？米灵气恼地说。

你说的什么话啊！邓培轻轻一笑。那一笑，是被米灵的话击中要害的反应。

去呀，我怎么会不想你去呢！免得你做晚饭啊！

如果你愿意拒绝，我宁愿在家里做饭！米灵说。我是不愿意参加那种与自己没有直接关系的饭局的。混饭不是一个光彩的角色。如果不是去找灵感，我才不去呢？

那我一个人去了！邓培真实的内心又浮现出来。

好吧。那你就一个人去吧！（其实，米灵在说，我要是不去，你也别想去！）米灵低低的声音，很冷。

去吧，老婆，我在跟你开玩笑呢！（其实，邓培在说，你去干什么呢？）邓培走过来，抚着米灵阴沉的脸，轻声说。

他知道米灵有股倔劲。你不要她去，她偏要去；你要她去吧，她却扭扭捏捏地不好意思！

果然，米灵说，我去算什么？不伦不类的。

没什么啊，他们在电话里也邀请你去呢！邓培说。

米灵轻轻一笑。好吧，我就去吧！

邓培轻轻一笑。是的，你就去吧！

两个人达成了心照不宣的一致。

邓培打开电视机，等待黄昏的到来。听见有人敲门，米灵才从床上起来。

敲门者是陈能。刚才的电话就是他打来的。

准备得怎么样了？陈能一进门就问邓培。

你前几天跟我说这件事后，我就对王主任说过的。等会儿我到王主任的家里约他，你们就在楼下等我。

米灵，你也去吧？今晚可有很多的娱乐项目呢。陈能转移话题对米灵说。

你们是不是要洗桑拿？米灵故意问。她听邓培说陈能前一段时间桑拿过几次。学院里的人对桑拿持敏感而暧昧的态度。男人一提起桑拿，就有一种隐秘的快感。而女人总认为桑拿与性有关，**仿佛桑拿之后的男人一定不是一个干净的男人，连说话的口气都不干净。**

米灵无疑在问两性都敏感的话题。

有啊，要请小姐按摩的！你放心让邓培洗桑拿吗？陈能故意提起米灵隐秘的担心。

有什么不放心的？他请小姐，我请先生嘛。米灵说得轻飘飘的（心里可没有这么轻松）。

邓培不胜酒力。可一旦别人劝酒，他便豪爽地端起酒杯喝酒。喝酒也罢，偏偏一小口酒，就满面通红，连耳朵根与脖子都是红红的。红脸、红耳朵根、红脖子倒也无所谓。偏偏话又多起来，还特别喜欢附和男人们的重口味话题。米灵一向对酒场上的邓培相当不满，**却又不能在公共场所里表露出来，只好闷在心里。实在看不过眼就用手肘在桌子底下暗暗地捣一捣邓培，提醒他少喝酒，少说话。**

这点酒算什么？邓培显然已经忘记几次饭局后摇摇晃晃回家的情形了。邓培总是这样好了伤疤忘了痛。他宁愿喝了酒在卫生间呕吐一番，再回到酒桌上继续喝酒，也不忍拒绝别人盛情敬过来的酒。

男人们都这么没有记性，都是这么要酒场上的"风度与面子"，却不顾身体吗？

米灵一再用眼神提醒邓培：我是一面照着你的镜子，你可别在公共场合里喝多了！米灵总是认为，一个男人如果没有一个好女人的引导与管制就会不知不觉地沾上那么一点花边。这个沾上花边的男人也就算不上一个经得起评点的好男人了！**米灵维护邓培的公众形象就像在冷雨中护着自己白皙的面颊。**

邓培的脸通红，却仍在接受倒满的酒。

米灵把嘴附在邓培的耳根前，悄声说，你注意节制哟，别喝多了！

邓培小声说，我没事！

还没事？要不是我在场，谁知道你会喝成什么样！你怎么就没有一点儿拒绝的能力呢？

两个人说这一番话时，都带着笑，特别是米灵一脸灿烂的笑，似乎在向满桌的人表明，她对邓培在说甜甜的悄悄话，而不是施行驯夫术。

经理因为出了差，没有来。即使不出差，他也不会在这种场合出马的。要不是他女儿的事，他才不会去求那些清高的大学教授呢！他没有出现可以让人有多种猜测，但每一种猜测都不影响他达到自己的目的。这就是聪明的头呢！他把自己女儿上大学的事全权委托给得力的部下蒋干。他知道聪明的蒋干会怎么去办的。

于是策划人蒋干先生来了，还带了一个司机，一个同学。司机的出现是一种排场与策划人身份的表明；而蒋干先生的同学的出现，可能是蒋干先生顺便的回请。

陈能没有带夫人。不是理由不充分，而是他不愿意。

王主任带了夫人。王主任是经理女儿上那所重点大学的最终目的促成者。不要说带夫人，就是带上子女或亲戚都有充分的理由。

满桌子山珍海味，八个人中有七个人吃得很满足。只有米灵一人吃得心虚，吃得不舒服。但是她还是附和说，真不错。

七个人中最满意的，要数王先生的夫人。因为蒋干在饭桌上明确亮出了糖衣……王主任您只要拿出您新居的装修方案，其他的一切交给我们来办！

王主任只是微笑，不发话。暧昧得很到位。这是权力者一种最聪明而不失风度的姿态。而这是夫人出面的最好时候了。聪明的王夫人，举起酒杯，敬蒋干先生的酒，笑眯眯地说，以后有事还需要你们帮忙哦！王夫人的简洁干脆，是一种变相的接受呢！

酒足饭饱之后（更确切地说，是酒足菜饱之后。在这样的场合，人们都喝好酒，吃好菜，哪里还有肚皮去装香喷喷的米饭呢？），就是歌舞。

这是夜间最基本的游戏程序。

娱乐正式拉开序幕。

蒋干订了"红玫瑰"包厢。果品点心饮料上来后，大家坐下来就开始 OK 了。

当然是招呼中心人物王主任及其夫人。王主任这位大学教授颇有一些儒雅的风度。爱唱点流行歌曲，但歌唱得不算好，也唱不全。他夫人对流行歌曲没有兴趣，所以难以附和。邓培机智而又礼貌地陪王主任一起唱。

一位五十多岁的人在三十岁左右的年轻人中唱流行歌曲，确实不算强项。还没唱三首歌，王主任就没了兴致，把话筒递给邓培后，和夫人一边喝饮料，一边聊天。

邓培沙沙的声音还很有些魅力。可惜，结婚以后，就很少唱卡拉OK、进舞厅了。与米灵谈恋爱那几年，伤感的歌唱得太多，多情的舞也跳了不少。现在不仅累了、倦了，也没有心情出入这种娱乐场所，所以会唱的歌也不多。他最拿手的也是他与米灵恋爱时的流行歌曲，诸如《恋曲1990》《让我一次爱个够》《再回首》《明天你是否仍然爱我》。偏偏他今天酒喝得多，清醒的精力只够他把最拿手的《明天你是否仍然爱我》唱完。

陈能的声音有些女性化，所以唱得少。

为了不冷场，蒋干和他的同学、司机也唱了几首歌。因为王主任不会跳舞，他们就轮番请王夫人跳舞。一边跳一边说，王夫人的舞跳得真好。

米灵觉出那话应该有些余音——可惜半老徐娘了。如果不是出于礼节，谁愿意和半老徐娘跳舞呢？

米灵想起几年前，邓培陈能那一帮单身教工周末到教工俱乐部去跳舞。那个守门的老太太对这帮年轻的男教工非常热情。但要是有哪一场舞会他们之中没有人请她跳舞，那么下次进舞场带熟人就休想免费。男人们不是不愿意花那四块钱一张舞票的小钱，而是觉得在本该为教工免费提供服务的俱乐部买舞票有些没面子。所以他们中总有人，愿意献出自己一点儿黄金时间去换取老太婆手中那张廉价的舞票。偏偏那位老太婆，跳起舞来既认真又投入，一脸陶醉的样儿。特别是跳快三时，老太婆左转几圈右转几圈，疯狂不亚于年轻人，常常令看客掩嘴窃笑。有的人笑得又是摇头又是捧腹。

米灵也笑过。那是她第一次看那位老太太跳舞。她正在喝雪碧。老太太和一位年轻的小伙子舞快三舞到她的面前。她一口饮料还没有下喉，就笑得喷出来了。为了避免再次失态，米灵赶快掩口。

后来，米灵进舞厅后，不再爱跳舞了，却只爱观舞了。她走进俱乐部就是为了看那位老太太跳舞。但她不再笑，只是静静地沉思。

老到难看的女人却保持一种年轻女人的心态，对年老的女人来说，是热爱生活和生命的一种直率的表露，而对年轻的还有些姿色的女人来说，又怎么不是一种警醒与伤害呢？

有几个年轻女人懂得老年妇女热烈背后的寂寞，热闹背后的冷落呢？

米灵，唱几首歌吧？蒋干说。

我不会唱歌。米灵从沉思中醒过来，连忙摆手。

米灵是位作家，以前写诗，现在写小说。陈能对蒋干说。

听到的人表示惊讶地看了看米灵。米灵又是漫不经心的一笑。

米灵，我请你跳舞。陈能走过来邀请米灵。

米灵不想跳舞。她迟疑了一下，还是接受了陈能的邀请。

还没走几步，陈能就对米灵说，米灵，出来了就放开玩，不要太拘谨。

不是拘谨。我对这种娱乐场所没有兴趣。米灵略有所思地说。

王夫人的舞跳得好，而且懂得节制、懂得适可而止。和每个相邀的年轻人跳过一曲之后，坐了一会，便说，你们年轻人继续玩吧，我们回去了。

再玩一会吧？大家都极力挽留。（其实他们心里巴不得两位老人快点走。老人走了，年轻人就可以放开玩了。）

这拨人把他们送到娱乐城楼下，叫了的士。司机拎了一大包礼（估计是几条烟，几瓶酒）硬塞进王夫人的座上。

蒋干说，等我们经理回来后，我们再联系啊！

啊，再联系啊！

然后，大家说"再见"。

佛神走了，下面的戏就更好看了。

回到包厢后，司机就开始献殷勤了。他说，我去帮几位男士请小姐。问道，陈能要不要？

陈能神秘地一笑，那就要吧！

蒋干的同学当然也要哦！

你们居然用"要"字。米灵有些不满地说。

男人们相视一笑。

你呢？陈能神秘兮兮地问邓培，一边与邓培咬耳朵，一边很暧昧地看着米灵。

米灵一副笑脸迎着陈能的目光，然后转向对陈能摇着头的邓培，说，叫他们给你也请一个？不然不是太亏了吗？

真的吗？你允许？陈能笑得更晦涩。

那还有假！（他敢吗？）米灵答道。

邓培慌忙说，不，我不要。我有夫人照顾呀（我当然也想要，可是我有老婆在身边啊！）。米灵说，今晚我才不照顾你呢！（怎么样也得护着自己的老公啊！）

陈能细细的声音一笑。蒋干心领神会地看了司机一眼。司机就走出包厢，到舞厅里请小姐去了。

米灵的心酸溜溜的。为什么是小姐陪先生，而不是先生陪小姐呢？——这些男人们！

很快司机就请来了三位打扮得花枝招展的小姐，一进包厢就进行分配。李小姐陪陈能先生，张小姐陪邵武先生（蒋干的同学），吕小姐陪蒋干先生。

李小姐穿一身黑色的半透明的蕾丝连衣裙。张小姐上穿一件红色的露背背心，下穿一条白色的 A 字超短裙。她连丝袜都没有穿。坐在她对面的人，可以看到她的腿股与白色的短裤。吕小姐的穿着还算保守一点，是一条咖啡色的闪闪发光的丝质吊带连衣裙。每一位小姐都拎一只小巧的皮包。等司机分配好后，都很大方地坐在她们要服务的先生身边。

陈能绝不是第一次经历这样的事情。可他的脸却微微泛红。他总是这样，喜欢逢场作戏，又喜欢脸红。那李小姐一看就知道他是一个嫩头青。陈先生，我给你敬烟。说完就用纤纤细指从红塔山烟盒里夹出一支烟，递给陈能，再从茶几上拿起火机，很熟练地打燃，把火递到陈能的右手中指和食指夹着的烟前，点燃烟头。陈能把夹着的烟递到嘴里，吸了一口，很快就吐出一个烟圈来。

另两对男女也同时上演相同的镜头。小姐们敬完烟后，又给先生们敬酒。然后大家轮番对唱。唱歌的像一对伤感的恋人，不唱歌的说着悄悄话，一会儿浪笑，一会儿丢媚眼。

米灵悄悄对一直看着这一切的邓培说，喂，要不要跟你也请一位小姐啊？你看陈能多彪啊！你一向很有风度的，这次却让陈能占尽了风流！

嘿，这些女人有什么意思！！邓培似乎不屑一顾。

你不要说假话，我知道你心里实际上是想要小姐陪的。毕竟是别的女人，不一样啊！米灵故意挑衅。

邓培把头靠在米灵的肩头，也儿女情长情短起来。

我看你是酒喝多了。振作一点儿，别在这种场合，跟我缠缠绵绵的，你在亵渎我知不知道？别把我当"三陪"小姐。米灵小声而坚定地推了推邓培。要是在以前，邓培喝了酒，米灵必定很温柔地对待他，但今天米灵不愿意，米灵不但不愿意，反而有些看不起邓培因别人而产生的柔情。

我在这，你很痛苦，是吗？我今晚真不该来，害得你没法玩得轻松。要不我回去了！

你这是什么话嘛！我是喝多了酒，不舒服，才靠一靠你的肩！

要是我今晚不来，你也是一个找刺激的主儿呢！

那三对男女陆续到包厢外的舞厅里跳舞去了。

米灵，我们也去跳舞吧？邓培说。

我才不去呢？如果你要跳舞，你也可以请小姐跳舞的。我一个人留在这，养足精力，看接下来的免费电影。

邓培把脑袋偎在米灵的怀里，不说话。米灵知道他的心思肯定不在她这！

司机一个人在唱着伤感的歌。

大约有三支舞曲的工夫，几对人都陆续回到了包厢。他们是并肩出去的，却是牵着手或搂着肩回来的。

现在包厢里上演的是更热烈的镜头。小姐们还时不时地用留得很尖很好看的长指甲，轻轻地点着男士们的脸、头，甚至胸部，声音甜甜的，再美目盼兮，巧笑倩兮，慢慢地展开风情。不过，这三位小姐的服务对象都渐渐地转向了蒋干先生。

三位小姐轮流地搂着蒋干的脖子，跟他说悄悄话。

蒋干腆着啤酒肚靠在沙发上，很自然地和三位小姐调笑。他应付的熟练程度，让人疑心他是风流场所的一个常客。相比之下，他的两位同学，就显得嫩多了。

邓培叫来受小姐冷落的陈能。两人咬了一会耳朵后就出去了。这时米灵正在看点歌单，不知道邓培和陈能干什么去了。

过了几分钟，邓培和陈能仍然没有回来。米灵心急，没心思继续看歌单，也没有心思看三个女人围猎一个男人。她站起身，打开包厢的门。她在行动时，尽量显得平静而不露声色。包厢外是黑灯的贴面舞会。米灵想，陈能是不是拉邓培下水了？邓培也请小姐去了吗？米灵一走出包厢，更急躁不安。

米灵坐在舞厅旁的一个空座上，盯着那一对对缠缠绵绵的人看。但她不可能看清那些跳贴衣舞的人中有没有邓培。再说这座娱乐城还有那么多充满欲望的阴暗的角落。她真想找到开关，打开所有的灯，照亮这座娱乐城的每一个角落。但是她不可能做到。

她感到某种东西正从她的体内消失，她颓丧极了。

她无法再在暗黑的舞厅边坐下去，于是回到包厢。一进门，米灵见邓培的脸色已经由通红转向白色了，猜想他一定到卫生间呕吐去了。

陈能坐在他的身边，端着一杯菊花茶。他见米灵回到包厢，就小声说，喂，米灵，快来照顾你先生。

米灵走过来，坐在邓培的身边。知道自己没有多少酒量，却偏偏逞能。你总是这个样子，受罪都受不怕。米灵气鼓鼓地说。

你再说，我去找小姐了。邓培居然还在笑。

米灵也笑，说你去呀！

咳，米灵总是太认真，出来玩，本来就是寻开心的，别把自己搞得太沉重。该放松就放松。今晚邓培表现得很好呀。陈能细声细气对米灵说。

我在身边，他不方便嘛，只好收敛一点！米灵说。

我的老婆不在身边，我也不过逗小姐说说话，唱唱歌，跳跳舞罢了。谁把这当回事儿呢？

你看那几个小姐们和蒋干亲热得碍眼了。米灵小声说。

大家都不过是逢场作戏，寻开心。走出这个娱乐场所就谁都不认识谁了。这些小姐们只认钱，不认人的。陈能说。

什么事不能干，为什么要干这种事呢？米灵像是自言自语。

有一位小姐撒娇地讨烟。蒋干对司机做了一个手势，司机走出包厢，一会后服务小姐用茶盘端来三包摩尔，六包红塔山。三位小姐分别把分给自己的摩尔装进了提包里，一位小姐还连带把茶几上的五六包没有打开的餐巾纸也一起装入自己的小包。她们很自然地做着这一切。米灵极不自然地看着这一切。

三位小姐跟蒋干亲热地耳语了一阵后，就站起身挥手向全包厢的人说了声"拜拜"，走出包厢。

她们礼貌的样子让米灵的心中有种说不清楚的怪怪的酸楚。

陈能等小姐们一走，便问每位小姐的价钱。

一人一百。蒋干回答说。

一百？米灵摇摇头。她们什么事不能干啊，长得漂漂亮亮的。

一个晚上一百，是最基本的收入。如果提供其他服务就不止一百了。

蒋干吐着烟圈说道。哦，收入还很高的，一个月可以搞几千元呢！陈能附和道。

那么投入地把自己当玩具，作践自己啊！米灵摇着头说。

有吃的，有穿的，又不动脑筋，钱也来得快。何乐而不为呢！有些女孩就是喜欢这种灯红酒绿的生活。陈能说。

没意思！米灵又叹息道。

小姐们走了，男士们玩的热情也降低了，时间也不早了。大家随便喝了点茶水，就打道回府。

当这一拨人走出娱乐城的大门时，那位穿黑色半透明蕾丝连衣裙的李小姐，一只手搁在膝上，一只手托着腮，坐在门内侧的一张皮椅上。她对她刚刚接待过的先生们视若无睹。而这些先生们都各自哼着自己的歌经过她。

外面是一个美丽的夜。天空是一片干净的亮色。

娱乐城侧面的马路上有一座天桥。米灵看见一位老太太正在吃力地爬着楼梯。她行走时给人的感觉是在努力用双腿支撑臃肿的上半躯体。这种艰难的不谐调的行走姿势让人担心她在下另一半天桥时，会突然像西西弗斯的石头滚下去。

米灵看到这个镜头，她心中只有一个念头，那就是用文字留住自己的青春。

米灵又想，要是那位坐在娱乐城的李小姐看到这一个镜头，又会作何感想呢？她是不是还会继续销蚀自己青春的肉体呢？

也许那位李小姐在嘲笑米灵这一类靠智慧和勤奋生活的女人太傻呢！

想到这里，米灵冷笑了一声，然后坐进出租车。

回到家后，米灵洗了澡。可邓培只洗了脸和脚，就上床了。

米灵上床后，离仍然有些酒气的邓培远远的。邓培靠过来，说，睡觉吧？

从那种不干净的场所里回来了，身上的气味都不干净了。还睡觉?！米灵不高兴地说。

那我洗了，你睡不睡？

你洗了，我也不睡。米灵坚定得很。

老婆，求你了，好不好？邓培温柔地说。

等你在娱乐城引发的一些邪念消失后，再说吧。

我根本就没有什么邪念！

但是今天我不愿意。

你是我老婆啊，有义务的！

我也有拒绝的权利！

小心我到外面去找？邓培故意气米灵。

你敢！米灵很认真地作河东狮吼。

病　因

　　米灵写这篇小说的时候，也是哈欠连天的。她大学毕业以来，就没有清醒过，整天处于睡眠状态。她以为自己可能是因为大学毕业求职过于紧张了，现在安定下来后需要睡眠来好好松弛、解乏，所以内心里并不因为自己一段时间的浑浑噩噩而不安。她觉得这种萎靡不振的精神状态很快会被自己安排得有条不紊的读书计划与写作计划调整过来的。然而她错了，她非但没有减少睡眠，反而睡得时间越长，就会睡得越深越沉越好。开始的一年时间，她为自己有这么好的睡眠而欣喜过。因为她知道睡眠的种种好处，那就是工作前必需的休息，是一种最自然的美容。当然对于米灵来说，睡眠最大的诱惑是，她总能在梦境中实现她在现实中无法满足的一切。

　　所以，她很坦然地安于睡眠。因为她知道睡眠是生命中的一部分。从参加工作、恋爱结婚到现在的五年时间里她一直处于睡眠状态（即使她没有进入睡眠，她也是处在昏昏沉沉的半睡眠的状态中）。也就是说，睡眠已经日益成为米灵生命中越来越重要的一部分了。可现在米灵却感到了一种前所未有的紧张。因为人们都在为生活为事业奔忙着，而米灵却在睡眠这个港口上安睡。这怎么说也不应该是一个有志年轻人的精神面貌。

　　可她找不出嗜睡的主观理由，只能找一个虚假的客观理由，那就是全世界的瞌睡虫都爬到她的身上来了，她怎么赶也赶不走。或者是上辈子没睡好，这辈子加补来了。显然这都是不成为理由的理由。理由找不出来，而她却总想找出理由来对症下药。这样她的生活就陷进了"睡眠（长时间的）——与睡眠做斗争（短时间的为睡眠所打断的抗争）——

屈服于睡眠"的恶性循环之中。这样她所有的时间几乎都为睡眠所浸透。睡眠也就成了她生活中最令她烦恼与无可奈何的事了。

好在米灵在睡眠的瞬间或之后，还有较为清晰的思维。她试图寻找从睡眠中醒来的办法。先找到病因，然后对症下药（如果把过度的睡眠看作是一种病的话）。

米灵先找对比法。拿自己的从前跟现在对比：以前二十二个年头中的十四年学生生涯，从来没有像现在这样如此热爱睡眠，总是感到时间不够用。每天只能休息六个小时，把见缝插针的休息时间加在一起，七个小时就是一种享受了。哪能再增加几个小时的睡眠呢？而现在除了八个小时的工作时间（最多只有一半的时间是清醒的）、三个小时的用餐时间（早餐、中餐、晚餐）、一个小时的看电视时间、一个小时的洗澡时间之外，其余的十五个小时，米灵则完完全全被睡眠所侵占了。

米灵又拿自己跟别人比：一般人的睡眠时间都在八个小时左右，十个小时算是最多最奢侈的了。而有的人则只要五个小时就能满足自己的睡眠，可米灵却要十五个小时，甚至远远不够，因为其余的九个小时，米灵也是处于昏昏沉沉的半睡眠状态。

无论哪一种对比，都让米灵对自己现在的状态产生了不安。她疑心自己是不是得了什么病，但是她又不知道自己的病因在哪。于是她向那些精力相当充沛的人咨询。

年长者说：三十年之后睡不着，三十年之前睡不醒。你现在才二十几岁，正是嗜睡的年龄嘛！

米灵哑然。她默想，原来自己这么爱睡觉，是年龄原因！

于是她又心安理得地迎接无休无止的睡眠。

可是她发现事情并没有年长者说的那么简单。同龄人中也很少有像她这么嗜睡的。他们个个都红光满面，每天都奔波于情场、酒场、舞场、牌场之中。即使几个通宵不睡觉，也很少像米灵这样整天萎靡不振的。

米灵觉得自己的这种状态太糟糕了，于是决定找医生看一看。

她根本就不知道她的这种病是属于哪一科。琢磨了半天，才想到自己是不是因为哪方面的神经受到了麻痹才这么嗜睡的，所以她就挂了神经科。到神经科门诊部的门口时，她坐在门诊部的木椅上一边无所事事地等待着，一边向门诊部里窥望。她看到神经科里的病人全是脸色苍白、双眼浮肿的人，而且都有人搀扶。当然她听不清医生是怎么给这些人诊断的。她只好耐心地等候着。好不容易轮到她，她走进门诊部，坐在医生的面前，然后两眼无力地望着医生。医生无动于衷地看了米灵一眼，用手中的笔蘸了点墨水，再抬头问：你怎么一个人来的？到神经科来的病人大都有人陪同的！

因为在医生看来，有神经病的人都不承认自己有神经病，当然是不会自己到医院来看病的。而这位女子怎么会独自闯到神经科来了呢？医生惊讶起来。她觉得这女子虽然双目浮肿但不呆痴，脸色也红润，一点也看不出有病的样子。医生并不问米灵哪里不舒服，只是用眼睛询问她，看她如何反应。

米灵说：我没有神经病。

医生说：没有哪个神经病人说自己有神经病的。

米灵一听，急得眼泪都要流出来了：医生，我真的没有神经病。

医生说：那你为什么到我们神经科来呢？

米灵：因为我整天昏昏沉沉的，总是要睡觉。我想是不是我的哪个神经区麻痹了。

医生问：没有其他反应吗？

米灵答：没有，只是要睡觉。

医生问：睡觉睡得好吗？

米灵答：睡得很深很沉很舒服。

医生问：做梦多不多？

米灵答：做很多梦。好梦噩梦都有。不过以好梦居多。梦境都很独特、美丽。像是另一种生活。

医生问：睡觉之后有什么反应？

米灵：昏昏沉沉的，脑子总是处于糨糊状态，清醒的时候相当少。

在工作的时候也哈欠连天，随时都可以进入睡眠。

医生说：这其实不是什么大病（其实医生的内心里认为这根本就不是病，但她并没有这样对米灵说）。可能你的体内缺氧导致大脑供血不足。体内储存的氧气供应不了你工作时所需，于是你就昏昏沉沉、萎靡不振。而人只有在睡眠时，才能降低氧的消耗量。

说完，医生为米灵查了血液，诊断米灵是体内供氧不足，血红球素减少，需补充氧气。医生一边在病历上龙飞凤舞，一边说：这样吧，你每周到我们医院来吸一次氧吧。四次就足够了。不过，这要花一笔钱呢。能报销吗？

米灵说：吸氧怎么能报销呢？又不是生命垂危的病人！不过，只要病能好，钱没什么的！米灵的话虽这么说，但是想到自己要一笔不少的钱去吸氧，还是心疼。她毕竟是工薪阶层，比不得富商。所以米灵说：这样吧，医生，反正我这也不是什么大不了的病，您先给我开两次试试再说吧。

米灵拿着医生开的病单，去划价处划价交费之前，走出门诊大楼，在医院的公共电话亭里，给先生打了一个 CALL 机。米灵的先生邓培一向是放手让米灵花钱的。任凭她像开图书馆与时装店那样，大批地购书、买时装。现在，米灵看病花几千块，邓培当然也不会阻拦的。但是米灵觉得这事还是得听听先生的意见。邓培很快就复机了。

米灵把医生的诊断向先生通报了一下，然后说：嗜睡没有什么大不了的。又不是什么要死要活的病。花点钱算什么！

邓培在电话的那头答道：看病花多少钱都是应该的。你一年少买几套时装，钱不就回来了吗？你手上带了多少钱……不够吧？那我马上到银行去取。

邓培当初追米灵时，就觉得米灵有一种独特的魅力。她的魅力自然不是活跃与清纯，而是一种成熟的性感的魅力。她总是垂着一头长长的黑发，蒙眬着一双睡意浓浓的眼睛，在人群中懒洋洋地走过。你任何时候看她，都觉得她是一位刚刚醒来的睡美人，还带着梦境的恬静与神秘。米灵这种慵倦的气质与暧昧的气息，对崇尚神秘与深沉的邓培来说，自然具有很强的诱惑力。当邓培第一眼见到米灵时，心中就认定米灵是他内心里热爱的那种女孩。所以他就开始追求米灵。

米灵那时刚刚发现自己嗜睡。整天精神萎靡不振，哈欠连天。除了工作、吃饭，就是睡觉。睡眠侵占了她在大学里写作、跳舞、唱歌等等爱好。她甚至懒得去礼貌地应付一些追求者。当追求者追到她的宿舍时，她也只是寒暄几句，然后躺在床上看书。久而久之，追求者们见她睡意盎然，芳心难动，不得不告败。而邓培则不一样。他总是静静地望着米灵。一次，在米灵以一声哈欠拉开睡觉的序幕时，邓培说：米灵，你天生就是一个睡美人！

米灵的心被轻轻地触动了，一双雾似的眼睛也被点亮了，顿时神清气爽，睡意全消。米灵并不是那种容易被甜言蜜语所感动的人，但是邓培的这一句话，确实触动了米灵的内心。这样米灵对英俊的邓培产生了好感，然后由好感发展成为爱情了。

刚刚与邓培恋爱的最初那段日子里，米灵每天的睡眠时间减少了两三个小时，也就是说米灵在与邓培每天约会的那两三个小时内，她是很少有睡意的。两个月后，邓培把约会地点改到了米灵的单身宿舍。两个人甜甜蜜蜜地躺在一起，一阵阵暴风骤雨之后，就酣然入睡了。每每邓培早晨醒来，看到米灵梦中甜美的笑意、斜躺的温柔的睡姿，他禁不住又一次地亲吻米灵，温柔地抚摸她，希望她在自己的怀里睡得更香更甜。直到离上班的时间越来越近时，邓培才不得不唤醒米灵。米灵很不情愿地睁开惺忪的双眼，离开甜蜜的梦境，起床面对新的一天。

热恋者的许多时间都是在激情的睡眠中度过的。米灵与邓培也不例外。从这一点来看，米灵并没有因为恋爱而减少睡眠。对他们来说，缠绵的睡眠是第一位的。

结婚后，两人备家具、买电器，米灵虽然没有减少睡眠时间，但是米灵的精神却越来越萎靡不振。食欲开始减少了。床上的温柔动作也减少了。每次邓培要做爱时，米灵总是睡意沉沉的，根本没有精力去配合，就更不用说激情了。邓培只好用抚摸发出信号。可米灵总是支支吾吾地说：亲爱的，我太困了，明天早晨，好吗？

米灵满脸倦意，眼睛都睁不开。

到了第二天早晨时，米灵又说：亲爱的，对不起，我还要睡一会，今天中午，好吗？可是到了中午，米灵又拖晚上。一次一次地往后推。直到实在不忍心拖下去时，米灵才强作柔情敷衍一下。时间一长，米灵像应付公事一样，毫无激情了。

米灵不仅整天昏昏沉沉地为睡意所纠缠，家务越做越少，甚至连性生活都枯燥寡味了。米灵觉得很对不起自己的先生，所以很希望能振作精神，过好两人世界。于是米灵想找医生查一查，她到底是怎么回事。

吸了两次氧后，米灵仍然睡意沉沉的，没见什么好转。于是按照医生的吩咐，她又吸了两次，完成了一个疗程。然而米灵并没有因为吸过氧而变得精神振奋，充满活力。她依然昏昏沉沉地处于睡眠与半睡眠状态。

邓培说：米灵，你嗜睡可能不是生理原因，是不是心理原因呢？

邓培忧心忡忡地看了米灵一眼。他想，米灵是不是厌倦跟自己在一起呢？

米灵说：哪有什么心理原因呢！她转而又想：难道是没有压力的缘故吗？我不是给自己制造了很多压力吗？可再大的压力也挤不掉沉沉睡意呀。我到底怎么了？难道是生活太平静了吗？米灵暗自思忖着，准备找个时间到心理诊所去找医生看一看。当然她没有跟邓培说。

一个阴郁的秋日的下午，米灵来到一家心理诊所。一进诊所的大门，她就发觉空气里弥漫着一种神秘而怪诞的气息。候诊的人除了有些矜持之外，并没见什么特别，不像医院里那些双目浮肿、脸色苍白的病人那样浑身散发出一种接近腐烂的气味。

米灵坐在诊室里排队候诊。半个小时后，一位年近五十岁的男医生把她叫进了诊所密室（为了保守病人的秘密而特设的诊室）。医生为米灵拿了一个空白的病历，用笔蘸了墨水，然后神情亲切地看着米灵（米灵觉得他亲切的神情中带着一丝神秘的探询），问米灵的姓名、年龄、婚否。米灵一一作答。

医生认真地做着记载。

医生说：你随便谈谈你自己吧！

米灵说：我生活得很幸福，但就是整天昏昏沉沉的，总是要睡觉。每天的睡眠时间长达十五个小时。

医生问：没有其他反应吗？

米灵答：没有，只是要睡觉。

医生问：睡觉睡得好吗？

米灵答：睡得很深很沉很舒服。

医生问：做梦多不多？

米灵答：做很多梦。

医生问：都做些什么梦？

米灵答：好梦噩梦都有。不过以好梦居多。梦境都很独特、美丽。像是另一种生活。

医生说：讲一讲你印象最深的梦境！

米灵想了想，说：我总是梦见自己坐在月光下的小船上轻轻地唱歌。不过很奇怪，夜晚的景物都是彩色的，就像在白天的阳光中一样。树叶是绿的，河水是绿的，花有许多种颜色，我的衣服是红的。唱一会歌后，我就坐在小船上想着诗句。无论什么时候醒来，我都能把梦中作的诗，用笔记下来。我还总是梦见很多很多的钱，一大沓一大沓的钱，像秋天的落叶一样在我的脚下滚动。我一面往自己的口袋和背包里装，一面说，这不是做梦吧？我拿着一大沓画质很好的蓝精灵，去逛书店、时装店。我买回许多好书与时装。试了买回的时装后，然后满意地坐在书桌前开始写作。当我醒来时，我必定已经完成一个短篇小说的构思，而且还想出了许多美丽的句子。

医生把米灵说的话速记下来，然后在速记的空白处作了一个小结。米灵看到这样一句话：

依恋甜美的梦！

医生说：哦，这都是属于很甜美的那种梦！真有意思！有没有让你感到恐惧的梦呢？

米灵说：当然有。我总是梦见自己伏在一架剧烈摇动的断桥上，听着呼啸的风声，看着桥下的水气势汹汹地奔腾着。不过，险情很快就过去了。后来我发现自己坐在一条美丽的小船上，在风平浪静的河面上泛舟，又重新开始了在梦境中的幻想与写作。

医生问：还有什么印象深刻的梦吗？

米灵说：我还经常梦见自己像一只鸟那样在天空中飞来飞去。不过飞得并不高，而且我飞过的地面不是怪石林立，就是充满恶臭的泥塘或沼泽。我一次次地感觉到控制不住自己的身体，一个劲地往下滑。可每当要接近地面，怪石就要刺着自己的腹部，整个人就要掉进泥塘里时，我又猛地腾空而起。非常刺激。我一会儿尖叫痛哭，一会儿大笑。我总是从这样的梦中哭醒或笑醒。

医生问：你最害怕的是什么？

米灵答：蛇。我经常在怪诞的梦中看到蛇。不过，它们从没有伤害过我，总是两只眼睛凶恶地看我一下后，然后离得远远的，望着我。我的先生总是在这个时候出现，不是把它们赶走，就是用利器把它们打死。

医生问：你梦见过暴力事件吗？

米灵答：经常在梦中杀人或被杀。可我每次都是平平安安地醒过来。既没有因为杀人而被送进监狱，也没有因为被杀而死去。睡眠实在不是一件触及法律的事情。安全而深入，令人沉迷。

医生又一次把米灵的话速记下来，然后在速记的空白处作了一个小结。米灵看到这样一句话：

噩梦也化险为夷，充满刺激！

医生问：经常梦到你的先生吗？

米灵：当然。他是在我梦境中出现次数最多的异性。不过很多时候他都是在和我相识或不相识的女人亲吻。我总是气愤地冲上前去，给先生一记耳光，然后我痛哭起来。每当这时我的先生就轻轻地推醒我，说——米灵，你又在做什么梦？为什么打我，还痛哭？我支支吾吾几声，又很快进入了睡眠。

米灵说到这里，发现心理医生的眼睛一亮。医生说：哦……你先生有外遇吗？

米灵很自信地说：绝对没有。他只爱我一个。

医生又一次把米灵的话速记下来，然后在速记的空白处作了一个小结。米灵看到这样一句话：

虽然有梦中的隐忧，但她对现实有绝对的自信！

那么你呢？

米灵说：我？……在我认识我先生之前，就邂逅到一位风度翩翩的含蓄而深沉的男子，并对他一见钟情。但我一直以为自己是单相思，所以就没有向他表白自己的爱情。可当他从遥远的城市来到我的身边向我表白他的爱情时，我已经是邓培的妻子了。我为此伤心了好长一段时间。现在还经常痛苦地想到他。

医生问：你想到过要跟你的先生离婚跟那个人结婚吗？

米灵答：想到过。我有时候做梦都希望跟他在一起。可每当一想到与自己心爱的人进入柴米油盐酱醋茶的家庭生活就畏缩了，况且我认为爱情一旦用婚姻的形式固定下来，就会陷入平静而琐碎的生活中。我甚至认为以破坏一个家庭为代价去重建一个家庭更无聊。

医生问：那你还爱你的丈夫吗？

米灵答：爱，确切地说，是依恋。这种依恋比爱还要深，还要牢固。爱情就像一尊瓷器，美而脆弱，经不起碰撞，只能装满思念的水。如果可以，还能放上一束花。思念的水可以一次次地装满，但是思念的花并不是长开不败的。而依恋就像一种永不凋谢的花朵。它让人感到安全而温馨。

医生问：你和另一个男人有过性生活吗？

米灵答：没有。也不想。我只想让他知道我爱他，可我又是多么地遗憾我们之间只能是一段梦中的爱情。

医生又一次把米灵的话速记下来，然后在速记的空白处作了一个小结。米灵看到这样一句话：

不喜欢波折，满足于平静而安定的婚姻生活！

医生问：你和你先生的性生活和谐吗？

米灵脸一红，羞涩地说：新婚那一年，非常和谐美好。现在我的先生仍然很有激情地要求。但我不像以前那样有激情。好像可有可无。

医生又一次把米灵的话速记下来，然后在速记的空白处作了一个小结。米灵看到这样一句话：

性冷淡导致性生活不和谐！

医生问：除了这两个男人之外，你还爱什么？

米灵答：睡眠。

医生说：我问的是睡眠之外的事或人。

米灵：我对其他异性没有一丝儿兴趣。即使他们比我生命中的这两个男人更优秀，我也不受诱惑。也不爱与同性交往。我只有一个最好的同性朋友。她比我小七岁，纯洁、热情、善良而且充满了青春的活力。

医生问：她成为你的至交的主要原因是什么？

米灵答：是她的纯洁与天真。她的纯洁与天真几乎是我大学时期的翻版。我们都固执地认为，爱一个人爱到进入婚姻就要厮守一辈子。无论发生什么都永不分离。

医生问：两人之间没有爱情了，也要在一起？

米灵答：爱情一进入婚姻就消隐了或者说转换到日常的琐事中了，哪还有恋爱时那样神魂颠倒呢？再说爱情本来就是转瞬即逝的一种感觉。如果一个人总想处于爱情的感觉中，那么他（她）最好是不结婚，以便去不断地寻找。改变对象，也许他（她）会经常感受到一些内心的撞击。但是次数一多，时间一长，仍会滑入一种"激荡——平静——厌倦"的恶性循环中。这种循环会一次比一次无聊，一次比一次乏味。那么经历波折又有什么意义？只会害人又害己。

医生又一次把米灵的话速记下来，然后在速记的空白处作了一个小结。米灵看到这样一句话：

向往平静，固执一种模式！

医生又问：那么你怎么与你的圈内人交往？

米灵答：我的性格随和。与同事们都是等距离。但我从来不和他们谈我不感兴趣的话题，也很少加入他们对孩子、时装等等谈论中。当然，对一些敏感的话题，比如婚外恋、找情人等等，我喜欢在倾听之后，对他们浅浅地一笑，并没有很浓的谈兴。但我对离婚、情杀与死亡这些话题相当敏感。周围人的离婚（重组家庭）、情杀、死亡总是让我陷入伤感的思绪中，要好长一段时间才能恢复过来。

医生问：那你怎么看待离婚与死亡这两个问题的？

米灵答：我觉得离婚的人既无聊也无情。我总想不通那些当初恩恩爱爱的夫妻，为何会发展到反目成仇。那些因为历史和家庭关系而凑合的夫妻，离婚还可以理解；而那些当初爱得难分难舍的夫妻为什么现在就经受不住外界的诱惑而喜新厌旧呢？随着社会的发展，物质文明的提高，而一些人的人格却越来越不健全。

医生又问：那么你怎么看待死亡呢？

米灵说：人人都是要死的。但是有些人死得太偶然。一场车祸、一阵狂风、从高高的建筑上掉下的重物都可以导致一个偶然经过的人死亡。在这一点上，人和蚂蚁没什么两样。一口痰、一个铁掌，就会无意会导致一只或若干只蚂蚁的死亡。这使我觉得生命太脆弱，根本经不起折腾。

医生问：那么除了睡眠之外，你最喜欢的是什么？

米灵答：幻想与写作。我的幻想是通过梦境去抵达的，也就是说通过睡眠去抵达的。而写作是在梦境中构思，在醒后继续的。

医生问：你醒后，怎么为了写作而克服睡意？

米灵答：怎么说呢？一言难尽。我总是有睡不完的觉，上厕所也是哈欠连天的。如果肚子不舒服蹲厕所，我都可以两手搁在膝盖上支着下巴进入睡眠。或者睡眼惺忪地看着面前的蚂蚁慌慌张张地忙碌着。但我想的还是与睡眠有关的问题，蚂蚁从来不睡觉吗？

当然沉默的蚂蚁不会回答我。我看着忙忙碌碌的蚂蚁就想笑。这种心态，类似于一位外国作家所说的那样——人们一思考，上帝就发笑！

我看着蚂蚁笑了笑，然后朝它们吐了一口口水。我的口水淹没了几只蚂蚁。我让它们进入了睡眠状态。

然后我回到书桌旁，勉强看了几页书，可我很快就昏昏沉沉地睡去，后来在梦中飞过一座座的高山、一面面的湖水，越过一个个的障碍物。

我在睡眠中真是无所不能。

可只要一回到现实中，我就处于昏沉的状态。为此，我不止一次地走上阳台，狠命地蹦了几下，再做几个深呼吸。但我还是没有精神。在这种状态下，我看见的湖水也是懒洋洋地躺在阳光之下或雾里。我试图发现一些有趣的人或事来提起点精神。有一次我看见湖堤中有一个慢步行走的人。我一直盯着他，看他如何越过一米多宽的坎坷。但那个人双手背在身后，看了看前面的坎坷，就退缩了。没有我在梦中千分之一的勇气。我失望极了！失望之后，猛然醒悟：哦，原来人们在现实中往往容易退却。我呢？退得更远——退到睡眠状态。

我甚至不理解那些鸟们为何要叽叽喳喳地叫个不停。它们不需要因为交际锻炼口才的，那么它们没完没了地叫什么呢？仅仅是为了引起异性的注意，取悦于异性，这有多无聊。怎么会有那么多抒情的欲望呢？

是不是害怕孤独才歌唱呢？就像一个在乡间走夜路的人，为了壮胆而歌唱一样？

医生继续问：你和写作圈的人怎么交往？

米灵答：我常常静静地走在人前或人后，像一个没有声音的影子。即使人们开玩笑或讲一些色情的段子，我也只是在嘴角露出一丝儿笑意。即使发出一点笑声，那笑也是干巴巴的、短暂而无力的。所有人的笑声都是湿润的、发自内心的。有的人笑得捧腹，有的人甚至笑出了眼泪。只有我觉得孤独而无聊。任何话题任何人都感染不了我！

可我只是出于修养和礼貌才附和几下。但每次附和之后，只是让我觉得更加无聊、没有意义。

我这是怎么了？医生你说我这是怎么回事？我唯一爱做的事（指不在睡眠的状态时），就是看看书，写点东西，可就是这唯一的爱好也总是为无数的睡意所打扰。手中的书或笔掉下来时，才让我惊醒过来。想到写作计划，于是又重返阳台做一个深呼吸，想提起精神后再进入写作。当我正在做深呼吸时，我又看见一个走在湖堤上的人，我以为他要做一个跳跃的姿势跳过那个坎坷的。遗憾的是他背着双手，又往回走了。这使我感到更加无聊，睡意又一次麻醉了我。我不得不走回卧室，努力睁着双眼，看了几下书，又迷迷糊糊地睡着了。在一次长篇小说笔会期间，一些作家都笑我这种精神状态。一位著名的儿童作家，甚至把我这种精神状态编了一句顺口溜：

东方红，太阳升，米灵睡觉很认真；太阳升，东方红，米灵是一个瞌睡虫！

人们都笑了。我也笑了。可这样的侃笑也刺激不了我。我不知道我是不是病了。

一位五十年代出生的作家说，你们这些六十年代末七十年代初出生的人，是一群没有信仰的人，没有压力的人，所以才会睡得那么安稳！

这话并不适合我。我怎么就没有信仰，没有压力了？我始终想成为一个用心灵、用精神生活和写作的人。心中也有使命感和紧迫感，也想在自己的人生创造一段辉煌。可我就是提不起精神。

我找不出理由！医生你能帮我找出病因吗？

医生思索了半天，说：据你刚才讲的一些情况，我分析出你逃避现实，依恋梦境。你因逃避现实而依恋梦境，因依恋梦境而沉溺于睡眠，因沉溺于睡眠而头脑发昏。但是我不知道你为什么要逃避现实。如果弄清楚了你逃避现实的原因，也就找到了你终日沉溺于睡眠、精神萎靡不振的原因了。但要治好你的心病，并不难，只是需要相当长的一段时间。我先给你列一个处方，你可以试一试，会很有效的。

医生说完，扯下一张空白纸，龙飞凤舞地写了几条：

1. 改变家庭现状。比如生个小孩，增加一点责任心与压力。随着孩子的出生，很多问题都会接踵而至：你会为孩子的出生、入托等等操心。哪里还睡得着觉呢？

2. 走出自闭。要对周围的一切都怀有敏感的反应。试着与周围的人谈一谈孩子、时装等一些琐事，还可以打打麻将。

3. 用一种爱情的心理去对待人生，不用为了某种纯洁与理想而固守一种不变的模式。有时候为了生活的多姿多彩，改变是必需的。比如换一个工作环境，交一两个知心的异性朋友。这只会对生活有好处。尤其是对写作的人来说，可以体验多姿多彩的生活。

医生把处方递给米灵：总之，你不能依恋梦境，而要全身心地投入生活。

米灵接过处方笺，仔细地看了看，然后她把诊费交给医生，向医生道过谢后就走出了门诊部。

半年后，米灵调到一家文学杂志社工作。这单位很合她的意。一个星期只上两天班。米灵干得很卖劲。可是她仍然是睡意沉沉的。睡眠时间并没有因为工作单位的变动而有所减少。又不到一年的时间，米灵生了小孩，然后为孩子请保姆、入托等事操心。她的睡眠并没有因为孩子的出生、入托而有所改变。当孩子上幼儿园后，美丽的米灵又碰到了几个优秀的追求者，她在其中选择一个做了她的情人。当然，他们时不时地幽会一下，但是米灵仍然哈欠连天的。每次幽会后，更觉得无聊至极。她也经常因为孩子问题、工作问题或其他什么事跟先生大吵一通，可是吵过之后，又陷入更深的无聊中。变化更大的是，米灵学会了打麻将，她甚至打通宵麻将。有时候她边瞌睡边打麻将，居然还赢钱。当然也有输得昏天暗地的时候，但米灵一点也不心疼。可每次打过牌后，她就感到一种从头到脚的空虚纠缠着她。

但只要一进入睡眠，米灵马上就红光满面，充满甜美的笑意。这种状态在米灵最近的一首诗中有很好的反映：

> 没有比这更单纯。只为睡眠
> 生命中必然的安慰
> 这样的时刻
> 我只愿歌唱梦中的一切
> 我不相信枝头的花朵
> 只相信睡眠中的金子
> 爱人，不要让我经受风雨
> 让我睡得更深更好
> 没有比睡眠更单纯的女子
> 也没有比睡眠更枝繁叶茂的女人

令人爱得越远越深越迷惑

我是睡眠这块强磁上

最美最软的金属虫

在梦中的毯子上安息

这世上没有任何依恋

深于我的睡眠

没有任何声音

能胜过我梦中的语言

　　只有睡眠让米灵觉得充实。她想不出这世界上还有什么比睡眠更吸引人的事。

　　米灵想，既然任何努力都无济于事，醒不来也好，就保持这种状态吧。

　　又是一个秋日的黄昏，米灵路过四年前她去的那家心理诊所。她好奇地向里张望了一下，看见那位男医生正好下班。男医生一眼就认出了米灵。他走过来，悄悄地问：小姐，我给你开的处方有效吗？

　　医生说完，神秘地对米灵一笑。

　　米灵答：我生了小孩，也换了一份工作，而且还找了情人。可我仍然睡意沉沉的，提不起精神。医生你说我是怎么一回事呢？

　　医生说：前几年，我以为你的这种病是特例。可这几年像你这样嗜睡的年轻人越来越多。这类病就像是世纪末的一场瘟疫，会感染很多人。现在走进我诊所的，大都是像你这样的一类年轻人。看来我上次给你开的处方毫无用处。也许这是摆在我们心理医生面前的一个新课题。我得好好研究。

　　米灵一脸愕然。她不知道有很多人跟她得了一样的病。米灵朝医生笑了笑，打着哈欠走了。

与刁鲥相遇

病中的启示

我叫眉眉，今年二十九岁。确切地说，今年"三八"妇女节那天我三十岁。

对这个年龄的女人来说，不得不对现实多一份小心翼翼的谨慎。这是不甘心而又不得不甘心的年龄。

如果你是一个结婚多年却仍不愿生育、身体却突然在二十九岁的秋天因一场感冒而引发多种疾病的女人，你实在是没有多少美梦可以做了。你一下子从彩云上落入了尘世。你必然学会面对尘世的一切——包括你从来没有怕过的生老病死以及你在平安岁月里看不起的一切。

你应该做的是养好身体，并考虑延续一个生命。如果有可能，像许多母亲那样，培养你的孩子实现你这一生没法实现的梦想。

这是一场疾病对眉眉的启示。

眉眉吃了十几服中药，仍没见病情好转。尤其是每天凌晨4：00至早晨8：00的腰痛，让她翻来覆去的，痛苦不堪。偶尔的睡眠却被噩梦所追赶。并且每一个梦都是一场暴力事件。

棋谱上的乡村

乡村我是多年不回去了。因为乡村已不再是我童年时的乡村。

青青的河水现在已浑浊并近干涸。高大的杨柳树也成了斜枝断丫。

童年的那双小脚永远也跑不完的路，现在还没提脚就感觉走完了。而屋后的那两块隔着两米宽的水沟的水田，也只是在我割谷插秧的时候才觉得它太大。而现在它不过像我手下的一张棋谱那点大。中间的楚河汉界只是记忆中唯一飘着水粉画色彩的藕塘。

梦中的暴力

这一切不过是时间给我的感觉图。可它们在梦中却会变成另一番景象。

梦境一：还是那片水田。在金色的谷垛子之间，堆着一堆燃烧的金子。我不知它来源何处。大概是我抢来的。一个不满五岁的光屁股小孩发现了这一秘密。他用稚嫩的童音说要去告我。我抓住他，把他打得奄奄一息。当我发现这个小生命就要死在我的面前时，慌忙祈祷，你要什么都可以，只要你不死。于是我流着泪抱着渐渐苏醒的小孩走向那堆燃烧的金子。

什么都给你，只要你不死！我低声地哀求着。

小男孩不说话，很阴险地一笑。

我环顾四周，看见我的一位胖同事，穿着他经常穿着的蓝条花纹的毛衣、比他更肥更大的水洗裤坐在田埂上，漫不经心地望着那堆燃烧的金子！好在他眼里燃烧的只不过是一堆纸。

那堆燃烧的金子竟没有变成金色的蝴蝶飞扬起来。那腾起的火焰像凡高的太阳。但凡高的太阳是炙热的。可这燃烧的金子冷冷的，一点也不暖人。

我像一位长翅膀的天使，抱着那个受伤的坏小孩，立在一张没有体温的油画中……

我既没有醒来，也没有继续这场梦。但痛苦是永远的。

梦境二：我走在汉沙公路上。一辆卡车向我扑面而来。一九八六年一月四日我父亲就因为遭遇到这辆蓝色"东风牌"卡车而离开了我们。

我不止一次地看到这辆可恶的卡车。现在它竟然又扑向我。

我惊坐而起。我想我当时的丑态，就像一具乍起的尸体。

我又一次没被轧死。我腰部冰冷，上衣却全部湿透了。

母 亲

我把这两个梦讲给从乡下来到城里的母亲听。母亲说：有人（她是指鬼）找你要钱。去买些纸钱回来，晚上我烧给索钱人（鬼）。保证你三天之后不腰疼。

关于我的腰疼病。我曾到医院多次检查，但医生诊断不出来。外科、内科让我找妇科，妇科让我找外科、内科。有关专家都说不出一个所以然。

我别无办法，只好让母亲去折腾。

母亲专门为我的腰疼病到汉口小商品市场用五元钱的人民币买回一大摞黄表及玉皇大帝与他的妻子"掌管"的冥都银行的银券共五千元。

晚饭后，母亲用剪刀在洁白的电脑打印纸上剪了三匹纸马、三套时装大衣。母亲的纸马剪得栩栩如生。我把它放在右手手心的时候，就感觉它的马蹄轻轻踏在我的爱情线和生命线上。它瘦薄的马尾扫着我的月丘。很温柔的感觉！

而母亲剪的时装大衣更让我惊讶：领子是娃娃领。对口及下摆均是镂空的花纹。很漂亮。看着母亲，我遗憾她生错了年代。如果她像我这个年龄或者比我还小（如果这样，就没有我了），并且有幸受过高等教育，她至少也会成为一名优秀的时装设计师。而我六十三岁的母亲，一辈子都是一个村妇。这位出身于地主家的小姐，应该说没有享多少福。因为她十岁就死了母亲。十一岁就有了一个称得上慈爱的后母。十二岁那年添了一个和她一样漂亮的妹妹。

我至今不清楚，母亲是怎么度过她的童年、少女时代，她又是怎么嫁给贫农出身的父亲的。父亲与她结婚前后的那段日子正是土改时期。

那时父亲还是当地土改工作组的组长呢。他们两个出身对立的人是怎么结合到一起的呢？母亲说，我们家是勤劳致富，虽被划为地主，但在当地人缘相当好。你父亲也是一个脚踏实地的人。当然会用自己的脑子想问题。所以我嫁你的父亲，你的父亲娶我，是很好想明白的。

母亲回忆过去时，一脸幸福的样子，仿佛从没有经历过一丝苦难。是时光冲淡了记忆呢？还是她原本就感觉幸福？

在当地，母亲的美是很早就为人所仰。可她最让人敬佩的还是她的善良与聪明。

她的善良表现在经常在年关收留那些要饭的老人。由于她乐善好施，很多要饭的人，经常在我们家歇脚。这事曾惹得家里的其他人大为恼火。母亲后来虽然在年关不再收留要饭的老人，但每每有要饭的来到门前，母亲总是很热心地拿出家里最好的东西来。

她的聪明则表现在她的计数与口才上。母亲一字不识，但心算能力特别强。别人用算盘或笔算的数字，她在心中默几下就出来了。每次进集市买东西，她总是在买主的前面算出准确的价来。母亲的这一能力，常使我这个在财经大学毕业的女儿自愧不如。

她的口才更让我封口。她说话不仅逻辑性强，有理有据，而且相当富有感染力。她因此成为我们老家有名的月老。可我这个学过哲学学过逻辑的女儿，说话忽东忽西，就更谈不上感染力了。

我们兄弟姐妹五人中，哥哥与小弟继承了母亲的部分美貌。姐姐继承了她的部分口才。大弟继承了她的反应快。而我除了继承她的一点儿善良外，什么也没有。

我总是遗憾：自己怎么没有继承母亲的美丽与聪明呢？要这样，我现在一定是一个相当成功的女性。可惜我没有。

在美丽与聪明面前，我常常自卑。可母亲以我为荣。她常对人说，她的女儿写文章。尽管她不知道诗是什么，小说是什么。她对我不满的是，我的脾气太躁，而且二十八九了，居然还不要孩子。我们一聚到一起，她的第一句话总是：傻丫头，你已经不小了，怎么还不要孩子？我不想跟母亲解释自己不愿生孩子的原因。只好不耐烦地回一句：跟你说不清楚。即使说出来了，你也不懂。

母亲对我的态度当然不满意，但也不再追究。在她眼里，我永远是一个孩子。

我的今天，与母亲开明的教育有关。她没有让我像别的女孩子那样学女红，所以我不会像当地同龄的女孩子那样绣花、做鞋。

我当然也不会剪裁。甚至在剪纸上也笨手笨脚的。

我的一位女同事把我的笨拙归功于我没有生孩子。她说，你如果生了孩子，什么小玩意儿都会剪了。看来，孩子是母亲的一门学问呢！

母亲不识字，当然也不会写什么字，而此刻她写在黄表上的字，有板有眼的，像飞翔的小鸟，很漂亮的象形文字。比商朝的象形文字更神秘，更飘逸。母亲的这一招，更让我惊讶不已。

当母亲用火柴给索钱的鬼派一匹纸马、送去几张黄表、一套时装及四千五百元纸钱的那天晚上，我的腰竟真的不疼了。

剩下的衣表钱，母亲在接下来的两个晚上烧完。这两天我也没有腰疼。

每次回老家，别人都告诉我，我的母亲会看病。我以前从不相信。这次是亲身体会，不能不信了。

接下来的四天，我的腰也没有疼。

与刁鲡相遇

母亲回去后的第二天晚上，我的腰又开始疼了。而且还做了噩梦：

我梦见了一种叫做鲡的东西，在一条浊浪翻滚的河里，兴风作浪。它吃掉了水里的很多鱼后，变成了黄色的恐龙（恐龙应该是灰绿色吧？）追赶我。它一边吃鱼，一边用面向我的一只眼睛看着我。眼里有一种坏男人淫荡的光。

我被这可怕的东西吓坏了。情急之中像天使一样长出一对翅膀飞越一堵高墙。我在一张石凳上坐下来，写下我的这段遭遇。

鲥呼出的气流越过高墙，吹起我的长发。我的长发顿时成了空气中没有依托的水草。一阵乱舞。

随后，鲥变的黄色恐龙穿墙而入。

我看见我刚刚开始的小说题目叫《刁鲥》。

然后我醒来。发现腰部已疼痛好久了。

我一直思考着这个梦，直到天亮：那梦中的怪物是刁鲥还是海马？真有刁鲥这种怪物吗？我的腰好疼。我忍不住地翻了个身。说道。

又疼了？是先生的声音。

今晚又做了噩梦。吓得上衣都湿透了。

什么梦？

我梦见一个叫刁鲥的怪物。我还拿它作小说的素材呢。

梦中谁的电话

我也做了一个梦。很让我生气。

什么梦？我好奇地问。

我的一位表弟到武汉来玩，带来他的表哥。他的表哥拼命地诱惑你。

是吗？我轻轻地一笑。

他先是向你炫耀他有两个老婆，并且绘声绘色地说，他的小老婆是一个长得相当漂亮的小姑娘。他还说两个老婆都对他好。

应该是在向你炫耀吧？他真有这经历，我会很瞧不起他的！

他说话时，不断地给你丢媚眼（天哪，男人还有媚眼），而你好奇地看着他笑。

他竟然俯下身去吻你的手，吻你的嘴。气得我直骂表弟不该带他到我们家来。

更让我生气的是，你竟然对这种无耻的男人投以好奇的眼光。

我听了先生的梦，大笑：在你的梦中，我也没有错啊。我肯定会用好奇的眼光看着他，听他讲他的艳事。因为我可以把他写进我的小说。

对了，还了一个梦。同样把我气昏了。

ＸＸ给你打电话（是我接的）。不知是他醉得要死，还是自杀要死了。反正他用低微的语气恳求你去见他一面。你竟然去了。在我没有允许的情况下！先生对我说。

我又一次大笑：如果真是这样，我肯定会去看他的。因为他是我的文友啊！

先生平素最讨厌ＸＸ打给我的电话。他说他一听此人的声音就不舒服。原因是此人不止一次地在电话里很亲密地叫我的名字。

我对先生的话感到好笑。

ＸＸ人不过是一个热心于交际、见了电话就要打的文友罢了。

他对我并不比对别的文友更亲密！

ＸＸ根本不会喝酒。所以他要是喝醉了酒，肯定会向圈子里的每一个人报告这不幸的消息的。因为他还是一个喜欢笑料喜欢热闹的人。

现　实

在先生梦到ＸＸ自杀的那天中午，ＸＸ打电话来说：好久没有与你联系了，你还好吗？

我直言不讳地说：不好！病了好长时间。

ＸＸ：要不要我来看你？

我说：谢谢，不用！

ＸＸ：好了。没别的事，打个电话问你好。

我说：也问你好！

我突然想起今天早晨先生讲述的梦。心中觉得好笑。

唉，现实总是比梦境平静！

我在梦中开始的那篇小说《刁鲡》，现在只成了我写作中的一个小片断。

鲻：鱼，体长四寸至五寸，侧扁，背部褐色，鳍灰褐色，鳞小而圆，尾鳍分叉。生活在我国近海中。肉可以吃。

　　这是我在《现代汉语词典》中查到的。

　　我把它和我梦中的鲻一对比，发现它们完全不同。

　　刁鲻是不是鲻在我梦中的变异呢？

　　我身边没有《辞海》。我想《辞海》上的解释肯定与我梦中的也不一样。

　　中医和西医都告诫我：

　　病中不要吃鱼！

　　我家每天的饭桌上都有我爱吃的腊鱼，很香。但我视若未见。尽管我的客人把它们一块块往碗中夹……

　　我没有吃鱼。

　　当然我家中不会有鲻这种鱼。

　　我没有见过海，也没有见过鲻。

冬天的写真集

她刚刚搬进新居。房子装修得很气派，就像她的那些参观的朋友一致认为的那样：像宫殿。

她很满足。

很早她就想要有一套大而舒适的新房子。新房里有一间很大的书房，书房里有两面打到顶的书架，对窗有一张大的老板桌。桌上有电脑，电脑旁是一周一换的鲜花。鲜花旁是她常看的书和新买的影碟。

主卧里有一张宽大的双人床，床头的墙面挂着一张很古典的婚照。次卧里是一张小单人床。临窗有一排写字桌。这排朝南的写字桌是她冬天的工作台。北边的书房太冷，不适合在冬天用。

客厅，从进门到餐厅的一部分地面贴的是白底小碎花的莎士比亚瓷砖，另一部分十五平方米的客厅却是用浅咖啡色的芸香做了榻榻米，在莎士比亚瓷砖和芸香之间是一个优美的弧线。吊顶的弧线与之对应，非常唯美、艺术。书房的门和厨房的门做得一样：大小一样，形状一样，用料一样。都是梭门，双面水晶玻璃，被格状的线条框着。门套厚实而华丽，每当她坐在暗绿色的沙发上，环顾整个客厅，她就有一种成就感。尤其是当她透过玻璃看到海绿色的整体橱柜和书柜里五颜六色的书脊，她甚至有些幸福的感觉溢上心头。

伍尔芙所说的一间自己的屋子和吉本巴拉拉所描述的厨房她都有了。虽然这些都来得太迟，但毕竟是有了。她当然愿意写作和做饭。

她都有了。先是爱情，再是婚姻，再是孩子，然后才是她想象中的房子。她都有了。

还差什么呢？她想。

甚至把花花草草也请进了门。萨士比亚瓷砖上，两棵米兰和它们中间的观赏橘树靠着墙站着。浅咖啡色的芸香铺成的榻榻米靠窗处立着一棵高高的发财树。电视柜上的 34 寸的彩电两旁分别是一盆虎皮兰和一品红。书房里是斑马叶，卧房里是富贵竹和橡皮树，封闭阳台上是铁树，阳台外的花架上是含羞树和两盆开得正好的茶梅。她早买了养花的书，精心地侍弄。她希望她们四季常青，即使不开花，也要永远年轻地绿着。

她刚刚染了头发，那是在装修完房子不久。那种栗棕色是喜欢新潮的知识女性所钟爱的。她染的那头栗棕色的长发，让她看起来有时年轻，有时憔悴。但还是很有味。

初恋时的披肩又开始挂满了讲究的时装店。她那天到广东商城，一口气就买回了五件披肩，毛的，绒的，线的，披起来，雍容华贵，风情万种。配上她既有些典雅又有些休闲的盘发，她又是四年前那个还没生孩子的小女人了。换一套小女孩的服装就会成为小女孩。

长着娃娃脸，额上和眼角还没爬上皱纹的女人，如果会打扮，是很迷人的。她就是这样的女人。

但是这个冬天太冷，冷得她不想梳妆，不想打扮自己。早晨十点钟她才穿衣起床，风一直在阳台外呼啸着，她拉开双层窗帘，透过玻璃，看到零零星星的雪花和雨一起飘落。

真是冷啊！她一边说，一边走进了梳妆间。在镜前她看到盘了四天的头发已经乱了。又该去做头发了。她以前从没盘过头，那次染头发时，给她做头发的小姐说她的脸型很适合盘头发，所以，后来她又去洗头时，就盘了发，真的很好看。见了她的熟人都说好。看来，人还是要时不时改变一下，她想。这样她连续盘了四个头，但是给她盘发的小姐告诉她，为了保持发型，一定要仰面睡。头发因为上了很多发胶与摩丝，所以很痒，一个头到第三天，她就会忍不住用手抓。痒能解决，但是要仰面睡，却让她无法再坚持了。她睡觉本来就不老实，尤其是在冬天，她的睡姿圈得像一只小猫。再加上，在床上总是要做一做夫妻间的事情，动作会情不自禁地大起来，头发不乱才怪呢。

但是盘过的头发是很不好梳理的，梳盘过的头发也是一门手艺，必须得专业人员打理。如果顶着一头乱头发上班，会让人想入非非的。好在她不用坐班，所以她有足够的时间在上班前把自己的头发打理好。

现在她要去洗头发，她不穿披肩，也不穿裙子，就穿平平常常的衣服出去，也不再盘发了，她要像一个月以前那样，让头发像永远梳不顺地披在肩上。

她还要去订蛋糕。昨天，她的那个在酒店里打工的侄子打电话来要过生日。

一个长得 1.8 米高的男孩要来她这里过他 18 岁的生日。他的父母在很远的小镇里不能来，只有她给他过生日。

为她洗头的小姐告诉她，这里走出去不远的一条街上就有做蛋糕的。

她去找蛋糕店订蛋糕，却走进了柠檬村。

这名字，看起来就像是一个果吧的名字。但它却不是。绿色变体的"柠檬村"字下有一行黑色的斜体字——写真馆。"写真"两个字似乎很深入复杂与隐秘，其实只不过是艺术照相馆而已。果然，她透过玻璃窗看到的是一张张艺术照。

照片上的女孩都很年轻，漂亮，就像是挂历上的影人或者歌者，被不真实的梦幻般的色彩簇拥，相纸是粗颗粒的，很有油画般的效果，但却比油画细腻柔情。

她盯着那几张巨幅照片，不由自主地推开玻璃门走进去。

小姐，照相吗？一个男声问。

她的目光匆匆扫视了一下整个房间，从左到右，她看到两张吧椅，两张桌子，桌上摆满了各种化妆用具，各色口红眼影，眉笔和发卡，零乱而繁杂，都有一种用得过度而凋零与憔悴之感。左边桌旁立着个木架子，堆满了各种造型的五颜六色的假发。墙上的两面镜子还干净。在它们的右边是一条爬到二楼的楼梯和沿楼梯而上的小一些的彩色和黑白的照片，楼梯的下面躲着个换衣间，换衣间的右边是三排衣饰，一排或白或红的婚纱和两排花花绿绿的样式各异的服装。那些服装的样式和颜色都不怎么样，质地更不用说，没有一件能比得上她衣柜里的衣服。还是这几张照片不错。最后她的目光仍落到右边的那几张巨幅照片上。

小姐，照艺术照？还是那个男声。

嗯，看看吧！她回答说。她仍盯着墙上的那几张照片。照片的下幅分别用中英文印着——"梅子作品集"。

梅子！她轻声说。

就是我！仍是那个男声。

她把脸转向一直站在身旁的人。他的身材纤瘦而高，上穿一件宽大的黑色带帽的呢服，下身的牛仔裤磨得发白，蓝色只是星星点点的。有趣的是那一头搁在肩上翘尾巴的黑发，间或有两三缕梅红。哦，年轻而时髦的发型。还有那张像王力宏一样有魅力的脸。她是喜欢王力宏，不是因为他的歌，而是因为他的脸。那张脸让她想起一些与年轻、甜蜜、幸福有关的词。

现在，她面前的这张脸也有这些早已不再在她生活中出现的词。

哦，年轻！她的脑海里来来回回地闪着这个已经不再属于她的词。年轻的发型，年轻的脸，年轻的名字。梅子，有些青春的酸涩，却还有着甜的期待。很好。她在心里说。

艺术照不就是让人看起来年轻吗？她想，于是说，我想照艺术照，可你这儿的衣服不怎么样。

但照出来的效果会很好。你看那几张照片，服装原本一般，但是经过摄影处理就很艺术了。你看这张穿红衣裙的，喏，就是那一套衣服。他指了指墙上的照片又指了指挂衣间的一套红衣裙。

这张照片美的是海绿色的水。她一直爱极了海绿色。那是她双鱼座的幸运色，在她的眼里这种颜色与梦幻同色。

这是在东湖拍的外景照片。男孩说。

东湖？东湖何曾有这么美的颜色。这就是摄影艺术的魅力了。她自问自答。

还有这一张，是在前面的亚贸拍的，你看那旗杆。

为了证实那是亚贸，他特意提到亚贸前面的旗杆。

她当然相信那是亚贸。但那是不真实的。还有那灯光，处理得闪闪烁烁、虚无缥缈的。她更愿意把它看成是隔着层层雨雾的夜上海。这种灯光是受众所熟悉的，哪里的灯光都是，所以就不真实。真实的只是那扶着旗杆的女郎。她穿着白底黑斜纹的无袖紧衫，和绷得紧紧的白色牛仔裤。短衫和牛仔裤的空白处是露着的肚脐眼。她披着长发，露着肚脐眼，在年轻和性感的风里，亭亭玉立。

挂在东湖和亚贸之间的那张照片是黑白的，白色的纱丽漫不经心地裹着头，再绕过脖子，再拖曳至我们看不见的脚踝。她盯着那饱满的额头上挂着的黑色吊坠，说，像印度女郎。

还有很多风格的照片，古典的，前卫的都有。他对着二楼喊，小金，把那些册子拿给这位小姐看一看。

她向二楼看上去，那是一间没封闭的工作间，靠外是铁艺栏杆。里面坐着三位小姐。打扮得不错，但是有些寂寞和冷清。

生意怎么样？她关心地问男孩。

不错，刚走了两位。虽然冷，来照的还是有。

哦，太冷了，照相不方便。应该春天或是秋天来照最好。她有些遗憾。

三楼的摄影室有空调。不冷。男孩说。

是男孩为她化的妆。

先擦粉，再修眉，还细细地描。像画工笔画那样细致、认真。她一会儿闭着眼，一会儿又睁开。心想，这男孩能做这么细致的工作，他一定非常地心细。

她的眼睛不大，但有神。为了她的眼皮双得更好看，眼睛更有神，男孩给她贴了眉毛贴，戴上了长长的翘翘的假睫毛，还涂了淡蓝色的眼影。在鼻梁的两侧也抹了粉，这些粉使她的鼻子显得更高更挺。

男孩用唇线笔为她画好唇线后，涂了口红。她单薄的嘴唇一下子丰满起来。那玫瑰色的闪光口红，使她的唇既透明又性感。

她细细地打量镜中的自己。不仅脸上的皮肤有弹性，眼神有神采，嘴唇儿性感，神奇的是整个脸一下子都变得生动好看起来。

化妆真是一门神奇的艺术啊！她自言自语，我都变得有些楚楚动人起来。

可不是吗？摄影会把你所有楚楚动人的瞬间都记录下来。男孩说。

她轻轻一笑。镜中的她还有些害羞。

男孩又挥动刷子在她的脸上涂了粉红的胭脂。

她不禁有些醉了。她理解了那喀索斯为什么爱自己水中的影子，不仅仅因为它好看，更因为它让他看到了更新奇的东西，让他忍不住去看。就像自己现在不能不爱上妆后的自己一样。水是一面镜，化妆也是一面镜啊。化妆让她期待的美和意想不到的感触在她的身上与她相遇。

可怜我三十多岁了，从不化妆，竟不知道妆后的自己会有如此的美。她想，我得学会化妆。

她选中的第一套服装，是一件黑色的黄毛领上装，下配白底黑格的呢裙。

还是那男孩，给她盘了发，用几个发卡把拢起来的长发往头顶一卡，再罩上一顶白色的编织帽。盘了发再戴帽子，这样头就显得圆润。男孩看着镜中的她说。

她仔细琢磨着男孩用的"圆润"这样一个词。想它用在这是不是恰当。

怎么样？男孩的左手扶在她的帽上。

她吃惊地看着镜中的自己，竟有些陌生感。脸已不是一个小时以前的脸，眼也不是一个小时以前的眼，唇也不再是一个小时以前的唇。现在的那个人已经看起来成熟、丰腴又不失清纯。

嗯，很好看，好看得都不是我自己了。

三楼的摄影间虽然开着空调，但是脱了罩在外面的外套后，她还是有些冷。

你先在这里做做热身运动。男孩摆弄着摄影设备，对她说，准备好了，我们再开始。

她一边走动，一边打量着这间摄影室。有20个平方米的大小。四面墙上都是简易的海报或背景。北墙上是各种颜色的卷轴式的背景布，南墙上贴的是花花绿绿的外国模特，东墙和西墙上分别是条状或格状的布或透明塑料。地面上支着四只大大小小的灯罩。

一切都太简易了，不太讲究，也不够秩序。她想到自己很多年前在汉口皇宫拍婚纱和艺术照的那种气派，就觉得这儿太寒酸了。

男孩似乎看出了她的些许失望，说，我们的影楼刚开业不到一年。以后会好起来的。

原来这是一家年轻的影楼。因为年轻，所以可以不讲究，不够秩序。她在心里理解和原谅了它。

我们可以开始了。男孩换好北墙的背景布，端着相机对她说。

她站在背景布前，身体显得很僵硬，不是冷的原因，是她太拘谨，不知道怎么摆姿势。

男孩把相机挂在脖子上，边说边做着动作，双手竖起衣领，头微微向左歪。

她照着男孩说的做的那样做。这本是一些很平常的动作，她经常在街上竖着毛领走路，可她现在做起来却特别生硬。

手挨着衣领，要显得漫不经心的。面部放松，再放松。左脚放开。男孩走过来拿起她的手，示意她衣领怎样竖起，脚步怎样放开，身子怎样前倾，双目怎样凝视。

一个30多岁的女人竟要一个毛小男孩教她如何竖起衣领，如何双脚放开，如何身子前倾，如何双目凝视。她觉得自己太……太，想到这，她不禁要笑，并忍不住笑了。但是她散发在空中的却不是笑，而是一串陌生的音符。

男孩后退几步，迅速地端起相机。眼睛看着我的手指，对，就是这样，OK，眼睛别眨。脸上带点笑意，笑意。别太酷哇，太冷了，甜一点。

她听着男孩的口令，她笑，她也感觉是在笑，可脸上的肌肉就是活跃不起来。

面部放松，放松，再放松。开始了，一、二、……三。

这一、二……三仿佛有三分钟那么长。她脸上的表情一定又僵住了。像一朵花在风中不停地摇，但却不是笑。

她随着男孩的口令不停地摆着姿态，她已不觉得太冷，身子也开始轻盈起来，只是她还是不会笑。

大约照了十多张了，男孩让她下楼去挑新款换上。

她挑了白衣黑裤的一套，白衣是半透明的玻璃纱，袖口呈喇叭状，黑裤是喇叭裤，穿起来臀部很紧，双腿显得修长而挺拔。

接下来是换发型，还是那男孩。他把她的头发中分好，然后在头顶的两边把头发束成两个牛角。用木梳打松，再喷上发胶，再用四只海蓝色的透明塑料发卡卡住。这发型既蓬松零乱，又精心与精致。她看着镜中的那个人，心里想：这是我吗？

怎么样？刚刚还端庄沉稳的女人，一下子成了一个轻松活泼的小女孩。那男孩轻声说。

她笑了，有些不好意思。

等会儿照相的时候就这样笑。男孩鼓励她。

但是在照相的时候，她还是不会笑。

笑一笑，每张像都太酷了，可不好。男孩说。这套衣服尤其要笑得自然、随意。

我找不到笑的感觉了，我不会笑了。她有些悲哀地说。

不会的，刚刚还笑得很好啊！你太拘谨了。放松一点，就会笑得好。

她何尝不知道是因为拘谨才不会笑呢。

你看我就很会笑。那男孩笑着说。

她看看那男孩，嘴角微微上翘，脸上灿烂，眼光也充满了喜悦。

哦，阳光男孩。这个词突然从她的嘴里蹦出来。她想收也收不回来了。

穿着这套衣服的你，一定要做一个阳光少女。那男孩倒是大方。

她不好意思地笑了。然后她看到灯光一闪，他把她的笑捉住了。

她一下子觉得放松多了，思维也给激活了，就问："为什么叫'梅子'？"

我姓梅！那男孩说，脸上还是笑。

如果你姓王呢，是不是会叫王子？她问。

会呀！但是你想，王子会做摄影师吗？男孩神秘地一笑。

那他会干什么?!

当然，当然是爱啊，爱公主！男孩有些不好意思，他的不好意思看上去既甜蜜又幸福。

她听到楼下有人叫着"小金"！

如果你姓金，是不是会叫金子？话一出口，她突然想起一帮熟人经常在饭桌讲到的"金子"与"精子"的荤故事，她脸红起来，她不知道自己怎么竟会有如此粗俗的联想。

男孩当然不知道她的联想，竟爽快地说，会的，金子有光啊，它的光既灿烂又神秘。

他怎么那么会笑呢？她想。

我姓李，却不叫"李子"。她说。

你不适合叫李子。那男孩看着她不解的目光说，李子既酸又小，不适合你！

她又不好意思地笑起来。梅子倒适合你，很甜的。

如此，如此，一番对话。下面的照相就轻松多了。

把扣子解开，胸口的。那男孩没笑。直视的目光像一把温柔的小刀。

她的眼睛不解地接住了那刀上的光，迟疑了一下，她把右手移到胸口，解开了那颗扣子。

她很随意地摆着姿势，一举手一投足都很自如。她就像是一只轻盈的燕子，一会儿低旋落下，一会儿舞动高飞。笑也像有开关那样不停地开开合合。

闪光灯对着她不停地照。

完事后，她到换衣间换回自己厚厚的衣服，取掉头上的天蓝色发卡，又把头发梳顺，对站在楼梯口对她笑的男孩，不自然地笑了笑。

过几天来看样照，那男孩说。

几天是多久？她用那种并不在乎长短的口气问。

下个星期一！那位姓金的小姐说。

哦，是四天的时间。她推门走了。

外面仍然是星星点点的冻雨，她到了一家蛋糕店订蛋糕。她坐在蛋糕店里的一张椅子上，又成了照相前那一副涸敝的神情。但当她一想起在影室的一些瞬间，她的脑子又活起来。印象最深的是那男孩的年轻与笑。她嫉妒他的年轻与笑了。

这些东西离她太远了，她偶尔找回来一点儿，过不了一会儿，就弄丢了。就像她小时候抓泥鳅，她看见它们在水里游动或躲着，可伸出手却抓不住，即使抓住了，它们也很快溜走了。

她拎着蛋糕去了菜市场。冬天的菜市场虽然嘈杂但还是冷清。菜很冷，洗得干净，看上去还是脏。但是她也不过是饮食男女，而不是影市男女。她只能瞬间地艺术，却要长时间地世俗。这她没办法改变。她也要吃饭。

想到这，于是她买了菜，还买了不少：鱼子，瘦肉，鱼头，小白菜，洪山菜薹，葱和大蒜，还有豆腐、千张。

丈夫和孩子都还没有回来，要来过生日的侄子也没来。

她把蛋糕放在餐桌上，把菜放到厨房里，就闷闷地坐在沙发上。很闷，就像是在生闷气。

丈夫和孩子回来了。她边生气，边做饭。饭做好了，侄子也来了。

蛋糕都吃得不多，过完生日，却都喜欢吃蛋糕了。等到第四天吃完蛋糕时，她接到了一个电话。

柠檬村！一个声音说。

你说什么，你找谁！她觉得这声音好像有些儿耳熟，但一下子想不起是谁了。

李小姐吗？我是柠檬村的梅子。请你来选样照。

她的脑子里一下子想起来那个笑得甜甜的男孩。我竟把这事忘了。迟疑了一下说，我明天或许要到后天才有时间。

其实，她是在写一个小说的结尾。感觉还好，不想被别的事给耽搁和破坏了。

第二天的午后，太阳有一缕没一缕地照着。她穿着一件厚厚的紧身毛衣和黑呢裙，外罩一件驼色的毛领披风，出门了。经过她经常洗发盘发的那家店，看了一眼那年轻小姐的年轻笑脸，一拐弯就到了街上。

又拐了一个弯，就到了柠檬村。

屋子里人不少，有两位小姐在化妆，有三位小姐来取相册。

那位姓金，却不叫金子的小姐接待了她。在二楼的工作间，姓金的小姐把她的那一摞照片放在桌上，让她选取 16 张。她把那 45 张照片都看了，她觉得都好，但只选取 16 张，倒让她为难了。每一张都有独特的地方，让她取此舍彼，真有些不忍心。

她一张张地看，可迟迟做不了决定。

你们老板呢？我跟他说过，只选一张大的做海报，其他的照片和底片都拿走。她对那女孩说。

他在楼上拍照。像照得这么好，不做册子太遗憾了。

她还在为难。只选了一张做海报的和另几张她比较偏爱的，其他的虽不是她最喜爱的，但也不错。

一个声音飘过来说，照得好吗？

她回过头，看到梅子走过来。你照得太好了，以至于我无法取舍。

基本上没有废片，都能入册。实在不好选，就做两本册子。那男孩说，他笑得还是甜。

好吧，两本就两本吧！她说。

你看这张多好啊，这张黑白的，这张脸又年轻又可爱。就用它做海报吧。还有这两张做册子的封面。

他看着她拿起的那几照片，惊讶于他与她的偏爱竟如此的一致。

你今天穿得真时髦。那男孩说。

是啊，可惜上次照相那天没想到要照相，要不然会穿我自己钟爱的衣服来。照的照片会更多。

还可以照啊。那男孩笑着说。

哦，太冷了，天暖了，再来照吧！她在记忆里搜索着家中衣柜里夏天的衣裙。到时候，我可能要照外景。她补充说。

没问题，我随时奉陪。

她下楼来，在会计那里补了款，就准备走了。

过几天来取海报和册子。那男孩站着楼梯口，对看过来的她说。他还是笑得很自然很甜。

几天是多久？她迎着他的目光问。

半个月！那位姓金的小姐回答说。我们会打电话通知你。到时候你一定要按时来哟！

接下来的日子，她又开始了另一篇小说的创作。在这篇《就要老了》的小说中，她像摄影师男孩梅子那样捕捉到了许多年轻的瞬间。这篇小说是她这段时间情绪的写真集。她读完这些年轻、灿烂又潮湿的文字，然后把它寄给了一家她喜爱的文学杂志。

天还是很冷，但她觉得还温暖。

慢慢地，她又忘了柠檬村和男孩梅子、女孩小金。甚至忘了那两本册子。

当男孩梅子打电话过来时，她又没听出那声音来。

现在过来拿册子吧！男孩在电话那头说。

我今天没有时间。她说。

她真的是没有时间。她又开始了一篇小说的创作，才刚刚开始。她不希望有什么事或人破坏她的入场。

她已经在电脑上敲下了这样一行字：一定得发生点什么，她才有心思回来正确地对待生活。

不知过了多少天，她才去拿回那两本册子。是小金接待了她。来照相或取相册的人更多了。她没看见梅子。心想，他可能在拍照。

那两本写真集做得很美，像画报。只是她不再有心思细看了。她想自己已经笑过了，也年轻过了，够了！

走在外面，阳光很温暖地照在她的身上。她回头望了一眼柠檬村。心想，柠檬村真该是个果吧，怎么会是一个写真馆呢？

这时，她又想起了梅子。想起梅子和柠檬，它们同属于水果。都是年轻而香甜的水果。

男孩梅子的笑在她的脑海里一闪一闪的，就像照着她的并不刺眼的阳光。

她一拐弯，走进一条小巷，阳光和梅子的笑都不见了。

在经过那家发店，她看到那年轻的女孩很怅然地发着呆。

第二天，她接到一个电话。是男孩梅子的。

她有些惊讶，又似在意料中。

过来玩吧！男孩似乎有些犹豫。

我不是小女孩啊！她有些心酸地说。

我的眼里和镜头下你永远二十岁。

可那不是我。

那是谁呢？男孩迟疑了一下，说。

那是所有照相的女人或女孩。

后来，她知道了，艺术照满足你年轻漂亮的虚荣，让所有的人都漂亮得不像自己。

所以，她在电话里对他说，那不是我。

你是害怕年轻的自己！那男孩说。

她挂了电话。自言自语地说，是呀，我已经习惯老了，倒害怕起年轻来了。

两个人的电话

　　她一直逃避的事还是发生了。她开始失去了安静的心态和像丝绸一样亲密地裹着她的睡眠。她白天看不进书，也写不出一个字。像一头被困的狮子在房间里来来回回地走。晚上睡不着觉，在丈夫均匀轻微的鼾声中，睁着一双空洞无助的眼看窗外的夜。

　　躺在她身边的这个男人她无疑是爱的，依恋的。正是他给了她一份平常的幸福与一个安稳的家。而这正是她所需要的。他总是无微不至地疼她，护着她。他就像是她的一面巨大的保护伞。她在他的伞下安静从容地过着日子。这种日子虽没有让人欣喜的波澜，却自有一份闲适与心安。和她的那些没有丈夫相伴的女友比起来，她觉得自己幸运多了。她似乎是没有理由不依恋她的丈夫，有时候她会动情地说把自己的来世都托付给他。

　　可现在这个年近四十的双鱼座的女人却变了。变小了，变年轻了。爱情就像童话中的那条使人年轻的河水，饮一饮，就变回去了。她知道不能饮得太多，否则就会变成婴儿，脆弱，一天到晚总是嘤嘤地哭。她害怕的不是年轻，而是脆弱和像细雨一样布满内心的哭声。

　　爱情总是让人脆弱，像病总是使人脆弱一样。那几天丈夫出差了。她躲在书房里，喝了一些白酒，哭得一塌糊涂。像22岁别无办法地丢开一场爱情时那样痛哭。不同的是，指间不再有那驱赶伤感的摩尔，而是丈夫的香烟。这个并不爱抽烟的女子，突然又抽起了烟。

　　她没想到赢得爱比失去爱还痛苦。

　　她长得并不漂亮，个子也不高。但是她的脸上仍时时洋溢她那个年龄段不可能有的率直与天真。正是她的率直与天真，使四十岁的她看起来像二十八九岁一样年轻，有味。尤其是她那一头忧郁的长发，使一些怜香惜玉的男子看见她总有一种想抱着她拥吻的念头。当然，她并不知道她这些在流逝的时光中仍然保存下来的美与可爱。是他在电话里面说的。

还有那腰，那细细的腰，他后来，在电话里说，那是蜂腰，古典的，像杨贵妃那样丰腴，却有细细的腰。他还说，我看到蜜蜂，就想起了你。她在电话这头，哧哧地笑了，笑他的大胆，笑他对她的腰的说法。她是长期和文字打交道的，知道杨柳小蛮腰、水蛇腰，却还是第一次听到蜂腰这个词。放下电话，她想，他要用这些词把她引向哪里？

他们认识已经有五年了。五年前她作为一个刚刚成名的作家参加一次全国性文学笔会。她从来不希望笔会能给她带来什么。除了一些莫须有的绯闻，实在没有更好的东西跟随她。她一惯谨慎、小心，尽可能地避开一些可能产生的绯闻，然而绯闻偏偏像阴影一样缠着她。一度使她喘不过气来。他却告诉她说：没有绯闻的女子不是一个有魅力的女子。你很可爱，没有绯闻反倒不正常。她觉得很可笑。说实在，她宁愿没有绯闻，宁愿不正常。是因为她觉得即使从传闻上也不能让丈夫觉得她不好，不干净。她太爱惜丈夫的名誉。她还觉得好笑，他那么年轻，整整小她十岁。这个大学哲学系毕业的小伙子，才二十五岁，写点诗和小说。留一头像齐秦一样的长发，穿着胸前背后都是外文字的 T 恤和膝盖上打了一个破洞的牛仔裤，那么炎热的夏天还穿着高帮旅游鞋。胳膊修长，十指精瘦有力，双眼像猫王一样迷离多情。这正是九十年代中期酷诗人的装扮。很先锋，很怪异。热爱诗和一切偏激的人和事。尤其爱追女孩子。她太清楚这样的男孩子了。几乎每一首诗后面都站着一个女孩子。那些女孩子的笑容与眼泪、爱与性从他的身体又活到他的诗里。她觉得他好笑，他只不过了解一点儿他所接触的女孩子，并不了解女人，更不了解婚姻中的女人。他只不过活在生活和物质的表面。虽然他学哲学，虽然他认为自己很深入了解女孩。但他毕竟是在生活的外面。她想，他能懂什么？他怎么能懂一个35岁女人的内心与生活？

这个只不过给她写过几封信谈诗的小伙子居然在第一次见她的场合里跟她谈绯闻与魅力。这使她觉得他太大胆。他脑子里到底装的一些什么怪七怪八的东西？他要干什么？不止一次地敲她的门，拿着一大摞稿子要她点评。她真的很耐心地跟他谈稿子，谈文学。她不能不耐心。因为她作为被邀的作家此行的任务就是给初入文坛的年轻作者上课。所以，他不停地送稿来，她不厌其烦地讲稿子。即使是深夜她也不忌讳地开门迎接他和他的稿子。她想他才25岁，一个25岁的毛头男孩与一个35岁的女人之间怎么样也应该是清清白白的，不会有任何绯闻。正因为他太小太年轻，所以她非常放心。如果换上一个与她同龄或大她的男人，她无论如何是不会和他独处的。因为绯闻在这样的男人和女人之间是不长眼睛的风。吹到哪就是哪，碰到什么吹动什么。而她不愿被碰不愿被吹动。这历来是她的态度。

夏日睡意沉沉的午后，她慢慢醒来，像以往一样习惯地盯着天花板发了一会儿呆。想着在上午的写作中被她安排的人和事将怎么沿着她思维的轨迹继续下去。床头柜上的电话铃声突然吓了她一猛惊。她伸出那只还未从睡眠中醒过来的手拿住话筒。听筒里传来一个低沉的男声：打扰您了！您好吗？这声音听起来很耳熟，但她一下子想不起来是谁。她只好一边回答说：您好！一边等待着对方自报家门。没想到对方并不介绍自己，只是说：我只想向您问一声好，只想听听您的声音。这么亲切的话语来自一个看不见的男生，她觉得非常的生疏。那感觉就像一个人突然面对她那个已变得面目全非的初恋情人。她禁不住问道：您是——她还未来得及说出"谁"这个字。对方就说：对不起，打扰您了，再见！一连串的礼貌用语，然后是轻轻地挂电话的声音。她放下听筒，边起床边想：这是哪个冒失的家伙呢？她沏了一杯茶，开始打开电脑写小说。她每天的工作就是这样的，早晨七点钟起床，做好早餐，等丈夫上班和儿子上幼儿园后，便坐下来敲小说。儿子上丈夫单位的附属幼儿园，他们都不回来，因而整个白天几乎都是她的。她可以干任何自己想干的事。但她的工作是写小说。所以除了半个月出去买一趟书，白天她是很少出门的。就在家里，像蚕吐丝一样，一点一点地吐出来。没有丝吐出来的时候，她便躺在床上看书。

她在家里做蚕和书虫已经很有些年了。这些年里除了有限地接受采访和参加一些较重大的文学笔会和社会活动外，她几乎很少出门。整天沉湎在文字里、书里。她活得简单、自在，语言是想象的翅膀带着她诗意地飞翔。这是她在36岁的一个秋天在电话里向他讲述的自己的状态。他读过她的很多书，似乎很了解她，其实文字背后的她到底怎么生活，他无法了解得更多。这是他不好探问的，也是她不愿说的。其实，也没什么好说的，作家也不过是一个普普通通的手艺人。只不过他所使用的材料不是具体的物质，而是文字和感觉。

距那次笔会两年以来，他几乎每半个月都要打一次电话来。不管她接不接，也不管她接了以后是不是认真地听他的问询。他的电话基本上都是在星期五的下午三点钟左右，她刚刚午睡起床，一周的写作计划刚刚停顿，她准备轻轻松松过周末的时候，他的电话便来了。每次都是那几句话：您好吗？我只想向您问一声好，只想听听您的声音。并不再说别的话。她只问他最近写些什么。谢谢他的电话。双方并不在电话里作更深入的交谈。可就是这简单的电话往来，却像影子一样跟随着她的生活。她后来躲在郊区写了两个月的长篇，她自然是接不到他的电话的，而她并没有他的电话号码。她像以往写长篇一样，是彻底的躲。住的房间是断了电话的（这是她所要求的），她也没带任何人的电话号码。她只每周给家里打一次电话，问问丈夫和孩子。其他的事她一概不管。因为写长篇太耗心思与精力。每天和那些人物缠缠绕绕的，弄得心事重重，疲惫不堪，想放也放不下。它能把整个人都陷进去。就像走进一个找不到出口的迷宫。必须不停地找出口，稍一走神，内心就会陷入一种莫名的恐惧与心虚。所以，她写长篇期间是不干任何杂事的，包括接受采访。如果预约采访的正好碰上她写长篇的日子，她便会叫丈夫安排说：能不能改个时间，两个月以后。这次写长篇她做了像以往写长篇那样彻底地躲的准备。但她在写作中，却并没有以往那样踏实。她后来才发现是半个月的周末少了他的电话的原因。没有他的电话，心里总是牵牵挂挂的，总觉得有件什么事没做完。这一丝儿牵挂影响了她正常的创作速度。原计划两个月完成的长篇才写到三分之二的篇幅，她就回家来了。那天正好是周末，按她以往的经验，今天该是他打电话的日子。她躺在床上焦急不安地等。3 点钟的时候，电话响了，她慌忙拿起电话，轻柔地说，是你吗？对方又高兴又急切地说，你怎么知道是我？半年都没有联系了，你好吗？又出了不少有影响的作品吧？她很惊讶，这电话是她那在美国定居的女友打来的。不是他的。女友在电话里不停地聊她在美国的一些情况，她为女友高兴。一直在电话里为女友祝福。但一放下电话，她便陷入了深深的空虚中，她忽然有一种从没有过的失落。心里潮湿了，她知道那是流泪的感觉。

电话再次响的时候她已经在那种潮湿的内心里很深了，她似乎没有力气穿过那阵潮湿的细雨去接电话。所以她干脆躺着不动，任凭电话痴痴地响个不停。可电话停了之后又响，如此反复三次。第三次她终于接了。电话那端说：是您吗？3 点钟的时候电话占线，我想您一定在家里。她发现她拿电话听筒的手有些抖，嘴里有话说却无力说出来，呼吸也一阵阵变得急促起来。她只好用双手捂住自己的嘴，不让他听到自己的呼吸。他问道：我不知道您怎么了。尽管她眼里有泪意，但她终于控制住自己了。用她一惯在幸福婚姻生活中所使用的那种平静而理智的口吻说：哦，没怎么，我只是在另外一个地方写长篇。因为说话的语气与她的心境并不符，她觉得自己的声音好生疏。便不再说什么。两个人都把电话听筒捏了很长一段时间，断断续续地说了一些更客气的话。谈话的内容并没有拓开多少。只是声音和语气都不知不觉地变得非常感染人。渐渐地像极了一对悄悄试探的情侣，想说却不知道说什么更好。于是，屏住神经吸气，于是温柔地沉默。后来，他说：我想见见您，就算我作为一家文学杂志社的编辑采访您，好吗？这声音如带电一般迅速地通过了她的全身。她竟一下子变得轻盈快乐起来。这轻盈快乐不容她拒绝。她便说：好的。谢谢您，那我今晚八点在欧式街的上岛咖啡馆里等您。他在电话那头高兴地说。

城市的黄昏总有一种暧昧的温馨。她在生活里喜欢温馨这个词，这个词让她安宁，让她对生活充满无声的感激。但她是不喜欢暧昧这个词搅进生活里，这个词可以在不确定的感情生活中游走，让艺术与文章充满弹性与诗意，但是真实与平静的生活却不能有这样的词。因为这样的词会让物质生活耗尽人的精力与心事。所以她不愿意把这样的词放入生活中。对她来说，生活是生活，文学是文学，必须分开。否则就会焦头烂额。最后是生活没有过好，文学也没有弄好。她在电话里回答他的"怎样处理生活与文学的关系"这一问题时，回答说。她之所以说到"暧昧"这个词，是因为那晚在上岛咖啡馆喝咖啡时他说咖啡的味道就是暧昧。

那是一次不太平常的约会。她为那晚翻箱倒柜，试穿了各种款式的时装，还精心化了妆。其实，她以前在各种重要场合，穿着打扮都不是太讲究。甚至很少化妆，得体就行，并不想用奇装异服来引人注目。可这一次她却非常想穿得特别一点，有味一点，所以她把衣柜里所有的服装都试了一遍，一遍遍地品味着哪一套服装让她更好看，看起来更年轻一些。后来对着床上的一大堆衣服和镜中的自己笑了。一个 37 岁的女人为什么要在一个 27 岁的小男孩面前打扮得好看呢？又不是为了赢得爱情？真是好笑。想到爱情这个词，她又笑了，这是一个被她在现实生活中忘记了好久的词，虽然它在她的作品中经常出没，却很久都没有到她的现实生活中来了。她已经忘了那是一种什么样的感觉了。从走进婚姻的城堡之后，尤其是从生了孩子之后，她就已经忘记那种感觉了，把爱情丢进琐事中了。她只能在文字中找，生活中是找不回来了。她早已习惯了，不想找了。最后，她还是穿上了平常她穿得最多的那套牛仔装。只有这套服装才会显得并不精心而且随意。正好适合那种对感情不能有寄托的约会。

她几乎是准点到的，在的士里她看见他站在咖啡馆门前。仍然是她第一次见到他时的那种打扮。时光过去两年了，他还是那样，一点儿都没有改变。一点都没有要变得更男人一点，更本分一点。这正如后来他在电话里告诉她的那样，他想让自己永远像一首诗一样活着。她想，他说的这首诗一定是时尚、前卫，形式上怪怪的，像马拉美的那首著名的《骰子一掷永远逃脱不了偶然》。而他说的那首诗类似于艾伦·金斯伯格的《嚎叫》，痛快淋漓，形式上与致幻的物质相裹挟，而精神上保持纯粹的诗意。他不止一次地在午后的电话里引用艾伦·金斯伯格的美学宣言："别把疯狂藏起来。"她由此又想到蒙克，那个让他笔下的人在高桥上惊声尖叫的画家，一边是宣泄，一边是压抑。哪一种更适合自己，她有些茫然。但有一点她很清楚，那就是他从一开始就是看到了她的压抑，从一开始他就在把她往疯狂里引。以诗的名义，用疯狂的词。奇怪的是，那些词在她听来，却一点儿也不粗鲁，相反，让她很舒服。她想，他终究不过是一个用语言做爱的人，就像她在文章里所做的那样，对精神有益对身体无害。

　　他们在他早已订好的小包厢里面对面地坐下来。这包厢里的墙壁上挂着两张较暗的画。属于那种很现代的，笔法狂野却抒情。屋子里的音乐低低地缠绕，像若有若无的雨点，悄悄地抚着身体。两人分别要了苏格兰威士忌咖啡和卡布基诺。前者的杯上漂着厚厚的一层奶油，卡布基诺的奶油上点缀着几段柠檬片。奶油是甜的，咖啡是苦的。他们都不停地往咖啡里加糖。她看着他一点点地舔咖啡上的奶油，听他说：咖啡的苦是甜的，就像爱情。她说：你说话就像作文章一样讲究。他说：跟作家在一起，当然说话要讲究。我们从哪开始呢？既然我们是坐在咖啡馆，那我们就从咖啡开始。他说。她很乐意接受这个主题，于是说：那你用两个字说出咖啡的味道。他脱口而出：暧昧。她说：温馨。他又补充说：是暧昧的温馨。那也是城市的黄昏和不深的夜晚的味道。她说：我们已说得太远了。既然你是采访一位作家，那么我们就只谈作品，不谈别的。他说：当然。他们谈到她的长篇《谁带我回家》与《女人像波浪》。他说：你作品中的主人公都是外表平静、内心狂热的艺术女性。她们是不是就是你生活的代言人？她说是也不是。作家笔下的人物肯定有自己的影子，但并不就是作家自己。这是很简单的问题。他们从小说的内容主题谈到小说的技术等一系列问题。后来，发展成不是一个记者对作家的采访，而是两个写作者对于小说与诗歌的主张的争论。当然是一种温和和友好的争论。不知不觉地过了午夜一点了，直到服务生敲门说打烊的时间到了，他们才发现早已过了限定的时间。她争着要付账，以一个年长者的身份；他捏着她的手，不让她把钱给服务生。他的劲真大，把她的手腕都捏疼了，捏红了。他发觉后，慌忙用另一只手来抚摸她的手腕，说：对不起！他的手指和他的声音一样温柔。眼睛里闪烁着灼热的光。她内心里有一瞬间想把他拥入怀里，但她清楚她的嘴里只能叫他孩子。

从这次的咖啡馆里面谈之后，他们之间的感情慢慢地深入了。他不止一次地在电话里鼓足勇气说：他要做杜拉斯的扬·安德烈亚，跨越年龄的障碍，忠贞不渝地爱杜拉斯。她说：这不可能。他说：是不是不信任我？她说：这是不可能的事。再说，这对你不公平。一个女人可以爱年长她很多的男人，但一个年长的女人不能爱一个小她很多的男人。这不现实，也不公平。他说：你说话就像一个女权主义者。她心里知道：她不是不爱，是不能爱。他确实太小了。他瘦小单薄，像一个发育不全的孩子，与他的理想和能力完全不般配。他虽然活得很好，但总觉得他会很累（像一首诗那样活着不累才怪呢）。因为他太瘦小太单薄。这让她每次见到他都产生怜悯。就像一位母亲对她的瘦小孩子的怜悯。正是这种怜悯，五年以来，一直横在他们之中，使他们的感情远远没有达到他所希望的那种深度。

从一开始，他们并不是向对方走去，而是从同一起点，向相反的方向跑，结果却是重重地撞在了一起。在奔跑中，她忘记了，地球并不大，而且是圆的，这意味着，他们终会相聚。没有产生危险的感情，在她的心里，对他有爱，却不是爱情。一位母亲可以爱孩子，但这种爱决不能是男女之爱，否则她会有乱伦的感觉。她的儿子还很小，可以放肆地在她的怀里撒娇，甚至可以让他像学着电视上的男人亲吻她的嘴唇。偶尔让亲情有爱情的样式。因为儿子不论在年龄还是在心理上都是儿子。而他不是，他在年龄上可以看成是孩子，但是心理上早已不是，她现在知道，他已经很男人了。所以，她永远不会让他亲吻她。她在心里发誓，她决不让丈夫之外的男人亲吻她。性的来往更不会。因为不健康的亲吻是水，不健康的性是水中的毒品。

22 岁以前她被一位诗人狂热地爱过三年。两个人一南一北，爱得云山雾海，爱得很执着，也很苦。他志在四方，几乎一年换一个工作，一年换一个城市。她根本不知道自己往哪个方向努力才能跟他厮守在一起。她发现自己最需要的是一份安全的感觉和一个安稳的家，而不是他所说的那种诗意的生活方式。而他什么都可以给她，就是不能给她最需要的。她只好逃开他，接受了身边的一份现实中的爱情与婚姻。从此，她像大多数婚姻中的女人一样安守着一份宁静与祥和。

那曾经和诗搅在一起的生活已经很远了，很陌生了。可现在却被一个小她十岁的男孩带进来。这真让她既向往又害怕。等她发现这一点时，那爱情的病毒已开始在她的体内发作了。她知道这病毒是一定要杀的，只是她还没有找到合适的杀毒软件。

他已经在电话里亲吻她了，用语言进入了她的身体。这是她拒绝不了的。不但拒绝不了，她简直是在等待。

她一直在等他的电话。但当他问她是否喜欢他的电话时，她却一声不吭。她一直只是静静地听着，就像听自己均匀的呼吸声。这呼吸声就像氧气一样不能缺少。是的，她已经开始靠这而活，却并不想见他。对她来说，有声音就有了一切。声音可以传递她的身体想要的。就像杜拉斯的《黑夜欲望号》里所说的那样："……相互间身体没有接触。脸也没有。眼睛闭着。只有你的声音。声音的文本意味着闭上你的眼睛。"一阵阵的潮水通过电波，通过电线到达耳膜，然后通过耳膜到达身体的每个角落。她就像被圣水浇了一遍那样充满生的感激与怀念。

她知道前面是一个暧昧的隧道，所以她任凭他的声音在电话线里不停地流淌，却并不向前靠。

有人说你是王某的情人，可我不这样认为。王某是一个花花公子，而你那么纯，他配不上你。前几天他在电话里对她说。她回答说，你不是说没有绯闻的女子不是一个有魅力的女子吗？我也爱上了绯闻。她故意在电话里逗他。他却非常郑重地说：我可不希望你又沾上了绯闻。如果有，我也只希望是你和我的。他很专制地说。她在电话这头又笑了。笑他的可笑。——这真是一个可爱的男孩子。

随便他怎么说。她想，因为这些既不伤害肉体也不伤害内心。在他说的时候，她的心和身子像一只脱兔，不停跑着，跳着。她就是在这不停的跑和跳中感觉到了新的爱与新的世界。说这样的方式渐渐成为一种对孤独岁月的抚摸。因此，她需要这种抚摸的时候就拨通他的电话。然后听他滔滔不断地讲。讲凡尘、琐事，讲爱，还有性。很多她都知道的，她只是想通过他说出来，在她的心里产生共鸣。就像一只慢慢扬起的手其实是准备着他高高扬起的手的摆动。是摆动，像旗帜那样，而不是像丝绸那样对身体抚摸。——她可以拒绝他的手的抚摸，但是无法拒绝他的声音的安抚。

偶尔想要见他，想到无法安于现实生活的时候，她便会告诫自己：他是一个孩子。便慢慢地控制自己不再去接他的电话。

他太年轻，太小，就像是她的一个孩子。他仍然说要做一个杜拉斯的小情人。但她毕竟不是杜拉斯。那个敏感、偏执、喜欢无穷无尽的爱与性的女人。那个在耄耋之年仍然像少女一样爱的女人。即使她有一天有这样的名气，但一定不会有这样的福气。她也不愿意有。因为这不公平，她也享受不起。

他仍然用电话追着她。但她已不再像从前那样频频地拿起他的电话。因为她接过电话后，总要哭。干不了别的事。也不可能干别的事。

爱真是一场难以痊愈的病。她希望自己快点好起来，也希望他也好起来。绕过他们相互在不知不觉中设置的雷区，健康快乐地活着。

玫瑰的歧义

对李楠来说，每一个日子都是平常的，与刚刚过去的昨天没什么两样。太阳照常从东方升起，从西方落下，然后夜晚照常到来。李楠照常要穿衣吃饭看书睡觉。

一大早，孙江就来敲门，说今天是一个好日子，风和日丽的，一定要出去疯一疯。李楠说你要是听我的，我们一起飞海南，也不会在武汉这个冰窖里过上这么个无聊又寂寞的春节了。孙江却说：今天我给你狠补一课，包你终生难忘。孙江那口气，表明这是一件不能不做的事，否则就会后悔一辈子，不，后悔一千年。

早有歌唱道，今天是个好日子。其实，哪天都是好日子，只要没有灾难发生，只要心情好。孙江那番话真正吸引李楠的是"疯一疯"。自从准备报考中国戏剧学院的这半年多的时间里，李楠就很少有心情放松了。本想春节和孙江一起到南方去玩玩，可孙江不愿去，说南方是令穷人伤心的地方。

今天跟昨天是不一样。刚一走出校门，孙江就搭着李楠的肩，神神秘秘地说。

有什么不一样，不就是多了一些卖花的小姐，能让你多饱眼（艳）福吗？李楠说完，还娇嗔地用眼波儿荡了孙江一下。

孙江从没有见过李楠这样的眼神。他惊讶地说，我发现你很有女孩的风情，不，是……是天分。就你这双春意盎然的眼神就可以打败天下的蝴蝶。看来我没有选错人。

你别太得意了。我能打败贾蓉就不错了。再说，我现在心里很虚，没底气，我怕……

李楠，不要紧张，更不要临阵脱逃。告诉你一个秘诀：尽量少说话或不说话，只需要微笑就行了。如这样还不够，就用你那双眼睛进行扫荡。

李楠一副沉思状。似在细细地琢磨孙江的这番话。

怎么样，今天的感觉是跟以前不一样吧？孙江又附在李楠的耳边神神秘秘地说。

李楠如梦初醒：是，是不一样，不过也不是什么好感觉。我觉得像是在做贼，总是怕被熟人认出来。李楠依紧孙江小声地加了一句，我警告你，要是不小心毁了我的清誉，就别怪我不客气。

放心吧，我不会负你的。孙江诡秘地一笑。

看你说的。李楠还想说什么，看到孙江的眼神，突然明白了那句"我不会负你"的"负"字的含义，这才会心地笑了。

李楠怀着羞怯的女孩儿才有的那种心情和孙江挽着手走在春天的街上。

先生，今天是情人节。买枝花送给小姐吧！随着一个好听的声音，飘到孙江和李楠面前的是一个卖花的女孩。她提着半篮子玫瑰。

孙江看着李楠，我说今天不一样吧！然后转向卖花女孩，问：多少钱一枝？

不贵的，花十五块钱就能表达一份心意！卖花女孩甜甜地一笑。

孙江想，这女孩儿真会说话。去年我在深圳买的才十元钱一枝。莫非今年的玫瑰涨价了？按他去年情人节在深圳的经验，不买玫瑰是难以逛好街的。于是，他连忙从口袋里掏出十五元钱买了玫瑰递给李楠，来了一句：鲜花配美人！

李楠说，我不要，让它配你吧！

你看人家明明说得很清楚：买枝花送给小姐吧！又不是说送给先生。李楠刚刚无奈地接过玫瑰，就见一个提着花篮的男生走过来，对李楠说：小姐，买枝花送给男朋友吧！

李楠像找到救星似的，恶狠狠地看了孙江一眼，然后转向卖花的男生，一边点头，一边从斜肩挎着的小布包里掏出十五元钱买了枝玫瑰，递给孙江。

孙江微笑着摆摆手，表示不要。

等卖花的男生一走远，李楠就低声威胁孙江：你如果不拿着这枝花，你就自己一个人去见你的旧情人去吧，我回宿舍了。说完，转身欲走。

孙江一把抓住李楠：嘿，别这样，刚出门就闹别扭，多不好。不就是一朵花吗，男子汉大丈夫，美人都不怕，还怕玫瑰！

其实，孙江还真不好意思拿玫瑰。搂着个美女让人看还觉得很舒服，可拿着朵玫瑰让人看多少有些不自在。

李楠似乎看穿了孙江的心思，得意地说：只有这样你才会理解我的心情。两个人不自在总比一个人不自在要好。也就是说，两个人不自在就是两个人都自在。

也是，不一人拿着一朵玫瑰，今天一天都不会安宁的。一路的卖花先生与小姐都会盯住不放的。看来，我们只能用玫瑰来换取清静了。孙江略有所思地说。

情人节真是一个玫瑰的节日。街上每隔十米八米就有卖花的少女或少男。情侣或准情侣们大都拿着玫瑰，笑意就像玫瑰一样灿烂。还没有买玫瑰的情侣每经过一处玫瑰，总要受到卖花人善意的怂恿和纠缠。看来，今天的玫瑰是执意要开在情人们的胸口。

按孙江的计划，在下午五点钟的约会到来之前，他与李楠所有的行动都还只是序曲。这序曲对孙江来说，是太漫长了些，但对李楠来说是必要的准备与考验阶段。他要让李楠今天早点进入角色，以免临阵露出破绽。

现在才上午十一点，太早了。他们按原计划到省图书馆的录影厅去看投影。这个小型录影厅能坐五六十人，暧昧的空气中充溢着一丝丝甜味儿的微醺气息，是情侣们之间特有的那种气息。那种气息能让人醉，让人幸福得亢奋甚至发晕。类似于好酒或好花的香，或可可成为咖啡、或罂粟成为海洛因的过程。很多情侣并不在乎投影的内容，只是喜欢投影厅里的气氛。当然，如果台上放的是经典的爱情片，那就更与这气氛相符。

孙江和李楠以前各自在类似的录影厅里看过投影，所以对录影厅里那种特有的气息并不陌生。只是物是人非，学生时代的情侣已经各奔东西了。早已长大的他们开始在宿舍里看影碟，而不是在录影厅里看投影。所以，当这久违的气息扑面而来时，他们都有些暗暗的感伤。只是他们弄不清自己心底里是为离去的情侣感伤，还是为这醉人的气息而感伤。

李楠的前任情侣去了北京，孙江的贾蓉虽然留在武汉，却也是一缕断了的情丝。

毕竟是过来人，所以两人并不隐讳心中的感伤。李楠要孙江谈谈贾蓉。

不好说。你见到她自会对她有些印象的。其实，今天见不见她都无所谓。只是一个女孩子在情人节这天发出邀请，你不好拒绝她。

喂，老兄，是她负了你哟！你心里要是没有她，怎么会在这样一个节日里接受她的邀请？李楠说。

其实，贾蓉在孙江的心里是个挥之不去的影子。有光就会有影子。正因为孙江的心里留着一盏照着往日情意的灯光，所以贾蓉才会在孙江的心里摇摇曳曳，明明暗暗地没有流去。孙江虽然对贾蓉存有情意，但他并没有与贾蓉再续前缘的打算。一个太物质的女孩是难以跟一个清贫的书生过一辈子的。这一点孙江想得很清楚。所以自从贾蓉跟一个大款好了以后，孙江并不是很伤心。随着时间对这份感情的冲谈，孙江反而有一种如释重负的感觉。今天答应贾蓉的邀请，纯属好奇心的驱使。他想看看昔日的女友现在到底生活得怎么样，想看看贾蓉看到他带来的高个清秀女友会是什么反应，反正这个情人节也没事干。正好可以找点事填补一点心里的空。

躺在美容床上的贾蓉脑子里飞旋的都是与孙江的一些旧片断。通宵电影院里那些雨点般的吻想起来依然湿润；滨江公园的情侣伞依然点缀着沙滩；二十世纪那个最后的狂欢夜，那个狂欢夜——一个女孩把自己毫无保留地交给一个男孩。一切都像一部经典爱情片一样，在记忆中都是动人的光点。可许久没人为这些光点设一个心中的投影场。那底片正被时间的尘埃磨损直到模糊，进而失真了。

　　离开孙江的这一年来，贾蓉和她的大款男友物质生活虽然富足，可精神上总像少点什么，这使她没少想到与孙江在一起的时日。毕竟是自己主动离开孙江的，所以她的心中除了怀念之外还有些内疚，但她没想到孙江也太硬了，用无情的沉默来处决这段恋情——一年来连一个电话都没有。好像我贾蓉在他的情感生活中没存在过似的。其实，好不好，我贾蓉也无所谓。放下架子打个电话，我只是想看看你孙江心中还有没有一丝儿旧情，验证自己离开你孙江是不是对了。这是贾蓉打电话约见孙江的真正动机。

　　美完容，做完头发，化完妆，离约会的时间还有两个多钟头，贾蓉还有足够的时间把自己收拾得惊人地时髦与美。

　　孙江和贾蓉从深圳过情人节回来不久，贾蓉到北京出了十多天的差，刚开始还一天打一个电话给孙江，后来的一个星期干脆就没有消息。回到武汉贾蓉就提出分手。孙江问为什么？贾蓉说，我爱钱。孙江愣了一会，说，哦……谁不爱钱啊，爱钱又有什么错？！孙江猛然想起去年在深圳过情人节时，与贾蓉逛珠宝店时的那份尴尬来——贾蓉看中一款相当精美的铂金钻戒，标价是15000元，可那时孙江的口袋里不到5000元。留下返程路费，买一款3000多元的还花得起。可贾蓉嫌3000多元的铂金钻戒的钻石太小，比绿豆还小，像芝麻那么大，一点也显不出钻石的价值来。两人最后只好无奈地离开柜台。贾蓉表面上仍然开心，但孙江能感觉出贾蓉内心的失望。此后，那颗钻戒就像一颗小石子硌在孙江的胸口，总让他不舒服。孙江还忘不了贾蓉看到那款钻戒的眼光——那是一种什么样的眼光啊——既保持着纯净的质地，又充溢着燃烧的火焰，就像他们被炽烈的情欲所纠缠时的那种高峰体验。只是这火焰已不能感染和烧熔孙江，它逼人的气焰一点点地把孙江推开了。所以，他们分手孙江并不感到意外，只是孙江没想到贾蓉这么快就提出分手了。贾蓉原以为孙江会很伤心的，当她怯怯地提出分手的时候，还担心孙江会做出什么怕人的事情来。没想到会这么顺利，顺利得都让贾蓉怀疑孙江是否爱过自己。贾蓉就这样离开孙江做了大款的情人。

孙江被弃后，虽不是很伤心，但凭直觉他与贾蓉的事还没完，贾蓉会来找他的。一段情并不是"我爱钱"三个字就可以了断。即便了断，也会有些断断续续的休止符。就像一列出了故障的火车，在停车前总会滑行一段路的，不会说停就停了。可他与贾蓉的这段感情的休止符前却是一片长得让人不安的空白。这倒是孙江没有想到的。他没想到贾蓉连一个电话都没有给自己打，写信就更不用说了。

孙江搞不懂贾蓉今天约他是什么意思。今天早晨八点钟还没有起床，孙江就接到这个沉默了太久的电话：孙江，我……我想见见你。孙江听出是贾蓉的声音，好一会没说话，心想有必要吗？贾蓉说：今天是情人节。孙江说：可我们不是情人。贾蓉说：不是情人就不能过情人节吗？孙江想贾蓉现在说话比以前滑多了。钱让她变成什么样了？孙江还真想见贾蓉。孙江于是对贾蓉说：我带人过去你不会有意见吧？贾蓉在电话那头犹豫了一会说：没……没意见啊。又停了一会，问：是谁啊，我认识吗？孙江说：你不认识。贾蓉又问：是男生，还是女生？孙江轻声一笑说：不是男生，就是女生。贾蓉本想单独见见孙江，没想到孙江要带人来。心里自然是不情愿，但又不愿意让孙江认为自己太小气，太自作多情。

孙江和李楠看了两场投影出来时，快两点了。两人都觉得饿了，忙到附近的一家快餐厅吃盒饭。为了与自己今天的打扮和身份相符，李楠走路和吃饭都是秀秀气气的，当然说话微笑也是。孙江很满意。他吃完饭后抽烟等李楠。没想到李楠放下筷子也要烟抽。孙江小声说：小姐，你一抽烟就会破坏淑女气质的，忍忍吧！李楠不高兴地说：今天真是上了贼船。从饭厅里一出来，两人又被卖花小姐给缠住了。他们才发现手上的玫瑰已忘在投影厅了。孙江拿出十五元钱，卖花小姐却递过来两枝玫瑰。哦，原来玫瑰已到情人节的下午价了。

正准备上车到汉口，孙江的 call 机响了。一看是报社的张武打来的。孙江这才记起几天前和张武约好情人节这天出来玩的，没想到答应贾蓉却把张武给忘了。

张武在 call 机上留言：给我打电话，找个理由把我约出去。

孙江笑着对李楠说，张兄给老婆盯住了，不便出来，打电话来求救了。

张武是孙江的校友，也是孙江的铁哥们。张武虽然年长孙江八岁，可两人非常谈得来，总在一起玩。张武对孙江毫无保留。连自己有几个情人，长得怎样，什么爱好，甚至追女人的技巧等等，张武都如数家珍地告诉孙江。孙江很佩服张武在女人方面的能耐但并不像张武那样去做。孙江觉得张武是个在女人面前作秀的天才，而孙江不会，永远也不会，他也不想去学。他只是在一旁看，默默地笑，甚至欣赏。在与张武交往的这五年中，孙江明白：有些男人天生是需要女人来标明自己的成就与优越的，有些则不是。张武是前者，孙江是后者。张武身高一米八，长得又魁梧，气质很像周润发。这样的外形条件是很容易吸引女性的，何况张武说话幽默，又善于在女孩面前献殷勤，所以钟情他的女孩也不少。他妻子不放心是很自然的。情人节没有相当充分的理由和人证是不会放他出去的。

孙江拨通了张武家的电话，还好是张武本人接的。孙江说，怎么样？（意思是可以出来了吗？）五点钟我们在新华电影院门口等你。没料到张武在电话那头答非所问：我在看足球，我在看足球，说完就慌忙挂了电话。孙江愣了一会才明白张武话里真正的意思，他无奈地一笑说：想不到张武这样潇洒的人，今天也难得潇洒了。

时间尚早，孙江和李楠坐专线车到江汉路，他们想在五点钟之前到步行街逛一逛。坐在车上，两个人一直在细细地观看手中的玫瑰，思考着叫作玫瑰的这种植物。原因是坐在他们前面的两位中年妇女一直在兴高采烈地谈论着经理给她们送玫瑰的事。其中的一位说：总经理一大早就送给我们每位女士一枝玫瑰，把我们大家都当成他的情人了。另一位则说：他是借此节日表达友谊，好让我们更积极地为他工作。他的玫瑰并不是一份情人节的爱意。其实西方的情人节就是这样的，含义很广，男女同事之间相互送玫瑰，很自然。玫瑰就是玫瑰，并不代表什么。如今它所承载的爱情或者友情是人们所赋予的。孙江和李楠相视一笑，似乎在询句对方：你这样认为吗？

　　步行街来来往往的都是闲逛的人。那些怀捧玫瑰散步的情侣，大都染着板栗色或淡黄色的头发，穿着新潮前卫的服装。特别是女孩都擦着奇奇怪怪的口红，打着奇奇怪怪的眼影，有种莫名其妙的美的效果。好看的还有那些彩绘指甲，更像是一幅幅高更的画——色块明亮而奢侈。

　　走的路越远，逛的店越多，李楠越觉得自己的打扮太单薄，太落伍了，便责怪孙江没让她修饰得新潮一点，酷一点。孙江对李楠说：别小看咱们这身情侣装，它在万景之中自成一景。李楠说：单薄就是单薄，什么自成一景。孙江说：你不懂！情人节的色彩是过于丰富与浮艳的。我们不逢迎，就以这种纯与淡的色彩出现，反而会显得与众不同了。这就像是喧哗与沉默的对比，往往不是声音大的感人，而是沉默的那一方感人。李楠说：知道你是搞美术的，什么时候又改修哲学了。

　　离五点钟还有二十分钟，孙江不想早点到新华电影院门口，甚至想晚到一会儿，以显示自己不是那么急于想见贾蓉。于是与李楠慢慢地往新华电影院的方向走。这时的玫瑰花价更便宜了，十元钱三枝。孙江看看李楠手中的两枝玫瑰，它们确实显得单薄冷落了一些。于是掏了二十元钱跟一个迎面走来的卖花小姐谈了谈，又买了七枝，与李楠手中的两枝包在一起，凑成了九枝，取"九九天长地久"之意。李楠，这一下你艳起来了吧！

孙江，快走吧，都五点过五分了。再说，丑媳妇总要见公婆的，要见贾蓉我素面朝天都不怯场，你还会怯场吗？

是吗？别着急，五点半都不算迟到。孙江一边说，一边用手整了整外衣，就像一个就要走上前台的演员，多少有些紧张。这一切李楠都看在眼里。

快到新华电影院了，孙江左手紧了紧李楠挽过来的右胳膊，右手把李楠的头按在自己的左肩上：对了，就这样，就这样小鸟依人样。

李楠微微地扬起头，盯着孙江的眼睛说：孙江，你太过分了。

孙江用手挡在李楠的嘴上，示意李楠别说话：听我的，只微笑，一句话也不说。原来孙江已远远地看见贾蓉站在电影院门口。贾蓉不像孙江所想象的那样——东张西望地等着他的到来。她正微笑地从她面前的一位男子的手中接过一朵玫瑰。

李楠顺着孙江的眼光也看到了那两人，问：是不是贾蓉也带了男友？

孙江低低地吼了一声：我操！但他克制了自己的怒意，和李楠不紧不慢地迎上去。

抬起头的贾蓉看见孙江带着一个身材高挑的女孩走过来。她看了一眼孙江，目光最后停留在李楠的身上。没想到她一见到李楠就感受到了一种意外的打击。在此之前，她认为自己有足够的实力战胜孙江的任何一位女友，无论她如何美，贾蓉都认为自己有信心把对方比下去。但是贾蓉没想到自己会受到打击，更没想到这打击不是源于李楠比自己高挑的身材，也不是源于那一头乌黑的长发和漂亮的眉宇、秀气的脸庞，更不是源于那淡雅清新的气质，而是那一身与孙江灰绿色的上衣和滑板裤配成对的情侣装。李楠的那身灰绿色的套装，上装的领口与袖口饰有明黄色的细条纹。灰绿色的细带子套在可松可紧的小站领上，既秀气又大方。袖口由细而粗，呈喇叭状，腰部肥而空荡，更显得着装者腰肢纤细，妩媚动人。而下身的那一袭缝有明黄色条纹的长长的 A 字裙更显得哀婉动人，有韵有致。

去年的今天孙江为她买的那套情侣装现在已穿在另一个女孩的身上。

贾蓉的眼角已泛上一层酸酸的泪水，但她飞快地一笑，泪水就给吸回去了。

李楠眼里的贾蓉比她想象的还要酷：贾蓉上身穿一件缀有小银箔片的紧身白色毛衣，肩上漫不经心地披着一条里黑外红的双色绣花披肩，下身穿一条玫瑰红的小短裙，脚蹬一双秀气而富贵的白色高筒皮靴。头发染的是好看的板栗色，发型是高级发型师做的那种非常精心的零乱。嘴唇抹的是玫瑰红，眼妆是暗红色的，上面细细地撒了几星泪一样晶莹的小亮点……

贾蓉的装扮既新潮又不失古典的韵味。李楠心想：这么有韵味的女孩孙江怎么给弄丢了呢？

"嗨！"孙江与贾蓉两人同时招呼了一声，算是打破了僵局。但两人的目光都闪闪烁烁的，不得要领。

"嘿，你怎么才来？"给贾蓉送花的高个子猛然转过身来拥抱孙江，孙江不紧不慢地迎上去，小声说："嘿，想不到你张武比我先到。"

张武盯着李楠看了一会，然后笑着说："怪不得你才到，原来早有鲜花和美人相伴啊！"

话毕，两个男人看到脸红的不是李楠而是贾蓉。贾蓉的眼里转动着一层酸酸的泪水，正要不争气地流出来，被贾蓉不自然的浅浅一笑给赶回去了。

贾蓉转移话题说：要不我们看电影吧！

张武附和说好。心想自己刚才的话无意中刺激了贾蓉。又见自己送的那朵玫瑰在贾蓉的手中太孤单。李楠的手上捧的却是一大束玫瑰，这种对比太强烈了，怪不得贾蓉脸红。这样想着，张武于是又从卖花小姐那里买了一大捧玫瑰送给贾蓉。贾蓉不自然地笑了一下，还是接了。

张武又去买票了。孙江连忙急急地跟上去，小声说：你不是没见过贾蓉吗？怎么这么快就跟她混熟了？

还不是因为你吗？我到这儿时，看见她东张西望的样子，便问她是不是等人。没想到她却说：反正我不是等你。我说：我也不是等你。那卖花的女孩缠着我买花。没想到你迟不到早不到，刚到这个暧昧处就给你撞上了。

想不到你连朋友的妞都敢泡。孙江没好气地说。

你说什么呢？你知道我是不会夺朋友之爱的。张武说：你冷落贾蓉了。怪不得她不跟你好了。来见她，却还带个女友。我看你是闷头鸡啄米，很实干，不像我是嘴上闹得响。

两个男人去买票了。留在原地的贾蓉和李楠不知所措。李楠觉得贾蓉不太正眼看自己，本想主动地跟贾蓉打个招呼，想到自己今天的这种情敌身份又不便开口，只好杵在那儿。使贾蓉不正视李楠的并不是李楠本人，而是李楠的那一身令她心酸的衣服——那套去年的今日还穿在她身上的衣服。更要命的是，那下身的裙装不长不短地正在李楠的脚踝处（不像她穿着时长长地包住了高跟鞋的跟）。这套衣服就像是专门为李楠量身定做的。气死人！

四个人走进影院时，电影已经开映了。看电影的人并不多，但情侣座上坐的都是一对对的情侣。台上的对白和画面都很抒情。台下的情侣们也是毫不逊色的亲密动作。孙江一行四个人都有些尴尬，不知道如何入座该更好。孙江想反正都这样了，就按既成的事实办。他拉着李楠坐到了里面的一个情侣座上，张武做了个手势让贾蓉坐在里面。贾蓉并不听，坐在外面，把里座空给张武了。两对情侣座，贾蓉坐在最左边，李楠坐在最右边，中间是张武和孙江。起初，大家看得都很平静，没有一点儿小动作。可后来随着剧情的发展和时间的推进，都有些坐不住了，尤其是孙江和张武都觉得浑身不自在，好像有许多的小蚂蚁在身上爬，明明觉得痒，却抓不到；又像一双双无形的触手抚开了身上的每一个毛孔。贾蓉的脑海里涌现的全是以前跟孙江的一些亲密镜头，每一个镜头都像是一片尖玻璃轻轻地扎在她的身上，既疼又痒。李楠一直在用一双内心的眼感觉观看。今天的感觉虽然特别，但这角色确实是有些尴尬，有些不伦不类。可只要一走神或想逃走，都被孙江用眼神和双手制止。李楠只好硬撑着。最后，还是张武聪明，附在孙江的耳边说：你看得下去吗？我不想折磨自己了。跟不是情人的女孩看电影还有熟人陪着，真让人受不了。

于是，一行人怀着共同的难言的身体秘密走出了影院。已经是夜晚了，璀璨的街灯，使江城的夜晚比白天更美。入夜的时间和一场没有看完的电影，使他们不禁有干渴的感觉，他们也饿了。

这回是张武自作主张，说到吉庆街去吃饭。

今天的配对已是不适合在安静暧昧的地方待了，越热闹越好，这样正好掩饰一些随时出现的微妙情绪。大家的意见似乎都很一致。于是又一起坐的士到了吉庆街。

他们对吉庆街都不陌生。张武是记者，几乎每一个月都要来一两次。孙江和李楠来过两次。每次来孙江都写生，李楠则是细细观察那些民间艺人。贾蓉跟她的那位大款男友也来过两次，每次都是听吹拉弹唱。

虽然是不陌生的环境，但是四个人坐在一张小圆桌上还是第一次。细心的张武发现，李楠和孙江并不像正常的情侣那么亲密，却像两个绝缘体，沾不到一起。贾蓉离他们更是远远的。刚才在的士上，后座上的这三人就正襟危坐，生怕一不小心被身边的人吸去什么。

孙江先坐下来了，张武就在孙江的对面坐下来。这样，李楠和贾蓉不管怎么坐都在孙江和张武之间。这样的座次很暧昧也很舒服，不像影院里的情侣座分得太清楚。李楠不说话只是笑——就像孙江吩咐的那样；贾蓉也很少说话，说也只对张武说，并不怎么理孙江。正是这样，他们看出贾蓉还是很在乎孙江的。贾蓉也觉得自己奇怪，本来只想见见孙江，并没有其他的意思，没想到见到那套情侣装就变得怪怪的。

一拨一拨的艺人来来往往。长发的男子，短发的少女；对眼的老叟，猴一样精瘦的小孩。唱歌的、拉二胡、吹萨克斯的；通俗流行的、美声的、民歌的……真是让人目不暇接，耳不暇闻。卖水果的、卖花的、擦鞋的也络绎不绝。被接受的当然高兴，被拒绝的也不恼。

吃了，喝了，听了，笑了，还不够。摄影师要为你们这一晚留下一点纪念，你会拒绝吗？还没等表态，快照一下子就出来了。不要也得要啊。情侣坐在身旁，男友能拒绝吗？艺人们是很聪明的人，摄影师的眼更毒。这张照片真是奇了——孙江的身子倾向贾蓉，贾蓉正满眼柔情地看着孙江。而张武正笑微微地跟李楠说什么，李楠也甜甜地看着张武呢！

张武把照片递给孙江，你看，摄影师是不是歪打正着了？

贾蓉并不看照片，她想，那照片上有两人穿的是情侣装，只要是有眼睛的人都看得出来啊！

离开吉庆街，才十点钟。贾蓉原想见到孙江后，看场电影，然后一起到滨江公园去走一走的。因为滨江公园对于她就像是初次的婚床一样，充满了甜蜜与激情的回忆。这就是女人的矛盾，可以不与自己的爱一起生活，却不能不充满对爱的怀念。正是因为这一矛盾，才有了这场伤心的约会。

张武把孙江拉到一旁，小声问：现在怎么办？我觉得李楠跟你并不黏乎，可贾蓉对你的感情却在回升。哥们，把个话，是让我回避，还是让我帮忙，说清楚！

孙江现在已顾不上李楠了。赴贾蓉的约只是好奇心的驱使，见见她，并不想重温旧情，但见到贾蓉后，心中似有一扇关上的门被人轰然撞开，里面的物什被新鲜的气流冲来荡去。也许这就是心旌动摇了。

孙江说：张武，你见机行事吧！如果我与贾蓉还有戏，你帮我照顾好李楠。

张武对孙江摇摇头说：你已经不可救药了。别为了贾蓉，又把李楠给伤了。

放心吧，李楠不会受伤的。孙江神神秘秘地说，我答应过李楠，今天要好好疯一疯。

张武怪笑一下，说，没想到你玩得还很转的！

按孙江的打算，四人又坐的士到了解放大道的一家迪厅。

张武虽然三十多岁了，但他的迪却蹦得青春活泼，激情洋溢。李楠也是一个极会蹦迪的人。一到迪厅，两个人热情似火地铆上了。舞池的光纷乱而怪异，它们乘着音乐快速的节奏，以多种不规则的形状和色彩向四处飞射，斑斑驳驳地打在人们的身上。张武没想到安静的李楠能蹦这么棒的迪，感觉自己今晚真是找到对手了。他边蹦迪，边大声地对李楠说：你的迪蹦得很好。就是这样，蹦迪就是跟快速的节奏作战，蹦迪就是让身体不断地赴一场场节奏的约会。李楠心想：想不到孙江有这么会蹦迪的朋友，这小子怎么不早点介绍我们认识呢？本想跟张武说说话，又想起孙江那句"只微笑，不说话"的嘱咐，便只用眼神荡了一下张武，就更疯地蹦起来了。李楠还小声地说：跟节奏较劲，就是跟自己较劲。

孙江和贾蓉坐在舞厅旁的包厢里喝啤酒。这是两个不是跟节奏较劲，而是暗暗跟对方较劲的人。

沉默许久，贾蓉说：你的新朋友不错嘛！

贾蓉的语调虽然很平，但还是透出了一股儿酸味。

孙江说：是吗？孙江的声音虽然小，但贾蓉还是听出了其中的一点儿得意。

贾蓉说：这么漂亮的女友，你怎么忍心让她穿一套旧衣裳。

孙江笑而不答。

贾蓉问：你当初向我索回这套衣服，就是为了送给新情人。你不怕她介意吗？

孙江笑着说：那是爱情的衣裳，她怎么会介意呢？

不过是套旧衣裳。

爱情就是旧衣裳，但它胜过世界所有的缤纷霓裳。你说不是吗？后一句孙江说得很重。

说不定你还会要回这套旧衣裳，再送另外的女孩。

如果是这样，那是因为它在寻找那个最适合穿它的人！

孙江似乎发现他和贾蓉已不是在谈话，而是在寻找着火点。为了显示男人的大量，孙江便恢复了平静的口气，问：你还好吗？贾蓉用平静的口气答：当然。孙江又不动声色地问：还爱钱吗？贾蓉也不动声色地说：那当然！孙江仍不动声色地问：那你一定成了一个小富婆了吧？贾蓉得意地答：不是富婆，是富姐儿。

正像孙江所想象的那样——被金钱包装过的贾蓉更漂亮更富有了。今天贾蓉的这身打扮已充分显示了金钱的魔力。女孩爱钱没有错。漂亮女孩爱钱更应该。虽然包厢里的光线很怪也很暗，但是孙江还是看到了贾蓉褪去手套时左手上的一枚铂金钻戒——那是一颗比黄豆还大一点儿的铂金钻戒。孙江心想：贾蓉到底还是甩出了这颗藏在暗处的炸弹。

贾蓉问：你还好吗？孙江说：当然！贾蓉又问：还爱色吗？孙江不解地摇头。贾蓉说：这一年来，你也没空着。找了那么漂亮的人儿，还不是爱色吗？再说，你是画家，你的本行就是爱色啊！孙江说：那当然，当然。不爱色怎么作画呢？贾蓉说：快去蹦迪吧，小心你的小情人给朋友勾走了。孙江感叹：是你的走不了，不是你的，留也留不住。

贾蓉想：孙江这人就是太淡然。要是稍微执着一点儿，自己也许不会离开他。他根本就没有想到过留，还说什么要留也留不住。看来，他还是没变，还是那么硬。自己居然心血来潮地要见他。简直是自取其辱。

贾蓉觉得不该再往下想了，忙起身走进舞池，疯狂地蹦起迪来。她上身的银箔片在紫光灯下闪闪发光，使她看起来就像是一团随着节奏舞动的光，这团光一碰就会燃烧。张武看到舞过来的贾蓉，他舞动的节奏就渐渐慢下来了。

贾蓉冲着张武喊：跳吧，疯一点，再疯一点。蹦迪就是要疯一点才好玩。

贾蓉对张武说了一通莫名其妙的话，后来，又冲着始终微笑着看她的李楠唱道：说什么，衣相依，爱相随／其实，爱不爱，无所谓／一切不过是件旧衣裳。

李楠还是微笑。贾蓉心想：他妈的，像个傻逼，只会笑。连醋都不会吃，还算女人！

夜不知什么时候了，蹦迪的人似乎还没有尽兴。贾蓉悄悄地离开了迪厅。孙江他们追下去的时候，一辆的士已经开出了一百米。看来它一起步就是飞奔的速度，后来的的士是赶不上的。

孙江只好摇头说，算了，我们回武昌。李楠不再微笑，只是默着脸。张武说：可不关我的事哟。她铆着我跳舞的时候，一个劲地说什么不仅要爱钱，还要学会爱色。她还是很前卫的。孙江你永远追不上她的步伐。

第二天，李楠在洗那套情侣装时，看到商标标为"亲密爱人"，商标的背后有两行用红色的丝线绣上去的字：衣相依，爱相随！第三天李楠把这套衣服送还孙江时，孙江向李楠讲了这套衣服最初的故事。

不到一个月的时间，张武就跟孙江联系了近十次，每次都谈到贾蓉。谈到贾蓉，孙江很高兴，但是通过张武谈贾蓉他又觉得很别扭。但又有什么办法呢？贾蓉不和他联系，她只跟张武联系。她总跟张武谈起孙江和李楠的那一对情侣装。她还跟张武说：她爱钱，孙江爱色，两人都没有爱——情！

张武说：贾蓉还不断地给他送玫瑰。张武的同事都以为这女孩爱张武，其实张武清楚，贾蓉是感激张武在情人节那天送她玫瑰，并没有别的意思。

孙江说：怎么又是玫瑰？

再后来，张武打电话来问，李楠怎么样？

李楠很好啊！

你和李楠不是爱情的感觉。张武小声说。

那又怎么样？孙江以为张武看出了什么名堂，心中还有点紧张。

没料到张武却说：你不喜欢李楠，可我喜欢李楠！

不行！孙江大喝一声。

为什么？张武不解地问。

李楠不会跟我好，也不会跟你好！

为什么？张武仍然不解地问。

因为李楠不是兰花的"兰"，而是孙楠的"楠"。

只要贾蓉还在谈论那套情侣装，那么孙江和贾蓉的事就不会完。可他们的事到底是一首余音不绝的乐曲，还是一段旋律之后的休止符，孙江不知道，贾蓉也不知道。

　　其实，这一切都没有多大的意义。孙江和贾蓉是永远的陌路还是短暂的情侣，这一切都不能改变玫瑰的本质——它不过是一种开花的植物，并没有抒写爱情的意思。它现在的意思是人们强加给它的，反倒成了它的歧义。

　　何况，"兰"与"楠"，不仅音有别，意也不同，性别不一样也就不奇怪了。李楠因为玫瑰和情人节的歧义获得了一生中完全不同的感受。正是这感受让他对即将开始的演员生涯有了足够的自信。

凌晨两点回家

　　我不是故意的。上帝做证，三十以后我很少半夜十二点钟以后上床睡觉；老妈做证，三十以后我更没有在半夜十二点钟以后回家。

　　但今早我是凌晨两点回的家，这似乎从表面上就构成了一个事件，而且这事件不是早晨或黄昏甚至午间明朗的颜色，而是与夜晚的气质一致的暗色。这我从你们阴暗的表情上就可以猜出来。

　　可是，到底出了什么事？

　　昨晚八点钟左右，电话响了。我当然不会去接电话。因为我家的电话，特别是晚上的电话从来都是母亲接。即便是我接了，母亲总会在身旁站着，盘问我是谁的电话。这让我很不舒服。时间长了，我也就不再有接电话的热情。可这个电话响了十几声，响了断，断了又响，相当执着，似乎知道家里有人。我奇怪母亲怎么没有接电话。

　　那部湖蓝色的电话就搁在与书房只有一墙之隔的母亲卧室里的床头柜上，无论它什么时候响，我总能听到它清脆的铃声。我知道，大多数电话都是我的，而我却不能去接。我总是听到母亲说：他不在，有什么事让我转告他吧！但母亲从来没有告诉我是谁的电话，有什么事。我也养成了不询问的习惯。我也懒得去向朋友们解释——为什么我总是不在家。家里的事怎么能跟别人说呢？朋友们终归是我与母亲之外的"别人"呢！日子就这样毫无意义地过着。看来还得这样过下去。有什么办法呢。毫不奇怪——电话为什么响的次数越来越少了。谁愿意给一个不愿接电话或不能接电话的人打电话呢？八小时之外的时间我除了吃饭、睡觉，就是看书、看电视。母亲看《还珠格格》，她讨厌蹦蹦跳跳的小燕子，却喜欢温温柔柔的紫薇。母亲还说：如果真有紫薇这样的女孩儿，妈花多大的代价也给你娶回来。我知道母亲喜欢紫薇的主要原因是紫薇是一个能把敌人都当作朋友来感化来珍惜的好女孩。我说：妈，谁不爱紫薇呢？母亲得意地一笑：看来我们还是有达成共识的地方。但哪有紫薇呢？我说。有的，只是你还没有碰到！母亲一边说，一边把电视的音量调小。因为我已站起身走向书房。

两年来，《还珠格格》在武汉市大大小小的电视台都播过无数遍了，可紫薇仍没有出现。现代社会是一个极端个人化的社会，人人都以自我为中心，很少为他人着想，哪里有紫薇那样懂得宽容善解人意的女孩儿？几月前的一天晚上，母亲看重播的《还珠格格》，十分神秘地问我：你说我们这幢楼里，谁的长相和性格都像紫薇？我好奇地摇摇头：没留心！母亲说：你看影儿像不像？影儿？我惊讶地说。我和影儿同事一年多，怎么从没有发现她像紫薇？母亲又说：凡凡，这几年来，妈把你管得太紧了，误了你的事。你也老大不小的了，好好地交个朋友，成家吧?！妈知道你是一个好孩子，决定不再过问你的事了。

我惊讶母亲态度的转变。但我仍然不接电话，仍然不带异性回家。哥们也不怎么到我家里来玩。我知道我青春期的热情火焰已经被母亲冷酷的冰水浇熄了，水中的身体难以再燃烧。

这真是一个奇怪的电话，它仍然在响。可母亲为什么还没有接电话呢？我放下手中的书，怀着好奇的心情打开书房的门，听到卫生间哗哗的水流声，原来母亲在洗澡。她肯定是没有听到电话响。我怀着一种奇奇怪怪和忐忑不安的心情走向朦胧的灯光下照着的那部湖蓝色的电话。

你能来吗？今晚。一个轻柔的声音飘过来。

我发现影儿无论在哪个季节、置身于哪一类美女群中，她都是一个引人注目的角色。她的与众不同不在于她的容貌，而在于她那比夏日明亮比冬雪洁白的肌肤。这样的女孩儿当然是单薄的、瘦削的，就像时下的审美所推崇的那种骨感美人。被这样的女孩儿喜欢，当然是一件既幸运又愉快的事。

更让人欣慰的是，母亲喜欢她，这是最重要的。能得到一个四十守寡、五十病退、时时刻刻守护着独保儿子的女人的喜欢，当然不简单。

我自然是满心欢喜的。

想想三十岁以前的那些青春时光，一个个爱我或我爱的女孩儿怀着忐忑不安的心情来到我家，却最终都因无法承受我母亲那两道冷冷的眼光而离开我。我能做什么呢？只有把希望寄托在我的那些难兄难弟们身上。我在此感谢他们，他们每次来到我家里，总是能骗取母亲的信任与欢心，成功地把我约出去，让我得以与我朝思暮想的人儿见面。然而，好景不长。母亲大概是知道了我的那些哥们不过是我出去约会的幌子，铁下心来下了一道"封杀令"——李凡谢绝夜间约会。哥们来得不再勤了，偶尔稀稀拉拉地来一两个，见气氛不对，对我抱歉地摇摇头，就走了，不再来了。

就走了，不再来了。早已过了成家立业的30岁了。哥们有的去了广州做生意，有的去了北京做自由撰稿人。一句话，他们都忙着发财、忙着成名，哪还顾得了我这个被过分的母爱囚禁在家里的人呢？我当然反抗过母亲。但哪一种办法都没有用。

如果我回家晚了，母亲一定会通宵不眠；如果我在外租房子，母亲就会一病不起。我已是30多岁的人了。虽说还没有成家立业，但也该懂事了。为了母亲有个幸福安静的晚年，我暗下决心，在母亲的有生之年里，我不再找女朋友了。

对于一个把青春的激情过早地结束在30岁之前的男人来说，生活就像是一潭没有波涛的死水。我就是这死水里苟延残喘的一尾鱼，没有希望的活水降临，随时都有可能因为窒息而死。

难道还有别的办法吗？影儿的降临就是悄悄浸进死水里的活水，我怀着侥幸的心情等待着她的灌溉与淹没。

是的，老天自有安排！《还珠格格》中的紫薇使母亲慢慢地改变了对我择偶的态度；影儿悄悄地给我带来了一些秘密的激情与诗意。这两句话的主语在母亲眼里是同一人，但在我眼里紫薇是紫薇，影儿是影儿。就让母亲暂时把现实中的影儿与理想中的紫薇混淆成一人吧，我不会过早地把影儿带回家，让母亲看出现实与理想的差距。

影儿老家在天津，上高二时父母双双病逝，她考到武汉来读书是为了投靠她唯一的亲人姑姑。在她的姑姑与姑父的活动下，她毕业后分配到他们的单位来工作了。单位没有给她分房子。她吃住都在她姑姑家，就像我吃住都在母亲家一样。她和我在同一幢办公楼里工作，当然有低头不见抬头见的事儿。我们的初次碰撞始于两个同事的打赌。

夏玲对郭海说，这幢楼里的单身汉都在追影儿，只有李凡没有。我觉得李凡和影儿很相配，他们如果有心，肯定能成。

郭海反驳说：我看不见得。婚姻这事是很悬的，相配的往往成不了。再说李凡他母亲太厉害了，生怕别人把她的儿子抢走。谁敢嫁他呀？

这次可不一样了。前几天李凡的母亲与我的母亲谈到《还珠格格》中的紫薇时，就说过影儿像紫薇，很招人喜爱。李凡的母亲还托我母亲给李凡做媒呢！就这一点来说，李凡和影儿准成！

那可不一定。

我们打个赌吧！谁输了谁到亚洲大酒店请客！

一言为定！

一言为定！李凡你做证！

正说着，影儿抱着一大摞材料走进来。夏郭两人对影儿说：到时你也去！

去哪？什么意思，我不明白！影儿怯怯地笑着说。

你和李凡的事！

我和……事？什么事？影儿满脸不解！她说到"和"字时用非常复杂的眼神看了我一眼，接着很慌张地低下了头。

还能有什么事？夏郭两人神神秘秘地说。

你们到底是什么意思啊？影儿一边说一边把手中的材料摞到郭海的桌子上，抬眼飞快地看了我一眼，一扭头就走了。

起初我并没有把这当回事。但是你越不把它当回事它就越是事儿。我发现自己的心中已埋下了一粒种子，正在悄悄地慢慢地发芽，长高长大。

影儿比我想象的要大方。工作中有单独见面与接触的时候，她会问一些我难以回答的问题。

她问我：夏玲和郭海打赌，你希望他们谁赢？

我当然希望夏玲赢，因为她的观点正说出了我的愿望，但是我对自己的母亲没有一点把握。别看她老人家现在对我一副宽容的姿态，说不定哪天又冒出一个由头，说我女朋友的长长短短。不仅让我下不了台，还会让我女朋友无缘无故地受伤。这样的事情可不能再发生了。影儿的问题是我无法回答的。我反过来问影儿：你希望谁赢？

这个问题只有你能回答！影儿略有所思地说：你母亲真的……真的很厉害吗？

厉害？那不叫厉害！只能说我母亲管我管得紧。我父亲死得早，母亲把所有的希望都寄托在我的身上……

哦，原来是这样。影儿点点头说，再问一个傻问题，如果你母亲和你的妻子同时落水，你先救谁？

这真是个傻问题。我不置可否。

你一定是先救你母亲！影儿非常肯定地说。

也许……但也说不定。这是妻子们考验丈夫们的一个老问题。我知道最好的答案：谁离我近我先救谁。

可惜这种事不能试验。影儿遗憾地说，你晚上从不出来玩？

从不。你呢？

我姑姑说这一带黑社会的人比较多，晚上不安全。她不让我出门，更不让我在外面租房子住。

你姑姑的房子大，又没有孩子，你住在她家不是很好吗？

姑父家经常有一些来历不明的朋友，他们给我不安全的感觉。影儿伤感地说，眼睛里罩着一层忧郁的泪光。

我真想搂着影儿对她说：到我家去吧！我家安全！想想母亲，我知道我做不到！

把你家的电话号码留给我吧，说不定你妈会喜欢我呢？

我犹犹豫豫地告诉了她。

说实话，三十以后我从来没有在半夜十二点以后上床睡觉，更没有在凌晨两点回家。如果你们不信，可以问问我的母亲。

我姑姑和姑父今早都出差去了，到明晚才能回家。今晚我一个人在家很害怕，你能来陪陪我吗？影儿的声音轻轻的，近乎是哀求的口气。

那……可能要到十二点钟以后。十二点到十二点半之间我过来，在此之前你别再打电话。我小声地说完，快速地挂了电话，急急忙忙地走出母亲的卧室，飞快地回到书房，顺手从书桌上抓起一本书盖在脸上。嗨，久违了，这种心跳如鼓的感觉。

接下来我就张开两只耳朵静听母亲的一举一动。母亲大约是8：40洗完了澡，8：50打开了电视机。接着我听到每隔5分钟一次换频道的声音，大约在9：10电视机定格在播放《太平公主》的那个频道上。母亲在客厅里看了两集《太平公主》，我在书房里听了一集《太平公主》，就回自己的房间了，另外一集《太平公主》我根本就没有听进去。因为我的脑海里都是影儿和她的声音。

将近十一点时，母亲关了电视，走到我房间门口朝里看了看，见我已睡下，就转身走了。

接下来的一个钟头真是难熬啊！我知道母亲已经睡下，但是还没有睡着。如果听到母亲说梦话，我就可以溜出去了。根据以往的经验，如果母亲睡着了，她就会断断续续地说梦话。她每晚首次说梦话的时间是12点到12点30，然后是一段安安静静的睡眠时间。凌晨2点半左右去一次卫生间，3点钟左右说第二次梦话。过了12点，母亲那边仍然安安静静的。我像等待主的福音那样等着母亲的梦话。已经到了12点20了，母亲那里终于有声音了。我轻轻地起床，蹑手蹑脚地穿好衣服和走路没有声音的旅游鞋，悄悄地打开门又轻轻地关门，走过通往楼顶的走道，从楼顶平台到第一单元的六楼（这是从三单元的五楼到一单元六楼的捷径）。我轻轻地敲了敲602室的门，一会儿门就开了。影儿穿着她上班常穿的那件湖蓝色的连衣裙，脚上趿着同样颜色的绣花布拖鞋，左手还拿着遥控，迅速地把我让进了门。电视里正在放一部外国片，黑白的，好像是《卡萨布兰卡》，对，就是《卡萨布兰卡》。这部片子我看了将近三遍，错不了，男女主人公正在雨中永别……可惜的是已经到了结尾了。

影儿给我沏了茶，我们面对面地坐在茶几旁。都半夜了，电视里还有放广告的。我以前可从没留意这一点。影儿对我说：我们看影碟吧？我这儿有《将爱情进行到底》的碟片，你想不想看？

那就看吧！我说，这名字真有意思，有一种将革命进行到底的坚强意志。

影儿歪着头，两眼直视着我说，难道不应该这样吗？尤其是对你！

影儿把茶杯递给我，就挨着我坐在沙发上，和我一起看碟片。

轻柔浪漫的音乐在两个人相拥的客厅里飘逸开来……屏幕上的爱情与屏幕下的爱情按照各自的节奏在进行……

后来，我们躺在沙发上，吻了很长时间……墙上的时钟轻轻敲响了两下，我发现已经到了凌晨两点。我轻轻拨开影儿，抱歉地说：对不起，我得回家了，不能再待下去了。要不然……

影儿像是从甜梦中突然被人叫醒一样，一脸的失望，那委屈的眼神似乎在说：留下来吧？你就不能不走吗？

我紧紧地抓着影儿的手说：你会明白的。你要相信我，我会让我母亲接纳你的，要不了多久。临出门时又轻声对影儿说：将爱情进行到底！

好，我等着你。影儿依依不舍地说。

我从原路回到家里，还好才两点十分。脱了衣服，躺在床上，很快我就带着秘密的激情与幸福的愿望进了梦乡……

这就是我昨晚的全部经过。上帝做证，三十以后我很少 12 点钟上床睡觉；老妈做证，三十以后我更没有在 12 点钟以后回家。昨晚是唯一的一次。……请问，到底出了什么事？

影儿死了？

影儿死了？怎么可能？……请问，影儿是怎么死的？

这正是我们找你的原因。凌晨五点有人报了案，说：楼下发现一名女性尸体。后来我们在她家客厅的沙发上看到一本粉红色的日记，里面写了昨晚与你约会的一些细节与感受。你看这句：和李凡在一起真幸福，可是他走了，真希望他走了几步再回来敲我的门。可是静静的，没有敲门声，只有我的心跳……

据推测，她死在凌晨两点到四点这段时间内。警察说，你是什么时候离开她家的？

两点，两点过五分吧？

没有再回来？

没有。

为什么？警察进一步追问道。

因为我母亲在家！

你母亲在家能说明什么吗？

前面我已经交代过了：我母亲两点半左右会上卫生间。她上完卫生间照例会到我房间里来看我睡得好不好。这是我母亲的习惯。为了不让母亲发觉我出来过，我必须在凌晨两点半以前回到家里。

警察问我母亲：您两点以后听到什么声音没有？

什么意思？我问道。

法医鉴定，影儿是被人奸淫后从阳台上摔下去的。

最多不过是一个桃色事件，怎么成了一个凶杀案件？我自言自语。

都怪我昨晚多吃了两颗安眠药。母亲流着泪说。

一只虾的爱情

那只浅灰色的透明小虾，一不小心从濡湿的沙眼里拱出来时，已是一个芳香四溢的早晨。

这只虾像所有的虾一样，由妈妈抱卵孵化而成。不过这只虾的前身虾卵在变成幼虾的过程中经历了一段奇异的旅途。一个游泳的孩子突然脚抽筋，在慌乱中抓住妈妈栖息的水草。这把水草虽然也随水漂浮，但一点也不婀娜苗条，而是坚硬肥硕，却还是被在慌乱紧张中当作救命草的孩子抓断了。妈妈抱着的卵宝宝有些被孩子抓死了，有些被抓散了——浮在水面上成为别人的食物。只有这只卵幸运地被妈妈一直抱着，直到长成。可是他睁开眼还没来得及跟妈妈说话儿，就被突然到来的水浪冲到了一个沙眼里。好在沙眼里有一只老虾，这只老虾视他为己出，一直默默地守护着和一些微生物一起漂进沙眼里来的唯一的小虾儿。

这只老虾一直待在这个洞眼里。他太老了，老得没有力气去换新鲜空气，去看蓝天、白云和绿草，只能趴在沙眼里似睡非睡；老得没有力气去换口味，去吃更多种类的幼虫、微生物，只能守株待兔般等待水流有一次没一次地送来一点儿食物。什么都不能干了，不能活蹦乱跳地和小孩打水仗和虾们调情了。

他们都嫌我老了，孩子们喜欢和身子透明的小虾玩儿，虾们也喜欢靓丽的小情侣。哎，这是人之常情嘛！谁不喜欢青春靓丽呢？我年轻的时候也有性伙伴和情侣无数呢！老了，也该退场了。再说，战场虽然过瘾，但是危险太多了。好多情侣就是在和我做好事儿的颤抖中（疏忽了险情）牺牲了，也有好多同伴在驰骋河床时，牺牲了——有的一不小心被裹入了鱼腹，有的被人玩死了，身首异处，有的在油锅里被煎成了虾球……

　　想到这里，老虾心中一下子宽慰多了。好死不如赖活。虽然在沙眼里也有可能被专门抓虾卖钱的人找到，但还是比在河床上活蹦活跳的安全多了。因为再聪明的人更多的时候看着明处，而不是暗处。

　　没有了战场，也就没有了竞争，没有了竞争的老虾，内心除了自赏自慰自怜自爱外，对外界的一切都迟钝了。但是当他看到一个偶然漂进来的小虾时，心中还是升起了一丝儿怜爱。

　　可怜的孩子，生来就小得如一颗尘，不，比一颗尘还小，小得可怜兮兮的，像根本就不存在似的。

　　有什么办法呢？唯一的办法是不能拒绝地成为幼虾、小虾、少男少女虾、中年虾，然后是老虾。哎，不论是什么虾，都终归是一死。——可怜的虾，可怜的孩子。想到这里老虾心中又有一点儿疼了。他不知道他那些在战场中幸存下来的战友现在都怎么样了，他和一些母虾弄出的那些小肉尘都到哪里去了。他们是死了，还是都长大成人了呢？

　　老虾一直用一双怜爱的眼睛看着这颗漂进他屋子里的幼虾，看着他由幼虾长成小虾。

　　小虾一睁开眼就发现头上的那对长触须伸出去很远。他不仅可以探测前方，还可以探测头顶。起先他觉得很好玩，于是不停地用胸部的第一对脚去玩那对触须。老虾在一旁看着。小虾没有发现老虾，一次他玩得正得意扬扬时，一不小心撞到了一个大家伙。小虾非常好奇，并用自己的触须去挑逗那个大家伙。起初，老虾并不理睬小虾的挑逗，他只是静静地待着，但是那只小虾实在是太调皮，太可爱了，就像童年的自己一样调皮一样可爱，老虾也禁不住和小虾一起玩了。两只虾，你撩撩我我撩撩你，有趣极了。实在是没有劲了，老虾就静下来，看着小虾。

　　再后来给小虾讲故事。他讲得更多的故事就是老和尚和小和尚的故事。老虾用老和尚对小和尚的口气说："从前有一条河，河边有一个洞，洞里有一只老虾和一只小虾。有一天，那只老虾对那只小虾说，'从前有一条河，河边有一个洞，洞里有一只老虾和一只小虾。有一天，那只老虾对那只小虾说，……'"

老虾像和尚念经一样，不停地念这几句话。

如此反复不已。

时间长了，小虾觉得没意思极了，反反复复的就那么几句话，又没有下文，还不如把玩自己的长触须有意思。实在是没事可干啊，他只能在这无边无际的时间里自己玩自己。

有一段时间两只虾都懒得玩，就趴在沙眼里傻睡。不知过了多久，小虾醒来时，发现老虾身子直直地躺着，尾巴也直直的。小虾像往常一样用长触须去弄老虾，弄了半天，老虾还是一动不动。小虾就用脚去弄，老虾还是不动。小虾没有办法，只好在一旁干待着。又不知过了多久，有一丝慢慢的腥臭渐渐地变成了一股恶臭，呛得小虾难以忍受，他瞎蹦乱跳，一屁股把沙眼的顶部撞开了，这一撞不要紧，这一撞就撞出了一个天来——一个天啊！

小虾从没见过的！

小虾的眼睛是长在上面的，那他的两眼一出洞看见的就是天，但小虾不知道那是天。小虾想知道那是什么东西——真大啊，大得吓死人；那双长长的触须，好像有什么东西在抚动它们，但小虾不知道这看不见的是风——真爽啊，爽得让人醉。

太阳照在小虾的身上，小虾怀着好奇的心情，转着身子，东张西望，一不小心被脚下的草拨了几下，但小虾不知道这是草——痒痒的，痒得人很舒服。他转着身子看他不认识的草——真绿啊，绿得让人想咬几下。

小虾像一个刚刚学着用眼睛看世界的婴儿，看到什么都好奇，看到什么都新鲜。奇怪的是，他居然还看到了跟老虾一样的老虾，跟小虾一样的小虾。起先，他以为自己看到的就是那只和他朝夕相处的老虾，虽然那只虾并不认识他，但还是愿意回答他的一些天真幼稚的问题。后来过来一只跟他一样的小虾也在告诉他什么是天，什么是地，什么是草，什么是水，什么是同类……

于是，小虾好奇地围着那两只虾团团转，不小心被什么弄疼了脚爪子。他正在纳闷，那只跟他长得一样的小虾说：傻逼，你是新来的吧，连草都不认识。这草可嫩了，颜色可好看了。这草可香了，香得让人想咬几下，就像河那边的男孩咬女孩那样。这草还很软，软得让人想在地上打几个滚，像河那边的男人抱着女人那样。说完那只神气的小虾就咬草，还在草上打滚。

小虾被这些新奇有趣的事儿弄糊涂了。他不知道为什么老虾告诉他，只有一条河，河边只有一个洞，洞里只有一只老虾和一只小虾呢。他从不知道，有早晨，有天，有地，有花，有草；只知道有泥眼，泥眼里有老虾和小虾。

现在他刚刚认识的同类对他说：你是多么无知，多么单纯啊！

小虾的脸红了，他的自尊要他回到那个沙眼里去，但是外面的世界实在是太精彩了，他舍不得回去。

从此以后，小虾和虾们一起嬉戏，一起捕食，还经常观看公虾和母虾打打闹闹和做爱。看见母虾下卵，看见虾卵长成虾。

日子是可爱的。因为得到阳光是不费力的，得到河水是不费力的，拥有草也是不费力的。唯一费点力的便是捕食。这难不倒精明的小虾，他在河边的浅水里游一趟或是在沙土里钻一钻，就能把肚子填饱。能入口的食物鲜美而繁多，不像以前在沙眼里只能吃到河水偶尔漂进的流质。

小虾慢慢地长大，发育了，也开始不断地追求母虾，和母虾们调情、做爱。

他像所有发育的公虾一样，为了得到性伴侣而不断地和同性发生战争，不断地让一些逃不脱的母虾受精产卵。这成了小虾青壮年时期最费力最费脑的事情，但是小虾觉得很舒服很有趣。

渐渐地小虾成为了当地最有威信最受人尊敬的虾了，他视域范围里的母虾别的公虾是不能染指的。他开始还以胜者为王的姿态与他的战利品们调情打闹。可时间一长，他就厌倦了，不再跟他们玩了，把他们留给了别的公虾。

日子如此无聊地过了一天又一天。

他觉得没意思极了，于是就怀念起他以前和老虾蜗居的那个沙眼。

虽然这河坡上到处都是沙眼，但那只是他的同伴们临时的窝，而不是那只老虾和他曾经隐居的沙眼。

现在抓虾的人多了，也许他的那个隐居地早被寻来寻去的人们夷为了平地。

想到这里他很伤心，但他仍不放弃寻找。

太阳照在小虾的身上，暖暖的，于是他带着一点儿伤感和温暖寻找着自己的家。

在寻找的途中，他不止一次地看见那些公虾们在争斗。他想，他们不过是为了母虾在争斗，太没意思了。他继续往前走，听到细细的哭声，像轻柔的雨点滴在他的身上。是谁在哭呢？哭得这么好听！于是，他循着哭声望去，看到一只色泽有点儿蓝的透明的母虾在哭——她的触须一耸一耸的，几双脚一抖一抖的，哭得真伤心啊！小虾忍不住过去用触须去安慰她，母虾一边哭一边避开小虾。她刚才被那几只公虾从沙眼拖出来要抢着干，挣扎了半天才得闲从那些争斗不休的公虾爪子下逃出来。他们的争斗反而没让他们得逞。可现在又落入一只壮实的虾手里，没有人和他争斗，他要干她真是太容易了。想到这里，母虾哭得更伤心了，逃得更快了。

小虾看见母虾不停地哭，不停地逃，想她可能是被什么弄惊吓了，并不追她，只是远远地看着。渐渐地那只母虾不哭了，只是警觉地看着四周。

有几个男孩子又来抓虾了，最近他们隔三差五地来抓虾，不仅抓老虾做虾球，还专门撮可爱的小虾去做醉虾。弄得虾们惶惶不已。小虾是不老不小的虾。透明的皮壳在慢慢变深。他逃起来也快，躲起来也安全。虾们以为聚在一起才安全，其实是错的，最后被捞走的都是成群的虾，一只两只躲起来的虾反而被人漏掉了。根据这些经验，小虾似乎明白了老虾为什么隐居和独居了。——那实在是安静安全又省心。

想到这里，小虾决心找一个像老虾的沙眼那样安全的地方隐居下来。

于是，他找啊，找啊，不经意间又听到了一阵熟悉的哭声。又是那只小母虾，有着蓝色的透明皮肤的小母虾。于是，他循着哭声望去，看到小母虾在哭——她的触须一耸一耸的，几双脚一抖一抖的，哭得真伤心啊！小虾又忍不住过去用触须去安慰她，母虾见是上次只是抚弄她却并不强暴她的那只公虾，她就不哭了，慢慢地开始和他说话和他玩。她从没见这么好的公虾，不强迫她也不害她，只是疼她，爱她，她也不知不觉地爱上了这只公虾。

人们在爱中格外喜欢回忆，小虾也一样，他不断地给母虾讲故事，讲老和尚和小和尚的故事，老虾和小虾的故事。

从前有一座山，山上有一座庙。庙里有一个老和尚和一个小和尚。一天，老和尚对小和尚说："从前有一座山，山上有一座庙。庙里有一个老和尚和一个小和尚。……"

母虾说，我听不懂，怎么反反复复的，就这么一句。

小虾说，我开始也不懂，后来慢慢地就懂了。

小虾说，在意识上老和尚关掉了面向山下的窗口，切断了通往山下的路。他同时间接地告诉了小和尚，这里只有一座山，只有一座庙，庙里只有一个老和尚和一个小和尚。这里就是世界，天下，这里就是从前，现在。

再没有别人，没有。没有酒，没有肉，没有色，没有欲。没有男人和女人，只有山，只有庙，只有庙里的和尚。

明明有啊，母虾还是不明白。

小虾说，但在老和尚和小和尚的眼里和心里是没有的。你知道是什么原因啊？母虾说，我还是不懂。

小虾说，你真是傻得可爱啊！

母虾从没有听过这样的故事，从没有听说，还有男人不要酒色权欲。还有虾只要一个爱人一个家。她觉得自己真是遇到了天大的幸福，她发誓一定要和公虾生死与共。

就这样他们达成了一个共同的心愿，那就是一定要建一个像老虾那样安稳的家，生儿育女，白头到老。

后来，母虾有点懒了，只想和小虾一起在外面玩，并不太想和小虾一起建一个新家。小虾就逗母虾，给她讲故事。一天，他给母虾讲他一次在河边听到一对钓鱼的男女说的一个故事——《小白兔的故事》，故事是这样讲的：

小白兔出去玩，跑得太远了，迷了路，回不了家了，她伤心地在一个岔道口哭，这时一只灰兔过来问小白兔："小白兔你为什么哭啊？"

小白兔呜呜地哭着说："我，我找不到回去的路了。呜呜……"

灰兔诡秘地说："想不想知道啊？"

小白兔说："想啊！"

灰兔又说："有个条件！"

小白兔急着问："什么条件？"

灰兔说："我们那个一下！"

为了回家，小白兔顾不了其他了，于是他们就那个了一下。

之后，小白兔走啊，走啊，又走到了一个岔道口，她又不知该走哪一条路了，于是又伤心地哭了。

这时一只花兔过来问小白兔："小白兔你为什么哭啊？"

小白兔呜呜地哭着说："我，我找不到回去的路了。呜呜……"

花兔诡秘地说："想不想知道啊？"

小白兔说："想啊！"

花兔又说："有个条件！"

小白兔急着问："什么条件？"

花兔说："我们那个一下！"

为了回家，小白兔顾不了其他了，于是他们就那个了一下。

小白兔走啊，走啊，终于回到了家。几个月后，小白兔生了一窝兔崽。

小虾问母虾，你知道这窝兔崽是什么颜色吗？

母虾说，他们应该是灰色？小虾摇了摇头。母虾说，他们是白色？

小虾又摇了摇头。母虾又说，那他们一定是花颜色了？小虾还是摇了摇头。母虾说，那我猜不着了。小虾诡秘地问："想知道吗？"

母虾说："想知道啊！"

小虾说，"那我们那个一下。"说完，就扬起长触须和脚弄母虾。

母虾一边躲，一边含情脉脉地说，"你真坏！"

他们在寻找家的途中，一边玩，一边看。母虾那淡蓝色透明的模样真是太好看了，她吸引了不少同性和异性的眼光，同时也是孩童们撮的对象。为了母虾的安全，小虾常常在那些孩子撮虾的时候，让母虾屏气静声地躲好，自己则到离母虾较远的地方去蹦蹦跳跳，以转移那些孩子的视线。小虾已长得非常健硕了，绝对是孩子们要抓的好品种。孩子们一个劲地追着撮他，但还是被他跑掉了。这样好多次，小虾都有效地保护了母虾。

时间长了，狡猾的孩子，知道捉不住他，就不再捉他了，就去撮别的虾。这时意外在小虾和母虾都不知道的时候发生了，一个孩子用网子一个猛扎把躲在水草底下的母虾逮到了。母虾伤心地喊救命。小虾已顾不得自己的安危，一个大动作，跳进了网中，他依在母虾的身边说："小宝贝，别哭！"

母虾真的不哭了。她觉得有小虾在，即便下油锅也不怕！

一群人在一家饭店里海吃海喝，醉虾上来了。那一只只透明可爱的小虾子在碟子里胡乱跳。

那对小虾有幸在一个盘子里，他们静静地卧着，母虾轻声说："我现在懂了老和尚和小和尚的故事，懂了老虾的故事了。"

小虾说："朝闻道，夕死可也！"

饭桌上的人们在不断地吃，不断地喝酒，不断地讲荤故事。小虾和母虾还听到了那个《小白兔的故事》。他们太遗憾了，遗憾人们不再讲老和尚和小和尚的故事了，遗憾自己不能给他们的同伴讲老虾和小虾的故事了。

男人问坐在桌边的女人说："你知道人们为什么爱吃醉虾吗？想知道吗？"

女人摇摇头，说："这太残酷了，我不吃。也不想知道人们为什么爱吃醉虾。"其实，她很想知道人们为什么爱吃醉虾，但她不能说她想知道，要不然小白兔的故事就套到她的身上了。

男人说，"尽管你不想知道，我还是要告诉你。人们喜欢那种挣扎感。"

一桌子人笑。只有小姐不笑，不，只有女士不笑。

满碟子的虾已经醉得精疲力竭了，唯有这两只虾还醒着。眼看两个粗手指已伸向蓝色的母虾，小虾一个激灵跳出来，却跳进了一个酒杯里，人们惊异地看着这只跳到酒杯里的虾，那两只粗手指竟忘记去捉那只蓝色的虾了。他们说，他是真的醉了。蓝色的虾也使出最后的一点劲跳到了那个酒杯旁。她听到小虾在酒杯里轻而缓地讲着老和尚和小和尚的故事。她觉得他沙沙的声音既感伤又平静。母虾在朦朦胧胧中仍听见小虾在讲："老和尚和小和尚都一心念经。多少年后，他们中一人修成正果后死了，一人没有修成正果，也死了。虽然他们都死了，但是他们遗留的问题没死。——修得正果的是哪个和尚呢？"

母虾用最后一丝气息回答说：都修成了正……正果。

在愛中永生

阿毛 著

阿毛 長篇小說

戀愛小說

非经典爱情

A$_0$B$_0$ 为什么没有被玫瑰击中?

我们每个人至少有一段动人的爱情故事,至少做过一次爱情故事里的主角。现代社会,爱情像空气一样充满我们生活的每一个角落。爱情的感觉无处不在,无时不有。但是真正的爱情却寥若晨星。这个时代的人们仍然在爱情里幸福、痛苦、迷惘、沉醉,但人们已找不到经典的爱情。生活中到处是非经典的爱情或非爱情的爱情。

当我们意识到自己在沉入爱情时,爱情其实已经远离了我们。

我们多么渴望来自爱情的枪林弹雨的吻。一直梦想一场神魂颠倒的爱情,将我们击中。但我们仍然在爱情的感觉中没有爱情地站立在风中。

讲几个爱情故事给你们听。

为什么我们在经历了一场一场的爱情之后,仍然没有爱情?为什么我们在接受爱情的玫瑰时,在沉入玫瑰花丛时,仍然没有被击中的感觉?

A$_1$ 群狼之中

穿梭的子弹从我身边经过,没有一颗能击中我。

我没有承受到一颗子弹。

我想感受那瞬间的辉煌,可我只听到声音,由远而近而后消失。没有什么比没有对手更悲哀的了。

我是影子,没有子弹能够击中我,却击中了我身边的一株玫瑰。这爱情的道具，她本身就是语言与血液，无所谓受伤。其实受伤更是一种幸福！黑夜，密集的鼓点牵引我的脚步。

我为孤独而愤怒，为敌人的畏惧而愤怒。我宁愿作为罪人让人憎恨，而不愿作为善人让人远离。

我不愿在白天黑夜里，看见自己一天一天地凋零。

我来到人群密集的舞场，灯光暗下来。那些蛇在音乐的流动下疯狂地舞动。我隐身在一个角落坐下，看这些舞蹈的人，忘情的蛇。他们纠缠，盘绕，深深相吸。拥抱的时候，拼命吸吮对方体内的气息。我坐在这里，看被他们忘记的世界！

让人淋漓尽致的，是不是只有歌舞？

我在倾听与沉醉之中，发现一束束来自异性的目光。

那目光让我想起狼的眼睛，充满渴望而暗藏杀机。

一个小脑袋从狼群之中伸出来，他拨开人群，向我走来。我感到他目光的热量，周身有种被灼痛的感觉。

我不是美女蛇。我在心中说。

这是狼群之中走向我的一个人。因为他的彬彬有礼，温情而不贪婪的目光，使我觉得人群之中，他最可亲可敬。第一次进豪华舞厅，我与他共舞。

我是为了赶走心中那条被寂寞盘踞的蛇，才接受了一位朋友的王子歌舞厅的赠券。

我一向对舞会没有什么好印象，总觉得那地方，不是温柔客栈，就是伤心旅店，是一些故事浪漫的开始，也是一些家庭温馨的结束。

我一直避开那些异性的目光、那些曾经幸福或不再幸福的家庭。我善于逃避，这是我的美德，也是我今生的悲剧。

因为心中坦然，所以一个人安然坐在舞厅。

但我现在是在无法逃避的角落，被一个人追逐。这个人是那么无法抗拒。

我的心在被什么敲打！我无路可走！

高帆属小龙。龙等于大龙。蛇等于小龙。龙比蛇伟大，但蛇比龙真实。因为高帆，我进入了群狼的舞蹈。我们开始若即若离，后来缠缠绕绕，难分难舍。鼓点越来越密集，音乐不可抗拒。我因为什么而昏倒？这是不是一种被击中的感觉？是枪击吗？那么我不能有秩序地说出自己被击中的感觉。

B₁ 始于小说

雨桐坐在窗前看一本关于女强人的书。

她说，她已经丢开了那些曾经让她着迷的琼瑶与三毛，丢开了她的少女时代，包括她那美丽而又伤感的初恋。还有一些浪漫的爱情或非爱情的故事。

这样的雨桐就像是从一团蓝色梦幻里走出来的女郎，渐渐清晰与真实起来。她是那种不留恋过去、只把握现在的女人，虽然她梦境里的伤痕与泪珠依稀可辨。

她与周刚的爱情，始于小说，始于雨桐的一篇爱情小说《等你在雨中》。这是一篇写得极其精巧美丽的爱情小说。雨桐在收到样报的第二天，特地跑到晚报发行部去，她想多买几张留存。那天下着小雨，雨桐打着一把红色雨伞在发行部的门前走来走去。上星期的晚报周末刊还会有吗？她想，报商都在卖今天的报纸了！

雨桐鼓起勇气走了进去。果然上星期的晚报早卖完。

雨桐转身准备走，却与迎面而来的周刚撞了个满怀。

周刚连声"对不起"，雨桐却看着周刚掉在地上的报纸发呆。

小姐，没撞痛你吧？

没，没有。雨桐慌忙从地上捡起那一摞报纸，她看到《等你在雨中》这篇小说的标题旁，用红色圆珠笔框了 200 这个数字。您能告诉我，这个数字是什么意思吗？

是这篇小说的稿费标准。周刚笑着对雨桐说。

想听听您对这篇小说的意见，可以吗？

周刚这才细细打量面前这个女孩：身穿一条银灰色的背带呢裙，外罩一袭黑色的短大衣，脚穿一双红色的深筒皮靴。

我好像在什么地方见过你。周刚说。

我也有同感，只是说不清在哪里。雨桐想。

我知道，在什么地方。对了，在雨桐的一篇小说里。你看这篇小说中的女孩跟你今天的穿着一模一样。这篇小说很美，要不然我不会用那么大的篇幅的。你听听，那个女孩的声音：

> 我要等你，在风中等你，在雨中等你。我要你从我的梦境中出现在我的世界里，从雨中走到我的伞下，王子！

这是一种多么纯洁而执着的等待呀！

周刚几乎是一口气说了出来，看来他一直为小说里的女孩感动着。

谢谢您，编辑先生！雨桐怯怯地说。

谢我什么？周刚一说出这句话，就恍然大悟了！哦，雨桐！周刚差不多是欣喜若狂地叫出来，并伸出双手想握雨桐的手。

雨桐的脸刷地红了，一动不动地站着，心跳加速。

等待已久的王子出场了，而雨中的女孩却不知所措！

爱情从这里开始！

A₂ 其实并非王子

我这么多地提起爱情小说，其实我开始并不爱小说，爱情小说也不例外。

与高帆的爱情是因为那场舞会，尤其是那晚让人心旌动摇的音乐。

我至今也弄不清楚那晚到底是激情还是爱情。但我很清楚高帆不是我心中的白马王子。可我对他却有一种无法抗拒的依恋，这依恋随着高帆对我的追求与娇宠，一天一天地强烈。高帆爱情的眼神让我没法拒绝。

多年的梦境不过是风中的一面镜子。而我的王子只不过是镜中永不走出来的一个影子。世俗的爱情把这面镜中的影子塞到了柜底。我只有在无奈的时刻翻出来感叹昨天的梦！

我忘记不了那个在我十六岁的梦中出现的王子，那个把我带进白色飞机的王子。

高帆，你不是我梦中的那个人。你在我身边，我也没有放弃等待。高帆你不要利用我的软弱。你放弃我吧，看看站在你身后的女孩！

陈童，你太固执了。梦中的人根本不会到来，即使到来了，也不会如梦中那么英俊、那么好。我虽然不知道你梦中的那个人英俊到什么程度，但我至少比他真实，比他亲切。我不相信你爱冷冰冰的梦中人而不爱热烈烈的我。

高帆，我怎么让你明白我的心事？

我在大学期间就收到一些陌生诗歌爱好者（或青年诗人）的来信，我虽然很少回信或不回信，但仍然没能抵制那些来信表露出来的爱意。我曾经觉得好笑，未见过面，却能对一个人产生爱恋，这可能吗？梦中的王子没有出现，邮筒那一端的寄信人并非就是王子！所以我并没有在意那些信。

我毕业参加工作后，收到几封从母校转来的信。是苏南写的。他没有停止过给我写信，后来甚至变本加厉地一日一封。每一封至少三页纸且极少重复。真是不可思议，他一定是一个写小说的角色。

为什么跟我一样写短短的诗呢？我对他感起兴趣来，尤其是在他给我寄来了他的几张英俊且富有诗人气质的照片之后。

他是那种要爱得山高水长、海角天涯的人吗？

B₂ 我请你跳舞，好吗

雨桐这个任性而聪明的女孩脑子里有用不完的主意。她是那种并不很漂亮却热情活泼、喜欢煽风点火的女孩子。她用挑逗的语言，让别人跟着她的思维转。她走到哪都要以她自己为中心。她向朋友倾诉她自己，并不总是像她自己所说的那样要别人给她出主意，而更多的是让你知道她的幽默和聪明伎俩。一旦话题被你转移，她就会从兴致勃勃变得漫不经心。每当想起雨桐我就想起那些繁华的街市。高档的精品店里问者寥寥，而路旁的小摊吆喝声不断、人头攒动。不仅因为精品店里曲高和寡，也因为小摊旁人们的趋同心理。雨桐本来是精品店里心高气傲的女孩，却站在小摊旁吆三喝四，被吸引来的异性并非都是兴趣盎然、情味高雅。但周刚除外。周刚不是小摊旁的热闹者，而是直接走进雨桐梦境里的人。

用雨桐的话说，周刚身材高大、健壮，说话幽默，而且甜言蜜语，很会讨女孩的欢心。最最重要的是他富有开拓精神，有钱（应该是说有赚大钱的能力和兴趣），并且是一个小有名气的作家。

雨桐真的让我们相信了周刚就是她世界里的王子。在认识周刚一年多的时间里，雨桐不再写小说了。她跟周刚学着做生意，学会编书赚钱。在文学越来越艰难的年代，很多人都想先赚钱然后来发展文学，进行文学创作（虽然投身商海里的人很少回到文坛上来，但大家都趋之若鹜）。周刚是这群人中走得最早的人之一，雨桐只不过是一个学徒。

周刚生意获得成功。他停薪留职，在郊区买了一套三室一厅的房子作为编辑部，并雇佣了几个人。小本大利的生意带来了可观的财源。周刚不断给予，雨桐尽情享受。

因为周刚的爱情，雨桐更加娇媚、可爱。但她并没有因此改变自己。她一面沉醉在周刚的爱情中，一面当着周刚的面与其他男子打情骂俏。

周刚这个豪爽的男人，因为对雨桐的爱，而变得专制暴烈起来。先是碍着朋友的面，还忍着点，后来雷霆万钧，对雨桐拳脚相加。

那时他们已经同居了一年之久。这一年之中，周刚成功地与他的妻子离了婚，并一次性付清了他儿子的所有抚养费，好像是一了百了。他也与其他慕名而来的女子关系暧昧，并且有时当面或背地里与漂亮女孩约会、调情。但他对雨桐却是一片真情。他喜爱雨桐的调皮与小聪明，甚至是对他的不管束。有一次，周刚对一个漂亮的女孩薇薇说：你是我每一本书的封面、封底，没有你我就成不了书。周刚说这话时充满感情，而坐在身边的雨桐却淡淡一笑：我来把你们装帧起来吧，没人装订也成不了一本书。

这到底是怎样的一对情侣？他们是那么相同，又是那么不同。如果这句话出自雨桐之口，那周刚早就怒气冲冲了。而雨桐好像无关痛痒。但我们知道雨桐并不怕周刚的拳头。

如果说爱情是自私的，那么周刚确实爱雨桐。但雨桐又是怎么回事呢？她不爱周刚，可为什么跟周刚同床共枕，出双入对呢？

但雨桐也有吃醋的时候。那是在周刚爱上了一个画画的女孩眉眉之后。眉眉个子高挑丰满，非常性感，经常涂着鲜红的唇，很少话语。她的沉默本身就是一种无法抵御的魅力。而雨桐的娇小与活泼在她面前一下子暗淡无光起来。周刚爱上眉眉是很自然的事了。

可见，摆在雨桐面前的不再是一盘小白菜，而是一碗骨子里都是刺的美人鱼。

雨桐已经棋逢对手了，不能再漫不经心了。雨桐一面以女主人的身份招待眉眉，一面对周刚风情万种，极尽温柔。他们的"飞利浦"音响里在放《爱情的故事》。雨桐从椅子上一跃而起：周刚，我们来跳舞吧！

周刚正在享受两个女人为他争风吃醋的滋味，没想到雨桐来这一招。他只好离开眉眉的身边，跟雨桐舞起来。

眉眉脸色煞白，红红的唇像两瓣玫瑰。

A₃ 请再对我说："我爱你！"

"天使的爱情自然在天上。"一位好友在给我的一张明信片上这样写道。

我不是天使，也没有天使般纯洁美丽的爱情。虽然我一直这样守望，这样祈求。在守望祈求之中，青春在流逝。

其实，从来没有绝对的纯洁，但我喜欢绝对。在我的每一次爱情中我都是一心要求纯洁，要求最初或是最终，要求天长地久，但现在却是一个不要天长地久、只要曾经拥有的时代。我的等待可想而知。我的爱情也可想而知。

苏南却是一个例外。他不是一位王子，却是那种爱得山高水长的人。

也许吧，也许。所以我开始了给苏南回信。从电报体变成了轻歌慢语，隐隐若若还有些爱情的话语。

苏南每个星期写来五封信，而我最多一封最少也一封。我更愿意看信，而不是写信。记得苏南有一封信有厚厚五页，却只有三个字。不要我说出来，大家一定知道是哪三个字。那是琼瑶小说的男女主人公惯用的伎俩。苏南在这一点上毫无新意。也许甜蜜的话是需要重复的。白朗宁夫人曾在诗中再三要求她的爱人对她说：

请再说一遍："我爱你！"

请说了一遍再向我说一遍，

即使那样重复了又重复。

……

有时候我们虽然觉得有些俗，但是爱情的话从来不会让人厌烦。

整整五页纸，一千多遍，省略号的无穷无尽还不算。

我不知道这是不是甜蜜的陷阱。但我已深陷其中。我喜欢苏南的书信。

我们这些刚从多梦时节的学生时代走到工作岗位的女性，因为来自现实的种种压力，渐渐失掉了曾经作为天之骄子的狂妄与高傲，得到的却是越来越重的叹息。在我们四周都是灰暗的墙壁，只有爱情才是头顶上粉红色的天空。而跨越千山万水的情书才是这粉红色天空中的白色鸟。它们的啁鸣让我们爱情的心（或者是说爱情的感觉）高高在上。

我尽量躲避同事疑问的眼光，小心翼翼地守护着自己爱情的心。而爱情的喜悦是藏不住的，它会在不知不觉中暴露出来：比如托腮沉思，双目迷茫；再比如两眼望着窗外，什么也没看地看着。……原来，我在无形之中暴露了自己，怪不得同事疑问的眼光。但是坐在我对面的老太太故意的咳嗽以及她时不时的含沙射影则会突然把我从爱情的冥想中拽回来。这使我很不高兴。起初我还能保持一种工作上的微笑。但老太太在我面前喜怒无常，搞得我无所适从。简直比伺候慈禧还难。可我是她的同事，而不是她的使女，我没有理由伺候她。但是为了不惹麻烦，我尽量避着她。可是后来，我发现不管我怎样赔笑，她总是找机会让我陷入尴尬的境地。

一天下午四点钟左右，老太太看完一天的报纸，喝了些茶水，就开始摆弄她书桌上的那些物件了。她不小心把自己办公桌上的一盒环形针弄撒在地上。老太太有些为难地说：小陈，请帮个忙，替我把地上的环形针一粒粒捡起来。

好的。等我把墨水上好，马上就来。我那时正在给我的钢笔上墨水，弄得满手都是墨汁。等我俯下身捡拾环形针时，我发现老太太已经拿好扫帚和撮箕，怒气冲冲地站在我的面前。这儿不用你来了，你写你的情书去吧！

我差点没有气死，好心地捡她弄掉的东西，她却不怀好意。我急忙站起来，转身到办公桌上拿起写了一半的会议通知。

请看，这写的什么？请您看清楚。是会议通知还是情书？

你了不得了？说你两句，你就一连串话。

无端端地受了一顿气，真是难受死了。后来，一位好心的同事，告诉我"驱邪"的一个绝招——以牙还牙。

小陈，对待老太太这样的人，你不能怕她。你越怕她，她越是整你。你对着她干，她就拿你没办法。这是我的经验。

看来他也曾做过一段时间的"小媳妇"。

有了一点经验后，我就有了对策了。一个夏日的下午，老太太接了一个电话：哦，又是你，你找她什么事吗？没什么事，你找她干吗？老太太转过身来向我，抬高她尖尖的声音：陈小姐，你的电话。

听到老太太大惊小怪的声音，我心中一寒。我想，老太太又有话说了。

陈小姐的电话不少嘛！每天有四五个男士的电话。情书也不少。你们年轻人真是无聊。

请您说话放尊重点。我尽量克制住自己，小声而有力地说。

哦，你也来教训我了。告诉你吧，我在这儿工作的时间比你年龄都大。你别在我面前犯刁。简直是莫名其妙！

谁莫名其妙？

你要翻天了？老太太的声音扬得高高的，我想整幢办公楼的人都听见了她的声音。

我不再理会。但我遇上的不是一个饶人的人。尽管她没有丝毫的道理。下班前，她就到我们的头那告我的状，第二天还告到了纪委。好在我们的头与纪委的干部都是通情达理之人，他们没有说我什么。还暗示我说，对到了更年期的老同志，要多忍让点。

好吧，那就忍让吧。可她老人家别想骑在我的头上作威作福。

要是她再这样对待我的电话，就别怪我不客气了：我会对着按了免提的电话，让对方男士的情话深入老太太的敏感的耳朵，让她肉麻去吧！这是对一个到了更年期爱无理取闹的老太太最好的刺激。

可老太太，后来却开始转变态度了，不再像以前那样锋芒毕露了。

显然，同事的这一招还是很灵的。

B₃ 小说家与诗人的爱情观

雨桐曾是一位小说爱好者，写过几篇不错的小说，所以我称她为"小说家"。

雨桐与我毕业于同一所学校（不过她高我两届）。我们因为共同的文学朋友而相识。我们是各自生活中唯一的挚友，所以无话不谈。

我生活的一间小居所，位于 W 市的交通枢纽地带。我这里就自然成了雨桐经常客居的地方。有一段时间，我们差不多一星期有四天时间在一起。两个性格截然不同的女性在一起，自然就成了一种独特的景致。

雨桐热情奔放，而我却沉默寡言。

我仍然写诗。但是我的小说家雨桐却已不再写小说了。她完全投入到经济大潮之中了。她头脑里的一些生意经，硬是往我这个浪漫任性的脑子里灌输。我像听三字经一样，没有兴趣。好在雨桐，对我有无兴趣并不在意。她只是倾诉，而我只是倾听。我曾经觉得当听众并不是一件坏事。何况在这样一个活泼聪明的雨桐面前。她自有值得我欣赏的地方。我这样想。

听她倾诉得多了，脑子里的疑问也就多了起来：你怎么能容忍周刚与别的女孩在一起？

开始很痛苦，时间长了，也就觉得无所谓了。有什么办法呢？有能力的男人大都朝秦暮楚，特别是有钱的男人。我现在只是在周刚的身上追求我需要的东西，包括钱与经商的诀窍。

看来，你在感情这方面比我大方多了。不过，有所得就必有所失。

当然，现在对于我来说，得到的比失去的要多得多。我不是一个在乎感情的女孩。如果让我长期厮守周刚，我也会逃开而另有所爱的。现代社会诱惑是那么的多，我怎么能做到总是把爱情的眼神放在他一人的身上？我不愿意把自己囚禁在一个人的心里。

我们在这方面想的确实不一样。如果是我，我根本就无法忍受自己爱的人与别的女人有着暧昧的关系，更不用说移情别恋了。对于这样的男人，我一开始就不会有兴趣的。如果我不小心卷入他的感情旋涡中，而一旦我发现他是一个拈花惹草的人，我会很快放弃他的。因为他不适合我对感情忠贞不渝的准则。

现在是什么时代了？还要求什么忠贞不忠贞？自己对自己的心忠贞就行了。你那样多累。身边有那么多追求你的男孩。而你总是拿着天长地久的这一标准来衡量别人。谁知道以后会怎样？只要你现在觉得好，你就去爱呗！以后不行了，就跟他拜拜吧！

你真能提得起，放得下。那你以后与周刚会怎样？

告诉你实话吧。我的心根本不在这上面。等我赚足了钱，我就出国去。那时他后悔都来不及。

看来你是棋高一筹。

你呢？我发现你是不是对那个叫苏南的感兴趣了？

什么呀？我们只是通通信而已。

你们还很浪漫的。连面都没有见过，还纸短情长的。

去你的，别在这嘲笑我。我们这些小儿小女的浪漫劲，哪里比得上你的雄才伟略——西征计划。

我们的小说家与诗人各自遵循着自己的模式：

　　　　小说家的追求模式是：金钱、事业、爱情；
　　　　诗人的追求模式是：爱情、事业、金钱。

两种完全不同的性格，决定了两种完全不同的追求模式；两种完全不同的追求模式，决定了两种完全不同的命运。

但她们有一点很相同：那就是她们都有爱情的感觉，却没有被爱情击中。关于这一点，让我在下面的章节中慢慢陈述吧！

A₄ 现实与理想的距离

我毕业后虽然在学校工作，但我已没有学生时代的那种单纯的心境了。至今都使我迷惑不解的是：为什么很多人都认为学校是一片净土。其实，学校并不比外面的环境干净、单纯。这里同样污秽、复杂。唯一的特色就是人才济济。我们这些年轻人毫无希望地站在自己的工作岗位上，对着相同的天空与越来越没有感觉的刻板面孔，小心翼翼地等待着比外界慢几拍的晋升、调薪。

如果说学校有什么魅力的话，我想它唯一的魅力就是可以自己支配寒暑假。

我就在这样的环境里，一天一天地耗费了自己的青春。起初还愤愤不平，后来对自己周围的一切变得越来越没有感觉。就像摇滚歌王崔健的一首歌中的一句歌词："我的病就是没有感觉。"

　　是的，我的病就是没有感觉。只有爱情能让我们麻木的心偶尔苏醒。

　　苏南的跨越千山万水的情书，是我刻板无聊的生活中唯一的慰藉与希望。但因为时空之隔，苏南显得太遥远太虚渺。他就像我屋子里的一幅寓意深刻的画，时不时地让我凝神伫望、浮想联翩，可画却只是在墙上微笑，永远走不下来。

　　与高帆的邂逅是在我收到苏南三百封信之后。

　　现在我眼前是高帆真实的痴情的守候。我陷入一种两难境地：我既不愿少了苏南浪漫的情书，也不愿刺痛高帆的心。我在这两个男人之间不知所措：如果没有苏南的信，我就会觉得生活中少了点什么；而要是没有高帆温情脉脉的注视，我则觉得自己孤单无依。这种心理致使我对他们任何一方都不能承诺——爱谁或不爱谁。我不知道哪一个最接近我的心。就像一首歌中唱的："心中有个恋人，身外有个世界。我不知道我不知道我不知道，我应该属于哪一个。"

　　我甚至有些痛恨自己，是不是也成了一个朝秦暮楚的人？

　　这不是一种选择的借口，而是内心真实的记录：我一面渴望神魂颠倒的爱情，一面对这两个男人流连顾盼。其实，他们都不是我心中的王子。我也不知道我的王子在哪里。他不必富有，但他必须英俊富于才情，而且必须爱我爱得水深火热，爱得天长地久。

　　但是我的王子在哪呢？我不得而知。我只知道在我身边的不是我的王子。

　　在认识高帆一个月之后，我对他说：告诉你，有一个男孩这一年多来一直都在给我写信。他可能过几天要来看我。

　　你是想让我做好竞争的准备吗？

　　不，我只是让你知道这件事。我心中乱得很。搞不清楚自己想什么。

　　我不会放弃你的。我会让他不战而退的。

爱情不是一场战争！

我一直在想：也许苏南会是一个准王子。直到他突然出现在我的身边时，我才发现他与我心中王子的距离实在是现实与理想的距离——不知道有多远。苏南虽然英俊，但并不高大；虽然多情，但他的多情里却有些女人气。

我与苏南的信件爱情，因为单位老太太的声张，差不多已成为公开的秘密了。

连苏南打电报要来 W 市的消息，他们也知道得清清楚楚。我第一次与苏南见面，都是在同事的"监护下"进行的。头们从知道的那天起，就在关注我的感情动向。他们说：苏南是一个来历不明的人，用你们诗人的行话来说，他是一位流浪诗人。陈童，他对你知根知底，而你对他一无所知……全是小心上当的劝诫。我的几位老师还有同学都找机会对我旁敲侧击，暗示我不要与苏南这小子好。至今想起他们的古道热肠来，我仍然感激不尽。他们是在全力挽救一位良家妇女呢（那时我在他们眼里浪漫得不切实际）！我以前不太爱理睬他们的劝诫，而现在我却考虑了他们的看法："苏南是一位来历不明的流浪诗人！"既是流浪的人，那么他就会来无踪去无影的。我发现自己并不爱苏南，更不想跟他走。而坐在我对面的老太太则时不时地称赞苏南是个好小伙。有一天，我故意对老太太说：您说他好在哪呀？他可是来历不明呢！

老太太起初一愣，过了一会后，说道：他可是一天一封信呢，真是浪漫得很啦！

也许您的话有道理。我故意附和一句。

可后来的路透社消息说：老太太曾到纪委告我爱上了一个流氓。

我当时气得七窍生烟，但又无可奈何。鉴于我求和的外交政策，我就没有理睬老太太的冷言冷语了。让她一个人唱独角戏吧，看她觉得有趣不。

我把苏南安排在一位老师家里住（后来，我有幸知道这也是那几位关心我的老师与同学的建议。他们的建议与我的安排不谋而合）。

高帆加紧了追求的步伐，每天都要往我的楼上跑三次。

而苏南在见到我的第三天就与我的头谈话。他们谈了一些什么，我不得而知。只知道苏南说要和我结婚，带我走。

在苏南与我的头谈话的第二天，高帆又找苏南谈了一次。他们谈了些什么，我也不得而知。我甚至不关心他们谈话的内容。这无关紧要，紧要的是，他们谁都不是我的王子。所以，当高帆再来找我时，我只是淡淡地说：请你不要来烦我，我谁都不爱！这样过了一个星期。苏南有一天对我说：你在信里对我颇有好感。可你看到我之后，怎么毫无感觉？你真是不可思议。

苏南，对不起。从我见到你时，我就在想，你不是我心中向往的那种人。我想，过去的那些日子应该说是一段纸上的爱情。

不，你真是一个冷酷的人。我爱你，我那么远来找你，我甚至开了结婚介绍信来，要娶你，带你走。可你却退缩了，无动于衷了。原来你一直是与你们单位的人站在一起的：认为我是一个来历不明的人。我们的事为什么要别人来管呢？

他们的话有道理。再说我发现自己并不爱你，真的，也许我是爱上了你的信。请你走吧！我们之间不会再有其他的结局了。

但是苏南并没有走，他固执地认为：我之所以这样对待他，全是因为我是一个左右摇摆的人，容易受别人的影响。

可我怎样才能让他知道我是真的不爱他，真的不爱呢？

B₄ 小说家失踪了

正当诗人在梦想神魂颠倒的爱情时，我们的小说家失踪了。

我不知道她去了哪里。我问了她曾经的男友或可能的男友（与雨桐关系暧昧的男友），他们都说："连你都不知道，谁会知道呢！"

真奇怪，好像小说家与诗人是连体儿。我哪里知道她？雨桐这丫头片子鬼着呢！

我想，她一定又投入了一场爱情或在做生意。只有在她完全投入自己时，她才会从我的生活中消失。幸福或痛苦让她忘记了一切，甚至包括对我的倾诉。

也许这家伙已盯上了一位洋鬼子，或在对她永远幻想的公司踌躇满志。

我在大学时代，对于金钱第一的女孩，是颇为不屑的，甚至憎而远之。但是在参加工作之后，我已经目睹了一些女人的悲哀与雄心，所以也能理解她们的顾此失彼了。每个人都有自己生活的要义。我们何苦去强求他人呢？所以我这样一个无论是在感情上还是在事业上都要求纯洁与执着的女孩，能理解与接受在感情上飘泊在事业上不择手段的雨桐，是有一个过程的。我的处世原则早已从严以律己律人变成了严以律己宽以待人了。

我能理解与接受雨桐的一切，但我并不因为我的理解与接受而改变了自己的内心。我仍然淡于物质重于精神，是一个彻底的精神贵族。我在没有雨桐的日子仍然继续幻想爱情。苏南的出现是在雨桐在我的生活中失踪之后。但是雨桐早在她从我的生活中消失之前就知道我的这一段纸上的爱情。她也知道高帆。她对我的这两位追求者有一句共同的评语：他们都不是你心中的王子。我不知道你的王子在哪，就像我不知道自己的王子在哪一样。

雨桐说得很对。我同样不知道雨桐心中的王子在哪。

八月的一天，我意外地收到一封来自美国纽约的信。一看就知道是雨桐的来信。我急忙拆开信，发现里面只有几句话。

陈童：

　　我在美国纽约给你写信。这里不是我想象中的天堂。那些洋鬼子浑身长毛，充满了奶牛味，远没有我们炎黄子孙进化。我没法忍受在这里给人打工的滋味。看到那些漂亮要强的中国女同胞嫁给洋鬼子或为生活所迫给洋人打工，我就一阵心酸。看来我的西征计划是难以实现的了。我不能给你带回一个白皮肤蓝眼睛的小家伙来叫你 aunt（阿姨）了！其他一些事等我回来之后，我们再详谈吧！

雨桐 X 年 4 月底

雨桐原想嫁给一个洋鬼子，然后在国外定居，生一个漂亮的白皮肤蓝眼睛的孩子，回国风光一下后，再继续她的事业。

我对她的事业至今没有一个明确的概念。以前我以为她是一心想成为一位小说家。但是现在她除了金钱还是金钱。她所谓的文化实业公司从来就没有诞生过。她过惯了养尊处优的生活，艰难的西征计划不能成功是不言而喻的事情。

A$_5$ 纸上的爱情

我不知道该怎样来叙述自己。事情的发展越来越远离了我的初衷。

苏南在 W 市的二十多天时间里，我表面上陪着他共进午餐，星期天或晚上还陪他出去看江、看湖，甚至拜访一些文学朋友；但我的内心早已拿定主意，一送走苏南，我就与他断绝一切往来。只有这一招了，因为他根本就听不进我的解释。苏南走时，说他七月初再来看我，希望我不要再受别人的影响。

他走后，我很快写了一封绝交信。

苏南：

　　不知怎样向你解释我自己。从我见到你的那一刻起，我就在想你不是我心中向往的那种人。我并不爱你。真的不爱！

　　请不要再写信来，不要再见我了。我这样决定，与任何人无关，完全是出于内心。请相信我！祝你幸福！

陈童
X 年 6 月 1 日

十天后，我收到了苏南的一封来信。信文是这样的：

陈童：

　　你不是一个敢做敢当的人！你容易被别人所左右。你心里向往美好的爱情，但是你的内心却拒绝接受与付出。我要让你知道我的爱是真心的，而不是像别人所说的那样"来去无踪，无声无息"。

　　　　　　　　　　　　　　　　　永远爱你的苏南

　　　　　　　　　　　　　　　　　X 年 6 月 11 日

　　而与此同时，苏南居然给我同宿舍的一位女老师写了一封信。那位女老师对我说：苏南在信中说他这几年来，爱的只是你的诗，而不是你的人。还说你是一位没有主见的女孩，连自己的爱情都要听别人的意见……他说她敢想敢干，并且很希望她能到南方去工作，做他的秘书。信中还夹有一张诸多头衔的名片。

　　我当时不知道自己是什么样的一种心境。我与这位女老师的关系一直不是很好。原因是她总喜欢在大众场合大吹大擂。不管什么时候客人来访，也不管是谁的客人，她总爱故弄风姿，暗送秋波。这令我们宿舍的其他人觉得她活跃得让人有些莫名其妙。

　　而在我处碰壁的苏南却多次得到了她的关心。比如与他共伞打午饭（苏南的午饭大多是在学校食堂吃的），有说有笑地共进午餐。

　　当然，这位老师后来并没有做苏南的秘书。这封信只不过是一个说明或是一个诱饵。它想表明：在这场满城风雨的爱情事件中，被淘汰的是我而不是苏南自己。这种表明，还隐藏了一种不言而喻的诱惑。可我偏不中计，甚至对自己的决定没有丝毫的后悔。

　　在我看来，苏南不仅虚荣得可以，而且手段太拙劣。这使我更清楚地认识了他。

　　现在回忆起来，觉得这些小儿小女的把戏还真好玩。

　　而我谁都不爱。只是觉得这样的男人真傻：他们不知道要攻占一个女人的心，除了持久之外，更重要的一点是直接。而不是通过对其他女孩的暧昧来激起自己心中女孩的爱情。这是最次的手腕，只有傻瓜才愿意上当。我不是傻瓜，而且我有着清醒的头脑。

高帆在这一点上与苏南绝对不一样，他一直是默默地等候。他多次通过他的朋友来劝说我，希望我能"回心转意"。他这样的等待还真让我动了心。七月初当苏南再次来到我这里的时候，高帆以一个主人公的身份赶走了苏南，真正实现了他的"不战而胜"。

只有我心里清楚，是我自己的感情天平已经倾向了高帆。没有这一点，高帆是不可能胜利的。

B₅ 小说家的另一场爱情

雨桐从国外回来之后，完全像换了一个人。她对自己在国外的经历很少提及。我想，这不仅因为国外的生活完全不同于她的梦境，而且因为她那段在国外的经历打掉了她在国内优越生活中滋生的娇气与傲气。这对她实际上是一件好事。她对她追求的事业少了一些投机，而多了一点艰苦创业的精神。

西征计划的破灭对她来说是一个好的教训。

她由此变得坚强独立，不再像以前那样利用爱情来达到成功。

这时的雨桐也不再像以前那样功利性地恋爱了，而是为爱而爱了。

王峰就在雨桐这样的心境中闯了进来。

王峰是体育学院的学生。高大英俊，体魄强健。当雨桐在一个夏日的黄昏把他带到我这里来时，我一眼就知道，雨桐一定是被他迷人的外表所吸引。

这是我的阿兰·德龙。雨桐一进门就向我介绍道。

果然不出我的所料。就像男人总是喜欢漂亮的女人一样，女人也同样喜欢英俊的男人。这是人之常情。

雨桐从我这里送走王峰后，回来就一个劲地谈论她的新"白马王子"。

他英俊高大，气质不错，而且我敢说他是绝对的初恋，纯净得没有一丝杂质。一个月前的一个星期六晚上我从电影院出来时，一眼就看见了他。那天他正好也是一个人看电影。当看电影的人各自归向回家的路时，我发现我们俩是同路。他走在我的前面，我在后面急急地想赶上他，他心电感应般地放慢了脚步，并回头深情地看了我一眼。后来，我们搭起话来，很有些马路天使的味道。但我不能把他作为一位马路天使那样很快将他忘记。我爱上了他。这一个月以来，我们几乎天天约会。这是一个没有经历多少世面的男孩，跟他在一起，没有金钱的欲望所带来的压力，也没有周刚的朝秦暮楚所带来的醋意。我完完全全地沉浸在王峰的爱里。

但是一旦你需要他帮你，而你发现他什么地方都帮不上你的忙时，你会怎样呢？我问道。

不知道会怎样。但是我现在只需要他纯净的爱，根本不要求他能给我的事业帮什么忙。我只需要爱，没有压力、没有负担的爱。

也许王峰是雨桐感情需要的一件牺牲品？我心中突然冒出这一想法，但是我没有对雨桐说出来。

不管我们承认不承认，爱也是因为需要而产生的，只不过每个人的需要不同而已。

我对雨桐的爱情保持着自己清醒的认识：这仍然是一段不能持久的爱情。后来的结局完全证实了我这一看法。

A₆ 文学女人的梦想

雷声很大，风一丝一丝地游动，而雨还没有落下来。

这是我无力的呐喊与宣言，对自己生命的梦想。

十三岁那年，中学老师对我的一句"你会成为作家的"赞语，现在却成了我终生的追求。虽然我已加入了作协，成为了一名诗人，但我始终不敢以诗人自居。很多人说我在同辈中条件优越，潜力很大，可我却一再伤感。可能是文学女人大都是伤感的星座吧。她们对已有的一切视若无睹，对没法拥有的却耿耿于怀。

那便是我十六岁的梦。

那架在我梦里一再出现的白色飞机，只是在梦中把我带走。现实生活中我仍没能远离这里一步。我的白马王子从没有在生活中出现过。

这里只是世俗的先生和我这位世俗的小姐。

可我仍没法忘却我十六岁的梦：

我的白马王子非常非常英俊，也非常非常富有。他非常非常爱我。我们驾机天南海北地飞翔。他供我读书，我为他写作，为他生孩子，料理一个美丽的家。

可现实中的王子，英俊的大多不富有，富有的也很少英俊。两者兼而有之者寥寥，并且都已成为别人的花园，不是我们最初或最终的爱。我没有丝毫的觊觎。

常听人说，美女傍大款，少妻傍老翁。心中替女人不平。女人得拿青春作赌，才有可能过上富裕的生活。一旦年老色衰，便遭冷遇。当然女强人大有人在，可谁又知道她们幸福背后的泪水与伤痛呢？在这里我不想阐述社会对女人的不公，男人对女人的不公以及女人自己对自己的不公。富有的男人大都金屋藏娇，移情别恋，难有真情一生的人；而英俊的男人除了贫穷之外，大都自私，即使与糟糠之妻患难与共，却也难以天长地久。也许介于这两者之间的男人更为真实，更为可靠。舍弃这一点，我们便别无选择。

上帝在创造人类时一定在生气，否则不会留下这么多的遗憾，让我们这些作为肋骨的女人也充满了伤痛与缺憾，并且别无选择。

我们不愿傍大款，也不愿接受英俊男人的折磨！

不愿安于女性命运的人，便成为单身的"精神贵族"，成为精神中的"精神贵族"。痛苦得真实，虚幻得美丽！

我们这些世俗的女人，大都是热爱梦想的族类，文学女人尤其是。

她们沉湎于幻想，总是把往事与未来、白天与黑夜混在一起，企图达到和谐与统一，并且要求绝对与纯粹，喜欢极致，而现实恰恰不能容忍这一点。这便使她们比其他女人更痛苦，更绝望，也许虚荣更过。我毫不掩饰这一点。

小鸟依人只是女人态，共性却大抵一致。没有人是天使，却要求天使的爱情，而天使的爱情自然在天上。

只是我们是些用心灵生活的人，用心灵歌唱的人，不能没有梦想。但我们对理想男人的非分之想，永远是梦中的尺码，世俗的男人不够。

世俗的女人也只能梦想。

而我是一个俗而又俗的女人，所以选择平庸而真实的生活。

所以十六岁的梦一梦再梦，却永远没有实现的一天。

在一个秋雨的晚上，雨桐很疑惑地问我怎么在众多的追求者中选择了并不太出众的高帆。我便借机发表了自己心中的感慨。

我曾有一段时间高扬独身主义的大旗，后来我发现自己对高帆有着越来越深的依恋，便偃旗息鼓了。有时候依恋比爱情更让人难以割舍。我对高帆便是这样。

B₆ 厌倦

我发现我完了。雨桐有一天一进门就对我说。

请说清楚点。什么事这么严重？

当然是王峰。我发现我对他已经厌倦了。真的。这小子什么都不懂。既不会赚钱，也帮不上我什么忙。我一个人忙公司跑业务都快累死了。看来仅有爱情是不够的。

从我知道你与他恋爱时，我就认为有一天你会因此对他厌倦的。

你既然是旁观者清，那你当时就应该提醒我！

笑话！你听得进谁的话？王峰那时新鲜得让你昏了头。现在好了吧，伤害了这样一位内心纯净的小伙子！

别这样说了，我心里也很难受。说实话，我确实喜欢他。可每当我一想到他什么忙都帮不上时，心中就累得很。而在他提出结婚时，我更是紧张得不行。一结婚，我就不能像现在这样顺顺利利地得到一些男人的帮助了，结婚对我的事业来说是一笔很大的损失，所以我拒绝了王峰的求婚。你不知道，那天我跟他提出分手时，他的眼里噙满泪水，他痛苦的样子，我现在想起来都难受，我甚至恨自己的残酷。我发现我已没法把自己的感情固定在一个男人身上。

雨桐的话，使我想起一位文学朋友对雨桐的评价：

"雨桐像蝶一样在男人中飞来飞去，却没有被爱情击中。她聪明，可内心却太浮躁。在很多场合爱夸夸其谈，总要想法引起别人的注意。但这反而损坏了她外表的美。其实漂亮的女人如果再有些韵味，即使不说话，也会让男人神魂颠倒的。"

后来雨桐时不时地有些短暂的爱情故事，但很快便泡沫般地无声无息了。她的目光已完全放在集金钱与权力于一身的男性身上。她总是三天两头地给我讲她新近熟识的男人：某某很有钱，可惜有老婆孩子，还金屋藏娇；某某有权力，但是不敢离婚，怕因此丢了乌纱。这些人做情人还可以，是不能结婚的。陈童，我发现某某某某很有风度，有才气，可惜没钱没权，也许有赚钱的潜力或成名的后盾，看来可以考虑考虑。可过不了三天，雨桐便说，这家伙太嫩了，没什么意思。陈童，你给我介绍一个吧？

哦，我不敢。你身边那么多优秀的男人都没能打动你，我哪敢给你当红娘。饶了我，还是你自己去发现吧！

你看你结了婚，有了幸福的家庭，就不管单身的女友了。

我在想，你不可能属于任何人。所以你在爱情婚姻上不会平静。你甚至不像我对男人有一份依恋。这是我们俩根本的不同。你太独立了，也可以说你太自私了。这是你没法对男人产生一种长久的依恋，也是你的感情没法固定在一个人身上的主要原因。如果你想要一个家庭，你必得试着改变自己的性格，少些欲望。只有这样你才可能平静。

A₇ 爱情与婚姻

高帆说，我发现你并不爱我。至少你不像我爱你那么爱我。

而我说，高帆，我真的离不开你。如果我面前有一打十分出色的男人要娶我，我仍然会拒绝他们，而留在你的身边。

为什么？

因为我对你的依恋。

我知道，你的精神是独立的，而你在生活上太依赖我。

而这种生活上的依赖早已发展到心理上的依恋了。

你就不能在生活上独立一些？我外出办事，总是担心你一人在家，既不想做饭也不愿出去与外人交往。你总是把自己困在家里，除了雨桐，你不与任何人接触。

如果我独立了，也许我们就不在一起了。

为什么？

不知道！这只是我的一种预感。

既然这样，我情愿你永远依恋我。

尽管我从那个七月以后就再也没有与苏南联系了，但我仍然时不时地收到苏南的来信。他甚至给我们单位的领导写了一封信，说是他们拆散了他与我的爱情。看来这一辈子我是无论怎样也没法让苏南知道我的真实想法的。而我既不想回信，也不愿作任何解释了。

当一方已没有了爱情，而另一方再怎么努力也是无济于事的，况且我并不是那种容易被坚持不懈感动的人。

而苏南的信仍然时不时地飘然而至，这几年始终如此。但我再也没有回过信。我不知道自己为何如此绝情，就像我不知道苏南为何如此痴情一样。这真是些说不清楚的事情。

写这些文字的时候，我感到有些力不从心。真的，我曾是那么狂热地想望过爱情，也在心里狂热地爱过。但那些不过是纸上的爱情。而现在像是一堆火炭过后的灰烬，只是些冷而暗的灰屑。往事很固执地站在暗淡的一角，用一双热望的眼睛看着我，当我们向它走近时，触到的只是冷冷的忧郁。

在灰烬面前回忆火炭的热量是一件多么残酷的事情！而我不得不再次面对它。让这些文字来作一个交代吧！往事总要退回到现实的窗帘背后。苏南，不要在荒凉的坟上栽花，也不要给死去的花浇水。我不再是那个相信甜言蜜语、相信爱情的人。

B₇ 我想结婚

我已厌倦了一个人的生活。我好想结婚。一天雨桐对我说。

我对她这一想法实在感到吃惊。

这几年来，我一个人飘飘荡荡，忙里忙外，看到你们夫妻俩同心协力，小家庭和和睦睦，我还真受到一些感染了。陈童，给我找一个朋友吧，我想结婚了。

好吧。让我想想，你找什么样的人合适？要一表人才，还要有些钱？这可难办了。因为这样的人差不多都是有妻室的人。

那也没关系！他真让我动心，我会争取过来的。

你总是喜欢主动出击。但爱情这种事，女方不能太主动。否则，不会有好结果的。

为什么？

因为男方总喜欢追求的快乐，而女方一般喜欢被爱。这一传统准则，在现代社会仍然很适用。打破这一准则的女性，恋爱或婚姻的失败一般要比成功的多。我有一位同事，曾对我讲过他的经历。他说他的妻子在他们的感情方面太主动——当初是他的妻子主动追他，使他自己在爱情中处于被动地位而缺乏激情。婚后不久，他的妻子对他的平静很不满，终于红杏出墙，后来他的妻子又主动提出离婚。我另有一个女同学，也因为自己太主动，而"吓走了"她的恋人。看来男人一般不太喜欢女方的主动。他们喜欢进攻的快乐。

你主张消极的等待？雨桐问我。

并不是这样。如果你爱一个人，你可以暗示他。看他是否也爱你，而不是主动出击。

那怎样暗示？

这就不要问我了。我觉得你比我更会调动男性的感情。但是你有很大的一个缺点是话太多，不含蓄。

也许，你的话有道理。我曾有一个男友，开始与我的关系不错。后来，他居然说我的话太多，让他产生不了那种感情。可话又说回来，要是我在那个男人面前没有话，那我就不会对他有感情了。

你一定要用语言来表达吗？

那用什么？

我也不知道，还是用心吧！我觉得你最主要的问题不在这里。

在哪？

我想，你主要的问题是你自己的感情。你要想办法让自己的感情固定在你爱的那个人身上。而不是今天觉得这个不错，明天又觉得这个不行了那个还不错，后天又觉得都不行了。这样反反复复的，你会觉得一个也不适合你。

你是指感情专一问题！

是的。

但是我最不能做到的便是这一点。我真的没法让自己的感情固定在一个人身上。

那我就无能为力了。我说。

其实，我真正担心的是，雨桐的轻浮对人的伤害。对感情的一再厌倦，在雨桐身上不止发生过一次了。给雨桐介绍朋友，无疑是"引羊入狼口"（也许这话有些严重）。不过我确实是这样认为的。我不愿意做伤人的事！但我嘴里还是答应她：看看有没有合适的！

A₈ 来自婚姻之外的诱惑

在结婚后不久，我曾陷入一场梦牵魂系的爱情。关于这一段爱情，我在我的小说《星星高高在上》中有过详细的叙述。这段不为人知的婚外隐情，现在已深深藏在了心底。我之所以没有红杏出墙，除了因为我自己对丈夫的负疚外，更多的是因为我认为爱情太不可把握。美好的爱情像一阵轻风，当你感到你自己就在它之中，承受它的轻拂时，风已经飘走了，爱情也就远了。不是虚无缥缈，而是让人太难以把握。更让我难以想象的是：当我想到与自己朝思暮想的人进入家庭中，在柴米油盐酱醋茶的交响乐中激情慢慢平静时，我就不寒而栗。况且我想，相爱的人在一起，因为近距离，会让双方看到许多以前未曾看到的缺点，这样不仅会破坏他们之间那种美好的神秘感，更会让他们失望。所以我从来没有想到离婚，也拒绝异性的诱惑，这是我人生的一大原则。我愿意守住自己平静的婚姻。如果不幸爱上婚姻之外的人，我情愿保持一份精神的爱情，而不要与他结婚。我情愿在心中守候，而不愿让无情的现实摧残精神的爱情，破坏我们曾经美好的记忆。

我有一位诗友，现在已投笔从商，当了一家分公司的经理，每天意气风发，歌舞升平，"的"进"的"出。一天，他来看我。你真不错，我很羡慕你，安于平静与贫穷。你怎么可以在婚后比婚前更美？我仍然爱着你。如果你离婚，你还会有机会。他对我说。

我不以为然：我不会受你的诱惑。说不定，我与你结婚后，并不见得比我现在生活得好。

其实，这一切都是源于我内心的一种想法：爱情是一回事，婚姻则又是一回事。婚姻可以没有激情（或少有激情），但是不能没有责任。可爱情则不一样：我以为除了责任之外，更重要的是激情。现在困难的是：我们怎样保持爱情中持续的激情？这是人生的一大难题，也是我们现代人共同面临的问题。

陈童，我要是你，我喜欢谁，我就会不顾一切地去追求。雨桐对我说。

我不像你，独身一人，我已是结婚的人。

是的，你已经进入了婚姻的坟墓了，说得严重点是判了死刑。不过，现在离婚的人不是很多吗？你怕什么？

不是怕什么？而是我觉得婚姻本来就是平平淡淡，不可能像爱情那样让人神魂颠倒。如果我现在与高帆离婚，与自己特别相爱的人在一起过婚姻生活，那么我们的生活也会随着神秘感的消失而失去激情的，那我就会因此陷入了恶性循环——从神魂颠倒的爱情到平淡的婚姻；从摆脱平淡的婚姻再到新的爱情；随着新的爱情的神秘感的消失，又会回到平淡的婚姻中。这种恶性循环会破坏我们对于爱情的美好记忆。对这种恶性循环的认识，使我不愿意破坏自己的婚姻的墙。我是在用一种祈求爱情的心理，护着自己婚姻的墙。我愿意在围城里，而不是在围城外飘飘荡荡。

B₈ 组装爱情

一个飘着细雨的晚上，我正躺在床上看电视。雨桐一个人到校园里去散步。约一个小时后，雨桐回来了。她神情羞怯，看样子还有点掩饰不住的喜悦。

告诉你，我刚才散步，去看了你们学校的卡拉OK大赛。那里面有个小伙子真棒，特别像林志颖。

我在心里想：也许雨桐对人家学生动心了！

第二天一早，雨桐就叹息道："陈童，我昨晚一夜没睡。"

怎么了？

我想认识那个学生，他是外语系的。你能不能帮我打听打听，他叫什么名字。

这个……你没有听到他的名字吗？

没有。只听说是外语系的。

他有多高？长得怎样？

1米70以上，瘦瘦的，很英俊。特像林志颖。

太抽象了！那好吧，我会想办法打听的，然后再给你回话。不过，你得听我一句：这事有点儿玄。再说条件好的学生都很傲气。也许做一般的朋友还可以，如果是恋爱，恐怕不太好，而且他可能比你小七八岁。

哎，你别这么说，我一点信心都没有了。可我第一眼就喜欢上了他。认识认识他都不行吗？

当然可以。不过，如果你想跟他谈朋友，你自己想办法对他说，这种事情还是自己表达要好，别人无能为力的。

三天后，当雨桐再次到我这里来时，我带雨桐到外语系男生宿舍。外语系有我认识的学生，我便通过他打听"林志颖"。我说：我同学 Z 的单位要一个外语好而且身高长相不错的毕业生。他前天在我们学校的卡拉 OK 大赛看到一个外表不错的男孩，听说是外语系的学生。Z 想见见他，你能不能帮我找一找？

很明显，我在这儿扯了一个谎。其实，我同学 Z 的单位要人一事是事实。但是他根本就没有到我们学校的卡拉 OK 大赛中来。这只是我为帮雨桐的忙，急中生智想出的主意。当我的那个学生终于按照我们的"要求"找出了两个"林志颖"时，我向他们说出了我的来意。

雨桐在一旁有些手足无措。好一会后，她才颇为秀气地与其中的一位说着一些寒暄的话。

你那晚歌唱得不错。

哪里！凑热闹！

看来雨桐对这位"林志颖"很有印象。

我实在看不出他有什么特别。他没有什么气质，倒有些像外面那种飞起来玩的小哥们。而站在一旁的另一位"林志颖"穿一件米黄色的西装，英俊而潇洒，还有一些孤傲的气质。

这样吧，把你们的班级与姓名留下来，什么时候我告诉我的同学，他会约你们面谈的。

那么好吧，谢谢你，老师！

第一次为别人介绍朋友，第一次对学生撒这么大的谎，我心里紧张极了。在回家的路上，我对雨桐说：是与你说话的那个学生吗？我看不怎么样。你怎么会看上他呢？

不，是那个叫郑云的，我不好意思和他说话。

幸亏他们是毕业生，要不然当时就露馅了。以后的事，你自己想办法吧。不过，我同学那里确实要一个外语系的学生。他已经出差了，等他回来后，我再与他联系。

那就这样了。

谁知过了没几天，雨桐又要我出主意。

你帮忙得帮到底，帮我约他出来见见面，好吗？就说你同学的单位要面谈。

看来，这事我是罢不了手了。我只好叫我的一个学生给郑云带去一个字条，字条上这样写道：

郑云：

　　我同学打电话说，他今晚到我家里来，想跟你面谈面谈。请你别错过机会！

陈童
X 日下午

郑云到我家里来时，正是晚饭的时间。他进门，很有些拘束，我也有些紧张。虽然雨桐要给他在 W 市找一份好工作，但毕竟动机不纯。我总是担心对不起这位学生。好在这位学生特别精明。落座之后，他直接地说出了自己心中的疑问。

陈老师，不瞒您说，我觉得一个大馅饼掉到我头上了。哪有这么好的事情？

条件好的人，往往会有这样好的机遇。再说还不一定成功呢。因为这次只是见见面。你先在我这里坐坐，我那位同学过一会就来了。

这同样是经过了精心的筹划。二十分钟后，雨桐来了。

Z临时有事，让我代他与你面谈。我们先到餐馆里，边吃边聊吧。雨桐进门后，还没有坐下来就建议道。

请你谈一谈你们公司的情况吧？这样我心里有个谱，也好知道自己是否符合条件。郑云说。

我们还是边吃边聊吧！现在办事都是在饭桌上解决问题。再说现在已是吃饭的时间。我也想借此机会请请陈童和她的先生聚聚餐。

走吧。面谈成功不成功，与一顿饭关系不大。你就当是认识几个朋友吧！我在一旁附和道。

晚饭后，我们到一家舞厅去跳了舞。

郑云仪表大方，谈吐不俗，而且很有主见，确实是一位不错的学生。但我觉得隐隐之中，他有些傲气。我把这一感觉，告诉了雨桐。

那你看怎么办？雨桐很着急地说。

这要看事态发展了。

后来分手时，郑云很客气地向雨桐表示感谢：你们谈的这个公司就PASS掉了，因为我觉得我不太适合到这样的单位。我在南方已联系好了一个单位，还没有决定去不去。不过，今晚还是很感谢你们。

没关系的，就当交几个朋友吧！雨桐很有些失望，但她很快掩饰住了心中的不快。我很佩服雨桐的应对。我和我先生在一旁都觉得很不好意思。看来姜还是老的辣！

我一定想办法找一个好单位把他留在 W 市。雨桐在回去的路上说。

我看你不要着急。尤其不要对他表示出你对他的用心。

那该怎么办？

你没有发现这个学生很傲气吗？

就是因为这一点，我才有些担心。

担心什么？

担心我找了好单位，他最终不愿意去。

你放心吧。他口气里并不是完全拒绝。再说他也许还不知道你对他的真正用心。这个男孩，很精，他不会轻易拒绝也不会轻易答应你的。你就当给他帮个忙吧。现在不要急于表露你自己的内心。

不管怎样，我要想法让他留在W市，即使不能成朋友，我也会慢慢感动他的。

几天后，雨桐说，郑云请她吃晚饭。她好像在黑暗中看到曙光一样高兴。可晚饭后，她很伤心地对我说：陈童，我想他知道了我对他的用心。他请我吃饭只是为了报答我，不愿欠我的情。

你跟他说了什么？还是他跟你说了什么？

都怪我前天给他打电话，要他做我的朋友。他今天请我吃饭时，特意提醒我：我和他只能是一般的朋友，谈谈天，看看电影……

这男孩很有心计。即使你与他好，你也会把握不了他的。你还是对他死心吧！

不，只要有一线希望，我就要争取。

后来，雨桐让我的先生给她约了几次郑云。虽然郑云每次都应了约，但是他不太愿意与雨桐单独在一起。雨桐联系了几家单位，并且带郑云为单位的事跑了几趟，郑云也曾对一个单位比较满意。但是最后郑云还是离开了W市，到了南方。

雨桐与郑云最后一次在我家里见面，是六月的一个下午。雨桐在我的卧室里睡着了。我听见有人在敲我家的门。开门后，我看见郑云站在门外。我叫他进来，而他却站在门外，示意我不要声张。他递给我一封信，是转给雨桐的。当我把这封信交给雨桐时，她急忙拆开信，匆匆看了一遍，然后跟我说：这小子心深得很。对我早有防备。你听他怎么说：

雨桐小姐：

你好！

认识你这样一位热心的小姐，我感到很荣幸。但是你对我的热

— 262 —

心，使我很不安。请别在我的身上浪费时间和金钱了。我受之有愧。再说，我与你交往，自始至终像是为了完成一项任务。请原谅我的直率！

我要让你失望了。我已决定不在 W 市工作，而是到南方去。那里的开放城市比这儿的机会要多些，我本人也不喜欢把自己固定在一个地方。我想工作一段时间再换一个环境，也算多见见世面。

不管怎样，我仍然十分感谢你对我的帮助！

再见了，有机会到南方 S 市我工作的地方去玩。

郑云

A_9B_9 等待枪击

看来雨桐又要在我的生活中消失一段时间了。爱情组装失败后，雨桐就很少到我这里来。仅仅来过两次。每次都是行色匆匆的。她仿佛有做不完的事，操不完的心，脸上呈现出一个奔波女人的沧桑感。

现在我不知道她又去了哪里。

听一些熟识她的人说，她在做大生意，有过几个很好的男友，但是后来都不了了之。

我想，雨桐一定还在漂泊，也一定很想找一个可以停靠的港口。每当她感到自己要走到婚姻这个关口时，爱情就跑远了，所以她一定还没有结婚，我敢肯定最近几年她是不会结婚的，就像我敢肯定自己最近几年不会离婚一样。

我们每个人至少有一段动人的爱情故事，至少做过一次爱情故事里的主角。现代社会，爱情像空气一样充满我们生活的每一个角落。爱情的感觉无处不在，无时不有。但是真正的爱情却寥若晨星。这个时代的人们仍然在爱情里幸福、痛苦、迷惘、沉醉，但人们已找不到经典的爱情——生活中到处是非经典的爱情或非爱情的爱情。

当我们意识到自己在沉入爱情时，爱情其实已经远离了我们。

可我们是多么渴望来自爱情的枪林弹雨的吻。

我们一直梦想一场神魂颠倒的爱情，将我们击中。但我们仍然在爱情的感觉中没有爱情地站立在风中。

为什么我们经历了一场一场的爱情之后，仍然没有爱情？为什么我们在接受爱情的玫瑰时，在沉入玫瑰花丛时，仍然没有被击中的感觉？

穿梭的子弹从我们身边经过，没有一颗能击中我们。

我们没有承受到一颗子弹。

我们想感受那瞬间的辉煌，可我们只听到声音，由远而近而后消失。

但我们仍然在爱情的感觉中没有爱情地站立在风中。

你把我灌醉

看起来她很健康，非常地健康。其实她是病着，从青春期开始就一直病着，到现在仍然病着，而且病得越来越明显，越来越彻底。

不熟悉她的人不知道她是病人。

他们会说她好美，半老徐娘了，还有一双闪烁的眼睛，一张面带羞涩的脸和一副好身材。

但她是病了，确实是病了。

她虽然四十多岁了，可她却没有家，没有爱人，没有孩子，也没有组织。她只有彻底的孤单。在她眼里，她除此之外，一无所有。

但在比她小的女人眼里，她有钱有闲，有着令人羡慕的单身贵族的身份，她们心想，她多么富啊，嘴上却说，那是卖来的吧?!

在比她更小的女孩眼里，她有一套很大的房子和满屋子带着芬芳的化妆品，像风一样飘来飘去的绯闻。她们心想，她多么美啊，嘴上却说，她还能卖吗?

她还是一个和猫一起生活的女人，和猫一样温柔和孤单。

她靠在床上看书，是一本法国女画家的画册，页码正翻到了《猫和女人》那一幅。那样一个女人，一个穿着蓝色裙子的女人，长着一双像大海一样蓝色的迷惘的眼睛，长而白的手臂抱着一只同她一样长着蓝而迷惘的眼睛的猫。猫的皮毛和她靠的沙发一样黑。

她的猫并不欣赏书上的猫，它躺在她的身边，安静地舔她的头发。

她想，那个画家可能跟她一样，有猫在身边，日子还可以过。

一套不大的房子，是她的父母留下来的；一套有些旧的家具，是红木的，也是她的父母留下来的。桌子、衣柜和空空的书架，都显沧桑。它们总在说什么，她知道，但她不说，就和灰尘一起把它们都封着。她很少打扫房子，她怕不小心就会掀动一片海。那会将她残存的一点儿气息都吞没掉。

日子就这样和灰尘一起越积越厚，越来越沉重。

但是猫是这房子唯一轻柔的影子，虽然它也有叹息。所以她在心里说，这日子还可以过，可以过。

她能保留的父母的东西现在仍然留着，十年来一直都没有丢。

她活在废墟上，她是在她父母的废墟上顽强地活下来的草。

她早就原谅了她父母的早逝。原谅他们的相继自杀——服药和服药。就像她原谅自己在知青点把自己灌醉。

在姑姑的安排下，她被准允去"牛棚"里看父母。母亲的牛棚和父亲的牛棚隔得远。

她先去看母亲。

虽然是初夏，阳光早已像镜面一样晃动着，走到哪里，它的针尖就刺到哪里。从皮肤到肉再到骨头。

很远她就望见了一大片飘着粪臭的菜地，她看到七八个男女在浇粪，没有劳动的歌声，只有粪瓢和粪桶相碰的声音和粪水入土的嘘嘘声。她知道这是比知青点更苦的地方，苦得连歌声都不会有。

很远就有人望着她，望着越走越近的她，很快所有的人都望着她。她在一张张脸上寻找，她找不到熟悉的影子，找到的却是沧桑和苦难。

泪水从她的眼里流下来，经过她冰冷的面颊流到了越来越烫的地上。她流的泪很快被太阳蒸干了，她的脚印也很快被风扫平了。

远远地走来一个挑粪的女人，背被肩上的担子压弯了，头发被风弄乱了。

因为她的眼一直被泪泡着，她看不见那人的面孔。

两个人越走越近，她还是没有认出那人。但那人一抬眼就看到了她，很快甩开担子，向她跑过来——

"姗——姗!"和她一起跑过来的是两声惊喜而力竭的"姗——姗"。

她看着那张变得陌生与苍老的脸，她的头发。那张脸老多了，发间又添了不少白发。才一年的时间就老得她认不出来了。

母亲由于跑得太快跌倒在她面前，她跪下来扶起母亲。

两个人扶在对方的肩上哭。

菜地里的人也在哭。有个两年没见儿子的女人哭得昏过去了。

几平方米的空间支着几张床。室内潮湿，蚊子多，还有从旁边的牛棚里传来的粪臭。这儿与牛棚为邻，其实与牛棚没有什么两样，唯一的区别是这里住着几个女人。她们从没间断地思念自己的丈夫和儿女，枕头底下压着他们的照片，她们每天都要偷空看几眼。晚上，即使是没有灯光的晚上，她们也要用满是粗茧的手拿到眼前，看不见也要看。然后再把他们仔仔细细地想几遍。

蚊子是没有立场的，见人就咬。女儿和母亲靠墙依在蚊帐里流着泪诉说。其他帐子里的人有一句没一句地听着，想到伤心处，也嘤嘤地哭。蚊子在屋子里到处乱撞。长脚蚊子从缝隙中扎进来，在她们的身上留下了包。

先是红包，慢慢地还会溃烂。母亲的身上除了劳动留下的伤之外，还有蚊子留下的新伤和旧伤。还有许多看不见的伤，在心里。变作眼泪和没变作眼泪的。

按规定，第二天早晨她就得走了。

母亲舍不得她走，但是没有办法。她只能暂时抱着母亲的双肩，两个嘶哑的嗓子对对方说，你一定要挺住!

你一定要挺住!

后来，她又到了父亲的牛棚。父亲的情况比母亲的更糟。他整个人都瘦变了形。身上除了蚊咬的伤，还有鞭伤。尽管父亲用衣服裹着它们，他不让它们说自己苦。她还是从他的脖子处、袖口处和裤管处看出来了。父亲还咳嗽不止。一说话那些咳嗽就像被炸开的石头一样蹦出来。炸到她的头上身上脚上。让她疼。

她在父亲那儿待了不到两个小时，就被强行分开。临走时父亲艰难地对她说："你一定……要……挺……挺住！"

他的嗓子都咳哑了。他不再说话，但他的眼里脸上都是泪。

你一定要治好病！她对父亲说。她的眼里和脸上也都是泪。

"你一定要挺住啊！"他们在嘴里在心里说，然后全世界的眼泪都流到了他们的脸上。

她怎么也没有想到这就是最后的一面。怎么也没有想到父母会忍痛舍下她。

她答应了他们，她真的挺住了。可他们却没有。他们忍心留下她一个人面对这个不测的世界。还留下了一样的遗书——姗姗，爸（妈）对不起你，只求你活着，坚强地活着！

然后他们就撒手走了。在他们见面不到两个月的时间里都服药死了。而他们的死讯是两年后她从姑妈那儿得到的。

她不知道自己是怎么活过来的，她死了三次都没有死成。

一次割腕被医生救了，一次沉水被知青救了，一次服药被医生强行灌肠灌回来了。

她还要死，大队支书害怕这样一条年轻的生命死在这，就想办法让她回城了。

一个女孩她不仅失去了父母，还失去了更多。死了三次都没有死成，这不能不说是一个奇迹。

然而，她是多么苦！

青春在没有尽头的田野里和庄稼一起承受风吹雨淋，日晒夜露。有的疯长，有的变形了，也在长。

竟会有歌声。在白天，在夜晚。在地里，在床前。纯真的、热情的，一概热火朝天，充满豪情与理想。那是一个什么样的年代啊！不管多累多苦，但年轻人革命的斗志和崇高的理想却不少。

但是她却同以前不一样了，她没法像两年前那样傻着嗓子唱，傻着嗓子喊了。她早就喊不出来了。她也不能像两年以前那样怀着革命的斗志与理想。她的崇高理想死了。现在唯一的理想就是活着。

她不唱不笑也不跳，但是她喝酒了。每次都把自己灌醉了，哭一阵才能入睡。

她发现酒是艰苦岁月里的好东西，她偷偷地弄来农家酒，晚上偷偷地喝。

她喝了酒就流泪，就哭，她要把所有的痛苦同眼泪一起流出来，一起哭出来。她边哭边喝酒，直到把自己灌醉。醉得没有力气再哭了，她晕沉沉地倒下。这样，她内心的苦也睡了，她就把什么都忘了。仿佛身体的疼也没有了，连身体都没有了。像死了一般。

她这样每天晚上把自己灌醉，把自己折腾得什么都不知道了，就睡下，就死去。

可残酷的是第二天会从死里醒过来。还要去劳动，要去挣工分。天黑了，她就用酒让自己再死去。

那是一个很黑的晚上，同屋的知青看电影去了，她没去，一个人喝了很多酒。就带着眼泪死了。第二天起床时，看到床单上的血，腿间的血，才知道自己被人强暴了。

她把床单撕破了，然后点火烧了。把自己的衣服也烧得只剩下身上的一套了。

她把酒瓶砸碎了，然后用碎片去割自己的手腕。

她什么都没有了，她只想死。

她只想死，不找酒，也不喝酒。什么也不想了，什么也不要了，只想死。

一个女孩先是被夺去了父母，后来又被夺去了贞操。

可她还是活下来了，还回来了，但是伤痕累累地回来了。胸口揣着父母的遗书回来了。

在一个有几百万人口的大城市里，她无亲无故，只有一个当医生的有点病又有点钱的姑姑，但她不能靠近她。因为她一看见药就吐得不像样子。

就这样，她在父母生前工作的大学给她的一套房子里，同一只和她一样孤苦无依的猫一起活着。

那猫，乖巧、温顺，通人性，更重要的是懂得她。她去做事了，它就哀哀地叫一阵，像是乞求又像是挽留，知道她非去不可，就知趣地躲到屋里。知道她快回来了，它会竖着耳朵听她的脚步声。虽然她的脚步声非常轻，但是在楼下很远它都能听出来。这样，它就会从窗口找路下去，去迎接她。她看到它高兴地跑过来了，她就一声"咪咪"用双手把在它捧在胸前，一起上楼……

在家里它都一直跟着她，舔她的脸和手、头发，还有眼泪。它就像是她的一个亲人，唯一的亲人，陪着她，给她爱和温暖。她给它弄吃的，为它理顺毛发，看着它的眼睛和它说小话。还抱着它走来走去。就像它是她的孩子。

一个女孩和一只猫在一套无人光顾或拒绝光顾的房子里，相依为命。安安静静地活着。不理睬各种眼光，不打扰别人，也不让人打扰。就像她们是外省人，不通语言的人那样活着。她们甚至不用手势。

就这样一年复一年。

多年来大院里的人都用一种怜悯而复杂的眼神看着她，她每次都很坚强地绕过去，像过道上的风，虽然无声而轻缓，但人们还很强烈地感到了她的存在。

她在外面做清洁工。姑姑的接济能让她维持基本的生活。但是她还是闲不住地找事做。

晚上，她写日记，写给看不见的父母看；她画画，画给看不见的父母看；她还小声唱歌，唱给听不见的父母听。她想，他们都能看见和听到。她也想，她总会等到那个日子。她终于等到了。虽然那个日子她等了好多年，但还是等到了。

她躺在床上，睁着眼睛躺着，也不开灯。她的猫不叫，安静地躺在她的怀里。不知过了多久，猫突然蹿下床去抓客厅的门。猫从没有这样异常的行动。她竖着耳朵听猫到底要干什么。这时她听到了敲门声。

好长时间都没有人敲她的门，或者有人敲，她也懒得开。她不认识他们，她和他们站得远，也视而不见。所以她不开门。

猫抓了一会门，又蹿回来掀她的被子，她不理。它又舔她的手，她还是不理。猫对她喵了几声，又蹿到客厅里去抓门。她仍然没去开门。猫恼了，很劲地蹿回床上，一爪子把她的手刨出了三道血印，痛得她一屁股坐起来了。

猫从不伤她的，今天是怎么了？她不解。

猫似乎觉得对不起她，又讨好般地上床来舔她伤口。她狠狠的一巴掌把猫打下了床，心想，连你这个小东西都来欺负我了。

猫"哀哀"的几声，像哭。她也哭了。

敲门声没有了，房间里又一下跌入寂静里。猫不知从哪儿抓来了一张纸，放到她的面前。它还一个劲地叫。叫得她心恼。她就开灯看它怎么了。

猫没有事。是那张纸。纸上有几行陌生的笔迹：

李姗姗：

　　你父亲和母亲都被平反昭雪了。你明天可到学校的校办公室看文件。

　　　　　　　　　　　　　　　　　　　　五月十六日晚七点

她把这几行字看了半天，好像不认识它们似的看了半天。然后哭起来，先是轻轻的几声，还咬着牙，后来控制不住地大哭起来。她的猫也"哀哀"地哭。

她伤心的哭声惊动了左邻右舍。人们都从家中出来聚在她的门口听，还有的轻轻地敲她的门，问她怎么了。她都听不进去，只是哭。

她从不和邻居打交道，在过道上碰着了，也只是轻轻地避开。人家只知道她是一个孤儿，和一只猫住在一起，从不和外界交往。

人们已习惯了她无声无息的存在。今天这样伤心的哭，一定是有什么大事情发生。所以他们敲不开门，就只好站在门外听门内的动静。

她哭了一个多小时了，她的嗓子都哑了，猫的嗓子也小了。

然后她开门下楼，猫也跟着她。她跑猫也跑。一些人在她的后面远远地跟着。他们想知道到底发生了什么事。

学校行政楼没有亮灯，大门早就锁了。

她打听到校长家，便去打校长的门。校长说，是的，你的父母被平反昭雪了，今天下午我们才看到文件，一下班就安排人去通知你。

她说，我想看到那份文件。

于是，校长带她到校办去看了那份文件。

现在她真的相信了，不会有错的，那是红头文件。

校长还说，根据有关政策学校会为你安排一份好工作。现在你可以放心了。

她谢了校长出来，她的猫还蹲在行政楼的门前等她。还有那群好奇的人。

那张字条还揣在她的手心里，她抱着她的猫和那张字条一个人从武昌大东门开始走，她要走到赵家条她姑妈家去。

天不知不觉地飘起了小雨。后来越下越大。她把猫揣进怀里。深一脚浅一脚地往姑妈家里赶。姑妈不在家。姑父和外甥回他姥姥家了。邻居说她姑妈在医院值班。于是她又往姑妈的医院赶。到医院时已是深夜两点了。

门卫看见她被大雨淋得透湿的，还到处跑，就以为她是神经病，不理她。她没办法只好扯着嗓子喊姑妈的名字。但雨声太大，她的嗓子早哑了。

门卫看她声嘶力竭的，心里过不去，就把她让进门，自己穿好雨衣到住院部叫她的姑妈。

没多久，那门卫回来了，姑妈撑着伞来了，疑惑地问她，"出了什么事？"

她一停止走动，身体就开始发抖，她怀里的猫也在抖。她哆哆嗦嗦地说不出一句话，她姑妈过来扶着她，她的嘴唇在嚅动，可话还没有说出来人就昏倒了。

几个月后，她考上了大学，她听从了姑姑的劝告，报考的是另一所大学的生物学专业。她学的专业跟她父母一生研究的历史学完全风牛马不相及。她要保护自己，跟历史的旋涡离得远远的。

新的生活就这样开始了。

她是一个很怪的学生，不爱说话，不唱歌，也不跳舞。上完课就泡实验室里或在宿舍地看书、写字，或者发呆。

没有亲戚来看她，信件也很少。姑妈偶尔带着猫来看她。那猫一见到她就在她的怀里撒娇。要跟她一起到食堂打饭，跟她上教室、实验室，还跟她睡一个被窝。

她的脸上偶尔会有一丝儿笑。好看，还有一丝儿暖意，那是猫带给她的。

一个女孩带着一只猫做学生，要人不嫌弃是不可能的。老师不止一次地找她谈。所以她的猫不止一次地被她忍痛送到姑妈那。

猫却不干。它吃得少，后来干脆就不吃。慢慢地越来越瘦，一病就死了。

她又喝酒了，为了猫的死，她又喝了一次。喝了酒她还是不说话，但她忍不住哭，痛苦就从眼泪里一点一点流走了，没流走也被酒灌忘了。

身体的疼也没有了，连身体都没有了。她就感觉自己没有身体地飞，像做梦那样。很快就梦得很深了，像死了一般。

　　毕业后，她被分配到了一家研究所去工作。她又可以养猫了。这一只猫同以前那只猫一样聪明，但没有以前那只可爱。这只猫虽然早晨会"喵喵"地目送她上班，晚上也会"喵喵"地迎她回来。可一弄饱了肚子，就到处疯玩，不是夜不归宿，就是带着别人家的猫回来。更让她痛苦的是那猫一到春天就叫春，那声音在春天的夜晚显得格外的凄苦哀绝。她的心好似有一排密密的针脚在走动，既紧张又疼。

　　窗外有猫边叫边抓门，她的猫在窗里也边叫边抓门。它们不顾一切，就像一对一心想要私奔的孩子。她的心更疼了，于是打开了窗。门里的猫拼了命似的往外一蹿，双脚落空，从四楼摔下去了，她只听见啪的一声。……然后是一声接一声哀哀的哭音。她穿好衣服，打着手电筒，来到楼下。那母猫身上都是血，公猫在一旁"哀哀"地唤。

　　母猫已气息微弱，不会动了。她用外衣揣着它，然后回了家。那公猫也跟着，哀哭不已。她抱着那只母猫，看着它慢慢地闭上了眼睛。她用一条围巾把猫裹好，放在桌子上。那公猫一直蹲在它的身边叫唤。

　　她一直坐在桌边，泪水像夜晚的露珠不知不觉地洒了一地。

　　第二天一早，她把猫埋在楼下的一棵树下。那公猫还跟着，她离开了，它却还不离开，依旧"哀哀"地叫。后来有很长一段时间她都看到这猫还经常到那去叫。那声音太凄凉。不得已，它的主人就把它送走了。

　　那母猫死得虽然惨，但在她看来还是幸福的，因为它至少还有人记着它，念着它，哭它。

　　而自己只是孤身一人，没有家，没有爱。只有酒，和剧痛一起到来的酒。麻醉痛苦的酒。她真不敢想象，没有酒，她靠什么活？

　　从此，猫也离开了她的生活，她不忍心再养猫了。连这唯一的伴也没有了。就只有酒。只有酒了。她在睡前低低地哭，然后在梦中没有身子地飞。她的日子就这样一天一天地被酒泡起来。

自从父母的问题解决后，她姑妈的病就好了。只是她仍然觉得孤独。其实，姑妈是疼她的，爱她的。就像是她自己的女儿一样。只是她太麻木，爱即便握在手上，也感觉不到。她姑妈知道她，因为心里太苦，所以感觉不到爱。

但姑妈还是爱她，疼她。下决心要为她找一个好男人，来加倍地爱她，疼她。

姗姗，你得找个人。一个人过太苦了。姑妈不止一次地对她说。

她说，我习惯了。找一个人反而不习惯。

跟一个人过久了，你就会习惯的。

姑妈好不容易说通她去跟一个条件不错的男孩见面。那男孩长得帅，是医学院的研究生，心细还善解人意。更重要的是，他从见她第一眼起就喜欢她。可每次见面，她都离那男孩远远的，还不让他牵她的手。有一次他硬是捉住了她的手，他才发现她的手好凉，像蛇，飞快地从他的手心里溜走了。他又看她的眼和脸，它们都非常好看，但是太冷了。他的心也冷。一次又一次还是这样。于是他退缩了。

后来的男人，也退缩了。

他们都被她的冷，那种从骨子深处透出来的冷击退了。

姑妈知道问题出在姗姗身上。她没有女孩子的温存与柔情。有的只是她的痛苦与孤独和由这痛苦与孤独而衍生出的自闭与自卑。这自闭与自卑太强了，就会透出深深的冷，冷得人没有情绪接近。

她得想办法让姗姗改。可是谈何容易啊！一个女孩从少女时代就开始失去父爱与母爱，还失去了贞操，你叫她如何去爱别人，去接受别人？这太难了。

后来，又有一个男人向她靠过来，知道她的身世，知道她冷，但还是要爱她，去温暖她。

那是一个外省青年，大学毕业后留在她住的那所大学教书。那也是一个不幸的人。母亲在"文革"中死了，父亲也落下了一身的病，跟他住在一起。一些女孩都嫌弃他那个多病的父亲，不愿嫁给他。所以他一直想找个不仅对自己好而且要对父亲尽孝的人，他看中了她。其实他根本就没有把握她是否会对自己好对自己的父亲好。但是他爱她。没有办法，知道她冷，但还是要去爱她。

她还住在那所大学里，晚上会到图书馆去看书。一次男人在图书馆偶然瞥见她，就被她吸引住了。她的一双眼很大，脸白而瘦，一条粗黑的独辫绕过脖子贴在胸前。她的胸部丰满，腰肢纤细，臀部却长得圆而翘。她的整个身体都似在酝酿一坛醉人的酒。不，她本身就是没有开封的酒，酒香暗涌，但是她不知道，她的脸还是像石雕那么冷，那么硬。

但是只要一走路，她身体里的酒香就不知不觉地漾出来了，只是她不知道。她当然不知道自己香。只知道自己孤独，冷，还无依无靠。

但是他看到了，闻到了，并醉心于她。

于是，他想尽一切办法去接近她。

先是写情书，趁她到书架上查资料的当儿，把情书放到她的座位上，然后面部发热地觑着那个方向，看她如何处理那情书。她看见了，就像自己看到的只是书签，把它夹在书里，却并不动它。他想，只要她不丢掉，不撕掉，她回家了，就会看的。于是一再安慰自己，得不到回信，还坚持写。一封又一封，那些不动声色的或灼热的话，都有。

再是买价值昂贵的画册。毕加索的、凡高的、高更的，还有莫迪里阿尼的，等等。还到省图去翻资料，试图去了解她所研究的生物学。当然，他还细心地读了一些《求爱的艺术》《怎样去打动女人的芳心》等一系列书。

再说她，她看到第一封求爱信，她并没有当回事。回来后，就扔在桌上，不理它。第二天看到同样字迹的信，她还是不理。可第三天晚上，她在图书馆查资料时，故意偷看是谁在给她写信。她看到一个个子高高的、长得有点俊的男人一边向她的方向看，一边往她的书里夹信。他坐得并不远，就在她的斜对面。

回到座位上后，她就写了一张小纸条，小纸条上写道："谢谢你的信，请别再写了。"

在闭馆铃响时，她把那张字条塞给他。他深情地看了一眼，再看那字条上的字。他并不气馁地想，写信是我的权利。

她下楼走了，走得很快，是故意不让他跟上的那种步子。他还在后面紧跑慢跑地追。

他在后面轻轻地喊，"喂，你好！"

她知道是在喊她，但是她却走得更快了。

他还是远远地跟着。她并不回头看他。他在她宿舍的楼下走来走去。看到她房间的灯开了又关了。他才离开。

第四天，他又给她写信了。闭馆后他又跟着她走了一段路。

第五天、第六天、第七天、第八天，为了不看到他和他的信，她已经不到图书馆里来了。他就在她住着的楼下走。

但是他的信却寄到了她的单位。她每天上班都能收到一封他的信。

她不得不认真对待他的信了。一封又一封地看了又看，她的心里是喜欢这些信的。毕竟没有人给她写过这么多信。现在，有个人给她写这么多信，这当然不是坏事。这让她感到温暖。但是她一想到自己的身世，想到自己的遭遇就觉得心里紧张发冷，她觉得自己配不上他。

于是她提笔给他写了一封信，信中只短短的几句，这样说：谢谢你写给我的信，我都看了。但是我的身世太悲凉，悲凉得让我不会去爱。你是一个好人，一定会找到比我好一百倍的女孩。她含着泪寄走了这封信。以为这样拒绝这样躲避，就会过去的。但是他不，他偏偏要追着她说喜欢，只喜欢她一个。

她把他追到门口送给她的那些画册都一一看过了，然后就到图书馆闭馆后他回家必经的路口等他，把书还给他。她说，这些画册我都看了。但是它们太昂贵了，我不能接受。

他尴尬地说，哦，看过就行了。他看着她那双捧着书的手，他真想把它们捧在手心里。可是他不敢。他害怕那双手真像别人传的那样——像蛇一样冷,冷得让人失去信心。

那天晚上夜空明朗,星星对着大地不断眨着它们的小眼睛。她和他一会儿看看天,一会儿看看附近。风在他们中间悄悄地穿着。把她身上的酒味儿一点一点地送过来。他张大鼻孔把它一点一点地吸进去。他终于忍不住地说,真香。

她正在看天空的脸转过来,一双大眼睛疑惑地看着她,仿佛在问是什么香。

是酒香,他说。

她更加疑惑了。因为她并没有闻到酒香。但是酒香这两个字还是让她的脸上闪过一丝柔光。他看得很清楚。

今天天气真好。他其实想说,我们去喝酒吧?

她轻轻一笑,心想,怎么所有的男人在女士面前都会说这句话。她不明白,只是觉得有点好笑。于是,她笑了。

只轻轻的一笑。很快的笑。但是他捕捉到了。好像被这一笑鼓舞了,他壮着胆子说,我们去喝酒吧?然后他像一个绅士那样做了一个请的手势。

喝酒?她心想,他怎么想到要去喝酒。他是不是知道她爱喝酒,爱哭,爱醉?

她是多么喜欢酒,但是她不会答应跟一个男人去喝酒。一个人喝酒都会受伤,犯罪。两个人,一个女人同一个男人一起喝酒,那危险不可想象。

我不去喝酒。她说,态度很坚决。然后往回走。

他跟着她走,说,我送你。

她说,不用,我自己走。

他仍然跟着。

她不说话。他也不说话。

她在前面走,他在后面走。像两个并不认识的人。

她上了楼，他厚着脸跟着。

她开门。他站在她的身后。

我到了。她说，并轻轻地把门关上了。

他并没有走，他在门外站着。她靠在门里。

过了好一会。她放下腋下的书，然后去找酒。

他听到门里窸窸窣窣地响。后来他又闻到了浓郁的酒香。

他还听到了低低的哭声。很低，但是很伤心。

往事又在她的眼前晃，晃得她心烦意乱。她只有用酒去赶走它。她还要赶走这几个月来出现在她面前的这个男人。这个多情而执着的男人，让她心疼，让她要打破自尊去爱。

他在门外敲门。担心她出事。一定要进去看看。

她仍然在喝酒，一边喝一边哭。

敲门声敲得更大了，她似乎刚听到。她抓着酒瓶，摇摇晃晃地来开门，嘴里轻声说，"猫咪，该睡觉了，还抓门干什么？"

他从她开的一点儿门缝里闪进来。他碰到了她的手，还是第一次碰到她的手。她的手真暖啊。他把她的双手连同她手中的酒瓶一起揽入怀中。

猫咪，你不喝酒的，拿我的酒瓶干什么？她不解地看着他。同时收回自己的手。

猫咪，你想喝酒，你就喝吧。来。喝酒了，才睡得了觉。

他说，好，来，我陪你喝。

把自己灌醉吧！灌醉了好睡觉。她说。她喝酒。她的眼里、脸上还有泪。

他把她扶到桌边坐下来。他正想喝酒，可他看到了桌上整整齐齐地放着他写给她的情书。上面系着一根好看的红丝带。

他正想用手去拿那些信，想再看看。

别动，那是我的。她说。

他没有去动那些信，而是拿掉了她手中的酒瓶，用手轻轻地捧起她的脸，再用唇去吻她的额、她的眉、她的眼睛、她的鼻子和嘴唇……

猫咪，别舔了，睡吧！她昏沉沉地说，然后扑在他的肩上睡了。

他把她紧紧地搂在怀里，让她在他的肩上睡。

他闻着她的香气。浑身的血液加速流动。下面挺得高高的。它好想。可他知道不能。他强行让它下来，于是它下来了，假装睡了。

腿站麻了，他换了个姿势。把她抱起来。抱进了房，抱上了床。

他坐在她的床边。用手抚着她的手。她的头发真软，握在手上，像握着绸缎。

她的眼睫毛好长。她的眼角还有泪。可爱的女孩。他忍不住俯下身，用唇去吻她的泪。他的胸碰着那两只亭亭玉立的乳房。他忍不住用手去抚摸它们。虽然隔着一层衣服，但他还是感到了那两只乳房的温柔与温暖。

他下面又醒了。

他的唇从眼睛一路吻下来，在她的胸口停住。他喘着粗气，用一双颤抖的手把她的衣扣解开，他仔仔细细地打量它们。它们丰腴而雪白，除了酒香，还有一种醉人的体香。他把整个头都埋在她的双乳里……

睡吧，猫咪，别调皮了。她翻了一个身，把他搁在双乳间的头甩到了她的背后。

这个女孩，他是那么地爱，在心里，在信里。仿佛爱了一个世纪。可在今天他才碰到她的手，她的头发，她的脸，她的胸……

但却是在她睡着的时候。要是她清醒的时候，也让自己这样碰她。那该多好啊。

他看着这个被自己爱得恨不能捧在掌心的女孩。从她的头发到眉毛到眼睛到鼻子到嘴到耳朵再到脖子，他曾经无数遍地在心里看，现在终于用自己的眼睛来看了。她的后背，她浑圆的双臀……他用手抚着它们，他真想就这样睡下去。他的下面早就不听话了，一直在跃跃欲试，想她，他的心也在想，可是他的手太重了，重得不能再向前移动一点儿。

他口干，舌燥，心里有火在烧。这样近距离的煎熬，让他太难受了。

于是他坐起来，替她脱了鞋子，把她穿着袜子的双脚握在手里，它们很柔软。他把它们轻轻地放在床上。然后为她盖好毛巾被……

他站起来，不断地在房间里走来走去，她却睡着。他听到一声叹息，很轻。他好奇地走过去，却看见她转过来的脸上，是那么安静，还有笑。她是笑了，笑了一下，眼角竟然又流泪了。

这是一个怎样的女孩啊，做梦了，还有笑，还有泪。他忍不住又走过去吻她的脸，她的泪……

他就这样过了一个晚上，什么也没有做，仅仅是看她，吻她。

第二天一早她醒来时，他坐在床头的桌边。她没看见他。她的双眼无神地盯着天花板发呆。过了好一会儿，像突然记起什么似的，她轻轻地说，哦，今天是星期天。于是，她又闭上了眼睛。可是她睡不着，像突然想起什么似的，坐起来，伸手去拿桌上的信。然后，她看到了他。

"啊"，这声"啊"是惊叫，后来她强迫自己静下来，轻声地问，"你……你怎么进来的？"并神经质地用毛巾被把自己紧紧地裹起来。

他看到她那受惊的样子，非常心疼，"昨天，晚上，你开的门。"

昨天，晚上，她喃喃自语。好像努力在记忆里搜索。

我……我没有啊，我喝了酒就睡了。想到酒，又是酒，她喝了酒，而他进来了。

又是因为自己喝了酒，让别人进来了。她狠狠地伸手抓起放在床头的酒瓶，向他砸过来……

他下意识地一躲，酒瓶砸在桌上，还是破了，有一块飞到他的手上，割伤了他的两根手指，它们在流血……

有几块小碎片飞到了床上，他用没受伤的手去捡。

看见他的手过来了，她慌忙往床里挪。脸上是他从没见到的惊恐与慌乱的表情。

我不会伤害你。不忍心。真的。他边说，边捡起那些小碎片。

可是她还是受到了伤害。伤她的是过去。是那永远死不了的记忆。是那被她用酒灌死了却还会醒来的记忆。是痛苦和受辱的记忆，让她中了毒，中了酒的毒。她已经离不开酒了。

她恨命运，恨自己，用手拼命地捶自己的头。

他用双手去拉她的双手，她像狂怒的狮子，吼起来，"你，别碰我!"

他的手，受伤的和没有受伤的，都停在空中。

你走吧，走吧。不要在我的身上浪费时间了。她说完，就哭了。

他打扫完碎片，真的走了。他真不想走，就想在她的身边，陪着她，不能看安静的她，看着发怒的她，他也愿意。可是他的留对她是一种伤害。他又不忍心伤害她，就只有走了。他在心里说，我不会放弃的。

她听到他轻轻离去的脚步，听到他轻轻关门的声音。他是走了。

她茫然地坐着，像一个迷路的孩子，茫然地坐在不知来处的风中。

她突然想起了什么。她低头看自己，看自己的胸部，胸部有三颗扣子解开了。

她那对雪白的乳房站在胸部。他一定动过它们了。他居然还说没有。这个骗子!

她把扣子系上了，又往下看。裤子是系着的，她的袜子也没有脱。可她还是搞不清楚，他是动过她还是没有。

如果他动过，哼，呸，想到这里，她禁不住吐了一口。他一定知道了自己的身子有问题。这个该死的坏蛋，乘虚而入。

如果他没动过，他真没有动过吗？那他一定是一个自制力非常强的好人。她在心中祈求，但愿你真没动过我。

这个可怜的女人啊，想他，要想，却不想要那个东西。

她在潜意识里忘记了，男人除了嘴唇、双手，还有那，那个她从没见过，却夺去了她贞操的东西。其实，她是知道的，她一看见男人，就知道他们有那个东西，那个害人的东西。它让一个女孩流血，失去贞操和自信。它把她给毁了。所以她恨，她不想看到它。一想到那个东西要进入自己的身体她就浑身发抖，就恶心得想吐。

她知道，这个爱她的男人，最终也会把这个东西拿出来，塞给她。

她想到这里就害怕。

她在想，为什么一个男人爱自己，不能只用眼睛，用唇，用手，而要用那个可恶的东西呢？为什么男人和女人不能无性而爱呢？

可是现在这个受伤的身体已经被男人用眼睛用爱打开了，她拼命想关上。可它还是要打开。只要爱，就得打开。

她看着自己那一对漂亮却无人抚摸的乳房，它们一直孤独地在她的胸口沉睡，现在有个男人把它们弄醒了。它们活了，它们也要去爱，去亲吻。

她用手抚摸它们，猫咪，她叫它们。可它们不是猫咪。它们是她的身上醒着的一部分。

还有手，嘴唇和毛孔。它们都在伸着懒腰，说，醒了，睡不着了。

可她的另一部位实在是太痛苦了，它一直不愿醒来。它还要睡，可是天已经亮了，早就亮了，它又如何睡得着呢？

她就这样被自己身上醒来的爱，被他唤醒的爱拖着往前走。像一个刚刚学步的孩子，她本以为自己可以走得稳，但是她还是摔倒了，摔得头破血流。

她现在知道了，自己一个人在家里喝酒也不安全。竟然会稀里糊涂地去开门。我该怎么办啊，别人危险，自己也危险。

后来，他来找她，她没喝酒，所以不会去开门。在路上碰到他，或他送她，她说，你别送我到门口。

他以为她不理自己了，却不知道她是害怕自己引狼入室。害怕别人看到她的旧伤。

两个人就这样若即若离的样子。有爱又像没有爱。

她把自己反锁在房间里，然后从房间的窗口把钥匙丢到同样反锁的客厅里，就开始喝酒。她喝了酒就流泪就哭，身上像蚂蚁在咬。有个地方有无数的蚂蚁在咬，蚂蚁把它咬醒了，只有更多的酒，才能把蚂蚁灌死，才能让它睡着。

他也喝酒，他喝了酒，不说一句话，只是默默地流泪。无法停止自己地要想她。

可是她不给。她关着门喝酒。她不开门。即使想开门，她也无力爬过房间的窗口去客厅里拿钥匙。她不喝酒时，更不会给，连碰她都不让。

这是为什么呢？他不明白。

时间在无数期待与煎熬中又过去了半年。有好长时间她没见到他了，她想，是自己让他失望了。失望了，也好，他可以找到更好的女孩。她的心里这样替他想，却不愿意他这样。她其实是想他，要他的，只是自己早就是一个坏女孩了，不干净的女孩。如果他知道了，他会要自己吗？他一定会瞧不起的。每天睡觉前，她都不可救药地这样折磨自己。

只有酒能救她，救她。她以为酒可以救它，但是她错了。它淹没了一个心脏，却唤醒了她的两个心脏。

她的呼吸急促，脑子里有东西在跳，那是一个心脏，它像心脏那样跳。手捂住它，它还是不停地跳，这个心脏在脑子里，它出不来。下面的也在跳，这个心脏。孤独地待在下面的心脏。它跳得太厉害，她的手都捂不住。

她只有灌更多的酒，把它们都淹没掉，让它们沉睡。酒把它们泡起来了，它们也醉了，于是就睡着了。

有很久没有见到他了，两个星期，还是二十天，日记里记得很清楚，今天是第十八天。整整有十八天没有见到他了。他真的就对她失望了吗？

图书馆闭馆后，她往回走。一路走，一路看，她想看到他。

还是那个没有灯光的路口，月光照着。她看见了他，他站在那里，看着她来的方向。

他是在等她吗？她想。心跳得厉害。脚步却走得慢。

嘿，她说，似乎是在掩饰自己的心跳。

他盯着她。一种很厉害的眼光。像火要烤她。

她抬头看天，月光却很温柔。

你好吗？她若无其事地问。

不好！我爸爸去世了！他低着头说。她看不见他的表情。

她不知道说什么才能安慰她。只好不吭声。

我想喝酒，你能陪我吗？他鼓了很大的勇气。

她不忍心拒绝他那充满期待的目光。她说，可以吧。

那我们去外面的酒店喝。他说。

她担心别人看她喝酒后的样子，说不行。又想他那里刚办完丧事，去那里也不合适。看来只能到她那里去了。我那里有酒。她说。

她想，我今天倒要看看他喝酒后的样子，是不是也什么都不知道。

回来后，她从书柜里拿出两瓶白酒。很熟练地打开。放一瓶在他的面前。我这里没有酒杯。直接拿着瓶子喝。

他惊愕地看着她。一想到上次她喝酒就没用酒杯，脸上的惊愕也就消散了。

用酒杯喝酒，是品酒，直接拿瓶子喝，才是醉酒。现在你的心情是醉酒，不是品酒。所以你该拿着酒瓶喝。她说。

他又惊愕地看着他。

来，为不幸干杯！她在他的对面坐着，也拿着一瓶开了盖的白酒。

然后，默默地喝酒。谁也不说一句话。

他的眼里有泪光。后来眼泪也出来了。哭声也出来了。

她看着他，不知所措，从没见一个男人在自己的面前流泪，在自己的面前哭。她从来只是自己一个人流泪，一个人哭。现在，有个男人喝酒了跟她一样，只是流泪，只是哭。她真不知如何是好。她哭的时候还没到呢！才喝了两口，她是不哭的。伤心才流泪，醉酒才会哭。她现在只是伤心，还没有醉酒。可是他在哭。

你别哭。她说，话刚一出口，她也哭了，而且哭得更伤心。

你别……别……哭。他说，可他说出的是一串呜咽。

现在，你是一个人，我是一个人。他说。

是的，你一个人，我一个人。她附和。

我们两个人。他又说。没有亲人。

是的。没有亲人。但我们有酒。她又举起酒瓶。喝吧。酒会让我们自己不是一个人。

你会是我的亲人，我也会是你的亲人。他说，不要拒绝成为我的亲人。

不，今天我们什么也不说，只喝酒。她说。然后拿起酒瓶一阵猛灌。

他也仰起脖子一阵猛灌。

不一会儿，她又流泪，又哭起来了。他放下酒瓶摇摇晃晃地走过去，他俯下身，抱着她的双肩，头靠着她的头。也哭起来。

别哭了，亲人！他安慰她。

别哭了，猫咪！她安慰他。

可是两个人哭得更厉害了。她站起来，他搂着她。她也搂着他。

她的三个心脏跳得厉害。她发现他也有三个心脏，它们跳得更厉害。

她吻他，他的脸，嘴唇，先是轻柔，后来使尽全身的力气吻，好像要吃了他。

他也吻她。把她死死地抱着，好像怕一不小心她就溜走了。

他搂着她，把她往床上带，把她放在床上。他也上了床，靠着她。

她的眼角还有泪，他用手去擦，但是越擦越多，于是他用嘴去堵。先堵眼睛，再堵嘴。他的胸贴在她的胸上，心脏靠着心脏，头上的心脏和下面的心脏都紧紧相贴。他不让她呼吸也不让自己呼吸。火已经容不得身上的布片了。他脱了她的，她早已不知道什么是拒绝了，他也脱自己的。

两个人，两个想要亲密的人，一个男人和一个女人，在酒后，钉在了一起，两个身体钉在一起，成为一个人……

她紧紧地搂着他，搂着他飞，嘴里是幸福的呻吟或欢叫。她从没有在醉里飞得这么高，这么畅快。她好怕自己不小心就掉了，所以把他搂得更紧。

他抱着她，抱着她飞，浑身热血沸腾。他是多么幸福啊，他终于变

— 286 —

成一匹骏马，奔驰得这么舒心，这么快！他生怕一不小心她就溜了，所以把她抱得更紧。

两团火不停地烧，一会儿肆无忌惮，一会儿温柔缠绵。

天快亮时，他们才安静下来。先是她醒来，她闻到了酒香和一种黏糊糊的气味。酒香是常有的，而这种黏糊糊的气味却从没有过。她惊恐地坐起来，却发现自己裸着身子，他也裸着身子。她记起来了，他们昨晚喝了酒。

又是酒，她恼怒地穿好衣服。

身边这个裸着的男人让她感觉太陌生了。她不敢看他，也不喜欢看。她给他盖上毛巾被，连手和脚都盖进去了。

然后她仰面躺在自己的那一侧，不愿意移动。不愿他醒来后看见床单上干干净净的，没有血，不愿他看不起自己。她又想，也许他昨晚就知道了。她感到自己受到了侮辱。眼泪又不知不觉地流下来，后来，又忍不住地低泣。

他一直以为是梦，和她在一起，是梦。听到哭声，他睁开眼睛，才知道是真的和她在一起。看见她痛苦的样子，他就用手来捉她的手，说，姗姗，我会对你好。一个男人和一个女人相爱，这是迟早的事。嫁给我吧！

她哭得更伤心了，先是躲着他哭，后来藏到他的怀里哭了。

他心疼地抱着她。

她什么也不能说，只能哭。哭自己命苦，哭自己现在连尊严都没有了。

他又想要她，她紧张地推开他。同时整个身子牢牢地附在床上，她不能移动。你穿衣服吧。她闭着眼睛说，她只愿看到他的脸，却不愿看他裸着的身子。

她听到他穿衣服的声音，听到他穿鞋的声音，她赶忙睁开眼睛一把拉过毛巾被，盖在自己穿着衣服的身上。

他坐在床沿要吻她，她用手轻轻地挡开了。

我回去洗漱一下，再带早点过来。他用手摸了摸她的脸，站起来就走了。

她听到他开门出去的声音，就起床了。

她把床单、毛巾被、枕巾，都揭了，换上了从没用过的。然后整理房间，扫地……

两个孤儿终于有了一个家。

她想，有个人在自己的身边，和自己一起买菜，做饭，洗衣，说话，上图书馆，真是幸福的事。你哭了，他过来吻你的泪水，吻你的脸和唇；你笑了，他过来吻你的眼睛，吻你的脸和唇。

经常有三个心脏一起跳的时候，这才是一件痛苦的事情。

她还是不愿看到他的裸体，看到他的那个东西。每次他要她，他捉住她的手，要它去握它，她都闭着眼睛，把手藏到背后。

他说，你看看，看看它。它站得好高。它要。

不，不，我怕。她的眼睛闭得更紧了。同时夹紧自己的双腿。

他压在她的身上，又开始吻她。从眼睛到嘴唇，从嘴唇到胸，再到肚脐，一直到那处深渊。

他用舌头，用嘴，打开了她的双腿，像猫咪一样轻轻地舔……又像蚂蚁在轻轻走动，痒得她想欢叫。于是她叫了。可她还闭着眼睛。

他的舌头嘴唇离开了，她正要掉下来。它却来了，先是轻轻地试探，然后是进入。可她像突然挨一个枪子似的。尖叫起来，并拼命地挪开自己的身子。她还是怕它。它受了惊吓，就败下阵来。

她穿好衣服，他也不得不穿好衣服。她看到他有些扫兴的样子。心里觉得对不起他。但是她不想让自己太清醒的时候，让它进入。它碰她的时候，她太痛苦，痛苦得只想一脚把它踹开。但是她不能踹它，她只能拼命地挪动自己的身子。

为了安慰他，她说，我们喝酒吧，喝酒了就会好些。

然后，他们开始喝酒。他只喝了一点，就不想喝，他只想要。可她还是不愿意。

不，我还没有喝好，没喝好。她说。

那我陪你喝。他也喝，但是没有她喝得凶。

她想，只有喝醉了，才会没有清醒的意识和意志，身子才会飞起来，才会不怕它，不怕它架着自己飞，也不担心会掉下来。

所以，她说，你把我灌醉吧！

于是，她就醉了。醉了，就睡觉。不再是一个人，一个人飞，而是两个人。她感觉很美。

他也很满足。

这样，他们每次做爱都是在酒后完成。她清醒的时候做得很勉强，最后还做不成。他不明白。

他在想这个女孩，只有喝了酒才会温柔，才会爱，才会给他。可一醒来还是一种陌生的眼光。这是为什么？他弄不明白。现在还不明白。

只是，要爱就要喝酒。她喝，他也喝。然后再爱，再飞。再醒来，再陌生。

后来，她发现自己怀孕了，她惊恐又高兴。青春期为一个不知道的畜生做过一次人流。那是一定要做掉的。可这次不能。这次是爱带来的孩子。她一定要生下来。她太孤独了，太需要一个真正的亲人了。

为了这个孩子，她开始拒绝酒和一切辛辣的食物，穿宽松的衣服，穿平底鞋。

可是拒绝酒，对她再说，就是拒绝性生活。她是无所谓的。女性沉睡了，随之起来的是全部的母性。

而他却难受得很。刚刚吃禁果时间不长，刚刚上瘾，就要戒掉，怎能不难受？

每次他要，她都不愿意。即使他用舌头嘴唇把她弄得欢叫，可一旦他的宝碰过来，她都会慌张地挪开身子，有时还用脚踹他的腿。

他说，我不进去，只在外面。

但是她还是不愿意，连在外面逛一趟都不愿意。

他说，我们喝酒吧。

她不愿意，她说，酒会伤了孩子。

孩子是她全部的理由。

孩子就在肚子里长。她说，他长得很快。

可是他看不到。她的肚子还是平的，他怎么能看到呢？他更不会感到他在长。这个他既看不到又感觉不到的小东西把他和她分开了。不让他们钉在一起。他没有办法，只能极度自制地冷下来。

面对更加光彩、更加丰腴的她冷下来，然后发呆。

她的生活变得非常有规律，每天吃什么吃几餐，什么时候睡什么时候起床，什么时候散步。她都严格遵守。她的神情比以前好，脸色也比以前好。她不哭了，不流泪，也不喝酒了。她更不会给他。有时候连碰都不让他碰。

她现在才知道，她孤独了这么久，痛苦了这么久，就是为了要一个孩子，一个能填补她的痛苦与孤独的孩子。男人有没有都没有关系，要不要都没有关系，她只要一个孩子，一个孩子。有了他，她就有了真正的亲人，真正的爱。

等她的肚子日渐隆起时，情况稍有改善。她让他用手抚摸她的肚子，并要他贴着耳朵去听。他真的这样做了，开始是应付，后来真的有感觉了。因为他听到里面有响声，有时候那小家伙还踢他的手呢！

她幸福得笑出了声，他也高兴地吻，吻她的肚皮，吻那个踢他的小家伙。

她做了一个母亲全部的准备，迎接他的到来。

她真的来了。是个女孩。长得像他，但更像她。

她奶孩子，和她说话。唱歌给她听。

他也认真地听。他从没有听见她说过这么多话，唱过这么好听的歌。能过性生活的时候，他动她，她不配合，也不拒绝。她让他动她，但是她没有感觉，甚至连恐惧都没有。就像他根本就没有动她似的。一次又一次都这样，很快，他就乏味了，觉得没劲了。

但是孩子在长大。第一次微笑，第一次牙牙学语她都记得很清楚。她专门准备了一本厚厚的婴儿手册，她把孩子所有的第一次都记下来了。

　　孩子刚刚八个月大的时候，就有意无意地叫她"妈妈"了。那一刻她的心都要飞起来了。她狠命地亲孩子的脸蛋，轻声说："宝宝，你再叫一声妈妈！"然后她抱着孩子转圈。

　　宝宝真的又叫了一声："妈妈！"

　　这一叫，叫得她满脸都是泪水。她一边亲吻孩子，一边说，宝宝，我的心肝！

　　她以前一看见药都要吐的，可是自从生了宝宝，宝宝感冒过几次后，她也能喂药了，也不再害怕药了。

　　宝宝病过几次，不过都是感冒，喂几次感冒药就好了，可这一次却病得很厉害。发高烧，四十度一直退不下来，而且呼吸急促，咳嗽不止。这一对小夫妻急得要命。尤其是她整天守在孩子的病床前，一粒饭都吃不下。

　　这样过了四天，孩子的烧一直退不下来。孩子得的是严重的肺炎。医生还查出孩子有先天性心脏病。

　　半个月多后，孩子的肺炎治好了，但是她的身体却弱得很。

　　先天性心脏病，多可怕啊！她害怕想到这个词。但是一看到孩子，她就想到这个可恶的词。为什么会得这种病？

　　她把宝宝看得更细致，可宝宝还是走了，在出院不到十天的时间里，死于心肌梗死。谁都没有发现孩子不正常。吃了奶，就哄她睡。可是孩子烦躁不安，还痉挛。

　　他们慌忙到医院，可是晚了，一到医院的抢救台孩子就死了。

　　她一声又一声地叫："宝宝！""宝宝！""宝宝，你叫妈妈呀！"

　　可是宝宝再也不叫妈妈了！

　　她从抢救台上抱了孩子，就冲出病房。她不想让他们把她带到太平间，她要带她回家。她抱着她一路不停地跑回了家。然后坐在床上，怀里还抱着宝宝。

她不停地喊她，就像她不是去了，而只是睡熟了那样。她吻她闭着的眼，和苍白冰冷的脸。泪水全洒在宝宝的脸上。

后来，她把孩子放在床上，她就躺在她的身边，不停地用手摸她的头发，摸她的脸。

他也哭，哭过了就来求她，让她放过孩子。

可她不，她要和宝宝一起睡，和宝宝说话。

已经四天了，四天，宝宝再也不醒了，她知道了，早就知道了。她只是想和宝宝再多待一天，再多待一天……

她不让任何单位来处理她的宝宝，更不让别人像烧垃圾一样把宝宝烧掉。她要自己为她找一个地方。

最后，在一个没人经过的有阳光的杉树下，她挖了一个小洞。这是她埋葬猫咪的地方。她没有想到还会在这个伤心的地方再挖一个洞，来埋葬她的亲人，唯一的亲人。

投到她身上的阳光太短暂了，偶尔一闪就没了。她又回到了从前，孤独无依。虽然还有个丈夫。但那不是她想要的。她要的只是一个孩子，一个亲人。可是孩子走了。她只是加深了她的苦难与孤独，现在什么都没有了。

命运已经将她整个人抽空了，从她一出生不久，这种抽空就开始了。她已经没有热情应付自己的生活了。

他说，我们可以再开始，还可以有孩子。他安慰她，想激起她生活的热情。

但是她那一点可怜的热情都被耗尽了。

事实上，她不可能再生孩子了，她已经生不出孩子了。生宝宝时大出血，医生就说过她不可能再生孩子了。即使可以生，她也没有勇气再做一次母亲。她被伤得太重了，早已无力迎击了。

半年后，她走了，离开了这座城市，离开了那套房子，离开了那个爱到不知怎么爱她的男人。走了。

哦，再见。我的家，我的小家，一个短暂得刚刚开门就关了的小家。再见，我的孩子，我的刚刚学会叫妈妈的孩子。

现在，早已没有别的了，只有像芦苇花一样飘散了的记忆。

我一定要活着，我一定要活着。这是我唯一的理想。每当她想轻生时，她就用这句话鼓励自己活下去，所以她还活着。

是的，她还活着，可是她活得是多么痛苦啊！

所以她白天拼命地工作，只是为了晚上喝酒后能睡得更好。她睡得更好，只是为了活着。

她不让能早逝的父母失望，所以她活着。

在活着这一点上，她成功了。她赚了不少钱，还买了一套房子。

但是她的病仍然没有好，仍然不要男人，尤其是不要男人的那个东西。她可以和他们说话，做生意，或者喝几口酒，但是她不要男人。她嫌男人脏。从心底里嫌弃。

她也不流泪了，不哭了。

如果她流泪了，哭了，那一定是醉酒了；如果她有男人，那也一定是醉酒了。

她只有在醉酒了，才会哭，哭得像一阵伤心的细雨，灌醉爱人的心；夜里醉了，她才会爱，爱得温柔而狂野。

在酒里在醉里，她才是一个完整的女人，真正有味道的女人。

几年后他见到她，她还是老样子。

他说，姗姗，我还是喜欢你，忘不了你。

她是喜欢他的，但是这并不意味着她喜欢他的那个东西。她说，那你把我灌醉吧！

他真的再一次把她灌醉了，再一次要了她，她也给了。就是这样。

她完了，如果没有了酒，没有了醉，她就完了。酒就是她的命，命啊！她想。

如果没有男人，没有性，没有爱，那更得要有酒。有了酒，便有了一切。酒会让她长出一对翅膀，让她飞起来，飞得高高的，像鸟，不，像天使。

残酷的是酒会醒，醒了以后，她觉得自己像是被洗劫一空了，像一根芦苇，空心而干燥，还没有分量。

只得干等下一次的酒像暴雨把她灌满。

可悲的是，灌了酒后，她还是芦苇，虽然潮湿却更脆弱，更容易倒。

可她真的长得好美。半老徐娘了，还有一双闪烁的眼睛，一张面带羞涩的脸和一副好身材。

但她是病了，确实是病了。

睡吧，眠眠

　　眠眠以前不叫眠眠。眠眠以前叫绵绵，全名叫宋绵绵。绵绵的名字看似平淡，其实是很有讲究的。绵绵的父母不知什么原因在生了绵绵之后再也生不出孩子来。绵绵的祖父母只能希望绵绵这唯一的孙女以后能延续宋家的香火。他们像那些没有男孩传后的家属一样不得已把希望寄托在女孩身上——希望女孩不是嫁人而是娶人回来；希望女孩生个孙子，孙女也可以，但必须随母姓。这些要求对长期生活在小城里的绵绵祖父母来说并不过分。因为小城像中国很多地方一样所有的风俗习惯与世俗眼光都把男孩看成是传后的人，女孩终究不过是要嫁出去的人泼出去的水，连家谱都不能上，怎么能传后呢？但是生了女孩又有什么办法改变呢？生了女孩或不能生育和天意一样不可抗拒，所以那些酷爱男孩的家属只好把女孩当男孩养。绵绵的祖父母从绵绵一生下来就把绵绵当男孩养。花重金让绵绵的名字上家谱；让绵绵穿颜色与样式都相当中性的服装。叫绵绵蹦蹦跳跳别总女孩一样地哭鼻子……但绵绵的父母可不这样要求绵绵。他们虽说生了女孩，无法在父母面前理直气壮，但内心里还是希望绵绵像个真正的女孩那样健康地成长。他们之所以同意绵绵这一名字，更重要的是取其柔软之意。他们希望绵绵性格中更多些女性的温柔，而不像她的那几个姑妈那样为人刚直，处事急躁，说话大声大气，走路大步流星，一副随时救火的架势。因为那样实在有失宋家书香门第儒雅的风范。

　　那时的绵绵并不知道自己的名字有这么复杂的渊源与沉重的希望。只知道自己的名字叫起来好听，感觉上也温柔缠绵很有女孩儿的味道。直到她有一天猛然醒悟，发觉缠绕自己近十八年的名字其实还没有眠眠这一名更适合自己，所以她在大学的最后一年里，毫不犹豫到校保卫处的户籍那里要求改绵绵为眠眠。起初户籍不同意，说绵绵和眠眠本来就是谐音，在音上没任何区别，都一样好听，改它干吗？绵绵说，我不是要好听，它们的含义不同，我要的是含义。户籍说，取义，绵绵的含义也要比眠眠好，绵绵既绵长又温柔，多好的名字呀。而眠眠只不过与睡眠有关，不是失眠就是安眠，不是安眠就是冬眠，多不好。绵绵说，我要的就是这个眠。户籍说，真奇怪！你一定要这个眠眠，那就改吧，只要你不嫌麻烦。接下来，绵绵履行了将近一个月的改名手续，然后用将近三个月的时间等待改名后的身份证。从此以后，绵绵就完完全全地成为眠眠了。

绵绵并没有像她的祖父母所希望的那样成为一个男孩。绵绵永远也不会成为一个男孩，这是无法改变的事实。绵绵虽然没有成为男孩，但具有男孩那样快乐开朗的性格、慷慨无私的品德，再加上父亲的影响，从小喜欢看中外名著，很喜欢作品中的外国骑士和中国剑客，因而性格中也很有些豪气与侠义，又不失女孩的活泼与文静。这样的性格使绵绵从小就很逗人喜爱，人缘也相当好，很小就是同龄孩子中的"大哥大"，不，是"大姐大"，懂得同情弱小，甚至怜香惜玉。小朋友非常拥戴她，她因而具有很高的威信，这威信使她在儿时的游戏中过足了扮演男孩角色的瘾。

比如，在小孩们玩家家的游戏中，绵绵总是带领着小哥小姐小弟小妹们唱：

三月三，菜花儿黄，娶个小媳妇点灯忙。点灯点灯干什么，说说小话儿。三月三，菜花儿黄，娶个小媳妇吹灯忙。吹灯吹灯干什么？做做小伴儿。

小伙伴们一边唱着，一边做手势，纷纷把离自己最近的小朋友往自己的身边拉。绵绵每次在唱歌时，只是开个头，等伙伴们扯直了嗓子喊开后，在"娶个小媳妇儿"处嚷得山响，而在"说说小话儿"与"做做小伴儿"处掩着嘴唇做悄悄说话的姿势，同伴们都学着她的样儿唱。举手投足都是十分的调皮可爱。大人在一旁看得笑岔了气。有一次被绵绵娶过来的男伴童童的奶奶对绵绵说，绵绵你错了，应该是我们家的童童娶你才是。绵绵诡秘地一笑说：奶奶，我没错。是我娶你们家的童童。童童的奶奶说：谁说的？童童看了绵绵一眼说：不告诉你，这是我们的秘密。童童的奶奶一张老脸拉下来，不悦地看了绵绵的奶奶一眼。绵绵的奶奶得意地一笑说：大婶，小孩的胡话，你别放在心上。童童家也是几代单传，他的祖辈和父辈对他是含在嘴里怕化了，放在掌上怕飞了，一直小心翼翼地疼着爱着。没想到把童童给宠得骄横任性，谁都不怕，谁的账都不买。他只听绵绵的话，只买绵绵的账。小小的心里还有一个没有说出口的官位主义——绵绵的爸爸官比我爸爸的大，我愿意嫁给她。他的朦胧意识跟现在爱钱爱权的小姐们的意识是一致的。当然这只是童童愿意嫁绵绵的原因之一，最大的原因还是因为绵绵总是保护他，不让其他小朋友欺负他。童童的奶奶不知道他到底有什么秘密，也无法逼问出来，只好休战。一个有孙子的奶奶在一个没孙子只有孙女的奶奶面前再无当初的优越感。童童的奶奶感叹道：生男不如女啊！说完对绵绵的奶奶无奈地摇一下头就走了。

但角色只能是角色，绵绵当然不会成为男孩。没有成为男孩的绵绵因为她的聪明听话使她的祖父母淡忘她不是男孩的遗憾而对她疼爱有加。父母因为祖父母对绵绵的疼爱也不再低眉顺眼。这样一家人的气氛也还融洽和睦。绵绵也得以更健康地成长。

幸福的生活随绵绵年龄的增大而增长，所有客观和主观的幸福——包括长辈和老师的关心与爱护、同学好友的拥戴以及因家境优裕和家庭的和睦、自身的聪明好学所带来的优越感……这所有的一切都构成了十八岁以前的绵绵全部的幸福生活。当然，幸福的生活也往往隐含着难以察觉的致命的缺陷。这缺陷也正随着年龄的增大而慢慢地显山露水。如果把缺陷与成长的过程联系起来看，我们往往可以看出宿命的味道来。这一点，我在下面的章节中会写到。

现在我要谈的是幸福的绵绵，注意是绵绵，而不是眠眠，因为如果是眠眠就并不幸福了。成长的经验告诉我们：在中学的课堂里，崇拜就是爱。绵绵因为性格开朗活泼，还具有许多女孩甚至是男孩都不具备的豪气与侠气，因而她在同龄人中相当具有号召力，而且还得到了他（她）们的崇拜。

　　小城八十年代中期的中学校园里早恋虽不普遍，但鸿雁传书、暗送秋波的大有人在。绵绵可以说是收到情书和暧昧眼波最多的女生。但绵绵一直都很低调，从来不张扬。她的脑海里只有一个八字方针，那就是：好好学习，考上北大。不仅仅因为北大是她父母的母校，更因为北大是她父母的嘴里时常兴奋地念出的一个神圣的词。绵绵的父母是"文革"后北大的第一批大学生，毕业前他们是很想留在北大的，但是他们的父母不想离开小城，眠眠又太小，所以他们只好带着遗憾的心情回到小城工作。他们一直想再回北大，后来因为他们工作中很受重用，也因为家庭亲情……诸事缠绕，对他们来说再回北大就成了一个愿望而非具体的奋斗目标。但他们的北大情结并没有随着时光的流逝而淡化，而是系在勤奋好学聪明伶俐的绵绵身上。从绵绵懂事起，北大在父母那里就是一个神秘的圣地，一个温馨而浪漫的词儿，浓浓的书卷气中还散发着一种沁人心脾的香甜气味。啊，北大，我们的北大，你不知道有多好！父母不止一次地对绵绵说，你长大了一定要考北大。于是，北大成了绵绵家里的一剂神圣的兴奋剂，只要提起北大，绵绵的父母眼里就弥漫着一种奇异的泪光。他们抚今思昔，他们思潮涌动，仿佛回到了他们青春的时光。事实上北大就是他们的青春，与青春同值。现在优裕的现实生活并没有冲淡他们没能留在北大的遗憾，他们希望绵绵能考上北大并留在北大，等他们退休后到北大与绵绵住在一起。当然这一点只是他们的愿望，并没有跟绵绵提起过。对绵绵来说，北大是一个好地方，但也是她现在的脚步难以丈量的地方。用她父母的话说，罗马不是一天建成的，北大也不是一天能走到的。慢慢来吧。对于聪明而听话的绵绵来说，父母的愿望并没有给绵绵带来什么负面影响。相反，自初中毕业时父母带她到北大去了一次之后，绵绵想上北大已经由来自父母的愿望转变成她自己的主观愿望。绵绵深深地爱上了北大，爱她的湖光塔影，爱她的垂柳依依，爱她的燕语阵阵。爱冰心在未名湖畔留下的新婚的旧影，爱斯诺身后的繁花簇拥的碑文……爱那一代又一代载入中国史册的优秀学子。因为有了这份爱，她少了一些生活中的旁枝末节与杂念，少了一些女孩懵懵懂懂的虚荣和娇气。高中时的绵绵只知道学习，学习再学习。她因为目光高远，因为处在被老师重视疼爱与同学崇拜的境地，所以她对那些或远或近的秋波，或长或短的情书都是看不见的。不是熟视无睹，而是从心理上看不到。就像外语老师在教师会上总结绵绵的最大的优势时所说的那样：绵绵的心理还在沉睡，她没有一点儿杂念，这是她的成绩始终名列前茅的主要原因。是的，绵绵身上属于女性的那根弦还在沉睡，还从来没被碰响过。她甚至不知道有那根弦的存在。

这是一个怎样的女孩啊！她开朗热情与身边的每个人交流，不论是男生还是男老师，她都能非常自如地同他们交往却没有一点儿女性隐秘的羞赧与矫揉造作。她就像一只美丽的蝶，长着迷人的翅膀只是专注地飞翔却并不栖息在花上，要栖息也只是栖息在书本上。她也像一种特殊材料做成的白纸，与任何颜色的纸叠放在一起也无法被污染。因此这样的蝶被看成一种神圣的蝶，这样的纸也随时能成就一幅最新最美的图。老师们都满怀着期望。有一个人更是含着一种疼痛的期望。期望她飞得更高，长得更美。这个人就是绵绵的外语老师章子罕。绵绵上市重点高中时，章子罕从省城的师院外语系毕业分到绵绵的班上教英语，后来一直跟班教到绵绵高中毕业上大学。

章老师长得英俊潇洒，外形和气质都像四大天王之一的郭富城。用当时的话说是"帅极了"！用现在流行的话语说就是"酷毙了"！特别是冬末春初，乍暖还寒的季节，章老师穿着一身黑色的呢子大衣，脖子上围着长长的白围巾，说着一口略带磁性的英语，在板书之时，在中英文转移之间用明亮而喜悦的"ok"来递进……他的一举手一投足都不经意地折射出浓浓的潇洒与淡淡的诗意。这潇洒这诗意在春天的课堂在人生的花季里既是一道温暖的阳光和一阵悄悄的喜悦，更是一道暗处的伤口与一场无法抗拒的灾难。这一切都被讲台下那些春情萌动的小女生伸长脖子接住了。有的小女生的成绩因暗恋章老师而大幅度地下滑并被迫转往慢班，有的小女生为了无益的情感故意在心里在公开场合说章老师的坏话。更有一个小女生因为再也无心念书而提早退学到机关当了打字员……当女生们以无免疫的心灵患上相思这场青春的疾病时，绵绵却还在沉睡。

　　绵绵确实嗜睡。每月的那几天绵绵哈欠连天，睡意沉沉，还伴着奇怪的偏头疼。绵绵怕影响其他同学的学习积极性，要求班主任把她从第二排调至倒数二排去坐。绵绵第一次在英语课上沉睡时，章老师非常诧异。在同学们背英语单词的当儿，特意走到绵绵的面前抚着她的小脑袋说：眠眠，怎么啦？绵绵从睡梦中惊醒，迷离的双眼看着老师：没什么，只是头昏，困得很，想睡。章老师爱怜地说：那你回宿舍去休息吧！绵绵满怀歉意地说：章老师，不好意思。我只需趴在桌上睡一会就好，最多不会超过半小时。如果回宿舍，可能就会睡过头，那样太浪费时间了。章老师略有所悟地点了点头说：睡吧，眠眠。每个月的那几天逢上英语课，章老师看到绵绵的双手实在无力支撑起她的脑袋，他都会走到绵绵面前，轻声对绵绵说：睡吧，眠眠。一串轻而缓的音符坚强地抵挡着由英语单词组成的声音的铜墙铁壁，在绵绵的面前形成一道悦目隔光的围墙，把其他的一切都隔开来——用声音来隔开声音。眠眠感激地趴在课桌上睡起来。

　　眠眠考上了北大，正像她的家人所期望的那样，她的老师所估计的那样，她考上了北大。在那个小城，考上北大的不过三人。而且只有她一位女生。眠眠的家人非常自豪，还专门在小城豪华的酒店里宴请了二十桌客。眠眠的老师自然是座上贵宾。

　　章老师也来了。但他并不像别的老师那样谈笑风生，也不似他平常那样潇洒自如，却像一个落榜的人来喝好朋友的酒那样，显得紧张而拘束。

　　他还喝了很多酒。眠眠那天太忙了，跟老师们敬了几杯酒之后，被她的父母拖着到处叫叔叔阿姨，到处敬酒。她没有时间关注章老师，所以没有发现他喝了太多的酒。

　　宴会散场的时候，眠眠和老师们握手道别。当她正笑着接过章老师伸过来的手时，却不经意被章老师的手轻轻一拉就拥在了怀里。眠眠的尖下巴搁在章老师宽大的肩上，双手从章老师的腋下绕到背后。她没有准备地被一种温情而强悍的男性力量拥着，内心突然产生一种从没有过的柔情与萌动，这感觉就像刚刚破土的幼苗，还来不及做好准备，在张皇之中有些叶片在风中就悄悄地舒展开来。章老师呼吸急促，酒意朦胧。他沾满酒香的唇说出的一句低沉的"祝贺你，眠眠"，让她觉得舒心极了，竟然想睡。她真想就这样靠在章老师的肩上入睡，于是她说"章老师，我想在你的肩上入睡"，但章老师却只是用手轻轻地拍了拍她的背，并没有说出他经常在英语课堂上说出的那句"睡吧，眠眠"。

　　他不舍地松开了双手。

　　在大学里，学习生活并不似中学那样单调紧张。上课时可以专心听讲，也可以不专心，经常走神，甚至看小说，都不大有人管你。老师的课是不是讲给空气听的，也没有人管。很多老师也不在乎，学生是否专心。只要到时候你能过关，拿到学分就行了。大学主要是培养学生的自学能力。更多的功夫是在课外，就像真正成就诗人的功夫是在诗外一样。文科生就有这样的好处，它不像理科生那样严谨，不能翘课和不能不做作业。自由的空气给了文科生无边无际的想象和颓废奢靡的拖沓。

　　不到一学期的时间，文科生就把那些上大学的好处了解得一清二楚：上大学的好处就是除了考试之外，很多时候都可以悠悠闲闲地看自己喜爱的书；自由地出入大学里各种名目的沙龙与聚会（只要你有那么一点才气和热情，如果没有也可以浑水摸鱼）；可以在辩论会上争得口沫飞溅或公然离开不喜欢的课堂而不失风度与气概；可以偶尔夜不归宿或看通宵电影；可以在土节与洋节到来时尽情挥洒自己的个性而不失明智；可以在午夜的恳谈会上侃侃而谈或堵上耳塞做一场浪漫而多情的空中约会；可以异性恋也可以有同性恋嫌疑；可以吟诗作画也可以唱歌跳舞；可以学作简·爱的样子去做家庭教师并像简·爱那样过得自信自尊并有光彩……但是所有的自由都是有限度的。你必须修满学分。大学四年不能有课不合格，否则你就拿不到学位。那你的大学就是白读了，你在大学里所有的生活都像一场不真实的噩梦，它沉浸在过去的岁月里你无法触摸却常常感到难以抚慰的疼痛。如果你在自由与规定之间做到游刃有余，你就成功地走过了大学这个人生的驿站。

眠眠虽然没有像一些贪玩的学生那样挥霍大学生活中令人眼花缭乱的自由，但是她比高中生活中更充分地享受了无压力的睡眠和由睡眠绵延出去的无穷无尽的想象与奇遇。眠眠就是在这样自由的空气里，舒展着身上被陌生而自在的风吹醒的各种叶片。它们懒洋洋或争奇斗艳。这让她很舒心，同时也感到了一种从没有过的失落。那就是她不再像在中学里那样受宠。原因是学习成绩不再是衡量一个学生是否优秀的唯一标准。在这里，一个学生是否优秀，除了看成绩之外，还有很多衡量的标准。是否有才情？是否有特长？是否当了学生官，会当很了不得的学生官？（比如文艺部长、女生部长，甚至学生会主席等等。）在这里，人人都是天之骄子，所以那些当了骄子头的骄子，才是真正的骄子。眠眠以前是一群丑小鸭中的一只白天鹅，当这只白天鹅被选入一群白天鹅之中时，她已经没有任何的优越感了。娇气也仅仅在是收到爷爷奶奶爸爸妈妈的来信时才同眼眶里的泪水儿转一转，就没了。

只有沉沉的睡眠还在，还在缠绕，缠绕成一个越来越令她沉湎的避风港。让她常常有恍若隔世般的眼光与柔情。这沉沉睡眠的姿态，这在睡眠中恍若隔世般的眼光与柔情，为她赢得了一个和童话一样美的名字，那就是睡美人。她们说，她怎么总是睡得沉沉的，无论多么精彩的睡前恳谈会也不能把她拉出睡眠。即使是醒着，也是睡眼惺忪。她们又说，是不是只有白马王子的吻才能让她完全醒过来？眠眠听到这些调侃后，只是笑；她们叫她睡美人，她还是笑。

仅此而已！同学们不会羡慕她虽然爱睡觉却依然成绩好，更不会羡慕她有帅哥追求却依然不谙情事。在这座高等学府里，每个人都是得意时的天才或失意时的落魄王子。所以，谁会羡慕谁呢？除非你入校前就已盛名，就像那种成名后入学的各种星们；或者干脆就是高官的公子或公主！眠眠都不是，所以眠眠自然得不到在中学里的那些拥戴！

但是，眠眠有睡眠！在眠眠看来，有睡眠，就有了一切！

哦，睡眠！正是睡眠，让她成了宿舍里一道永远不变的风景。别的人在吃零食，化妆，聊天或接待男友，她却是睡着醒来或醒着睡去。即便有老乡或好友来找她，她下了床坐着，一会儿就想睡。即便她睡不着，她也喜欢在床上躺着，做着随时要睡的准备和样子。她的模样像一朵正要开的花，饱含开的激情，让人喜欢带着怜爱地看，可她的眼睛却饱含睡意，随时要闭上，让人不得不带着怜惜离开。她的睡意抵消了她的激情，不，其实是掩盖着她的激情，或者说她全部的激情就是睡眠。也正是睡眠，让她成了课堂上独特的风景。别的人是不专心，可她在课堂根本就是没心，但是她的每科考试成绩都是优秀，作业做得漂亮，讨论课也口齿伶俐。所以老师才不会管她是不是在课堂上睡觉呢？

可是，他管！这个他不是她的爷爷，不是她的爸爸，甚至不是她的辅导员，更不是她的白马王子，只不过是每周只给她们上一次大课的周益民老师！

那天太阳很大，却不温暖也没有颜色。离下课时间还有四十分钟，眠眠一考完英语就交卷走出了教室。走着，走着，就离开了地面，飞了起来。她高兴得不得了，大声说，我在飞，在飞！太阳还是很大，没有温度也没有颜色，但是她飞翔的白翅膀却熠熠生辉。下课铃响了，她还在飞，交了卷出来的同学看见她在天上，忙喊她下来。可是她只会飞，却不会下来，就是想落到附近的树上都不能。眠眠对着下面说，我下不来了，下不来了。这时她看见章老师把刚收好的考卷放到地上，解开胸前的白围巾，对着飞翔的眠眠一挥，眠眠就抓着白围巾下来了。

眠眠，醒醒，醒醒！

原来她是在做梦。坐在她身边的李悦把她从梦中喊醒了。她用双手撑着脑袋，睁开眼看，眠眠这才发现坐在前面的同学都扭过头来看她，他们的表情都很怪异，显得相当不真实，但是他们的窃笑却是真实的。有种刺目的冷。原来是周老师在大课上点了她的名，还发了脾气！

你醒了?! 她的目光怯怯地迎上周老师的目光时，周老师的目光冷，嘴里说出的话也冷。

从此，眠眠不再在周老师的课上睡觉。倒不是她怕周老师，而是怕同学们回头看她的眼光。那眼光，即使是善意的也是箭啊，哪怕是像羽毛轻轻地温柔地飘在她的身上，她还是觉得会受伤。

眠眠在课上不睡觉，当然听课会格外地认真。她依然坐得很远，远到看不清周老师的眼神。周老师是满意的，这个懒散的学生终于端正了听课的态度。课间休息的时候，他有时会有意无意地走到眠眠的身边去看她几眼。这几眼，谁都看不出与他看其他学生会有什么差异。眠眠也看不出，只有他自己知道。

有几次，下课了，周老师还叫住她。起初是问她学习上有没有什么困难，后来还问生活中有没有什么需要帮忙的。他甚至还说，如果在课堂时实在支撑不住，想睡了，也可以睡一下，但是你的学习成绩必须好。眠眠先是诧异周老师的热心，后来竟有些感动。从老师那里来的贴心关怀，她只在中学里得到过，有多久了，一年多的时间了吧?! 何曾有大学老师这样关心她？辅导员的关怀是大众的，班上四十名学生他都关心，其他老师似关心又不是关心。周老师一人上 120 人的课，却独独关心她。这能不让她感动吗？

周老师的关心让眠眠重温着中学里才得到过的宠爱，她心中渐渐地滋生了一些温暖。这温暖在她举目无亲的城市里让她把周老师看得格外亲，这种亲近不可避免地发展成了一种依赖与依恋！当然这些眠眠在后来的日子才发现。

原来，她是一个不能离开依赖与依恋的孩子，这依赖与依恋是她睡眠的床啊，她不能离开！这张床从她出世起就一直在，从没有离开她生活的区域，一旦离开了，她就像坐着或站着睡觉一样不踏实。现在周老师又把这床放好了，她当然会睡得更香更好。

在睡中，眠眠总是会做很多好梦。在梦中，她会回到童年回到家乡回到爷爷奶奶爸爸妈妈的怀抱，会到她因为简·爱而爱上的英国，会到因为美丽的纱丽而爱上的印度，甚至会变成一条美人鱼在蓝色的大海里畅游……可是近来，她的梦变了，不是不美，而是太美，美得让她心酸。一个中世纪的英俊男子，把她抱上他的白马，然后，吻她……吻了几个世纪，他们还在一起，吻和爱。这样的吻和爱，使她的身子像水一样柔和风一样轻。她就这样一直醉着，醉着，可是醒来，什么都没有。没有白马，没有王子，也没有吻与爱。

只有供她做梦的床还在。她真不愿醒来，只想在梦里。可是这样的梦不是总能梦到。

没有亲人与恋人的周末是特别难过的。眠眠从没有像现在这样难过。室友们都三三两两地走了，或逛街，或约会，或走亲串友。眠眠一个人躺在床上，睡醒之后开始发呆。初夏芳香的空气夹着一丝温柔的凉意穿过阳台上五颜六色的好看的衣裙飘进来，眠眠深深地吸了几口，本是陶醉，可是她自己听起来，却有些像是寂寞的响与孤独的疼。叹息也开始在她的喉间滑落。她知道时心中就已经很疼了。外校和本校的老乡和好友已不再像以前那样频频来访。他（她）们已经有了新的好友，尤其是那些曾对眠眠有意的男同学，还不等眠眠从懵懂无知中醒过来，就被另外的芳香诱惑着奔赴了新的战场。有时候，她看到校园里情侣依依，竟会心酸地想，难道我真像李悦说的那样，错过了几个好男孩吗？

眠眠从小就爱在男孩堆里玩，所以在大学里，和一些男生也玩得好。在与男孩的交往中眠眠也很少有女孩的矜持与羞涩。有男孩向她求爱，她只当是玩笑，或是她随和豪爽的性格惹人喜爱，却从不看作是自己的个人魅力。那些真的或假的爱，没有得到鼓励，就走了，飘到了别人的身上。

现在，她躺在床上把李悦前几天对她说的那几个男孩都前前后后地想了一遍，她越来越不清楚他们是否真的对她有过意。当然，这从来就不重要。重要的是，他们都不是好男孩。因为好男孩会一直等，等到她懂得情事，懂得爱。

现在，她感觉到了从没有过的空虚与寂寞，从身体到心灵。这样的女孩她醒了，她要爱了。她就像是一个一直在兴奋地玩耍的孩子，不知道累与饿。可一旦她停止玩耍，她就会尽情地休息和放量地吃。

在那个初夏的午后，眠眠醒来了。她躺在床上，发着呆，有一点没一点地想心事。她听到敲门声，很轻，但很坚定。根据敲门声推测，来者一定是一位男士。这种敲门声，在以往，她因为在睡眠中，是听不到的，或是听到了，也懒得去开，除非敲门者问一声"眠眠在吗"，她才会懒洋洋地下床整好衣衫，懒洋洋地开门，懒洋洋地招待客人，最后懒洋洋地送走客人。这次那敲门者也不喊，却只是敲。眠眠慢条斯理地说，别敲了，都不在。那门外的像没听见似的，仍在敲。眠眠有些心烦，看来是不能想那梦中的王子了，她只得坐起来，准备起床去开门。她看到了挂在床头的那条粉红色的新裙子。这条裙子是她四天前才从西单的一家时装店买回的。这条裙子面料考究，样式也不错，领口是低胸的荷叶花边，袖口是双层喇叭花形，裙摆是360度的大裙摆，裙裾是和领口同样宽的荷叶花边。这裙摆、这袖口和披在背后的长发被风一吹，呼地舞动开来，看上去摇曳生辉，荡气回肠。这条裙子她才穿过一次，就为她赢得了不少注目礼和回头率。女孩子才发现原来她也可以这么漂亮，男孩子才发现她也是一个很有味道的女孩。

那个星期五的下午没课，同宿舍的睡午觉或没睡午觉的三三两两地出去了，眠眠午睡起来时，已经是下午三点钟，她穿着那条粉红色的裙子，在宿舍里的穿衣镜前转过来转过去地照着镜子，这样式她爱极了，没想到穿在自己的身上光彩照人。她很高兴，于是拎着一个装着一本书的手袋和一只塑料袋装的碗去了教室。一路上，她强烈地感到了太阳的温暖和来来往往的注目，她有些兴奋也有些脸红，像一个内向的从未见过世面的女孩，或是像深闺中走出来的淑女，一举手一投足既羞怯又令人惊叹。那天下午她一个字也没有看进去，只感到一团粉红色的火焰摇摇曳曳地烧起来。五点半钟在食堂打饭后，碰到认识和面熟的男同学女同学惊异地打量她，她一脸的通红。她没好意思像以往那样捧着饭碗边走边吃。而是急匆匆地赶回宿舍，坐在座位上吃。即使是这样，她也没有安静下来。室友们发现她穿了一件漂亮的裙子，硬是要她站起来转给她们看。她不好意思，但还是站起来转了一下。哇，真漂亮，大家都异口同声地说。李悦上上下下地打量了她一通，然后一脸怪笑地说，我们的眠眠什么时候也怀春了？其他人都会意地一笑。眠眠跑过来打了一下李悦的后背，气呼呼地说，你个坏人！

今天早晨她还在睡觉，就被下铺的李悦弄醒。李悦像有什么事，但是犹豫了好一会儿才附在眠眠的耳边，悄声说，眠眠，请你帮个忙……我，我今天有个约会，想借你的那条裙子穿穿。眠眠知道她说的是那条粉红的裙子，犹豫了一下说，没问题，你到那头去拿吧。李悦说，我洗了脸，再来拿。李悦去洗脸，化妆了。眠眠很快又睡着了。

现在她伸手去取那条裙子，她看到了李悦给她留的一个条子，上面写着：眠眠，我比你胖，我担心这条裙子并不适合我穿，所以没穿。但我还是谢谢你。好好睡吧，睡美人。

眠眠笑了一下，自言自语地说，今天难以入眠！她穿上那条裙子，又把头发顺了顺，就去开门了。门外的敲门声很执着，她已顾不上漱口洗脸了。

她很惊讶，怎么也没有想到敲门的是周老师。周老师一见到她就眼睛一亮，心想，这女孩今天真漂亮。眠眠不知道周老师来找谁的，又不好意思问，只好站在门边犹豫。周益民看出了眠眠的疑问，便说，我知道你在睡懒觉，都什么时候了？亲切的语气隐含着一丝责备。

她脸一红，心想，又没事干，不睡觉干什么。

你好像不打算让我进去坐一坐！周益民笑着说。

哦，不是。眠眠忙把周老师请进宿舍，找了一个干净的杯子，给周老师泡了一杯茶。眠眠在做这一切的时候，显得非常紧张，这紧张之中竟有一些受宠若惊之感。

眠眠也给自己倒了一杯茶，坐在周老师对面两米远的地方，手足无措地等周老师说话。按眠眠跟北京爷们交往的经验，她知道，他们是最会侃大山的，即使是外省青年在北京待两年，也会变得能说会道了。眠眠并不知道周老师是哪里人，但她知道要说话不需要她先开口。

周益民啜了几口茶，才开始说话。从天气说到国家政治，再从国家政治说到北京老胡同里的故事，又一跳，跳到电影明星的身上。他说，他昨晚回父母那，经过柳荫公园时，看到剧组在选景，潘长江像个猴子一样地跳来跳去地忙得高兴……

眠眠一听到潘长江，便问有没有看到女演员。她偶尔上街去转转，会看到摄影的和拍电影的，但没有一次看到她喜爱的电影明星。不像有的同学那样幸运：今天我在那儿看到刘晓庆，看到潘虹了。

有啊，好几个呢。

是谁呢？眠眠急切地问。

忘了，只觉得面熟！周益民故意神神秘秘地说。你想见到谁啊，今天天气这么好，说不定哪个公园里又在拍呢。

真的？眠眠高兴地问。

嗯，很可能，让我想想哪个地方有可能在拍电影！周益民作思考状。突然恍然大悟地说，圆明园现在就在拍，不信，我带你去看看。

眠眠将信将疑地说，好，请等一等。我们一会儿就走。眠眠起身到洗漱室去洗了口和脸，然后在床上的枕头旁拿了化妆包，想了一下，又放下了。她本不爱化妆，这袋化妆品都买了一年了，才在系里的晚会上用过两次。现在倒是想化妆，但当着周老师的面又不好意思。她拿了放在枕头下的装着钥匙和几百元钱的手袋拎上，对周老师说，走吧！

还真有拍摄组在圆明园取景呢！在圆明园的石门废墟上，一群人正在喝来喊去地忙着。周围还有几层围观者，都是星期天来游园的人。一个着蓝褂黑裙白袜黑鞋围着白围巾的女孩子拿着一本书倚在一根破损的石柱上，若有所思。那女孩虽不是明星，但是气质高雅，长得也好看。好看的女孩就是不一样，连她脸上的忧郁也好看，那忧郁在阳光下和微风中有一种无言的美，眠眠盯着那个女孩子看，心中充满了羡慕。在叹息的历史废墟上拿着一本书若有所思，这似乎就是眠眠心中不甚明了的一个隐秘的愿望。现在这愿望被另外一个女孩子在一个温暖的午后亮出来展现在她的面前，竟然令她有些无言的感动和莫名的疼痛。这感动与疼痛令她双目潮湿，柔情万种，她不由自主地依在周老师的身上，哭了。

周益民刚刚把手搭在眠眠的肩上，尽量做得像一只同性的手，或是父亲的手，若有若无的或只是一个长辈的关心，他不能让这只搭上去的手负载暧昧的柔情，那是不恰当的，也是一个小女孩所不能承受的。可现在这小女孩竟像一只无助的小鸟依在他的胸口哭，他竟不知如何是好，好一会他才拿出他的手来轻轻拍着她的后背问，不舒服吗？

眠眠像突然意识到什么似的，离开周老师的胸口，说，那女孩……让人想哭！

那女孩怎么了？不是明星，你失望了？

不，是她的姿态，她的美！

眠眠，你也很美啊！周益民说。

是吗？眠眠伤心地一笑说，这不一样！

圆明园眠眠来过两次，这是第三次。前两次她像一个没心的孩子一样玩得很疯，不像她的那些同学感叹万千，吟诗作画。而这一次她却想了很多，从那破损的长满青苔的石柱，想到八国联军火烧圆明园，想到刘晓庆在《火烧圆明园》唱的《艳阳天》，想到"五四"青年节，从那女孩的白围巾和她若有所思的神态，想到后来慢慢朝她走去的青年……然后想到自己和自己不知何往的将来……

在转过身来经过那一处石拱门一根卧在地上的石柱时，她回忆起去年的冬天他们班十多个男女同学在这儿玩时，一个叫王怀宇的男同学即兴朗诵给她听的诗句：一切都是冷的，只有你的笑容还温暖。当时她的同学都在触景伤情，脸上都是凝重的表情，只有她像小鸟一样跳来跳去的，在数那些倒塌的石柱。脸和秋阳一样明媚。那句诗就像是丧礼上一声不合时宜的笑声，让人生怨。眠眠听见了也看见了，但她不理会，她还是数她的石柱。一切都真的冷下来了。王怀宇对眠眠若有若无的追求，还没等眠眠理会过来，就冷了转向了。他追上了外班的一个写诗的女孩。

她深深地叹了一口气。那叹息在阳光明媚的下午，显得格外的触目惊心。周益民好奇地看着身边这个女孩，看着她哭一会，笑一会，惆怅一会，茫然一会。心里已经很疼了，但他不知怎么做。只好说，我今天不该带你来看拍电影！

为什么？眠眠不解地问。

弄得你这么伤心！

我不是伤心。即使伤心也觉得很舒服。真的，我从没有像今天这样想很多。以前我太傻了，什么都不想，一天到晚只是吃饭，看书，睡觉，高兴了还放声大笑。

那样不好吗？周益民笑着说。

不好，像个没心没肺的人！眠眠想到个别同学对她的评语，心里凉了一下。

现在就有心了？周益民问。

至少我知道以后该怎么活！眠眠说。

怎么活？周益民好奇地问。

我不告诉你。眠眠神秘地说，她的心里已经想好了，首先她要去爱，然后是留在北京。只有爱，她才会变得敏感；只有留在北京，她才觉得生活得有意思、有光彩。

圆明园就在北大的后面，可以步行着穿过清华，回北大。从圆明园出来后，眠眠就一直跟着周老师，她似乎意犹未尽，并不想很快回去。

周益民也不想。他们就信步走着。

周老师，你真神！眠眠像突然忆起什么似的，看着周益民。

周益民不解地问，怎么神？

你怎么知道今天这儿拍电影？眠眠问。

我并不知道，只是猜的。不过，在北京这样的机会可是太多了。不留神，都可以碰到一堆儿事。你想想，北京这种地方，什么人都多得不得了。一块砖头掉下来就要砸到好几个艺人或处长。外省的有名的没名的，想要出名的都到这里来，大学生毕业了，挤破脑袋都要留在北京。你猜这是为什么？周益民神秘秘地说。眠眠并不接过周老师的话问，她在想"挤破脑袋"这个词。周益民自问自答地说，谁不愿留在北京呢？北京好哇，成名成才的机会多呀！即使不成名成才，生活比外省有优越感啊！

眠眠默默地听着，不说话，她当然知道人们为什么都要留在北京。

眠眠，你毕业了，一定要留在北京。周益民充满期望地说。

眠眠还是不说话，只是静静地看着周老师。

你好好地学习。最好先考上研究生。这样在北京找单位就更容易些！你知道吧，这附近有个画家村，住着很多外地闯北京的流浪画家、诗人……有的，还真从这里走出去了，成为很有名的画家。

画家村，眠眠曾跟她的两个同学来看过。当时她看到几个人挤在一间阴暗潮湿的屋子里，画床上堆满了颜料，床上堆满衣服和杂物，整个房间看上去像男画家的长头发一样零乱。她当时觉得他们活得很苦，感觉不到好。她当时想，如果我要当画家，北京的画家，绝不这样活。她要活得体面、舒适，充满了优越感。她想象中的画室是富丽堂皇，一个漂亮的女模特坐在面前，画家爱一阵再画一阵。那里有女人的长头发和香气，有男人的画笔和香烟。像罗丹和他的卡米尔疯狂又充满哀怨的爱欲……眠眠一想到卡米尔，赶忙摇头，不，不能像卡米尔，为爱和艺术活到疯狂。

他们在清华外面的一家餐馆里吃了饭，然后步行回北大。临别前，眠眠说，周老师，谢谢你。我今天过得很愉快。

如果你哪天没课，我还可以带你去看拍电影！周益民紧紧地握着眠眠的手说。

真的！眠眠把头埋向周老师的怀里，轻轻说，你真好！她觉得周老师就像是她的父亲。他的胸口让她觉得温暖与安全。

周益民刚想抱她，却见她像一只脱兔一样竖起脑袋，跑了。

那天晚上她又做梦了，梦见自己，在北京的夜空中飞。从北大、清华，然后到圆明园，最后到她不知道的地方，她还看到一条长长的白围巾，跟在她的身后飘，似乎要和她一起飞，又似乎想缠着她。偌大的天空，只有她和一条白围巾，她看不到一只鸟，也看不到一个人。她这样和一条白围巾在天上飞……后来，她又看到了很多石块，白色的或黑色的都围着她，她躲来躲去，却还是被它们围着，急得她又跑又叫的。后来就醒来了。

接下来的一个多月里，周益民又三次带眠眠去看了拍电影。周益民在北京的影视圈有一个很好的哥们。想知道哪儿拍电影真是太简单了。眠眠觉得跟周老师在一起玩很舒服，他朋友多，关系多，到哪儿都畅通无阻。但是眠眠不想她与周老师的交往让别人知道。毕竟周老师比她大，而且肯定大了她一大截，具体大多少她不敢知道，也不愿知道。她还听说周老师结过婚又离了婚。周老师似乎看出了眠眠的顾虑，也不再到宿舍里去找她。只是给她写没留地址的信投到她们班的信箱。告诉她哪儿要拍电影，几点钟，他在哪儿等她。眠眠每次看到周老师的信，都心惊肉跳的，一半是激动，一半是害怕人看见，像一个接到秘密信件的地下工作者。但是只要一见到周老师，她就像孩子一样疯，在没有熟人的北京大街上，她主动地挽着他的胳膊，不是哼歌儿，就是问他一些傻问题，就像他真的就是她的父亲，或者情人。

周益民喜欢眠眠，但他最忘情的时候也不过是把一只手搭在她的肩上，并且做得很漫不经心。他想把她抱在怀里，但又担心她会像兔子一样跑开。所以他倒情愿眠眠挎着他的胳膊，就像她真的就是他的一个长大了的女儿或是不懂情事的小情人。

六月份到了，很快就是期末复习考试时间了。一向嗜睡的眠眠在这种时候总是显得相当清醒并且有条理，平时在课堂上睡眼惺忪的状态下学的东西，现在会在她的精心梳理下变得条理清晰，再经过在睡前和醒后的脑子过一遍，就再也不会忘记了，所以她每次的考试成绩都很好。这次，她仍然这样进行复习。但她的心里总有一点别的什么东西分散她的精力。有一段时间没有见到周老师了。他的课上完了，信也没了，似乎是北京城不再拍电影了，或是拍电影的也进入了期末复习考试时期。眠眠的心里有一种失落，正是这种失落在分散她的精力。其实，她并不很想看拍电影，她更想收到周老师的信和看见周老师。她喜欢同学把那种内详的信递给她时的那种好奇与猜测的眼神，也喜欢自己看信时的心跳，更喜欢和周老师走在北京的大街上的那种亲切与自如的感觉。可现在她必须强迫自己看书学习，不让别的东西往脑子里挤。

大约过了二十天，她终于收到了一封署名"内详"的信，那是周老师的信，信中说，眠眠，等你复习考完试，我再带你去看拍电影。收到这封信眠眠的心踏实了，学得更用心了。

七月三号上午一考完试，她就到收发室去看信。没有，没有一封写着"内详"的信，只有父母的信问她什么时候回家过暑假。要是以往她一考试完的当天晚上就会坐一夜半天的火车回家的，可这次她没有提前订票，她还不想回家，她还在等，等周老师和他的信。可现在她没有看到周老师的信，也不知道周老师住哪里，她也不想向别人打听，心里失落落的，中午只吃了一小块面包，就回到宿舍里睡了。晚上，她又跑到收发室里去看信，还是没有。晚餐只吃了几根面条，就早早地上床睡了。

班上的一些人回家了，一些人准备在暑假里搞勤工俭学，一些人出去旅游，还有个别人和朋友偷偷摸摸地甜蜜。这些眠眠都不想，她只想见到周老师，和周老师看拍电影、在北京的大街上逛。见不到周老师，她宁愿一个人在宿舍里夏眠。

第二天早晨她醒得早，却不起床，躺在床上一会儿睁眼发呆，一会儿闭眼默想。宿舍的人都陆续走了。她真希望周老师能来，敲她的门，再带她出去。但是周老师没来，也没有别的人找她。她孤零零地躺在床上，像躺在寂寞的水里，被内心期待的水草缠缠绕绕着，像是绝望又不同于绝望。这感觉就像是在搔她的痒，却搔的不是地方。她真想大声地尖叫，或干脆就疯了。但是她不能，肚子在叫，她要吃饭了。

她到食堂打了饭，然后边吃边往收发室里走，却突然听到身后一个声音在叫"眠眠"，这个声音在她心里响过几千次了，现在才来到她的耳边，她觉得很委屈，眼泪都跑出来了。

她没有回头，那个声音又飘到她的面前来说，十二点钟我在校南门等你。

十二点钟眠眠一见到周老师就问，今天又有地方拍电影吗？

有啊，周老师两眼盯着眠眠，微笑着说，要不我怎么会叫你出来呢？

听到这里，眠眠的心里凉了一下，但脸上还是一副灿烂的表情，问，在哪里？

周老师叫了面的，对司机说，到紫竹园。

紫竹园里到处都是一莬莬漂亮的竹子，一些情侣依着这些天然的绿色帐篷卿卿我我。

眠眠像没看到似的和周老师并排走着。在一片荫处的石凳旁停下来，周益民用嘴吹了吹石凳，示意眠眠坐下，自己走到隔着石桌的对面，用嘴吹了吹石凳，也坐了下来。

这里很静，音乐穿过静飘过来，就像是微风拂着身子，很舒服。眠眠看着周老师问，"在哪儿拍电影？"

周益民看着眠眠说，"难道不拍电影，我就不能带你出来？"

眠眠的心里热了一下，也盯着周老师看。

两个人的目光都像是穿过薄云的太阳，一下子就热起来了。眠眠的眼感觉到了灼痛，她调皮地眨了一下眼，就笑了。

你真是一个小坏蛋，周益民说。眠眠也不饶人，说，你才是。

两个人在石凳上坐了很久。周益民天南海北地侃，眠眠一惊一乍地听。下午五点钟的时候，两个人去湖里划船。他们坐的是花蘑菇的机动船，两个人左右并排坐着，一人出一只脚踩机轮。开始因为用力不均，蘑菇船就左晃一下，右晃一下，眠眠看左边的周益民笑一下，再看右边的湖水笑一下。好不容易划到湖心，周益民就停下来，眠眠的脚早就踩不动了。看了几眼发呆的周老师，然后望着湖里金色闪闪的太阳光和另一些或停或划的船。有一丝没一丝的夏风游过来，吹着头发，让她的脸痒一下，脖子痒一下，下巴也痒一下。不知什么时候有一只船在他们前面十米远的地方停下来，眠眠瞥了一眼，看到里面的人在亲吻。眠眠突然觉得胸口发紧，口干舌燥，她把胳膊搁在膝盖上，用双手撑着脑袋，像逃避什么似的闭着眼。可她的心却似鼓点一样地敲个不停，双手也不由自主地抖起来了。周益民用双手扳过眠眠的双肩，眠眠想极力保持镇定，但还是软弱无力地倒在了周益民的怀里。眼泪也碰落了一串又一串。周益民的心也跳得厉害，他的双手不由自主地抚弄着眠眠的长发，然后抬起她的头，用嘴去吻她的额，眉毛，眼睛，鼻子，最后滑到了嘴。用舌尖舔开眠眠惊慌的双唇和她似开似合的牙齿，最后含着那颗逃来逃去的肉色的软糖。眠眠像个小猫咪一样"啊""啊"地叫着。身上似有无数团火焰在燃烧，有无数个心脏在跳动。当周益民的双手探到眠眠的胸口时，眠眠无力地喊着，不……不，我要死了。周益民像突然惊醒似的望着这个可爱的孩子，他心疼着，不忍心再爱下去了。周益民一停下来，眠眠就觉得自己像被人从奔跑的马背上扔到路边的孩子，既孤单又无助。她在心里说，我真想死了。

　　你还是一个孩子！周益民拍着眠眠的双肩说。

　　不，周老师，我已经长大了！眠眠辩解着。

　　长大了的孩子仍然是孩子！

　　眠眠不再辩白，只是有点儿委屈地流泪。周益民为她擦去了眼泪，然后把她的脑袋放在他的膝盖上，说，睡吧，眠眠！

　　眠眠勾起自己的脑袋，吻了周老师的脸，犹豫了一下，又去啄了他的唇，然后躺下去，两眼紧紧地看着他。

周益民又不禁俯下身来说，你真是一个可爱的坏小孩！

回校时，已经很晚了。但是未名湖畔还是情侣依依。走到一个暗处时，周益民问眠眠，假期怎么安排？眠眠意味深长地说，也许我明天就回家了。

回家？周益民有些紧张地问。

也许，也许就在这儿待着，眠眠话锋一转，待在学校等着看拍电影。

周益民心里一热，猛地抱着眠眠，亲起来。眠眠也狠命地啃着周益民，嘴里发出一些含糊的声音。周益民挣扎着说，小宝贝，回去吧！你再不回去，我会管不住自己了！眠眠啃得更加起劲了。周益民死死地搂着眠眠的细腰，要把她整个人地刻进自己的身子。有个热乎乎的东西隔着几层薄薄的夏衣抵着她下面的那个跳得发抖的心脏。她心里想躲开，可那个心脏却要，她的小嘴也发出了欢快的叫声。周益民腾出一只手来，正想扯眠眠的裙子，却突然听到一声咳嗽，这声轻轻的咳嗽竟像不明来处的炸弹，骤然在他们的头顶炸开了。两个人都不约而同地松开对方。眠眠顿了一下，就转身跑了。

接下来是一段魂不守舍的时光。两个人都要见面，但都害怕碰到熟人。所以就找离学校远远的地方约会。每次约会都激动得要死，身体碰着身体，却惊慌地找不着点，或没有地方找着点。两个人的脸和眼都急红了。好不容易在一个晚上一个郊区的公园里，他要了她，她给了。可这第一次对眠眠来说，就像是一枚开胃的梅，酸中带甜，眠眠觉得那味道太好了，想不吃都不能。与眠眠的性，对已一年多没有性生活的周益民来说，真是一阵盼望已久的及时雨，他被这阵雨滋润得心花怒放，已顾不得年龄的差别，只能狠心地要了。后来，他们去了南戴河，在南戴河附近的一个小渔村的私人旅馆里住了两个星期。两个人都变成了鱼，白天在大海里游，晚上在情海里游。

后来，他们又去了大连。他们又从鱼变成了猫，把从他们的情海里跳起来的大鱼小鱼都吃了。眠眠从来不累，稍稍有一点儿倦的时候，就

—316—

会说，你是一个贪吃的孩子。她早已不叫他周老师了，而叫你，或是坏蛋，或是孩子。

从大连回北京时已是八月初了，眠眠一下子收到了爸爸妈妈的三封来信，都问她在干什么，怎么不回家。

眠眠早就玩忘了，忘了要回家，以前一放假，她就急着回家，可现在她觉得她不太想家，也不太想爷爷奶奶爸爸妈妈了？脑子里只想着周益民和他给她的一切。完了，我真是一个坏孩子了！眠眠看完家信后，自言自语地说。

她早该写封信回去告诉爷爷奶奶爸爸妈妈自己暑假不回去的原因，当然她不会说实话，而是说自己为了以后能留在北京，正试图利用假期了解北京多建立一些有益的社会关系。

她的信还没有寄出，爸爸妈妈就已经到了北京，并来到她的宿舍。幸亏她那天没有出去，而是在睡觉。

眠眠一见到她的爸爸妈妈并不像以往那样撒娇，而是有些惊异有些陌生地说，你们怎么来了？

爸爸妈妈只是心疼地看着眠眠变得又黑又瘦了，却没看到她的态度也变了。只是说，你一个暑假不回家，也不写封信，我们放心不下，就来看看你！

眠眠把父母安排在校招待所。吃晚饭的时候，爸爸妈妈问她在学校怎么样，问周老师是不是很关心她。眠眠惊奇地问哪个周老师，爸爸说是周益民老师，是他们的同班同学。

怎么可能？眠眠的脸红一阵白一阵，自言自语地说，他看上去比你们小多了。

他是我们班最小的，比你爸小了 6 岁。但是从辈分上说，是你的长辈。妈妈补充说。

眠眠一句话也不说。心里像是被人出卖了一样难受。半晌才说，你们让他关心我什么？

他的家在北京，父母都是部委级的大官，社会关系多。他的人缘也不错。我们托他关照你在北京找一个好工作。最好是留在北大。

眠眠心想，怪不得周老师那么关心我，原来是受父母所托。

她的脑子里一遍遍地回现着周老师对她的好，他的慈爱、他的温存、他对她的尊重与欲罢不能……所有这一切她宁愿相信是一个人的情之所至而不是受人之托。眠眠痛苦地摇头，嘴里连连说着"不、不、不"。

眠眠，你怎么了？看到眠眠惊慌痛苦的样子，父母迷惑地问。

不是这样的。眠眠的眼泪都流出来了。他凭什么要关心我？眠眠既是质问自己又是质问父母。

就凭他是我们的同学，并且跟我们……眠眠的母亲看了眠眠一眼又飞快地看了眠眠的父亲一眼，接着说，跟我们很好。

你马上就是大三的学生了，除了好好学习之外，也要多建立一些社会关系，跟老师们把关系弄好。我们隔得太远，不能帮你，只能托一些老关系。父亲语重心长地说，这位周老师已答应过我们帮你留在北京。你自己也要争气，各方面都要搞好。这样帮忙的人就不至于太为难。

眠眠不耐烦地等父母说完，目光陌生而寒冷地逼过来，盯着父亲看一会，再盯着母亲看一会，就当他们是一对对她指手画脚的陌生人。

父母看着眠眠眼里的寒冷与嘲意，心里很不是滋味。以前她可不是这样的，他们说什么，她都点头说好，从不质疑，更不会有这样让他们心疼与心碎的眼光。他们不知道眠眠究竟怎么了。

我们是为你好！母亲似乎是想消除眠眠的敌意。

你们当然是为我好！眠眠没好气地接过去说，要不然你们不会去向你们的老同学求情。

不要我们求，他只要知道你是我们的女儿，就会帮忙！母亲很自信地说。

眠眠瞥了母亲一眼。你不相信，母亲说，不信，明天我们请他吃饭，他会当着你的面答应我们。

你们要见他？眠眠惊慌地问。她见母亲点头，便扯谎说，他……他出差了。听到母亲问到哪里，多长时间。她又说，出国了，到美国，少则一年，多则两年。

这么长时间？他答应过我们要帮你的！眠眠的父母又失望又惊讶。

看到父母失望的样子，眠眠冷笑了一下。

他不是出国了才回来一年多的时间吗？怎么又走了？眠眠的父母不相信，过了一会又低声说，那你一定要考上研究生，我们再看看有没有别的关系。眠眠的父母总是有办法的。眠眠相信他们有这个能力。但是现在眠眠突然很瞧不起他们，我不要你们帮忙。

眠眠的父母面面相觑，不知该说什么。女儿大了，让他们觉得陌生了。

眠眠的父母在北京待了五天，一直到眠眠开学了才走。这五天，他们到处找在京的老同学。就像两年前他们送眠眠报到那样。可眠眠不再像第一次那样跟着父母到处跑，确切地说，她再也不想让父母牵着鼻子到处跑了。

眠眠这些天真害怕在校园时碰到周益民，每次出宿舍都要东张西望地看一阵，确信周益民不在周围，才安下心来，尤其是她的父母在身边的时候，她更是这样。周益民也没来找她，似乎他知道了她害怕见他的心态。其实周益民从旅行回来就收到了眠眠的父母要来北京的信。只是他不知道如何当着眠眠的面见她的父母，或是如何当着眠眠父母的面见眠眠。他已经爱了眠眠，他不可能像什么事都没有发生一样去见眠眠。

一入秋，天就陡地凉下来了，校园里长长短短花花绿绿的围巾飘飘荡荡的，形成一道道儒雅而浪漫的风景，女孩子们争先恐后地为她们的男朋友织着白色的、灰色的、咖啡色的围巾，男孩子们骄傲地把这些信物挂在脖子上挽着他们的女友在校园里进进出出。眠眠也想织一条围巾，白的，或是银灰的，挂在他的脖子上，让他挽着她的胳膊在校园里像一个骄傲的公主进进出出，可是她不敢让别人知道她和可以当她爸爸的老师好，因此她是不敢在宿舍里大模大样地织围巾的，更不敢织了围巾送给他。谁都知道她是没有男朋友的，她要织围巾，如果没有明确的对象要送，是会让人嘲笑的。她可不想在这个问题上让人瞧不起。

每次见到那些花花绿绿的围巾在她的面前晃来晃去，她就伤心。和周益民偷偷摸摸的关系让她累了。他的年龄让她累，他的身份让她累，他有过的婚姻更让她累。她只想像她的那些女同学一样简简单单实实在在地爱，有人打开水，有人买饭，有人在图书馆占座位，有人抄笔记，甚至做作业。哪怕只是让她有心情有胆量像模像样地织一条围巾挂在他的脖子上也好。可这份明明白白的骄傲恰恰不是周益民所能给的。从一开始，她就知道了。

　　她无疑是喜欢周益民的，喜欢他写信约她出去看拍电影，喜欢他挽着她的胳膊在北京的大街上逛，喜欢和他划船，喜欢和他旅行，当然还喜欢和他睡觉。他让她像一个好奇又贪吃的孩子，享受着人间无穷无尽的美味。可是这些喜欢都是在校园外的，一回到学校，她的身上就长了一层厚厚的坚甲，这层坚甲妨碍着她去接近他。她想要把这层坚甲丢开，但是害怕密密麻麻嘲意的目光刺疼她。更让她伤心的是，他有过婚姻倒也罢了，却居然还是她父母的同学。所以在他一遍遍地写信约会她时，她只是简简单单地回了一封信说，我的父母又让你关照我了吗？她在她父母走后的第五天终于答应见他。他说，我对你的感情与他们的托付无关。换句话说，你是他们的女儿我会关照你，你不是他们的女儿我更会关照你。

　　这么说，我是不是他们的女儿你都会关照我，眠眠说，既然这样，我不是他们的女儿的时候就来见你，我是他们的女儿的时候就不来见你。

　　你是他们的女儿，也是我的女儿。周益民说。

　　我不需要一个父亲的爱。我需要一个男人的爱。眠眠伤心地说。

　　我能给你。周益民说。

　　是的，你能给，却只能在校外。眠眠很无奈。

　　在校内，我也能给。只是你不敢接受。你觉得我老了，有过婚姻，不配你；你怕别人瞧不起你；你更怕别人说你和我恋爱有所图。周益民把话说得太白也太狠了。眠眠的脸都有些挂不住了，恶狠狠地说，我再也不要见你了。

两天后，眠眠收到周益民的信，看都没看，就撕了。心想，你只会做那种偷偷摸摸的事情，就不敢公开来找我。还说我不敢接受。周益民没有约到眠眠，于是到眠眠经常买饭的食堂去堵。以往眠眠偶尔叫李悦给她带饭或是和宿舍里没谈朋友或失恋的人轮流买饭。可是这些天来，好像人人都有男友带饭来，她不好意思开口让别人给她带，方便面是不能再吃了，她只好一个人孤零零地去买饭。刚买饭出来，就发现周益民在前面不远的地方站着。她硬着头皮走另一条路。周益民赶过来，轻声说，还在生气呢！眠眠不理。周益民把一只手搭到眠眠的肩上来。眠眠猛地把肩往下一缩，躲开了，眼睛飞快地看了一眼四周，生怕熟人看见。还是你不敢吧？怎么样？如果你有胆量就挽着我的胳膊，我们出去吃饭。眠眠听到周益民这样说，回头冷冷地看了他一眼，说，是我不敢！说完就扭头走了，眼泪噼噼叭叭地流出来，有的还掉到了她双手捧着的饭碗里。

这天眠眠的晚饭吃得很慢，只吃了一点点，剩下的都倒了。碗没洗，澡也不洗，就爬上了床，却没睡。脑子反反复复地想着和周益民前前后后的一些事。和周益民在一起的日子她是快乐的，而且她是很喜欢和他在一起的。尽管他大她许多，还有过婚姻。但这些她都只是偶尔想一想，并没有把它们和她、她的未来联系在一起，所以她是不在乎的。那次在大连的海滨沙滩，周益民提到他的一段婚姻，说他的前妻和女儿都定居美国了，她心中虽有些不自然，但并没有深究。从大连回北京前，周益民还告诉她，他在学校的家属楼还有一套房子，以后约会也不需要东躲西藏。眠眠当时还问他，那儿是不是你常和小女生幽会的地方？周益民说以前不是，以后是啊。眠眠说，以前有女人住过吧？周益民心想这丫头还是在乎的。回来后，就把女儿的照片放进抽屉里，把一些旧家具都丢了，把离婚后换的单人床也丢了，重买了一张新的席梦思双人床。他确信没有什么旧痕迹了，就等着眠眠来敲门。可没等眠眠去敲他的门，眠眠就知道了他居然还是她父母的同学呢，还说再也不见他了。

周益民在收拾一新的房子里，天天等着眠眠的到来。眠眠不来，他就去堵。他早就想到眠眠在校园里是不愿意以恋人的角色和他进进出出的。但是眠眠真的拒绝时，他还是很伤心。是的，谁让自己大了她一大截，居然还是她父母的同学呢？这女孩的自尊与虚荣哪里受得了呢？他何尝不想像那些年轻的恋人们那样为她打水买饭送进宿舍。可是他不能。他是老师，年龄上还是父辈。他即使是当着学生的面去找她，她也是不会见的。周益民像一只困兽，在房子里来回转圈，想着要不要到宿舍里去找眠眠。

这是个星期天，眠眠躺在床上，脑子里一会儿涌满了各种画面，一会儿空空荡荡的，什么也没有，如此折腾了一番，刚有睡意。李悦喊过来，眠——眠，有人找！眠眠像没听到似的，闭着眼睛不理。当她突然意识到可能是周益民时心里好紧张，暗暗骂道，这个傻瓜居然找到宿舍里来了。真要命。她恨不能盖在身上的被子此刻变成一堵结结实实的墙把自己封住，让人看不见。可被子却被李悦掀开了。哇，一个帅哥！李悦一面说一面用手抓眠眠的胳膊。眠眠一听李悦不是喊周老师而是说一个帅哥，才知道不是周益民找她，心里就松了一口气，慢腾腾地坐起来问是谁。李悦对她做了一个鬼脸，说，该是你告诉我吧？眠眠刚下床，来客就被李悦放进来了。眠眠一看，呆住了。好半天才喊出一句，章老师，怎么是你！章子罕穿着一件深蓝色的风衣，领子很有风度地竖着，双手迅速地从口袋里拿出来伸向眠眠，没想到吧？眠眠迎上去和章老师紧紧地握着手，一个劲地说，没想到，没想到！到北京出差吗？眠眠问。章子罕神秘地一笑说，你猜是来干吗的？眠眠若有所思地眨了几下眼睛，来旅游的？章子罕说，是来看你的。眠眠像不相信似的盯着章老师的眼睛。章子罕说，我对你说过要来看你的。眠眠这才想起章老师在半年前的来信中说过的。眠眠高兴得不得了，激动地喊了一句，章老师，你真好！说完，就扑到章老师的怀里，眠眠感觉到了一种久违的亲切，这亲切把她带回了那个书声琅琅的校园，那校园里她恹恹的睡眠和不醒的天真。那时候多好啊，只做单纯的书虫和瞌睡虫，被父母老师疼爱，被同学崇拜，不像现在没人关心没人疼，刚谙情事，就被人把青春都弄疼了、弄烦了。想到这里眠眠就有些伤感了。眠眠抬起头搁在章老师的肩上，章子罕却拍着眠眠的肩说，睡吧，眠眠！没想到这一句话却碰到了眠眠泪水的开关，哇，眠眠一下子哭起来了，仿佛要把几年来不明的委屈都倾倒出来。泪眼蒙眬中，宿舍里的其他人都陆陆续续走了。李悦走时，还轻柔地抚了一下眠眠的头发。眠眠这才意识到自己的失态，忙止住哭，并离开了章老师的怀抱。她为章老师泡好茶后，两人就面对面地坐着。谈眠眠高中的同学，考上大学与没考上大学的，他们都一一过了一遍。后来话题就停在朱姗姗和刘友军身上。这两人在中学时就是暗恋的一对儿，眠眠考上大学那年，刘友军考上了上海交通大学，可朱姗姗考了两年都没有考上，就跑到上海去打工了，当她发现刘友军在大学里有了女朋友时伤心得割腕自杀，幸亏被一个同乡发现送医院救过来，可她回家不到半年就嫁给一个大她一半的丧偶的男人了，那男人还带了一个五岁的姑娘。章老师说到这里，深深地叹了一口气。眠眠只知道朱姗姗到上海去了，不知道她还有这么一段故事，当她听到朱姗姗嫁给一个比她大了一半的丧偶的男人这一句时，脸红红的，就像是说她自己似的，想到周益民也差不多要大她一半了，可连挎着他的胳膊在校园里走都不敢，就更不会想到嫁给他了。朱姗姗还是很有勇气的，眠眠说。有勇气？章子罕不解地问。是呀，她敢嫁一个大她那么多的男人！眠眠说。那不是勇气，那是没办法！章子罕若有所思。眠眠突然明白过来了，被心爱的人抛弃了，就算死过一次，还怕什么呢？眠眠说，只是太可惜了，她在中学里没谈恋爱前成绩是很好的。所以说不要早恋嘛！章老师语重心长地说，那口气就像是眠眠中学的班主任。眠眠看了一眼章老师笑起来。不过在大学里谈恋爱好像影响不大？章子罕问。眠眠说，谈不谈都没关系。你谈了吗？章子罕两眼追着眠眠的眼睛问，心里很紧张，他担心眠眠说谈了。眠眠低下头，不说话，她想说在谈，可她却从没把恋人推到公开场合里来，说没谈吧，可毕竟有周益民这个人。眠眠摇了摇头。章子罕心里一喜，却听眠眠说不知道。章子罕心里又是一紧，不过到底还是慢慢地轻松下来了。他从眠眠的这句话里琢磨出眠眠还没有公开的男友。看来我来的正是时候！他想。宿舍里的人又陆陆续续回来了。章子罕起身要走了，眠眠去送他。两人不知不觉地走到了湖畔。秋夜，一阵阵风吹过来，很有些冷。眠眠虽然穿着厚厚的毛衣，外罩一件银灰色的风衣，但还是冷。章子罕脱下自己的风衣让眠眠穿上。眠眠说，我不冷，走一会就好了。但是章子罕还是为眠眠披上了。眠眠盯着章子罕露在外面的脖子与喉结说，章老师，你戴围巾很有味的。你那时候把我们班上的女生都迷倒了。章子罕说，哪有这么回事呢，不是没迷到你吗？眠眠说，我那时什么都不懂嘛！章子罕问，现在呢？眠眠说，现在还是什么都不懂。章子罕说，不是吧?! 眠眠话锋一转，问，你的围巾呢？其实她是想问那围巾是谁送的！我姐给我织的围巾，现在太旧了，戴不出来了！眠眠问，没人再送围巾吗？章子罕说，没有。眠眠说，不是吧?! 章子罕说，学生送的围巾，我不能要！眠眠说，我算不算学生？章子罕高兴地说，如果你送我围巾我一定要！要用手织的，不是买的。眠眠说，我从没有织过东西，但我一定要为章老师织一条围巾。章子罕深情地看着眠眠说，我一直在等你送我围巾。说这话时，声音非常的轻柔，像一阵夹着酒气的风，眠眠迎着它有些醉意地饮了一口。一直在等。章子罕又轻轻地加了一句，这一句的酒香更浓了。眠眠想周益民在她面前时话很多，却从没有说过这么动听的情话，即使是在最动情的时候也没有。眠眠在心底里暗暗地比较着这两位老师。章子罕伸出双手紧紧地抱着眠眠，眠眠听到章老师的心跳得很响，他的脸不停地在她的脸上摩擦，嘴滋润着寻找眠眠怯怯地躲开的嘴。眠眠心里有些醉了，却很紧张，她轻轻地叫了一句，章老师！章子罕说，别再叫我老师！眠眠刚想说什么，就叫章子罕找过来的嘴堵住了。眠眠还想躲避，却让章子罕的嘴唇吻得醉了。这是一张和周益民不同的嘴，他慢慢地接近，一点点地渗透，既痴情又敬畏，像在吃情人梅，慢慢地品，先有一点儿酸，然后是甜，一直从嘴里甜到心里。一点不像周益民的吻，先是疯狂而霸道，后来却让下半身的性趣冲得蜻蜓点水般的潦草了。周围有一阵咳嗽声传来。他们仍然紧紧地抱着。眠眠真想就这样让章子罕抱到天亮。夜已经深了，章子罕拥着眠眠，把她送到了宿舍的楼下，吻了吻眠眠，说，我明天再来看你。眠眠问，你住在哪？章子罕说，你送我围巾的时候我再告诉你！

上午一上完课，眠眠饭都没吃，就上街去买了毛线和棒针。回到宿舍，把一张小凳子倒过来，一圈毛线固定在凳子的四只脚上，就开始卷毛线了。眠眠不太会织毛线，只在大一的时候为自己学着织了一双手套。平时又看见宿舍里的一些人飞针走线地为她们的男朋友织围巾和毛衣，多多少少也知道了一点儿编织的技艺。织手套的经验和剽窃的一点儿技艺，对织围巾简直是绰绰有余。她早就听过李悦讲的编织经，所以眠眠对织围巾还是有信心的。一开始卷毛线，就有人问眠眠，要织毛线了。眠眠不好意思地一笑算是回答。对方心领神会地一笑，就不再问了。只是李悦不放过她，跑过来神神秘秘地问，这么大的动作，好像不再是织手套吧？！是不是有相好了？眠眠一只手停下来，在李悦的背上狠狠地拧了一把，李悦"哎哟"一声，盯着眠眠那一双因害羞而眯上的眼睛说，这样对我，有难题别让我再教你了！

眠眠织手套，是李悦教的。李悦说你除了会学习，成绩好，什么都笨笨的。小时候干什么去了？眠眠不无骄傲地说，爬树去了。李悦似乎若有所悟，怪不得像个假小子。

眠眠卷完线，爬上床，就要动手织了。可她折腾了半天，也记不起该如何起针了。只好怯怯地喊醒睡觉的李悦，哎，哎。李悦睁开眼望着坐在她的床边的眠眠，故意问什么事。眠眠说，我忘了怎样起头了。李悦盯着眠眠问，织什么？眠眠答，围巾。李悦又问，送给谁的？眠眠说，给我自己！李悦追着眠眠的眼睛问，你不说实话，我不教你了！眠眠拿起右手的针，轻轻地敲了一下李悦的头，说，你真坏，然后又轻声说，送给我中学的老师。李悦问，就是昨晚的那位章老师吧？！眠眠点点头。李悦说，那么帅的老师，你早该为他织了。眠眠用手捂住李悦的嘴，示意她小声点。李悦移开眠眠的手，做了一个鬼脸说，你昨晚做梦大笑把我吵醒了。眠眠突然想起自己昨晚真做梦了，在梦里她飞针走线的，竟然那么会织毛线！

晚饭时，眠眠的一个头起了不下十遍，起了拆拆了起，现在刚刚摸顺了，织了几行，章老师就来了。眠眠放下针线，真有点意犹未尽呢！一下床，眠眠就感到自己的肚里空空的，两餐没吃，真饿了！章老师正是来叫眠眠一起去吃饭的。两人一前一后地下了楼，后来就并肩走着，眠眠的目光也能幸福地迎着那三三两两走过来的情侣，似乎她已是他们之中的成员了。偶尔会有同性异性羡慕的眼光打在她和章老师的身上，让她觉得很舒心。这餐他们是在学校附近的一家小餐馆吃的。食客基本上都是同学和学生情侣。有斗酒声，也有窃窃私语声。音乐有一缕没一缕地在这一热闹的环境里顽强地渗透着，像墙角处情侣的喂饭和接吻，于繁杂之中显着甜蜜的小情调。眠眠这餐吃得不少，还破例喝了不少啤酒，脸红红的，像擦了厚厚的胭脂。章老师吃得不多，一直看眠眠吃。还时不时地用手刮眠眠的脸蛋，说，像个孩子！饭后，他们又在校园里走了走，每到一处，眠眠就给章老师介绍说，这是什么地方，什么楼，干什么的！住着什么人！章老师在心里听得暗笑。眠眠是比他知道得多，但是他也并非一无所知。可他还是很谦虚地听着，在僻静处深情地用吻盖住她的嘴，用手抚摸她的脸和脖子……眠眠的感觉很奇妙，她觉得他的手像吻，嘴却像抚摸。一切就像淅淅沥沥的雨声，既细腻又深情。这晚眠眠跟昨晚一样到宿舍楼快关门时才回去。如此过了一个星期。这一个星期里她共收到周益民的三封信，每封信都是让她到他那里去，其中有一封信还说，他那儿刚装了一部电话。如果不想去，打个电话也可以。眠眠连课都不想上。白天笨手笨脚地织毛线，晚上兴高采烈地约会。她在意识上把周益民推到更远的暗处，暗到她看不见。

星期六的下午，围巾终于织成了。眠眠戴在自己的脖子上一边照镜子，一边想象着它围在章老师脖子上的样子。他一走动，这围巾会很风度地随着他一起摆动，就像他在英语讲台上。真是迷死人啦！眠眠想起朱姗姗说的这句话，是的，很迷人，我现在终于可以对他说了。眠眠细心地叠好围巾，装入背包里。刚到晚饭时间，章老师就来了。还买来了饭。把眠眠激动得结结巴巴——章……老师，你……买的饭？在食堂？

章老师连连点头。要不是宿舍里还有人，眠眠真想扑上去吻章老师一口。从没有异性专门为她买饭。她怎么能不高兴呢！章子罕用很大的一个碗打了两份饭三份菜。眠眠用自己的碗把菜盛出来，两个人就并肩坐着，就开始你一勺我一勺地一个碗里吃饭了。起初眠眠吃得很矜持，一小口一小口生怕吃得难看，吃得有响声，后来就越吃越有味，越吃越甜蜜了。她想怪不得李悦越谈朋友越胖，原来是一个碗里吃饭吃的！

饭后，章老师说我们出去走一走。眠眠就拿起装着围巾的包，和章老师下了楼。走到湖畔时，眠眠问，你该告诉我你住哪了吧？章子罕说，怎么围巾织好了？眠眠打开背包，拿出围巾，并为章子罕戴上，看了看，又后退了一步，仔细地看。章子罕在眠眠的眼前转了一圈，问道，是不是风度翩翩？真好看。眠眠刚说完，章子罕就一个大步跑过来抱住眠眠转起圈来。直到气喘吁吁了，才放下眠眠，然后又是一阵细雨绵绵的吻。走，眠眠，到我住的地方去。眠眠像喝醉了酒一样，被章子罕搀着走。在一幢学生宿舍前，章子罕说，我住310。眠眠说这是研究生楼，你有熟人？章子罕并不回答，拉着眠眠就往楼上跑。章子罕自己开的门，房间里没人。只有三张床铺。章子罕让眠眠在靠窗的床铺上坐下来，就去倒开水了，眠眠顺手拿起书桌上的一摞书看了看，全是崭新的研究生英语课本。每本书的扉页上都写着章子罕的名字。眠眠好奇地问怎么买这么多研究生的英语书。章子罕神秘地一笑，你真是一个小傻瓜，我在读研究生啊！眠眠猛然站起来，问，真的？章子罕说，怎么，不相信老师也会当学生吧?!眠眠摇着头说，没想到！你怎么才告诉我啊！章子罕抱着眠眠坐到床沿上来，我是为了你才考到这个学校读研究生的。考了两年才考上。每次来北京都忍住了没去找你，我发誓考上了再找你。眠眠激动得一连声地喊"章老师，章老师"！章子罕吻了一阵眠眠说，现在我和你一样是学生了，叫我章子罕！眠眠轻声地喊了一句"章……子罕"，说，我还是不适应叫你名字。章子罕说，慢慢的你就会适应的！说完，章子罕又深情地吻起眠眠来，眠眠感到一阵阵温暖的细雨从头到脚地滑落在她慢慢暴露的肌肤上，在胸部的两个高处形成一个疯狂的旋涡，眠眠"啊啊"地呻吟着，下面那个好久没跳的心脏，此刻流着泪跳动不停，像一个在洞穴里找不着出路的鱼无声地欢叫。章子罕的嘴和手一寸寸地移下来，然后在肚脐处反反复复地停留，不知道是不是能往下。眠眠焦急地等着，口干舌燥，不能自已地吐出一声"子罕"。章子罕像受到鼓励似的挥师朝下，这时响起一阵敲门声，然后是掏钥匙的声音。两人飞快地从床上爬起来。章子罕一个健步跑到门口将门反锁了，小声对门外说，等一等。见眠眠已扣好衣服，将头发也理顺了，才开门。章子罕对进来的男生说，这是我的女朋友；又对眠眠说，这是我同寝室的，张辉。眠眠脸上的红晕还没有褪去，她对满脸笑意地看着自己的张辉很不自然地笑了一下。张辉说，对不起，不知道里面有人，我拿点东西就走。这句话把眠眠听得越发不好意思起来。章子罕说，你别急，我们也要出去的。

已经有半个月没见到眠眠了，她既不来，也不打电话。周益民的心里乱极了，天黑下来时，他终于下定决心到宿舍里去找眠眠。他鼓足勇气敲开眠眠她们的宿舍时，开门的是李悦。她和她的男朋友刚准备出去，见是周老师，就回宿舍坐了一会。周益民没说找谁，只说刚到楼上去看了一位朋友的孩子，顺道来看看你们。见眠眠不在，就漫不经心地问这间宿舍住了哪几个人。李悦把六个女孩子的名字都报了一遍，周益民问，眠眠呢？是不是还爱在课堂上睡觉？李悦笑着说，不像以前那么爱睡觉了，好像在忙别的事！周益民听了这话，心中一愣，但不好问眠眠到底在忙什么事。心中非常怅然，又不便表露，只好急匆匆地告辞下楼了。走到宿舍楼的树荫处，周益民突然停下来。他要在这里等着眠眠回宿舍。他睁大眼睛看来来往往的学生，后来进进出出的人少了，宿舍楼的门也关了，周益民还没见眠眠的影子。她到哪里去了？居然还夜不归宿！周益民回到家，躺在床上还在想这个问题。

眠眠和章子罕那晚到外面去看了通宵电影。开始放的是言情片，两个人的呼吸与节奏与银幕上很一致；后来的枪战和武打，两个人都没兴致看了，身体的欲望像两团风中的烛火，闪烁不定。一个通宵下来，两个人都像闻到毒品却吃不到毒品的人，心慌得厉害。一些稀里糊涂的画面和稀奇古怪的声音在脑子里嗡嗡作响，吵得不得安宁。两个人都清楚，他们的身体要找一张床好好地睡上一觉。

眠眠的抽屉里一直锁着几粒白色的药丸。这些药是周益民在秦皇岛买的，那个暑假没用完。周益民让眠眠藏好，以便回来后再用。但是回来后眠眠就不理周益民了，却意外地和章子罕重逢并相好了。每次章子罕想和眠眠亲近时，眠眠都想从钱包里拿出早就准备好的一粒药吃下。可章子罕每次都只在门外来来回回地就满足了，并不进洞穴，把个眠眠急得在心里嗷嗷叫。章子罕却说，这样也好，免得伤害了你！他一点也不知道眠眠会偷偷用避孕药！

眠眠用避孕药是周益民教的。那次从绿荫公园回来后，两个人的身体一直怀着碰撞的欲望，可每次等他们好不容易找到一个地方探到深处时，眠眠就惊慌地逃跑了。她说，我怕。这颤颤的话音里弥漫着她道听途说的有关女学生怀孕而被学校开除学籍的事。她害怕这样的事会发生到自己的头上，所以在危险的甜蜜中她会选择逃跑。周益民当然知道眠眠害怕什么，所以他就特别备了避孕药，这点事对一个有过婚姻的人来说是再自然不过的。但是当眠眠第一次看到周益民无声地递到她面前的那一粒白色的药丸时，她先是不解，待猛然明白时满脸通红，继而心里鄙夷起周益民这丰富的经验。这丰富的经验让眠眠感到了委屈与不公平。她觉得自己像是一个无助的羊羔面对的是一个久经沙场的老狼，这老狼虽然很温柔，但它的本能还是要把她推入陷阱。眠眠的心里很明白，但是可怕的情欲像阵阵狂风裹满了全身，她不能自主地卷进了旋涡。为了不至于在不测的深渊里血肉模糊，她只得闭着眼睛吃下了那药丸。她是用涎水吞下的。那姿态像是吃御赐毒药那样体面而神圣。接下来是两个身体温柔的缠绕与碰撞。眠眠的第一次非常仓促，来不及安抚身上不安的毛孔，就在疼痛中充满了泪水，像露珠一样晶莹透明的泪水，让周益民心疼得不得了。当他把眠眠从草地上扶起来时，眠眠粉红色长裙后面的一片潮湿殷红的血，更让周益民对眠眠充满无限的怜爱，他在心里暗暗发誓疼这个女孩一辈子。然后他把眠眠拥到公园的湖边，想用安静的湖水为眠眠洗去那片神圣的血迹。当他捧起一捧湖水时，又放下了。这是一个女孩成为女人的纯洁见证，他不忍心洗去这个见证。于是脱下自己的衬衣让眠眠穿上，衬衣在眠眠的身上正好盖过了那片血迹。眠眠还以为裙子后面的那片血迹是自己来了例假，等她突然明白是处女血时脑子里既慌乱又麻木，竟不知所措。一切都来得太快太慌张了，来不及准备一张舒适的床和一床洁白的床单，她为自己的初血感到可惜，可惜它没能开在床单上，就像她在小说里看到的那样珍藏进箱子。她也为这条粉红色的连衣裙感到可惜。这么好的一条裙子后面开了一朵不能示人的花。即使洗去了那血迹，那隐隐若若的印痕还在，会吸引一些敏感的暧昧的眼光。她是无论如何不能穿它了。夜已经很深了，上身穿着背心的周益民拥着眠眠出了公园后就在街上慢悠悠地走着，一直走到天微亮至大亮。他们来到了一条时装街上，时装店刚一开门，周益民就要眠眠挑了一件连衣裙在穿衣间里换上。眠眠把换下的这条粉红色的裙子叠好放入一只塑料袋里拎着，后来像小偷一样溜回了宿舍，把这条粉红色的裙子和装它的塑料袋严严实实地锁进了她的书桌里最隐秘的地方。

现在眠眠不理周益民。周益民虽然心里很痛苦，但他能理解眠眠的苦衷。眠眠需要的是冠冕堂皇的爱，可是他们的身份却不允许。周益民突然想调离学校了。他有一个在出版社当头头的同学这一年多来一直要他调到那儿去工作。他一直没同意，现在为了他与眠眠的前途，他觉得调离学校确实是一个良策。这样他就可以用一个外面人的身份来关心眠眠爱护眠眠，也更有利于一年后眠眠留校或者留京。拿定主意后，周益民就开始联系办调动，一时间上上下下里里外外地到处跑，强迫自己忘记眠眠的冷落给他带来的痛苦。等周益民的调动办完时学校已经放寒假了。

眠眠一考完试，就坐火车回了小城，她是和章子罕一起回去的，还带回了他们的恋爱关系。章子罕的父母对眠眠很满意。眠眠的父母对以前是眠眠的老师现在是眠眠的校友的章子罕的态度却很模糊。他们考虑的是章子罕晚眠眠一年毕业，他们想是早一年多好啊，早一年也许可以帮助眠眠留北京，可是却晚了一年，正是这晚一年使他们的态度更暧昧。所以当章子罕不在场时眠眠的父母总是告诫眠眠不要谈朋友或是谈一个在北京社会背景好的朋友。眠眠质问道，是不是只要社会背景好，年龄大多少都没有关系啊！眠眠的母亲说，大一点没关系的！眠眠又问道，你们觉得周益民怎么样？眠眠的父母大惊失色，不行的，他都可以做你的父亲。眠眠说，不是你们把我介绍给他的吗？怎么要别人帮忙，又不愿意作出牺牲！眠眠的母亲说，你都瞎说一些什么啊！周益民要你做他的女朋友吗？不论眠眠的话是真还是假，她也不允许眠眠和周益民好。这太不像话了，眠眠的父亲更不会同意。这样想来，他们反而更希望眠眠和章子罕好！后来眠眠看到父母突然对章子罕变得热情起来，便明白了是怎么一回事儿。心里竟然鄙夷起自己的父母来，她没想到疼爱自己的父母竟是这么的自私与虚荣。

出版社为周益民分了一套两室一厅的房子。过完年他就请装修公司做了为期一个半月的装修。把放在学校里那些眠眠没有光顾的家具搬进了新房，又添置了一些家电。他想，他终于有了一个相对隐秘的场所，让眠眠仰首挺胸地来了。可是他都有半年时间没见眠眠了，写信她也不回。想起来，周益民就有些沮丧。他在想眠眠是要和自己彻底断了，他竟然为了她和他们的关系办调动。真是傻啊！这又与五年前自己为妻子办出国，办成了妻子与旧情人重逢却与他离婚又有什么区别呢！他仔细想，还是有所不同。以前他与妻子更多的是亲情，如今这亲情也变得生疏与遥远了，可他对眠眠却不同，是爱，怜爱与心疼，不管她接不接受，他都要去爱，去疼。

眠眠做梦都担心自己以这样的方式与周益民相遇——她和章子罕勾肩搭背地走着，迎面却走来目光直直的周益民。那惊异和愤怒的目光让她紧张而惶恐，内疚与不安。想跑却不能跑，想改变姿势也不能。耳朵却还要接受那声不响却似炸弹一样猛烈的呼喊——眠眠。她还是不能避免地以这样的方式遭遇了周益民。她像一朵怯弱的小花在暴雨的敲打下低着头，那声"周——老师"如柔若游丝的回声。接下来就是惊恐地逃走，躲躲闪闪地对一脸迷惑的章子罕解释说——他是去年给我们上大课的周老师！

周益民做梦都担心自己看到这样的眠眠。那天下午他回学校的宿舍拿忘在那里的一点东西。没想到进校门就碰到眠眠挽着一个男生的胳膊出来。他有些不相信地盯着看，当他确信是眠眠，他顿感万箭穿心，勉强地支撑着不让自己被眼前的情景击倒在地上。眠眠在那个年轻的帅小子身边的样子是多么甜蜜多么张扬，一点都不像在自己的身边那样谨慎小心。他恨不能从那个小子的身边把眠眠拉过来揽在怀里，但是他仅剩下的勇气只能喊一声"眠眠"！仅仅是并不高的一声"眠眠"就让他声嘶力竭了。

后来，眠眠收到了周益民留着出版社地址的信。她才知道这半年来他都做了什么！她真的感动不已，心想他是一个多么心细的人啊。心细得让她想起来内心里就充满了柔情。

可是这份柔情却没有让她滋生挽着周益民的胳膊出现在熟人面前的勇气。她一次又一次地在心里压抑一份柔情，和章子罕体味着校园情侣的生活。

青春对于懒惰的学生就像盛夏过剩的阳光，逼得人不是在太阳下发疯就是在屋子里休眠。恋爱后的眠眠不再像以前那样有一种平静的心态，任何时候都可以安静地睡眠，她早已被满腹的心事弄得烦躁不安，心神不宁。有时候无缘无故地就跟章子罕生气，搞得章子罕摸不着头脑。眠眠一直不想考研究生，她只想一辈子看不需要考试的书、躺在床上做不让身心焦虑的梦。章子罕却总是动员眠眠考研究生，说只有考上了研究生留北京就容易一些。每次听到章子罕说考研究生留北京，眠眠就会狠狠地瞪他一眼。有时她还会问，你考到这里只是为了北京并不是为了我吧？！章子罕面对这样的问题，只是轻轻地一笑说，你和北京并不矛盾啊！毕业正无情地向眠眠这届学生逼来。同学们都在绞尽脑汁地找关系留北京，眠眠却是一副视死如归的态度，看上去很平静。倒是章子罕急得很，把七道弯八个拐的关系都理出来找，找来找去都没有结果。他心灰意冷了，就说，眠眠我们就别找关系了，把你的关系放在北京人才交流中心，等我明年毕业留京后再为你找工作。眠眠却说，我宁愿回小城，也不愿做个无业游民。

眠眠只能听天由命了。她当然不知道她的父母不止一次地背着她在北京到处找关系。更不知道周益民也在为她操心。周益民已经为眠眠联系好了出版公司的杂志社，并于四月中旬把用人函送到了学校的招办。拿到用人函时，眠眠一点也不吃惊，她知道是周益民帮的忙。她没想到的是周益民对她这么好，容忍着她的自私与虚荣，给她办这么大的事。可是没过几天眠眠的父母托另外的关系为眠眠在大学的附中找了一份教师的工作。眠眠清楚杂志社比附中更适合她，但是她还是接受了附中的这份工作。她觉得自己已经无法面对周益民，所以不能接受他的工作。眠眠的父母对眠眠的选择感到欣慰，当他们得知章子罕被学校公派留学时，便知道章子罕以后前程似锦，留校更是不在话下。于是他们要眠眠和章子罕早点结婚。章子罕是想在出国前结婚的，眠眠却有些犹豫，但一想到章子罕还有两个月就要走了，心里有点怅然，于是就同意结婚了。眠眠一下子由一个懒散的大学生成为中学的老师和男人的妻子，感觉很别扭。烦琐的教师工作让她身心疲惫，而与章子罕频繁的性生活却越来越寡味。她整天哈欠连天的，只想睡觉，可躺下来却睡不着。她不知道自己是怎么失去以前那种闲适的心境的。章子罕出国后，她也并不怎么想他，脑子里却不断闪现周益民的影子。

她的日子过得既没有目标也没有心情，只好经常回到校园的晚会去打发烦闷的时光。她没想到会见到周益民，更没想到自己见到他会一阵阵地心惊肉跳，这种感觉不是单纯的害怕却还夹杂着期待与战栗；听到别人用敬佩的口气谈论周益民时，她的心里竟会涌起一阵阵的甜蜜。但是与章子罕的关系让她现在对这阵怯怯的甜蜜感到羞愧。她原以为自己与章子罕的关系已经牢固到能彻底抵挡周益民了，可情况却不是这样。从学校毕业参加工作以来的这些日子，她发现自己与章子罕的恋情在校园里不过是一道引人注目的虚荣而美丽的栅栏，等她一跨过这道栅栏，到了社会上，那份恋情就淡了，远了，淡到品不出，远到看不见了。和章子罕在一起不是烦躁不安就是心如止水，不见也不想他。可对周益民却不是这样，她总是希望见到他，希望他来看她。这是她跟章子罕从没有过的感觉，即使是在校园也没有，她更多的只是陶醉于别人见到他们这对恋人时的羡慕眼神。她终于明白自己并不爱章子罕，她对他的感情只是一种虚荣。她需要进进出出的爱情姿态来塞满她空虚的生活，她需要体体面面的痴心恋人来抚慰她寂寞的心灵。这一切在校园里容易被年轻的心理解和当成爱，却不是爱本身。

可是到现在眠眠才认识到这一点，一切都太晚了，晚到她已经没有胆量对周益民说我爱的是你。可周益民却仍一如既往地关心她，这更让眠眠觉得自己对不住他。像你这样慵懒的女孩是不应该去当老师的，杂志社的工作却正好适合你。你最好还是调到杂志社去吧！周益民与眠眠重逢后的第一句就让眠眠忍不住哭了。她想，谁都没有周益民了解她。她的父母没有，章子罕也没有，自己也没有。可是自己认识到了这些，已经太晚了，晚到她不能重新选择！

章子罕一次次地写信来，让眠眠办半年陪读。眠眠也想借此机会好好地清理一下自己的感情。可是和章子罕朝夕相处的日子也无法让她甩掉周益民的影子。眼前不停地晃动着他们在紫竹园里的初吻，飘动着那条沾着初血的红裙。眠眠与章子罕结婚前，她在一家银行办了私人保险箱业务，把这条红裙和她在大学里写的所有日记一起锁在了她租用的私人保险箱里。她本想把这一切都烧掉的，但是她实在不忍心，不忍心丢掉她与周益民在一起的所有记忆。那是她美好的青春时光，她可以把它们锁进保险箱，但是却无法丢掉它们，她没办法丢掉。现在更要命的是，只要章子罕一吻她，她就想到周益民的吻；一和她睡觉，她就想到那条染着初血的红裙子。她痛苦死了，有几次竟把章子罕晾到一边。章子罕不知道眠眠是怎么了。只以为她在悉尼不习惯，想北京想烦了。章子罕不止一次地对眠眠说，我这样上进，一个重要的原因是想让你过上舒适的生活，舒适到你任何时候都可以睡懒觉！章子罕现在这么好的诺言也感动不了眠眠。眠眠清楚地知道自己和章子罕之间完了。半年的陪读时间还没到，眠眠就迫不及待地飞回了北京。一回到北京就给周益民打电话，说，我想到杂志社去工作。我已经错了一次，不想再错了。很快眠眠就开始办调动了。当然，很多烦琐的手续都是周益民代办的。眠眠调动的事没有跟家里的任何人说。但眠眠的父母还是知道了。他们骂眠眠太傻，不在澳大利亚陪读，却跑到杂志社去工作。其实他们更担心的是眠眠和周益民好了。可是眠眠这次却不听他们的了，已经去了杂志社，他们只好说，你在杂志社工作可以，但不可以和周益民好！眠眠对父母的话不置可否。眠眠已经知道了，自己除了是他们的女儿之外，还是他们的筹码，虚荣的筹码。他们一直拿她的幸福在作赌注，从没有考虑她是不是愿意。连他们自己都没有发现这一点，他们以为给她考虑好了一切，安排了一切，她就是幸福的。但是他们错了。真的是错了。可是谁来告诉他们错了呢？

　　杂志社的工作眠眠很满意。一个星期上三天班，这三天里还偶尔出去跑跑稿，更多的是看稿子和做一些新工作人员该做的杂事。眠眠做得很顺，上路也很快，领导和同事们对眠眠都很满意。眠眠自己也觉得很舒心。

　　眠眠和一个外国语学院毕业家在北京的女孩同住一套一室一厅的房子。在单位家属楼的 203 房间。同室的女孩很少来，偶尔来午休一下，周末更不见踪影。因此这套房子对长期住集体宿舍的眠眠来说，真是太大了，大得让她觉得寂寞与空荡，看到在地上和墙角默默爬着的蚂蚁和蜘蛛，眠眠会涌起一阵深深的孤独。以前在那么嘈杂的集体宿舍里她都能睡得很深很好，现在安静了，反而睡得不安心不踏实，心里总有一些牵挂与期待，而且这些牵挂与期待不是对章子罕，却恰恰是对周益民的，这更让她难以入睡。章子罕来信了，她也不回。她对章子罕的心已经坚硬成一颗石头了，没有一点柔情，而对周益民却是满怀着温柔的期待。她真不知该拿自己怎么办了。她总想走到周益民面前，对他说自己爱他。

但是与章子罕的离婚手续还没有办好，她不好意思开口。有几次上班下班，她见周益民从她们的那个门栋里走出走进，她知道周益民就住这幢家属楼的某一套房子里。他大概也是知道她住在这里的，可他却从没敲过她的门，这不禁让眠眠觉得有点儿委屈——他愿意帮她找工作，却不愿意再找她。而她的门对他却是虚掩的，等着他来。多傻呀！眠眠在心里骂着自己。

日子一天天地过着，眠眠与章子罕的离婚手续终于办下来了，眠眠的心里也轻松多了，但是眠眠还是没有勇气主动去找周益民。周益民见到眠眠仍然热情地打招呼，从那招呼里眠眠还听出了一些儿关心，但这关心太注意分寸了，一点儿都不亲昵，眠眠听了只是觉得怅然。她想，她和周益民之间也完了。转眼又是新的一年，单位里很多部门都要开联谊会，周益民的总编室与眠眠的杂志社也搞了联欢活动。想不到，周益民的歌也唱得那么好，那首《草原之夜》唱得太深情了，眠眠听得心里醉麻麻，似乎那歌中的姑娘就是她自己了。而那首《情人的眼泪》却让眠眠泪水盈盈，她不知道这泪水是感伤、心疼，还是祭奠。眠眠本来爱唱歌，如果没有周益民在场，眠眠是要唱上一两首歌的，但现在她不想，只想哭。舞也不跳，可是当周益民向她走过来时，她还是控制不住自己地扑向他的怀里，她一面跳舞，一面在心里暗骂自己不争气。周益民轻声问，眠眠，你好吗？眠眠不吭声。你和你丈夫，还好吧？眠眠还是不吭声，眼泪不争气地跑出了眼眶。跳了一会舞，眠眠也问周益民，你好吗？你和你女朋友，还好吧？当她问第二个问题时，心里酸酸的。其实她根本不知道周益民的情况，只是忍不住想试探。没想到周益民却说，要是可能的话，我很快就会结婚的。眠眠一下子慌了神，舞步也走乱了，竟把周益民的脚踩了。对不起，周老师，眠眠一下子变得客气起来，我，祝贺你！周益民说，祝贺我什么？眠眠说，当然是祝贺你结婚。周益民说，可别人还没有同意，我怎么结婚？到联欢会结束的时候，眠眠的心里还是很怅然。回宿舍楼的时候，两个人不知不觉地走在了一起。周益民问，你工作几个月了，都不来找我，不会是讨厌见到我吧？眠眠摇摇头，反而问，你为什么不找我？你家人给我写过信，你的丈夫也给我写过信，他们都不让我和你好。所以我只有等你自己回心转意。眠眠伤心地说，太迟了。周益民不解地问，迟了？眠眠无奈地说，你都要结婚了，难道不迟吗？周益民却说，傻瓜，我是说要和你结婚，还不知道你是否愿意呢。眠眠睁大眼睛看周益民，似乎是在考虑这句话的可信度。我一直在等你，等你成熟到能够接受我！眠眠扑在周益民的怀里，一迭声地说，我愿意，我愿意！

眠眠和周益民很快就结婚了。眠眠的父母对眠眠彻底绝望了，他们发誓一辈子也不去北京。眠眠仍然健在的祖父母虽然对眠眠也不满意，但是仍然寄予了一线希望，希望眠眠能生一个男孩。一年后眠眠真的生了一个男孩。这个男孩本来要姓周的，结果周益民在给他上户口时却取姓名宋周。眠眠被周益民的用心感动得一脸泪水。他总是为她和她的家人着想。眠眠觉得周益民真是一个好男人。

可是这个好男人和她生活了不到三年的时间就走了。要不是为了缓解眠眠和她父母的紧张关系，周益民是不会去小城为眠眠的爸爸祝贺48岁的生日的，更不会遇上那次的飞机失事。这样想来，眠眠更觉得周益民的死是自己一手造成的。她恨不能自己也随周益民死去，可是孩子太小，还不到两岁。她不愿意自己的父母得到他。她让儿子跟周益民姓，并改名叫周心民，还常常带儿子回他的爷爷奶奶家里去，就像周益民没走前所做的那样。

如果偏头痛不发作时，眠眠也会在好天气里带儿子逛公园。尤其爱去的是紫竹园。有一次，她刚进紫竹园，就看见一个熟悉的身影，手臂挽着一个漂亮的女孩，迎面走来。眠眠慌忙牵着儿子闪到了一边。心想，几年前，在校园里章子罕也是这样挽着自己的胳膊，如果自己没有离开章子罕现在会是什么样子呢？章子罕会一辈子都挽着她的胳膊走完人生的旅程吗？眠眠摇摇头，苦涩地一笑，思忖着：谁会是谁的唯一呢?!

在后来的日子里，她偶尔会想到章子罕，想起他更多的是想着他的长风衣和长围巾，但一切都飘得太远了，太模糊了，很快她也看不见了。

先后有一些优秀的或不优秀的男人对眠眠产生过情感。可眠眠早就像一团燃烧得过快过烈的火。熄灭之后留下的全是沉甸甸的灰烬。这灰烬只是无声地缄默着。谁也无法让它再燃烧。

只能无声地缄默，任何一种可能的情感都不能给她带来一场沉沉的睡眠。因为不再有人知道在什么时候对她说，睡吧，眠眠！只有她寂寞和孤单的声音和着体内的安眠药发出凄凉而无力的喊声——睡吧，眠眠！

睡吧，眠眠！

附：阿毛创作年表

1988

开始创作并发表诗歌。组诗《情感潮汐》获武汉地区高校"五四"诗歌大奖赛一等奖，刊于 6 月 18 日的《武汉晚报》。

1989

大学毕业后，留校工作。开始在全国诗歌大赛中获奖。至九十年代中期，获诗歌大赛奖近二十次。

1990

创作组诗《为水所伤》《随雪而逝》等作品。

获"莺歌杯湖北青年诗坛优秀诗作奖"。

散文《永恒的瞬间》获《湖北青年》杂志社优秀处女作奖。

1992

获"海内外当代青年诗歌新人奖"。诗集《为水所伤》出版。

1993

创作《敲碎岩石》《两性之战》等诗歌。

组诗《雪落何处》获首届全国文学新秀创作笔会一等奖。

加入湖北省作家协会。

1994

开始小说创作，发表小说处女作《星星高高在上》。

1995

创作诗歌《我被黑夜的裙创造》《至上的星星》、长篇小说《欲望》、短篇小说《走前唤醒我》《包厢里的两性》等作品。发表中篇小说处女作《非经典爱情》。

1996

9月，成为湖北省作家协会合同制作家、武汉市作家协会合同制作家。10月，参加武汉市作家协会举办的长篇小说笔会，完成了长篇小说《欲望》的创作。

1997

创作《童年》《距离》《花朵与石头》等诗歌。5月，中短篇小说集《杯上的苹果》出版。

1998

4月，长篇小说《欲望》出版。

1999

开始一系列思想随笔的创作。6月，诗集《至上的星星》出版。

2000

7月，调入武汉市文联《芳草》杂志社任文学编辑。

2001

创作《当哥哥有了外遇》《雪在哪里不哭》《女人辞典》《午夜的诗人》《爱情教育诗》等诗歌及《玫瑰的歧义》《请把口红吃掉》《凌晨两点回家》等短篇小说。

2002

创作《我和我们》《由词跑向诗》《以前和现在》等诗歌,《冬天的写真集》《两个人的电话》等短篇小说及长篇散文《怎样温柔地爱与死》的部分篇章。小说《玫瑰的歧义》获《芳草》小说奖。

2003

转入专业写作。加入中国作家协会。

创作诗歌《仿特德·贝里根〈死去的人们〉》《宽容》、短篇寓言小说《一只虾的爱情》、散文集《影像的火车》的部分作品。

5月,诗歌《当哥哥有了外遇》卷入"新诗有无传统""口语诗是不是诗""是口语诗还是口水诗"等争议中。由此,《当哥哥有了外遇》频繁出现在众多文学期刊、新闻媒体和大学讲堂上,被评论界称为"阿毛现象"。

《爱情教育诗》获《长江文艺》"金天问杯"诗歌奖。

2004

创作《我是这最末一个》《在场的忧伤》《石头也会疼》《岁月签收》《火车到站》等诗歌。

《当哥哥有了外遇》的争议持续到2004年底,被相关媒体称为"2004年最重大的诗歌事件之一"。其中3月的《诗刊》上半月刊"诗歌圆桌"、《武汉作家报》、6月的《爱情婚姻家庭》及8月的《诗歌月刊》的"特别关注"等特辟专栏(专版)专议此诗。一些大学中文系的研究生就此诗开专题研讨会，认为该诗为诗歌怎样贴近现实、贴近生活、贴近群众提供了很好的范本，具有很大的研究价值。

10月，赴安徽黄山参加《诗刊》社第20届青春诗会。

2005

创作《献诗》《白纸黑字》《取暖》《波，浪，波浪，波……浪……》《时间之爱》（组诗）、《爱诗歌，爱余生》（组诗）等诗歌。

1月，长篇小说《谁带我回家》出版。5月开始了长篇小说《在爱中永生》的创作。年底赴欧洲访问。

2006

创作《火车驶过故乡》《唱法》《多么爱》《傍晚十四行》等诗歌。

1月，诗集《我的时光俪歌》出版。9月，诗文集《旋转的镜面》出版。

《2006年中国新诗年鉴》年度诗人重点推出诗歌《木头》《私情》《更多》《偏头疼》等。

2007

创作《红尘三拍》《肋骨》《病因》《家乡》《不下雨的清明》等诗歌。9月上中旬赴北疆，创作《北疆组诗》。

11月，"阿毛作品研讨会"在武汉成功举办。有关研讨会的消息、会议综述、阿毛作品的评论文章、评论小辑（专辑）及阿毛访谈，分别在《文艺报》《文学报》《文汇读书周刊》《南方文坛》、武汉电视台等近20种（家）文学期刊、新闻媒体上发表（播出）。

2008

创作《波斯猫》《夏娃》《艺校和大排档》《提线木偶》等诗歌。

组诗《爱诗歌，爱余生》荣获"《诗歌月刊》2007 年度诗歌奖"。

1 月至 8 月，《诗朗诵》《印象诗》《在路上》《单身女人的春天》《女儿身》等组诗分别在《中国诗人》《人民文学》《上海文学》《十月》《钟山》等刊物发表。

11 月，散文集《影像的火车》出版。

1 月起，兼任《芳草》文学杂志副主编。

2009

创作《玻璃器皿》《孤独症》《剪》《独角戏》及《爱情病》《纸上铁轨》等诗歌。

3 月，获武汉市"三八红旗手"称号；9 月，获第七届华文青年诗人奖，并成为 2009—2010 年度首都师范大学驻校诗人；11 月 3 日下午，在首师大作题为《写作就是不断出发》的讲座；11 月中旬，诗歌《多么爱》获中国 2009 年度最佳爱情诗奖；12 月 17 日下午，在北京语言大学作《文学的根性》的讲座。

2010

创作《这里是人间的哪里》《一代人的集体转向》《发明一个童话世界》《埃土诗章》等诗歌。

1 月下旬，赴哈尔滨、漠河、北极村、亚布力等地，创作诗歌多首。

3 月，获武汉市十佳女宣传文化工作者称号。

4 月 1 日下午，首都师范大学中国诗歌研究中心举办"与驻校诗人阿毛对话会"。

5 月 31 日下午，湛江师范学院南方诗歌研究中心举办"阿毛诗歌研讨会"。

6 月，诗集《变奏》出版。

7 月 3 日，"首都师范大学驻校诗人阿毛诗歌创作研讨会"在京举行。

8 月 12 日，参加由中国作协创研部和湖北省作家协会联合在京举办的"湖北女作家群创作研讨会"。

10月19日，武汉市文联举办"阿毛诗集《变奏》研讨会"。

11月29日《文艺报》专版发表题为《忧伤而优雅、坚毅而尖锐的女性之歌——阿毛诗集〈变奏〉评论》的专题评论文章。

11月，散文集《石头的激情》出版。年底赴土耳其、埃及访问。

2011

创作《从早到晚的日光》《挽歌》《自画像》《回故乡》《俄罗斯诗章》《青海诗章》等作品。

2月，散文集《苹果的法则》出版。

7月底，赴俄罗斯访问。

8月上旬，参加青海湖国际诗歌节。

9月至12月，参加鲁迅文学院青年作家英语培训班。

11月21日至24日，参加首届北京国际诗会。

11月，长篇小说《在爱中永生》在台湾出版。

获2011年度湖北省第三届时尚文化颁奖盛典"十大新锐时尚人物"荣誉称号。

2012

创作《树叶》《抒怀》《个人史》《来自饺子馆与书房的观察报告》《上海诗章》《美国诗章》等作品。

7月初，在上海参加中美青年作家交流。

8月，《阿毛诗选》（汉英对照版）出版。

9月，赴美访问。10月至11月，参加爱荷华国际写作计划。

诗集《变奏》获中国当代诗歌奖（2011—2012）诗集奖。

2013

创作《完美》《春天的信使》《田园》《将失眠》《以风筝探测高远

的天空》等诗歌。

获《诗选刊》2012·中国年度先锋诗歌奖；诗集《变奏》获第八届届原文艺奖、希腊国际文学艺术学院颁发的 ΔIEΘNEΣ BPABEIO 2013 年度最佳诗集奖。

2014

创作《暮春》《总有一天》《致人间》《甘蒙诗章》等诗歌。

5 月底，参加重庆举办的"中国诗集·全国诗人笔会"。

7 月赴香港。10 月赴甘肃、内蒙古考察。

获首届武汉市文学艺术奖。

2015

创作《长江两岸的星空》《光阴论》《栀子花的栅栏》《冬天里》《童话》等诗歌。

7 月底 8 月初赴云南腾冲、瑞丽等地，创作《观大小空山有感》《和顺小巷》《烹茶铁壶》等诗歌。8 月中旬赴内蒙古阿尔山，参加首届全国女子诗会，创作《阿尔山诗章》。

2016

创作《光影亲吻光影》《西津渡》《蜜蜡姑娘》《一个世纪的冬天》等诗歌。

8 月至 12 月间，先后赴香港、南京、内蒙古、安徽、深圳等地，创作一系列地理诗歌。

入选"黄鹤英才（文化）计划"。

荣获"第一朗读者·最佳诗人奖"。

2017

创作《延村聊斋》《徐娘曲》《医院隔壁有禅寺》《雨天的奔马》

《每个人都有一座博物馆》等诗歌。

3月至10月间，先后赴婺源、开封、杭州、香港、兴隆、德安等地，创作一系列地理诗歌。8月31日赴尼泊尔，作为期半月的文化交流。交流期间作《中国新时期的女性诗歌》主题发言。

11月，获"中国新归来诗人优秀诗人奖"。

12月下旬，赴广西采风，创作《广西诗章》。

跋

　　相对于我曾经对中短篇小说创作的热情和痴迷来说，《女人像波浪》是一本姗姗来迟的书。

　　说她姗姗来迟，是因为我的第一部中短篇小说集《杯上的苹果》出版后的这些年来，我允许了我的多部诗歌集、散文集、长篇小说的诞生，却把中短篇小说遗忘在当时发表她们的那些文学刊物里。

　　2018 年是我文学创作的三十周年，所以，现在自然成了我精选诗歌、散文、小说的最佳时机！于是我的那些分散在各文学刊物里的中短篇小说与我的第一部中短篇小说集《杯上的苹果》里的部分篇章，经由我一段时间的精心编选后，与我的诗歌精选集、散文精选集一起隆重出场了。

　　我喜欢她的姗姗来迟。因为她，让我的年老遇到了我的年轻！

　　或许，您也会喜欢她的姗姗来迟。因为您遇到的是一个善感的灵魂在诗歌、散文之外的小说语调和声腔……

　　有些篇章，您可以当散文来读，甚至当诗歌来读。但无论您读哪篇，您都会读出自己，读出我们，读出她们。读出一个"她时代"的理想与悲伤、锦绣与孤独……

　　我们曾经在过去，还将在未来，但阅读的此刻是在这里。

　　祝福我们，祝福这些女人！祝福大海，祝福成就美丽大海的波浪！

2018 年春　武昌街道口

图书在版编目（ＣＩＰ）数据

女人像波浪：阿毛中短篇小说选 / 阿毛著. -- 武
汉：长江文艺出版社，2018.3
ISBN 978-7-5702-0078-8

Ⅰ. ①女… Ⅱ. ①阿… Ⅲ. ①中篇小说－小说集－中
国－当代②短篇小说－小说集－中国－当代Ⅳ. ①I247.7

中国版本图书馆 CIP 数据核字（2017）第 302238 号

责任编辑：沉　河　　　　　　　　　责任校对：陈　琪
封面设计：川　上　　　　　　　　　责任印制：邱　莉　　王光兴

出版：长江出版传媒　　长江文艺出版社
地址：武汉市雄楚大街 268 号　　　　邮编：430070
发行：长江文艺出版社
电话：027—87679360
http://www.cjlap.com
印刷：武汉新鸿业印务有限公司

开本：640 毫米×970 毫米　　　1/16　　　印张：22　　　插页：6 页
版次：2018 年 3 月第 1 版　　　　　2018 年 3 月第 1 次印刷
字数：275 千字

定价：49.00 元